REVELANDO
O PASSADO

SÂMADA HESSE

PELO ESPÍRITO MARGU...

© 2019 por Sâmada Hesse
© iStock.com/MarioGuti

Coordenadora editorial: Tânia Lins
Coordenador de comunicação: Marcio Lipari
Capa e projeto gráfico: Equipe Vida & Consciência
Preparação: Janaina Calaça
Revisão: Equipe Vida & Consciência

1ª edição — 1ª impressão
1.500 exemplares — setembro 2019
Tiragem total: 1.500 exemplares

**CIP-BRASIL — CATALOGAÇÃO NA PUBLICAÇÃO
(SINDICATO NACIONAL DOS EDITORES DE LIVROS, RJ)**

M283r

    Margot (Espírito)
        Revelando o passado / Sâmada Hesse ; pelo espírito Margot. - 1. ed. - São Paulo : Vida & Consciência, 2019.
        320 p. ; 23 cm.

    ISBN 978-85-7722-621-4

    1. Romance espírita. I. Título.

19-58982
                      CDD: 808.8037
                      CDU: 82-97:133.9

Todos os direitos reservados. Nenhuma parte desta edição pode ser utilizada ou reproduzida, por qualquer forma ou meio, seja ele mecânico ou eletrônico, fotocópia, gravação etc., tampouco apropriada ou estocada em sistema de banco de dados, sem a expressa autorização da editora (Lei nº 5.988, de 14/12/1973).

Este livro adota as regras do novo acordo ortográfico (2009).

Vida & Consciência Editora e Distribuidora Ltda.
Rua Agostinho Gomes, 2.312 — São Paulo — SP — Brasil
CEP 04206-001
editora@vidaeconsciencia.com.br
www.vidaeconsciencia.com.br

Para José, Nina e Áurea (em memória).
E para Cláudio, com amor.

Agradeço à Editora Vida & Consciência
e a Margot, autora espiritual desta obra.

APRESENTAÇÃO

Assim como os denominados "vivos" — aqueles que estão no plano terrestre em um corpo de carne e osso — buscam contato com o mundo dos espíritos, os que já deixaram o plano da matéria buscam, muitas vezes, contato com aqueles que ainda estão encarnados.

Com a evolução da humanidade, nós nos distanciamos de muitas crenças e muitos conceitos supersticiosos acerca da imortalidade do espírito, da vida após a morte, dos ciclos reencarnatórios e até mesmo de alguns fenômenos considerados sobrenaturais. Nos dias atuais, a ciência já admite que o mundo material e tangível, no qual nascemos, vivemos e morremos, constitui apenas uma parcela do que podemos denominar de Criação.

Com o passar do tempo, mais mudanças virão, e isso faz parte da evolução planetária. Os véus que separavam os mundos já não nos parecem tão espessos quanto há alguns séculos. Tudo está em constante movimento. Nada está estagnado ou simplesmente acaba; apenas se transforma, evolui, se renova! Tudo no universo é assim, e fazemos parte desse todo. Nosso espírito, nossa essência, está em constante evolução.

A tentativa de contato dos desencarnados com o mundo dos vivos sempre existiu por inúmeras razões. São incontáveis as aparições de entidades em fotos pelo mundo afora. Obviamente, sempre houve fraudes, mas existem casos que são verdadeiros. Na história a seguir, por exemplo, havia um motivo para que tal manifestação ocorresse.

Tomamos o cuidado de preservar a verdadeira identidade dos que estiveram envolvidos nos acontecimentos, dessa forma, os nomes dos personagens são fictícios, assim como um detalhe ou outro da história.

Não podemos modificar o passado. É perda de tempo pensarmos dessa forma, contudo, podemos aprender com ele sobre nós mesmos, o que nos permite modificar nosso momento presente e, consequentemente, projetar um futuro melhor. Boa leitura!

Margot
São Francisco do Sul, 29 de novembro de 2018.

CAPÍTULO 1

Elise procurava disfarçar a ansiedade, enquanto folheava uma revista de moda sem prestar atenção às imagens ou aos textos, quando ouviu a recepcionista chamar seu nome.

— Senhorita Elise! — a voz da mulher grande e corpulenta era delicada e agradável. — Fique à vontade! A doutora Joan já irá atendê-la. Se desejar, pode se servir de um café ou chá — completou a recepcionista sorrindo, enquanto encostava a porta e deixava Elise sozinha dentro do consultório.

O ambiente era agradável e limpo. As paredes rosa-chá exibiam alguns quadros com motivos florais, e dois sofás forrados com veludo cinza formavam um L entre si. No canto da parede, havia, próxima à porta, uma mesinha de madeira com duas garrafas térmicas grandes, açucareiro e copos descartáveis. Do lado contrário da sala, um enorme painel envidraçado deixava à mostra um mosaico de prédios, que hoje compõem a grande Londres e, ao fundos do cenário, parte do Tâmisa.

Elise respirou fundo e sentou-se em um dos sofás. Os minutos duravam uma eternidade. Ela levou a mão direita até a boca e, distraidamente, começou a roer as unhas, hábito constrangedor que a acompanhava desde a infância e contra o qual lutara praticamente durante toda a vida.

— Bom dia, Elise! Desculpe-me pelo atraso. O trânsito hoje pela manhã não estava dos melhores.

Joan era uma mulher na casa dos quarenta anos, magra, com cerca de um metro e oitenta de altura e que se vestia com discrição e elegância.

— Bom dia — respondeu Elise, retirando rapidamente as pontas dos dedos da boca.

— Sente-se aqui, por favor. Antes de começarmos, gostaria de lhe fazer algumas perguntas de rotina.

Joan começou a fazer os habituais questionamentos que os médicos fazem aos pacientes quando estes chegam pela primeira vez em seus consultórios.

— Profissão?

— Fotógrafa.

— Qual é o motivo da consulta?

Joan finalmente desviou os olhos da tela do computador e fixou-os nos de Elise.

— Vim porque me disseram que você talvez pudesse me ajudar.

Havia certa impaciência e irritação no tom de voz da moça.

— Alguém me indicou para você?

— Sim, Thelma Becker.

Joan assentiu com a cabeça. Thelma era sua paciente havia alguns anos.

— Venha, vamos nos sentar ali. Você se sentirá mais à vontade. É a primeira vez que nos vemos, e esse bloqueio é natural.

Elise suspirou aliviada e sentou-se no mesmo lugar onde estivera sentada anteriormente.

Joan ofereceu-lhe algo para beber, e Elise acabou servindo-se de um pouco de chá. Ela sentou-se novamente, permanecendo em silêncio.

— Por que me procurou, Elise?

Joan observava Elise, que, apesar de jovem, beirando os trinta anos, e de ter um rosto bonito, apresentava sinais de cansaço. A pele clara da moça acentuava ainda mais as linhas de expressão na parte inferior dos olhos, destacando as olheiras.

Elise relutava em responder às perguntas de Joan. Nunca tivera muita facilidade em expor sua vida particular, ainda mais para uma estranha, e, em seu íntimo, arrependia-se de estar ali. Ela bebeu um gole de chá. Estava doce, porém, a mistura era agradável ao paladar, além do acentuado odor de canela, que a moça tanto apreciava.

Joan aguardava pacientemente, e Elise finalmente resolveu falar:

— Estou aqui e quero que saiba que não está sendo fácil para mim — ela fez uma pausa e continuou: — Porque acredito que estou ficando louca. Thelma me disse que estava com a mesma sensação quando veio procurá-la pela primeira vez e que você a ajudou.

Joan a olhava com tranquilidade. A maioria dos seus pacientes chegaram até ela por imaginarem que estavam ficando loucos ou com algum problema de ordem psiquiátrica.

Elise prosseguiu:

— Não sou mais como era! — exclamou ela.

Joan aguardou em silêncio, sabendo que viria mais.

— Estou até pensando em vender meu apartamento e me mudar para Sussex, para a casa da minha tia que fica na área rural. Não saio mais, não gosto da companhia dos meus amigos como antes, não tenho vontade de conhecer outros lugares, não consigo dormir nem trabalhar! Para mim, que sou uma profissional independente, essa falta de vontade e de iniciativa são muito ruins. Não tenho mais a mesma disposição de antes para correr atrás de trabalho.

— Quando começou a se sentir assim? Você lembra?

Elise balançou afirmativamente a cabeça.

— Há uns dois meses, talvez um pouco mais, quando fiz um trabalho para uma revista de arquitetura e decoração. No começo, estava tudo bem. Era um trabalho como outro qualquer. Eu tinha que fotografar uma série de prédios e casas antigas.

Elise fez uma longa pausa e bebeu mais um pouco de chá. Joan incentivou-a a continuar.

— O trabalho durou mais de uma semana, pois eu tive de fotografar detalhadamente vários lugares. Um dos últimos itens da minha lista era uma mansão construída durante a Era Vitoriana, que fica nos arredores do centro de Londres. Fui até lá mais de uma vez e fiz inúmeras fotos, pois fiquei encantada com o lugar. Me tornei amiga dos proprietários. O nome dela é Julia e o dele é Mark, um casal jovem. Ele é empresário, e ela, professora de artes. A casa pertenceu à família de Julia no passado, e eles finalmente conseguiram arrematá-la em um leilão do banco. Foi toda restaurada, mas a arquitetura e parte da decoração foram mantidas. A propriedade possui um belo jardim com um lago. O lugar me deixou muito impressionada e retornei ao casarão algumas vezes, mesmo depois de concluir as sessões de fotos necessárias para a revista.

Joan observava Elise em silêncio, enquanto a aguardava falar. A moça, então, levantou-se e pôs-se a andar pelo consultório.

— Aconteceu algo de errado com seu trabalho? Seu cliente não gostou das fotos?

— Não, muito pelo contrário. Fui muito elogiada. O problema é que, quando revelei as fotos da casa de Julia — Elise tinha dificuldade para encontrar as palavras certas e prosseguir —, havia algo nas fotos... imagens que não deveriam estar lá!

Joan olhava para ela com tranquilidade. Estava acostumada a ouvir toda sorte de histórias extraordinárias.

— Que imagens são essas?

— Pessoas, massas disformes. Em algumas delas, contudo, é possível distinguir uma mulher e um casal de adolescentes que aparecem junto ao lago e em outros pontos da propriedade. Todos estão usando roupas do final do século XIX ou do início do século XX. Eu descartei as hipóteses de possíveis falhas no filme ou na revelação. Sou uma fotógrafa bastante experiente, comecei a fotografar ainda na infância auxiliada por meu pai, que tinha a fotografia como *hobby*. Os filmes eram novos e de boa qualidade, então, só posso imaginar que estou enlouquecendo! As imagens, contudo, são muito claras. Estão lá! Qualquer pessoa pode ver!

— Você retornou à casa depois de revelar essas fotos?

— Sim, voltei lá duas vezes. Na primeira vez, tentei conversar com Julia e Mark sobre o assunto, mas ele se mostrou bastante incrédulo, se recusou a olhar o material e foi até mesmo sarcástico em relação ao caso. Julia me pediu para retornar no dia seguinte, pois o marido estaria fora, envolvido em uma reunião da empresa. Retornei na manhã seguinte à casa e pude mostrar a ela as fotografias. Julia ficou fascinada, já que gostava de estudar sobre esses assuntos e até frequentava um grupo ou coisa parecida...

— E você? Conseguiu concluir seu trabalho para a revista? — perguntou Joan.

Visivelmente irritada, Elise levantou-se mais uma vez. "Aonde essa mulher maluca quer chegar?", questionou-se.

— Sim, sim... — respondeu com impaciência.

— Então, qual é o problema? As imagens que foram capturadas por sua câmera não a impediram de concluir seu trabalho...

Elise sentia vontade de gritar com a analista, agarrá-la pelos ombros e sacudi-la. "Qual é o problema com essa mulher? Por que, para esse tipo de gente, tudo é normal? 'Tem um pássaro azul me perseguindo.' 'Isto é normal.' 'Sinto vontade de me atirar da janela do meu apartamento.' 'Isso é normal.' 'Estou fotografando gente que morreu faz tempo.' 'Isso também é normal!'", pensava inconformada.

— O problema é que, depois de aparecerem nas fotos, essas pessoas apareceram para mim! Entende por que acho que estou enlouquecendo? Eu os vejo! Tenho medo de fotografar novamente e já dispensei trabalhos por conta disso. Não tenho mais coragem de fazer fotos! Até já pensei em comprar outra câmera e em ir embora da cidade, morar em Sussex, ajudar minha tia com a criação de ovelhas! Eles estão me perseguindo. Eu vejo essas pessoas em meu apartamento e tenho medo até de ir à cozinha beber um copo d'água. Tenho medo de ir ao banheiro no meio da noite, de abrir os olhos e vê-los plantados aos pés da minha cama, como já aconteceu! Sinto-me observada em tempo integral! Posso ir até lá fora fumar um cigarro? — Elise perguntou apontando na direção da sacada que ficava do outro lado do painel de vidro.

— Pode fumar aqui mesmo, se quiser — respondeu Joan. — Há um cinzeiro ali, na prateleira de baixo — disse, enquanto apontava para a mesinha com as garrafas térmicas.

Elise pegou o cinzeiro e sentou-se novamente. O corpo da moça escorregou pelo sofá. Ela parecia exausta.

— Olha, Joan, para mim é muito difícil falar com uma estranha sobre minha vida íntima, ainda mais sobre algo desse tipo. Estou aqui, porque realmente acredito que preciso de ajuda! Nunca fui muito religiosa ou ligada nessas coisas sobrenaturais e espirituais. Não frequento igrejas, acredito em Deus e é só! Não gosto da ideia de ficar xeretando em cemitérios, de pensar em fantasmas, se eles ficam perambulando por aí ou não, acho que os mortos devem ser respeitados e que nós, vivos, devemos deixá-los descansar em paz! A Julia gosta dessas coisas, então, por que eles não aparecem para ela? São os antepassados dela, não meus! Por que apareceram na minha câmera? Há um bocado de gente por aí que adoraria tê-los fotografado, mas por que essas malditas coisas tinham de aparecer justamente nas minhas fotos?

Joan observava Elise e percebia sinceridade em suas palavras. A própria expressão de cansaço no rosto da moça denunciava o drama pelo qual ela deveria estar passando. Joan acreditava em vida após a morte e até estudava alguns temas relacionados à espiritualidade, contudo, ainda era cedo para entrar nesse mérito com a paciente. Como profissional, precisava ter cautela, pois, durante todos aqueles anos atuando como terapeuta, vira toda sorte de coisas, como pessoas que chegavam ao seu consultório contando histórias fantásticas e extravagantes ou que simplesmente as criavam como forma de chamarem atenção, acabando, por fim, a acreditarem nelas como se fizessem parte da realidade. Elise, no entanto, estava falando de fotos, de imagens capturadas por uma câmera, e Joan queria vê-las.

— Aconteceu alguma coisa importante nos últimos meses? Quero dizer, alguma situação que pudesse ter mexido com seu emocional? O fim de um relacionamento, a perda de um ente querido, um acidente, qualquer coisa que pudesse desencadear um intenso estresse emocional?

Elise pensou durante algum tempo antes de responder, depois balançou a cabeça em sinal de negativa.

— Terminei um namoro faz uns três ou quatro meses, mas não posso dizer que foi algo importante.

— Você mora com alguém, Elise?

— Não, moro sozinha.

— Não vou lhe receitar medicamentos, calmantes ou antidepressivos. Não acredito que seja esse o tipo de tratamento do qual você necessita. Quero-a lúcida e com a mente bastante desperta, respeitando seus períodos de sono e de descanso.

Elise ouvia a tudo com atenção e pensava que a terapeuta não era tão maluca quanto lhe parecera no início da sessão.

— Gostaria que saísse do seu apartamento por algum tempo e fosse passar alguns dias na casa dos seus pais, de algum parente, de alguma amiga. Isso é possível?

— Posso falar com uma amiga de confiança. É possível sim.

— Ótimo! Gostaria de saber como você se comporta quando não está sozinha. Talvez, isso a ajude a superar o problema e a diminuir sua ansiedade. Precisamos também observar se a sensação de pânico e os pesadelos persistem. Se possível, fale com sua amiga e saia do seu apartamento hoje mesmo.

Joan levantou-se e caminhou até a mesa. Elise a seguiu.

— Você poderia retornar daqui a dois dias para uma próxima sessão?

Elise concordou com a cabeça.

— Muito bem. Eu a aguardo no mesmo horário. Ah, sim! Se for possível, traga as fotografias.

CAPÍTULO 2

Ao sair do consultório, Elise resolveu que seguiria a sugestão de Joan. A moça passou pelo apartamento, encheu uma mochila grande com roupas e outros objetos de uso pessoal, além da câmera fotográfica, alguns rolos de filme e um envelope com as fotos, dirigiu até o outro lado da cidade e estacionou na frente de uma cafeteria.

Era outono, fazia frio e uma fina garoa caía insistentemente, tornando o dia ainda mais cinzento.

Elise sentou-se a uma mesa encostada à parede, de frente para a porta.

— Um *cappuccino* e um sanduíche de presunto, por favor.

A atendente anotou o pedido de Elise e retirou-se em silêncio. O estabelecimento estava praticamente vazio, exceto pela presença dela e de um homem de meia-idade, que, sentado junto ao balcão, lia o jornal e bebia algo que parecia ser uma dose de conhaque. Era horário de expediente para a maioria das pessoas.

A atendente retornou com o pedido e deixou-o sobre a mesa junto com a nota.

Elise viu quando a porta de vidro se abriu, e Pauline entrou.

— Ei! Está tudo bem? — perguntou ela, enquanto se aproximava de Elise e a abraçava.

— Está. Só estou seguindo as recomendações da minha terapeuta. Preciso de companhia por alguns dias.

Pauline soltou uma gargalhada e puxou uma cadeira para sentar-se. Tinham praticamente a mesma idade, contudo, Pauline aparentava ser bem mais jovem que Elise. Era de estatura pequena e muito magra, usava os cabelos curtos e pintados de vermelho e saltos excessivamente altos, verdadeiras plataformas coloridas, que lhe conferiam uma aparência semelhante à de algumas bonecas que vemos em vitrines de lojas de brinquedos nos dias atuais.

— E desde quando você tem uma terapeuta? Que história é essa? Está fugindo de algum ex-namorado psicopata ou coisa parecida? — perguntou Pauline, enquanto fazia sinal para a atendente.

— Minha terapeuta pediu que eu não ficasse sozinha, mas explico a história toda com calma quando chegarmos à sua casa, está bem?

— Um *cappuccino*, por favor — pediu Pauline. — Fiquei feliz com seu telefonema. Fazia tanto tempo que não nos víamos. Sinto sua falta. Tentei lhe ligar, deixei recados na sua secretária eletrônica, mas você nunca responde... estava ficando preocupada.

— Estou bem, vou lhe explicar tudo depois. Só preciso de companhia por alguns dias.

A atendente deixou o *cappuccino* sobre a mesa e acrescentou um rabisco na nota, retirando-se discretamente.

— Vamos poder fazer um monte de coisas! Sair, nos divertir, fazer compras! Há um bazar maravilhoso perto de casa. Quero levá-la até lá!

Pauline estava realmente animada em reencontrar a amiga. Ela e Elise haviam se conhecido no colegial e se tornado inseparáveis, contudo, com o passar dos anos, a conclusão do Ensino Médio e a chegada da vida adulta, aconteceu um afastamento natural entre as duas causado pelos compromissos e pelas obrigações da vida profissional. A amizade de Pauline e Elise, no entanto, perdurou, amadureceu, e os laços entre as duas se tornaram mais fortes.

— Não estou muito para agito, bares ou danceterias — disse Elise, enquanto dava uma mordida no sanduíche. — Não almocei ainda — explicou ela.

— Nós não precisamos sair para nos divertir. Só lhe disse que há um monte de coisas que podemos fazer juntas!

Elise concordou com a cabeça, enquanto mastigava o sanduíche.

— Você tem de voltar para a loja?

— Não, meu expediente já acabou. Estou livre! Mas é cedo para irmos pra casa! Tenho que passar em alguns lugares antes. À noite, podíamos ir a uma pizzaria. O que acha?

— Por mim, tudo bem.

— Então, vamos! Tenho um monte de coisas para fazer ainda. Deixe que eu pago a conta.

Elise não teve tempo de protestar. Pauline pagou a conta, e as duas amigas saíram da cafeteria em seguida e passaram por algumas lojas de eletrodomésticos, pois Pauline precisava fazer uma pesquisa de preços para comprar um micro-ondas novo e um liquidificador. Depois, jantaram em uma pizzaria pequena e simples, mas que servia pizzas excelentes.

Quando seguiram rumo à casa de Pauline, já passava das nove horas da noite. Elise não tocara ainda no assunto das fotografias e havia até mesmo esquecido delas e dos fantasmas que a assombravam. Sentia-se mais tranquila e confortável na presença da amiga, que a distraía o tempo todo com seu mundo colorido repleto de moda, cinema, música e decoração.

A chuva persistente aumentara um pouco, assim como o frio, e Elise decidiu ligar o ar quente do carro, enquanto seguiam por uma longa avenida nos arredores do centro da cidade. Dobraram a direita e entraram em uma rua longa e sem saída. Elise seguiu até o final e estacionou o carro diante da última casa do lado esquerdo, um pequeno e aconchegante sobrado da década de 1950, presente dos pais de Pauline quando estes se mudaram de Londres para o País de Gales.

— Venha! Quero que veja como ficou a pintura nova do meu quarto! — disse Pauline entusiasmada enquanto abria a porta.

As duas amigas subiram os degraus de madeira que levavam ao piso superior, e Pauline acendeu a luz do quarto. De repente, a moça percebeu que Elise estava tão branca quanto uma folha de papel.

Junto da porta do quarto estavam os dois adolescentes que ela fotografara na mansão.

— O que foi? — disse Pauline com os olhos arregalados, enquanto conduzia a amiga até cama.

— Não, nada! Estou bem, já vai passar...

Pauline olhava para o rosto pálido de Elise e só naquele momento percebeu o quanto a amiga estava abatida.

— Acho que somos amigas há tanto tempo, Elise... acredito que eu seja digna de sua confiança.

Pauline falava em um tom de voz tão suave e delicado que Elise não resistiu e acabou irrompendo em um choro libertador. Pauline aguardou em silêncio o tempo necessário para que ela extravasasse suas emoções.

Quando finalmente parou de chorar, Elise respirou profundamente e seus olhos acinzentados estavam com as pálpebras inchadas e vermelhas.

— Elise, o que está acontecendo? — perguntou Pauline, procurando olhar nos olhos da amiga. — O que está acontecendo de verdade? Você está com algum problema de saúde?

Elise olhava para a parede, pensando que precisava contar a história toda, só não sabia como começar. Ela levantou-se, retirou de dentro da bolsa o envelope com as fotos e entregou-o para Pauline.

— O que é isso?

Elise não respondeu, e, à medida que Pauline olhava as fotografias, a expressão no rosto da moça se modificava.

— Meu Deus! Onde conseguiu isso?

— Eu fiz essas fotos.

Pauline olhava com atenção cada uma das 21 fotos e não se cansava de examiná-las de novo, repassando, repetidas vezes, cada uma delas diante dos olhos. Elise relatou com pormenores toda a história à amiga, assim como o fez com Joan, enquanto Pauline a ouvia com atenção e espanto. Conhecia Elise o suficiente para saber que a amiga não se interessava por aqueles assuntos e que deveria estar sendo para ela uma situação bastante difícil de suportar, já que a moça duvidava da existência daqueles fenômenos.

— Elise, essas fotos são incríveis! São verdadeiras raridades! Eu acredito nessas coisas! Minha mãe sempre acreditou, e fui educada de forma a crer na existência de vida após a morte. Minha bisavó foi uma médium que ajudou muita gente. A mediunidade dela aflorou ainda na infância e acabou influenciando as crenças da família toda. Tenho uma tia, a irmã mais velha de minha mãe, que pode nos ajudar. Há anos, tia Nancy tem se dedicado a estudar esses fenômenos. Se você quiser, posso ligar para ela amanhã.

— Acho que toda ajuda é bem-vinda. Obrigada por tudo, Pauline. Quando a terapeuta me pediu que eu procurasse alguém com quem passar alguns dias, pensei imediatamente em você. Não confiaria em mais ninguém para contar essa história. Você deve saber o quanto tudo está sendo assustador pra mim. Logo eu, que sempre procurei não me envolver com esses assuntos...

Elise abraçou Pauline com sincera gratidão.

— Não se preocupe, Elise. Você sabe que pode ficar o tempo que quiser aqui. Vamos dar um jeito em tudo! Agora, você precisa de um banho e de uma boa noite de sono, porque está com uma aparência horrível! — concluiu Pauline fazendo uma careta.

Elise insistiu em dormir no quarto de hóspedes, mais por constrangimento do que realmente por vontade de manter a privacidade. No fundo, preferia não dormir sozinha, e, finalmente, por insistência de Pauline, acabaram dividindo a mesma cama, que era larga o suficiente para acomodá-las confortavelmente.

Conversaram ainda durante algum tempo até que Pauline adormeceu. A temperatura caiu ainda mais na madrugada, e Elise sentiu os pés gelarem. A moça, então, levantou-se com cuidado e desdobrou a coberta que estava aos pés da cama. Neste momento, uma sensação de agonia começou a envolvê-la. Uma atração irresistível de ir até a janela e olhar através da vidraça tomou conta de Elise, que caminhou nas pontas dos pés e afastou com cuidado a cortina de renda azul. À luz da lâmpada do poste, ela via as gotículas de chuva caírem em abundância. Na calçada de frente ao sobrado, a figura de um adolescente com o rosto voltado para cima a observava através da vidraça. Ela sentiu o coração bater com mais força e voltou para cama. Já era quase dia quando finalmente conseguiu pegar no sono.

CAPÍTULO 3

Passava das dez da manhã quando Elise despertou. A moça permaneceu algum tempo enrolada nas cobertas até que finalmente resolveu sair da cama e descer as escadas ainda usando o pijama.

Na geladeira, preso por um dos muitos imãs coloridos, havia um bilhete de Pauline:

Bom dia! Deixei café na cafeteira, torradas e geleias no armário e queijo na geladeira.

Ligo mais tarde.

Beijos,
Pauline.

Elise sorriu ao ler o bilhete. Era bom não estar sozinha. Ela serviu-se de uma xícara de café preto sem açúcar e de duas torradas com geleia de amora.

A cozinha era pequena, porém bastante funcional. Os espaços eram bem aproveitados, não havia mesa ou cadeiras no local, mas um balcão de fórmica com bancos de pernas altas. Algumas peças decorativas arrematadas em brechós de garagem formavam um interessante conjunto com os eletrodomésticos e louças coloridas de design moderno.

Elise sentou-se de frente para a TV. O telefone tocou algumas vezes até que ela pudesse atender.

— Alô?

Ninguém respondeu. Apenas um ruído, uma espécie de chiado, foi aumentando gradativamente. Ela sentiu o coração acelerar. Era a velha sensação de pânico retornando.

— Alô???

Nenhuma resposta; apenas aquele ruído desagradável voltou a soar. Elise colocou novamente o fone sobre o aparelho, fechou os olhos e respirou fundo. Depois, riu de si mesma e disse em voz alta: "Estou me comportando como uma idiota. Com certeza, estão mexendo nos fios, e alguém está tentando ligar para cá. É só a Pauline tentando ligar...".

Elise sentou-se novamente de frente para a TV e voltou a atenção para o seriado de comédia que estava passando. Não estava conseguindo se concentrar. Algo naquela ligação mexera com seus instintos. O telefone tocou novamente, e ela caminhou lentamente até o aparelho. Quando o ouviu tocar pela quinta vez, tirou o fone do gancho e aproximou-o do ouvido. O coração de Elise estava novamente acelerado e sua respiração irregular. O mesmo ruído. "Calma", ela pensou, procurando respirar mais fundo. "É só um problema na linha."

— Alô?

Um som semelhante ao de uma voz pareceu vir de longe, como se saísse do meio do chiado. Era como um rádio que não está sintonizado em nenhuma frequência.

— Alôôôô???

Agora, ela praticamente berrava ao telefone. A voz ao longe parecia realmente estar tentando dizer alguma coisa.

— Quem é???

A resposta veio de forma não muito clara. Não era possível identificar a voz como feminina ou masculina. Havia fonemas e sílabas saindo do meio daquela miríade de ruídos. Elise tomou coragem e perguntou novamente:

— Quem está aí?

Um nome surgiu, e ela finalmente conseguiu ouvir.

— Mary — a voz respondeu e, depois de uma pausa, concluiu: — Mary Duncan.

Elise sentia a boca ficar seca, mas relutava em desligar o telefone.

— O que quer, Mary? — sua voz estava trêmula.

— Ajudar Mary.

A voz, então, se calou. Durante mais algum tempo, Elise tentou manter um diálogo, mas não obteve mais nenhuma resposta; apenas ouviu o chiado novamente. Era muito claro para ela: havia algo ou alguém do outro lado da linha. Falara com alguém ao telefone. Sua intuição, seus instintos lhe diziam que era alguém que não pertencia mais ao mundo material, de carne e osso, ao mundo dos vivos. Ela não fazia a mínima ideia de como aquilo pudesse ser possível, mas começava a crer, pela primeira vez em sua vida, que talvez o outro mundo, chamado de outro lado, de mundo dos mortos, fosse tão real quanto aquele em que ela vivia e que ele talvez não estivesse tão distante. Não era uma charlatã; era uma profissional séria, e as imagens estavam lá nas fotos tiradas e reveladas por ela mesma. Já ouvira histórias daquele tipo e sempre considerara, até aquele momento, que se tratavam de fraudes, mentiras inventadas por pessoas que tentavam se aproveitar da ingenuidade e da fragilidade daqueles que perderam alguém para a morte. Sempre fora cética no que dizia respeito a assuntos relacionados à existência de vida após a morte, contatos com o além e fenômenos sobrenaturais.

Estava imersa nesses pensamentos, quando foi despertada pelo telefone.

— Alô?

— Elise? Sou eu, Pauline. Dormiu bem?

Com certa decepção, Elise reconheceu a voz de Pauline do outro lado da linha, límpida e clara. Não havia ruído algum.

— Sim, sim, dormi — Elise mentiu.

— Tentei ligar outras vezes, mas o telefone estava ocupado.

— Ah, foi engano. Uma velhinha estava tentando ligar para o filho e acabou errando o número por duas vezes.

— Entendo. Você poderia me pegar para almoçarmos juntas?

— Claro. Conseguiu falar com sua tia?

— Sim, ela estará nos esperando no início da tarde.

— Está bem, passo para te pegar. Até mais tarde.

— Até mais!

Elise permaneceu sentada ao lado do telefone aguardando um novo contato telefônico, contudo, nada aconteceu. Olhou para o relógio na parede e notou que ainda era cedo. Ela subiu rapidamente as escadas, tomou um banho, colocou na bolsa a câmera e o envelope com as fotografias e saiu.

Sentia-se mais disposta, com o ânimo renovado. O rosto de Elise já não tinha mais a aparência cansada do dia anterior. Não era uma mulher exuberante, mas era atraente. Usava uma maquiagem leve, que realçava apenas os olhos acinzentados e os lábios finos que estavam agora tingidos com um coral suave. Usava um suéter azul índigo, e os cabelos dourados estavam presos por um elástico em um penteado simples como era do seu costume.

O céu continuava nublado, mas a chuva dera uma trégua. Elise dirigiu até os arredores do centro da cidade e estacionou em frente a uma livraria bastante tradicional e antiga.

— Bom dia, posso ajudá-la, senhorita?

O homem baixinho e atarracado atrás do balcão aparentava ser tão velho quanto o próprio prédio e olhava para ela sobre as lentes dos óculos.

— Ah... estou procurando livros sobre espiritualidade, vida após a morte, reencarnação, essas coisas...

— No final daquele corredor, nas prateleiras da direita. Se a senhorita precisar de ajuda, basta chamar um dos vendedores.

— Obrigada.

Apesar de não possuir uma fachada larga, o prédio era comprido e estendia-se em direção aos fundos. O assoalho de madeira estava impecavelmente encerado, assim como as estantes mais antigas e as mesas que ficavam à disposição dos clientes para que, com calma, degustando um café ou chá, pudessem escolher os livros que levariam para casa.

Elise parou no final do corredor e percorreu, rapidamente, com os olhos as centenas de volumes arrumados com capricho um ao lado do outro. Junto à parede estava uma escada de alumínio com cinco degraus. Ela separou alguns títulos que lhe chamaram a atenção. Todos estavam ao alcance de suas mãos, e a moça decidiu que não usaria a escada. Se fosse olhar todos os títulos que estavam à venda, levaria o dia inteiro e teria de retornar no dia seguinte e talvez no próximo.

Escolheu uma mesa e colocou os livros sobre o móvel. Separara mais de vinte títulos e se pôs a examinar cada um deles com cautela. Leu a introdução, o sumário e também as informações da contracapa e foi deixando os que não eram de seu interesse de lado, sobre uma cadeira. Elise estava tão absorta em seus pensamentos que nem percebeu o homem que caminhava em sua direção sorrindo.

— Elise? Elise Carter?

Ela levantou os olhos e demorou algum tempo até reconhecê-lo.

— Antony? Meu Deus! Antony! Quanto tempo!

Elise levantou-se e abraçou-o com força.

— Não sabia que já tinha voltado.

— Faz quatro meses que retornei a Londres — disse ele, enquanto puxava uma cadeira. — Conheci lugares incríveis! Tenho certeza de que você iria gostar de todos eles!

Elise ainda o olhava meio incrédula. Ele não mudara muito. Apenas a barba e os cabelos escuros de Antony haviam embranquecido significativamente, a pele do rosto estava queimada pelo sol dos trópicos, e algumas marcas de expressão destacavam-se nos cantos dos olhos. Parecia também estar um pouco mais magro do que era quando se viram pela última vez.

Fazia quase três anos que não se viam. Antony era professor universitário de história e de antropologia e conhecera Elise por meio de um trabalho que ela realizara para a revista do campus. Quando o projeto de pesquisa de Antony sobre as civilizações antigas da Era do Bronze e do Ferro no Reino Unido foi aprovado, Elise foi contratada para fazer as fotos. Os dois, então, viajaram juntos por algumas cidades da Inglaterra, da Irlanda e também do País de Gales, visitando sítios arqueológicos.

Elise e Antony envolveram-se em um relacionamento que durou pouco mais de um mês e que terminou em uma desagradável discussão durante um jantar no apartamento dela.

Quando Elise se arrependeu do término e o procurou novamente algumas semanas depois, Antony já havia viajado para concretizar um projeto de pesquisa nas Américas do Sul e Central, que durou dois anos.

Elise sofreu durante algum tempo com a partida de Antony, mas acabou se acostumando com a ideia e esquecendo a situação. Agora, ao reencontrá-lo, todo o sentimento voltou à tona e inflamou-se dentro da moça. Era como se nunca houvessem se separado, como se aquela lacuna de tempo entre eles não existisse.

— Não sabia que se interessava por esses temas... — disse Antony, enquanto percorria com os olhos os títulos dos livros empilhados sobre a mesa.

Elise sentiu as bochechas se aquecerem. Devia estar vermelha como um tomate.

— É, realmente nunca me interessei, mas digamos que aconteceu algo que despertou minha curiosidade.

— Se quiser, tenho títulos muito interessantes em minha biblioteca. Posso lhe emprestar. — Antony olhou rapidamente para o relógio que tinha no pulso. — Preciso ir. Tenho que dar aula daqui a pouco e ainda não almocei. Você já almoçou?

— Eu? Não, não, mas tenho um compromisso com Pauline. Prometi apanhá-la na loja para almoçarmos juntas.

— Então... está bem — disse ele levantando-se. — Vou lhe deixar meu cartão. Aqui tem meu telefone. O número antigo não existe mais. Acabei mudando.

Ela pegou o cartão de Antony e guardou-o na bolsa. Não sabia muito bem o que fazer nem o que dizer. Apenas correspondeu quando ele se inclinou para se despedir.

— Se quiser companhia para almoçar ou jantar um dia destes, me ligue. Foi muito bom ter te encontrado. Continua linda, Elise. Mande lembranças para Pauline — disse Antony sorrindo, enquanto se afastava em direção à porta.

Elise permaneceu sentada no mesmo lugar durante algum tempo e viu quando Antony deixou a livraria com seu andar um pouco desajeitado e os ombros magros e largos levemente inclinados para a frente. Ela lembrou-se da noite em que discutiram e romperam o namoro. Pensou que havia sido infantil, grosseira e intolerante e lembrou-se também do sentimento de arrependimento que a invadiu em seguida, assim que ele saiu fechando a porta do apartamento. Parecia mentira que o reencontrara depois de tanto tempo. Sentia-se um pouco perdida, meio atônita, e, apesar de o relacionamento não haver durado muito, Antony fora sua única paixão verdadeira. Estava longe de ser considerado um homem bonito, mas havia algo nele, em sua personalidade e no seu jeito de ser que a atraíram desde o primeiro encontro.

Elise foi despertada de seus devaneios pelo toque do celular. O identificador de chamadas exibia o número de Pauline.

— Já estou chegando!

— Onde você está?

— Perto, bem perto. Espere mais uns dez minutinhos, está bem?

Elise falava ao telefone, enquanto tentava juntar os livros para passar pelo caixa.

— Ok — disse Pauline desligando.

— Aqui está seu troco, senhorita.

— Obrigada.

Elise jogou as sacolas com os livros no banco traseiro e seguiu o mais rápido que pôde em direção à loja onde Pauline trabalhava. A amiga já a aguardava na calçada.

— O que aconteceu com você? — perguntou Pauline enquanto entrava no carro, parecia um pouco aborrecida.

— Desculpe! Perdi a hora! Passei na livraria e acabei me distraindo.

Pauline olhou para o banco traseiro e viu algumas sacolas cheias de livros.

— Fico feliz que esteja interessada em pesquisar sobre o tema, mas tome cuidado com livros sensacionalistas recheados de besteiras.

Elise olhava para a frente, procurando prestar atenção no trânsito.

— Encontrei o Antony.

— O quê? Ele já voltou? Quero dizer, já se passaram dois anos? E, então, como foi? Conte logo!

— Agi como uma idiota, é claro!

Pauline soltou uma gargalhada.

— Não imaginei que tivesse sido diferente — brincou Pauline, provocando Elise. — Onde você o encontrou?

— Na verdade, foi ele quem me encontrou. Eu estava na livraria, concentrada na escolha dos livros, quando ele se aproximou sorrindo e... acabou comigo! Fiquei totalmente sem ação. Parecia uma adolescente imbecil, sem saber o que perguntar ou o que dizer. Nem sequer perguntei a ele se estava casado! Deve estar, depois de tanto tempo. Antony conheceu outros lugares, exóticos, diferentes, e deve ter conhecido alguém durante esse tempo em que ficamos separados.

— Talvez não. Você ainda está solteira e sozinha, por exemplo. Olhe! Estacione naquela vaga ali. Vamos almoçar nesse restaurante — Pauline apontou para um espaço que havia entre dois carros.

O lugar estava lotado, e apenas duas mesas, próximas da parede dos fundos, estavam vagas.

— E vocês marcaram alguma coisa? Sabe se ele está morando no mesmo lugar?

— Não perguntei, mas fiquei com o cartão dele. Ele me convidou para almoçarmos, e eu respondi que tinha combinado de pegar você para almoçarmos juntas. Antony, então, me pediu que ligasse para ele para marcarmos um almoço ou um jantar qualquer dia destes. Talvez estivesse querendo ser gentil ou educado... sei lá... Não sei o que pensar. Esse encontro me deixou confusa.

O garçom, um rapaz jovem muito magro e alto, aproximou-se. As duas amigas fizeram o pedido e, em seguida, a comida foi trazida à mesa.

— Você vai ligar, não vai? — perguntou Pauline, enquanto bebia um gole de chá gelado.

— Não sei... Estou morrendo de vontade de telefonar, marcar alguma coisa, vê-lo novamente, mas também morro de medo de descobrir que ele está envolvido com outra pessoa... — desabafou Elise. — Mas acho que, mesmo assim, vou me arriscar e ligar para ele.

Eram quase três da tarde, quando as amigas deixaram o restaurante e seguiram para a casa da tia de Pauline.

Naquele horário, o trânsito estava mais tranquilo, e Elise tomou a direção norte rumo a uma parte da periferia de Londres por onde não costumava rodar e que não conhecia muito bem. Ela ia seguindo as orientações de Pauline, e, depois de meia hora de muitos sinais vermelhos, chegaram a um bairro tranquilo, no qual havia uma floresta bem conservada, conferindo ao local uma paisagem completamente diferente da que as pessoas estavam acostumadas a ver na Londres atual.

Elise e Pauline passaram por uma praça pequena com um jardim de arbustos bem cuidados, na qual havia meia dúzia de bancos de ferro pintados de vermelho e um pequeno *playground* com quatro balanços e um escorregador. Algumas crianças brincavam por ali, sendo que as menores estavam acompanhadas pelas mães ou pelas babás.

A rua era larga, e não havia muitos carros transitando nela. Adolescentes andavam com seus *skates* nas calçadas ou de bicicleta, e alguns moradores caminhavam com seus cães presos por guias ou correntes.

— Parece ser bastante calmo por aqui — comentou Elise, enquanto observava tudo em volta. — Até parece que não estamos em Londres.

— É bem tranquilo. Morei aqui quando era criança — respondeu Pauline.

— É mesmo? Nunca me disse isso.

— Eu e você nos conhecemos mais tarde. Cresci na casa da minha tia. Meus pais moraram lá durante algum tempo, depois que se casaram — explicou ela. — Estacione aqui.

Pauline apontou para uma simpática construção do tipo chalé, com um muro baixo e que ficava do lado esquerdo da rua. Elise estacionou junto da calçada, bem em frente ao portão.

— Venha — disse Pauline, enquanto se apressava em descer do carro.

Havia uma passarela de concreto em meio à grama, e o jardim era composto por algumas árvores muito velhas, cujos troncos retorcidos estavam cobertos de limo e cujos galhos exibiam uma miscelânea de trepadeiras e parasitas. Entre as árvores, alguns canteiros redondos com flores diversas exibiam o capricho da proprietária com os detalhes. As paredes, pintadas de branco, estavam salpicadas por pequenas flores roxas em formato de campainha que desciam pelo telhado anguloso. A porta antiga de vitral colorido dava um toque especial à construção, tornando-a diferente das outras casas da rua.

Pauline tocou a campainha e, em seguida, as duas amigas ouviram passos que se aproximavam da porta.

— Pauline! Minha querida!

Nancy sorriu e abraçou a sobrinha com carinho e recebeu Elise da mesma forma, como se a conhecesse havia muitos anos. Acolhida pela tia de Pauline, Elise sentiu como se estivesse em casa.

Nancy possuía um carisma especial, que podia ser percebido por todos à sua volta. Bastaram poucos minutos em sua presença para que Elise sentisse por ela uma afeição e simpatia singulares.

— Entrem, vamos para a cozinha! Preparei um delicioso chá de laranja com especiarias. Separei também alguns biscoitos que eu mesma fiz. Fazia muito tempo que Pauline não vinha me visitar, Elise. Até parece que moramos em cidades diferentes! — brincou Nancy.

A mesa estava arrumada, e as três mulheres sentaram-se e puseram-se a conversar animadamente sobre assuntos diversos. Parecia que tinham a mesma idade, e Elise observou o quanto a tia de Pauline era jovial, apesar das rugas e dos longos cabelos grisalhos. Nancy não falava só sobre doenças nem se lamentava da vida como a maioria daqueles que já passaram dos sessenta anos, muito pelo contrário. Os olhos castanhos de Nancy brilhavam e o sorriso dela era franco e repleto de vivacidade. As mãos, com dedos longos e cheios de anéis, moviam-se com leveza e agilidade, ignorando os nós que se formavam nas articulações. Era magra, muito mais alta do que as outras duas e vestia-se com simplicidade. Naquela tarde, estava usando uma malha leve verde-clara e um par de tênis confortáveis, que lhe conferiam um ar ainda mais jovial. Pauline tinha comentado que a tia nunca se casara e que também não tinha filhos. Durante o tempo em que permaneceram à mesa, não conversaram sobre as fotografias.

O lugar era agradável. Não se ouvia ruídos de carros; apenas o som do canto dos pássaros e da algazarra das crianças e dos adolescentes na rua. Vez por outra, ouvia-se o latido dos cães da vizinhança.

A cozinha da casa era ampla, e a parte dos fundos do terreno podia ser vista através da grande janela retangular que ficava alguns centímetros acima da pia. A geladeira era antiga, e Elise ficou imaginando se aquela cozinha não abrigara no passado um fogão à lenha, um armário e uma cristaleira enormes, com muitas louças. Dispostas nas prateleiras do armário havia algumas panelas e vidros grandes com ervas e temperos.

Um cão com orelhas arredondadas, que quase se arrastavam pelo chão, entrou pela porta dos fundos e sentou-se junto aos pés de Nancy. George era um belo exemplar da raça Basset e um companheiro inseparável da dona da casa. Ela afagou-lhe a cabeça com carinho, e o cão balançou preguiçosamente a cauda. O olhar do animal estava fixo em algum ponto atrás do ombro direito de Elise. George começou a rosnar baixinho e a latir insistentemente.

— Ele não está latindo para você, mas para quem está junto de você. Se observarmos um pouco melhor, veremos que George está olhando para algum ponto específico atrás de seu ombro direito, Elise.

Elise sentiu um calafrio percorrer-lhe a espinha, e, como o cão latia sem parar, Nancy levou-o para a sala e fechou a porta que dava acesso à cozinha.

— Vamos. Gostaria que viessem comigo até os fundos.

Pauline e Elise levantaram-se e seguiram Nancy por um estreito caminho de concreto margeado pela grama e por pedras de rio posicionadas de ambos os lados. Nos fundos do terreno havia uma construção menor, que, no passado, fora usada como depósito para guardar ferramentas, latas de tinta e toda sorte de coisas que as pessoas não querem manter dentro de uma casa, mas que também não podem ficar expostas ao sol ou à chuva. Nancy reformara o cômodo, aumentando um apêndice, e construíra também um pequeno banheiro. A construção era completamente revestida por pedras, e a hera, apesar de bem aparada, tomava conta de parte do telhado e das paredes.

As janelas estavam abertas, e, através delas, um leve aroma de jasmim espalhava-se pelos arredores, intensificando-se à medida que se aproximavam da porta.

— Entrem e fiquem à vontade — disse Nancy, indicando um sofá e uma poltrona azuis já um pouco desbotados.

O aroma de incenso tomava conta do ambiente de forma agradável, sem tornar-se exagerado. No canto direito do cômodo havia uma cristaleira antiga que Nancy transformara em estante e cujas prateleiras estavam ocupadas por livros. Elise observou que alguns pareciam bastante velhos e que outros haviam sido impressos em outros idiomas, que identificou como alemão e francês.

Uma mesinha retangular, posicionada debaixo de uma das janelas, exibia alguns objetos que pareciam compor um altar: uma imagem de Nossa Senhora em porcelana, um vaso com flores, um porta-velas, um incensário e algumas pedras e cristais, além de uma taça com água.

— Acomodem-se da forma mais confortável possível para que possamos conversar — pediu Nancy, sentando-se em seguida.

Pauline e Elise fizeram o mesmo.

— Elise, Pauline ligou para mim e comentou resumidamente o motivo pelo qual você viria até aqui. Gostaria que me falasse a respeito das fotografias.

Foi muito mais fácil para Elise relatar para Nancy o caso das fotografias do que para Joan, o que era compreensível, pois o encontro com a tia de Pauline estava sendo bem mais informal do que fora com a terapeuta. Nancy ouviu a tudo com atenção.

— Você trouxe as fotos? Gostaria de vê-las.

Elise retirou de dentro da bolsa o envelope e entregou-o para Nancy. Ela analisou cada uma das fotografias sem pressa.

— Você os vê, Elise? — Nancy perguntou com voz tranquila e suave.

Elise balançou afirmativamente a cabeça.

— Em especial, os adolescentes. É mais comum a garota e o garoto aparecerem. Só vejo a mulher em sonhos, ou melhor, nos meus pesadelos. Os adolescentes, contudo, têm me perseguido desde o episódio com as fotografias. Já os vi em meu apartamento, na casa de Pauline e até mesmo na rua.

Nancy esboçou um leve sorriso.

— Sei que tudo isso é perturbador para quem não está familiarizado com esses assuntos. Ver pessoas que já partiram deste mundo talvez seja a experiência com o sobrenatural mais perturbadora que alguém pode ter — Nancy fez uma ligeira pausa e perguntou: — Sua infância foi tranquila, Elise? Você se lembra de situações em que tenha tido contato com desencarnados?

Elise pareceu ponderar durante alguns minutos como se tentasse se lembrar de algum fato ou detalhe que pudesse ser importante.

— Não, acho que nunca me aconteceu nada desse tipo. Lembro-me de ter dificuldades para dormir quando era criança, quero dizer, tinha medo de adormecer, pois sofria com pesadelos frequentes. Nunca, no entanto, consegui lembrar o que acontecia neles; apenas acordava sentindo muito medo. Meus pais não eram muito ligados nessas coisas. Refiro-me, na verdade, ao meu pai e à minha madrasta, pois minha mãe faleceu quando eu era muito pequena ainda, então, praticamente não a conheci. Meu pai nunca foi um homem muito religioso ou que demonstrasse interesse por assuntos relacionados à espiritualidade, por esse motivo tal aspecto de minha vida sempre foi deixado para segundo plano. Talvez tenha sido um erro da minha parte, mas a verdade é que esses valores nunca tiveram muito espaço na minha educação e acredito que isso tenha me influenciado bastante.

Nancy concordou com a cabeça.

— Influencia sim. Há pessoas que já demonstram um grande interesse pela espiritualidade ainda na infância, independente da educação que recebem ou do meio em que vivem, mas não é comum. Costumam ser espíritos já bastante evoluídos com grande bagagem de conhecimento espiritual. Boa parte dessas pessoas nasce com uma missão ou com um propósito especial relacionado à auxiliar na educação espiritual de um pequeno ou grande grupo. Quanto às fotos, esses fenômenos existem desde que a fotografia foi criada. Na verdade, as tentativas de contato dos desencarnados com o mundo dos vivos existem desde que a humanidade habita este planeta. Os espíritos sempre procuraram entrar em contato com o mundo material, por uma razão ou por outra, de uma forma ou de outra. O meio mais comum utilizado por eles é o próprio ser humano, que ainda constitui o canal mais apropriado para esse fim. Com a evolução, nossos instintos naturais foram ficando cada vez menos aguçados por serem cada vez menos necessários à nossa sobrevivência, e, consequentemente, nossa percepção acerca dos planos sutis também. O que chamamos hoje de mediunidade sempre existiu desde os tempos mais remotos. A humanidade sempre acreditou na vida após a morte. Povos do antigo Oriente já acreditavam na imortalidade do espírito e na reencarnação como necessária ao processo evolutivo do ser. O conceito de morte como fim, sem retorno, sem chance e sem perdão nasceu juntamente com o conceito de inferno e de um Deus inflexível. Esses conceitos de certa forma perduraram por séculos, trazendo consigo o medo da morte, do reino espiritual e todas as suas manifestações, que passaram a ser vistas como algo demoníaco. Muitos médiuns foram mortos durante o chamado período das trevas somente por possuírem uma percepção mais aguçada dos planos sutis. Mais tarde, não muito distante da época em que estamos vivendo, muitos foram internados em manicômios, tendo um fim também bastante dramático e sofrido. Poucas eram as famílias que possuíam conhecimento e que tinham bom senso para lidar com essas questões.

Nancy fez uma pausa e continuou em seguida:

— Sabemos que fraudes relacionadas a fenômenos sobrenaturais existem e que, no início do século, muitos fotógrafos usaram de artifícios para ganhar dinheiro. Essas pessoas forjavam imagens, que hoje, com a tecnologia de que dispomos, seriam simplesmente motivo de piada. Naquela época, no entanto, aos olhos daqueles que buscavam um alento, uma esperança, tais fotografias pareciam verdadeiras. Esses falsários aproveitavam-se da fragilidade dos que haviam perdido seus familiares e que estavam inconsoláveis, sedentos por um contato, uma prova qualquer de que eles estivessem bem e vivos de alguma forma e em outro plano existencial. Obviamente, muitos viram o sobrenatural como uma forma de ganhar dinheiro... — Nancy fez outra pausa e continuou: — E ganharam! Muitos médiuns e sensitivos, que descobriram seu potencial ainda bastante cedo, deixaram a ambição falar mais alto. Em todas as épocas, contudo, existiram também aqueles que fizeram bom uso do dom, ajudando, dedicando seu tempo e seu conhecimento aos outros sem pedirem nada em troca. No decorrer da história da fotografia, há registros de muitos casos verdadeiros, em que não houve fraude ou dinheiro envolvido. Outros casos ficaram no anonimato, mas essas imagens são mais comuns do que você pensa. Fenômenos desse tipo têm ocorrido o tempo todo pelo mundo afora. Você tem fotos fantásticas aqui. As mais comuns são aquelas nas quais podemos observar manchas luminosas ou sombras disformes e há também algumas em que se percebe a formação do ectoplasma. Você conseguiu capturar rostos nítidos em muitas de suas fotos, e isso é incomum!

Nancy deteve-se por um momento e depois prosseguiu com suas impressões:

— Esses jovens que aparecem para você não querem lhe fazer mal, Elise. O que ocorre é que eles causam um desequilíbrio em seus corpos sutis, no seu campo de energia e, consequentemente, no seu corpo físico. Minha intenção é ajudá-la a se fortalecer antes de cuidarmos da situação desse rapaz, dessa garota e, claro, do espírito da mulher que aparece nas fotos e em seus pesadelos. Acredito que ela seja um espírito que podemos classificar como obsessor. Não acredito que tenham aparecido em suas fotografias por acaso. Acredito que exista uma conexão entre você e eles.

Pauline olhava para Nancy com os olhos arregalados. A moça confiava nos conhecimentos da tia, mas tinha medo de se envolver com assuntos relacionados ao mundo dos espíritos.

— Venham! Gostaria que me acompanhassem até o outro cômodo.

Nancy abriu a porta de uma pequena sala de formato retangular. Não havia móveis com exceção de uma mesinha com duas prateleiras abaixo do tampo, sobre o qual estava uma caixa de madeira e alguns frascos de vidro pequenos. Na parede, havia três quadros exibindo retratos nada comuns. Um homem com barba longa e turbante trajando branco; o outro, de aparência bastante jovem, usando roupas elegantes que lembravam o figurino dos lordes ingleses do século XVIII; e o terceiro de uma mulher de rara beleza com volumosos cabelos, adornados por pérolas e opalas, vestindo uma túnica branca que lembrava os trajes da antiga Grécia.

Como Elise não conseguia tirar os olhos das três figuras singulares, Nancy explicou:

— São meus mentores espirituais, Elise. Dois deles se apresentaram ainda em minha infância. Um grande amigo os pintou conforme a descrição que fiz e me presenteou com os retratos — e voltou-se para Pauline pedindo: — Sentem-se.

As duas amigas obedeceram e sentaram-se em posição de lótus sobre o tapete de lã que cobria praticamente todo o assoalho da sala.

Nancy abriu a caixa de madeira que estava sobre a mesa e retirou de dentro dela um pêndulo de cristal translúcido. Ela posicionou-se diante de Elise e percorreu com o instrumento todo o contorno de seu corpo, mantendo dele certa distância. Pauline observava com atenção cada movimento do pêndulo que, às vezes, apenas balançava, outras vezes descrevia círculos no sentido horário ou anti-horário, traçando-os lentamente ou girando velozmente no ar. Nancy mantinha os olhos fechados, enquanto Elise estava com os olhos fixos na porta.

— Três entidades estão presas à sua aura, Elise, e vocês possuem um vínculo. Existe alguma ligação entre você e os espíritos que aparecem em suas fotografias, algo que aconteceu naquela casa no passado — Nancy fez uma pausa e continuou: — Quero que se deite e relaxe. Vou trabalhar em seus corpos sutis para liberar seus centros de energia de qualquer tipo de bloqueio.

Elise deitou-se no tapete e usou uma pequena almofada de veludo como apoio para a cabeça. Nancy fechou os olhos e inspirou profundamente algumas vezes. Depois, ainda com os olhos cerrados, retirou da caixa de madeira algumas pedras de cores diferentes e as distribuiu sobre o corpo de Elise, posicionando-as em pontos específicos e outras, à sua volta sobre o tapete.

Aos poucos, Elise sentiu o corpo relaxar e a temperatura da sala aumentar, tornando o ambiente ainda mais confortável. Nancy trabalhava com as mãos no campo magnético de Elise, sem tocar-lhe o corpo físico. Os movimentos eram por vezes suaves, por vezes intensos e rápidos, descrevendo algumas formas no ar ou simplesmente deslizando da cabeça aos pés e vice-versa. Em determinados momentos, as mãos de Nancy pairavam acima de certos pontos do corpo de Elise, em que havia a necessidade de canalização mais intensa de energia de cura.

Com os olhos fechados, Elise visualizava apenas o vazio. Não havia nenhuma imagem em sua tela mental, apenas escuridão e ausência de formas. Aos poucos, uma mancha luminosa azul-clara em formato circular surgiu na região frontal, foi aumentando e tomou conta de toda a tela. Pouco a pouco, Elise desprendeu-se da realidade em que se encontrava e viu-se dentro da casa de Julia. Estava consciente e caminhava pelo rol de entrada em direção à sala.

Tudo estava diferente. As paredes estavam pintadas com motivos florais, as cortinas tinham muitas rendas e babados, conforme os ditames da moda vitoriana. O piano ainda era o mesmo e se encontrava no mesmo lugar em que estava quando Elise fotografou a casa. Ela viu nas paredes muitos retratos e em alguns reconheceu a presença dos dois adolescentes e da mulher que fotografara. Além deles, havia uma jovem de delicada beleza e longos cabelos ruivos e um homem trajando um uniforme militar. Seguindo sua intuição, Elise subiu as escadas em direção ao piso superior onde ficavam os quartos. Caminhou pelo longo corredor e viu que as portas estavam fechadas, com exceção de uma delas, a penúltima porta do lado direito. De dentro do cômodo vinha uma melodia triste que despertou imediatamente em Elise uma sensação de aperto no peito e de angústia. A afinada voz feminina seguia cantarolando baixinho e de forma suave. O timbre da voz e a melodia desencadearam na moça um turbilhão de emoções. Chegava a ser doloroso. Era como se saudade e solidão se mesclassem a uma sensação de agonia quase desesperadora, contudo, o desejo de seguir em frente foi maior. Conhecia aquela música, sim! Tinha certeza de que a conhecia!

Instintivamente, Elise apressou o passo. Da porta, ela viu uma mulher jovem, que aparentava ter seus vinte e poucos anos, sentada diante de uma penteadeira, escovando os longos cabelos castanhos e cantarolando distraidamente. O rosto da moça podia ser visto através do espelho, e Elise imediatamente reconheceu sua amiga Julia. Ela estava diferente, os olhos dela eram claros e os lábios mais volumosos, mas Elise tinha certeza de que se tratava de Julia. Assistia à cena como em um filme. Não podia ser vista. Estava ali apenas como uma espectadora.

De repente, Elise ouviu um som abafado como se algo pesado tivesse caído no chão ou se a parede tivesse recebido uma pancada. A jovem parou de cantar, e a expressão tranquila em seu rosto modificou-se. O ruído repetiu-se outras vezes, a intervalos de tempo cada vez menores, e tornava-se mais intenso e mais próximo. Elise podia ver o pânico no rosto da moça. Agora, eram vários ruídos ao mesmo tempo e estavam cada vez mais próximos. A jovem levantou-se e deu alguns passos na direção da janela.

Os ruídos tornavam-se cada vez mais intensos e ensurdecedores e vinham de todos os lados. Era impossível dizer se vinham do teto, do chão ou das paredes. Parecia que surgiam de vários pontos ao mesmo tempo. Elise sentiu a angústia tomar conta de si, o coração acelerar e a respiração tornar-se curta e mais rápida. A jovem sentou-se no chão encostada na parede e com as mãos tapando os ouvidos. Elise ouviu quando ela gritou para pararem.

Ao observar a fisionomia de Elise e seus movimentos respiratórios, Nancy interferiu rapidamente e a trouxe de volta ao presente. Elise abriu os olhos e demorou alguns segundos até que pudesse reconhecer o ambiente ao redor.

— Eu vi a Julia! — disse Elise com espanto, como se tivesse dificuldade para acreditar no que estava dizendo. — Estava diferente, não tinha o mesmo rosto, mas tenho certeza de que era ela! Como pode? O que aconteceu comigo?

Nancy observava Elise com tranquilidade.

— Você assistiu a uma cena do passado. Era sua amiga Julia, mas com outro corpo e em outra época. Você esteve na casa?

— Sim — respondeu Elise, que ainda permanecia deitada. — Estive. Vi a casa como era no tempo em que foi construída, de que cor eram as paredes, os objetos de decoração, os móveis, todos eram daquela época. Um detalhe me chamou a atenção, Nancy. O piano que existe na casa estava exatamente no mesmo lugar que ocupa hoje! Havia também muitos retratos nas paredes. Reconheci em alguns deles os dois adolescentes e a mulher que fotografei, e havia outros dois rostos que chamaram minha atenção: o de um homem de meia-idade, que, pelas roupas, parecia ser das forças armadas, e o de uma jovem ruiva.

Elise fez uma breve pausa e continuou:

— Julia estava no piso superior em um dos quartos, aquele que hoje é utilizado por ela e pelo marido. No primeiro instante, vi seu rosto através do espelho. Ela penteava os cabelos e cantarolava baixinho uma canção que nunca ouvi em minha vida, mas... desde o primeiro instante, tive certeza de que conhecia aquela melodia! Senti um aperto horrível no peito e uma tristeza inexplicável. — Elise parou de falar, sua voz foi entrecortada pelos soluços. Não conseguia controlar o choro.

Pauline sentou-se junto de Elise e passou o braço em volta dos ombros da amiga. Discretamente, Nancy entregou para a sobrinha uma caixa com lenços de papel e aguardou pacientemente. Finalmente, o choro cessou.

— Não consigo me lembrar do que dizia a canção... é difícil de explicar. Sei que me lembro, mas é como se não conseguisse ter acesso a ela, como estivesse bloqueada em minha memória... Sabe quando você quer se lembrar de algo que sonhou? Ou quando você está com uma palavra na ponta da língua? — Elise fez uma pausa e depois continuou: — Eu e Julia começamos, então, a ouvir ruídos, barulhos, como se fossem pancadas. Pancadas muito fortes. Percebi que ela não podia me ver.

— Barulho? Onde? Dentro do quarto? — Nancy quis saber.

— Primeiro, parecia que o barulho vinha das paredes, depois as pancadas se tornaram insuportáveis, mais altas, e vinham de todos os lados. É impossível dizer se vinham de cima, de baixo, da direita ou da esquerda — depois de uma pausa, Elise se levantou e continuou: — Não parece possível, não é? Se não tivesse acontecido comigo, eu jamais acreditaria. Reconheci Julia em uma pessoa completamente diferente do que ela é hoje!

Nancy sorriu.

— Sim, é possível. A ligação que existe entre você e sua amiga vem de outras existências, Elise, e, ao que tudo indica, trata-se de um vínculo muito forte. Você reconheceu o ser essencial, o espírito, que não perece junto com a matéria. Existe algo nessa história que precisa ser desvendado e que envolve você, Julia e os espíritos que aparecem nas fotografias. Essas imagens não foram capturadas por sua câmera e reveladas por você por mero acaso. Precisamos marcar um encontro com sua amiga e conversar com ela. Tenho que ir até a casa, pois há algo no passado de vocês que está vindo à tona e precisa ser esclarecido com urgência.

CAPÍTULO 4

Julia olhava pela janela do quarto, enquanto secava os cabelos com uma toalha. A margem do lago estava coberta por muitas folhas secas, cujos tons variavam do laranja ao vermelho escuro emprestando à paisagem cinzenta um pouco de cor.

A moça olhou no espelho e observou as pequenas rugas que surgiam no canto dos olhos. Com certo esforço, espalhou o creme em movimentos circulares pelo pescoço e depois por todo o rosto.

Sentia-se cansada e deprimida. Sem vontade de fazer nada, caminhou até o guarda-roupas e escolheu um vestido, depois um casaco azul profundo e um par de sapatos da mesma cor. Tinha que ir dar aulas. Havia alguns dias, passara a não se sentir disposta a fazer coisa alguma e a pensar que, se pudesse, permaneceria na cama boa parte do tempo e não sairia de casa nem mesmo para trabalhar. Julia sempre fora uma mulher dinâmica e talvez até mantivesse um ritmo acelerado demais. Costumava desenvolver diferentes atividades ao mesmo tempo, mas, nas últimas semanas, não vinha se sentindo muito bem. Vinha lidando com dores por todo o corpo, com períodos de ansiedade, e pesadelos constantes a incomodavam todas as noites.

Ela deslizou a mão pelos cabelos úmidos e curtos e sentou-se novamente sobre na cama. Não tinha ânimo nem mesmo para terminar de se arrumar. Mark só voltaria dali a três dias, na sexta-feira, e ela sentia-se sozinha e até mesmo amedrontada naquela casa enorme. Nunca tivera problemas daquele tipo, mas a sensação de que presenças estranhas perambulavam pelo local a fazia sentir-se apavorada. Julia acreditava, inclusive, que estava desenvolvendo algumas paranoias. O vento balançando a cortina ou até mesmo seus cães latindo no canil a deixavam em estado de alerta e com os nervos à flor da pele.

Apesar de se interessar por assuntos relacionados ao reino espiritual e à vida após a morte, Julia sentia na casa uma presença opressora, que se tornava ainda mais forte quando a noite chegava, causando-lhe pavor.

Julia pensou em ligar para alguma amiga que pudesse lhe fazer companhia até que Mark retornasse de viagem. Vários rostos lhe vieram à cabeça, mas ela descartou todas as possibilidades. Algumas eram casadas e tinham filhos pequenos, e as outras eram apenas conhecidas, e não possuía com elas intimidade o suficiente para fazer-lhes esse tipo de pedido. Telefonara incontáveis vezes para a casa de Elise, mas acabou chegando à conclusão de que talvez ela tivesse ido viajar, já que nem mesmo os recados deixados na secretária eletrônica haviam sido respondidos. Perdera o número do celular da fotógrafa, então, acabou desistindo de contatá-la, assim sendo, não tinha com quem contar e teria de enfrentar a situação sozinha.

Ela levantou-se e permaneceu na janela durante algum tempo. Sempre tivera verdadeira obsessão por aquela casa até que um dia, finalmente, conseguiu comprá-la. Sentia como se já tivesse vivido ali, como se a casa sempre tivesse sido sua, mas, mesmo depois da reforma, havia no lugar algo que a perturbava e que lhe causava inquietação. Olhar para aquela gigantesca árvore junto do lago deixava-lhe inquieta, assim como para aquelas águas escuras.

Durante os primeiros meses após a mudança, Julia estava empolgada, pois conseguira realizar um sonho. Estava envolvida com os detalhes da reforma e com a decoração do casarão, contudo, com o passar do tempo e do episódio das fotografias, tudo mudou. Não sentia mais prazer em viver ali. Uma angústia constante e crescente a atormentava a ponto de fazê-la pensar em conversar com o marido sobre o assunto e até colocar o imóvel à venda. Guardou, no entanto, a ideia para si, pois sabia exatamente o que Mark lhe diria: que estava sendo influenciada pela baboseira das fotografias e dos livros que costumava ler.

Julia desceu as escadas lentamente e foi para cozinha comer alguma coisa. Não sentia a mínima fome, então, bebeu apenas um gole de café com leite. Folheava distraidamente uma revista, quando ouviu uma nota musical que identificou rapidamente como um Sol sustenido. Levantou-se de um salto da cadeira e, com a respiração ofegante, caminhou a passos largos até a sala. Olhou em volta e constatou que o cômodo estava vazio e o tampo do piano abaixado. Havia, no entanto, ouvido de forma clara e inconfundível o som. Ela, então, foi tomada de uma sensação de frio na região do estômago e sentiu o corpo estremecer quando o telefone tocou.

— Alô?

— Julia? Sou eu, Elise.

Julia não acreditou ao ouvir a voz de Elise ao telefone e sentiu-se aliviada. Era como um milagre!

— Oi, Elise! Como vai? Tentei ligar para você várias vezes...

— Eu estou bem. Me mudei por alguns dias para a casa de uma amiga. Na verdade, estou lhe telefonando porque gostaria de saber se você ainda tem interesse no assunto das fotografias.

Julia estranhou a pergunta.

— Claro! Quero dizer, acho que sim. Você sumiu, não conversamos mais sobre o assunto. Mas qual é sua ideia?

— Lembra que comentei rapidamente com você que as pessoas das fotos estão aparecendo para mim?

— Sim, lembro. Eu também não ando muito bem desde que nos encontramos pela última vez.

— Procurei uma terapeuta e conheci também a tia de uma amiga que entende dessas coisas. Fomos até a casa dela ontem, e eu tive uma espécie de visão do passado.

— Sei... vidas passadas...

— Isso mesmo. Durante um tipo de transe, estive na casa e vi você. Nancy, que é a pessoa que estava, digamos, conduzindo as coisas, disse que eu e você temos uma ligação e uma história no passado. Uma história relacionada com as entidades que aparecem nas fotos. Ela me perguntou se poderia conhecer você e visitar a casa.

— Sim, claro! Estou sozinha. Mark viajou e retornará somente daqui a três dias. Quando querem vir?

— Amanhã à tarde, o que você acha?

— Para mim, está ótimo!

— Então, está combinado. Estaremos aí por volta das três. Até amanhã.

— Até amanhã.

Julia sentiu-se constrangida em dizer a Elise que estava com medo de ficar sozinha em casa ou em pedir que ela fosse lhe fazer companhia, mas o telefonema a deixou um pouco mais animada. Falaria com uma colega de trabalho que morava sozinha para passar a noite lá, diria que não estava se sentindo muito bem e que, como o marido estava viajando, tinha receios de ficar sozinha durante a noite. Decidida e mais tranquila, pegou a bolsa e o casaco e saiu, pois já estava atrasada para dar suas aulas.

Uma figura sombria seguiu Julia até a porta da frente e depois retornou para a sala do piano. Era uma massa disforme de energia escura mesclada com tons de vermelho. O ódio e o desejo de vingança manifestavam-se nessa forma astral. Estava naquela casa havia anos, aguardando ansiosamente a oportunidade e o dia em que as encontraria novamente! Não desistiria nunca! Elise e Julia teriam finalmente aquilo que mereciam. Já estavam tendo, e muito mais estava por vir. Tinham contas a acertar, e o momento finalmente havia chegado!

***

Após o encontro com Nancy, Elise e Pauline foram direto para casa. Ligaram para Julia, comeram alguns sanduíches e assistiram a alguns filmes.

As duas amigas deitaram-se cedo, mas o que prometia ser uma agradável noite de repouso se transformara em uma longa jornada de pesadelos. No meio da noite, Pauline foi acordada com um grito estridente próximo ao ouvido direito.

Elise gritava com os olhos fechados, enquanto Pauline tentava desesperadamente fazê-la despertar. A moça sentou-se na cama com a coluna ereta e os olhos vidrados, muito abertos. Pauline chamava a amiga pelo nome, enquanto a sacudia pelos ombros. Elise não respondia até que virou o rosto na direção da amiga e soltou uma gargalhada. Pauline afastou-se instintivamente, percebendo que havia alguém mais no quarto. Aquela gargalhada não era de Elise. O coração de Pauline estava acelerado e seu corpo tremia incontrolavelmente como se ela estivesse com frio.

— Eu não sou sua amiga!

A voz emitida pelas cordas vocais de Elise não era dela. Havia algo de sinistro, de grosseiro e de ameaçador naquela voz. Pauline não sabia o que dizer nem o que fazer, então, apavorada, ela simplesmente gritou:

— Elise! Volte, pelo amor de Deus!

Em instantes, Elise pareceu sair do transe e retomou a consciência.

— O que aconteceu? — perguntou com certa dificuldade para abrir os olhos. — Aiii, que dor na nuca!

Enrolada no roupão, Pauline encarava a amiga encostada na porta, mantendo certa distância pois ainda estava assustada com o acontecimento de minutos antes.

— Você teve um pesadelo, começou a gritar, e eu tentei acordá-la — Pauline fez uma pausa e depois continuou: — Depois, você se sentou na cama com os olhos arregalados e deu uma gargalhada assustadora. Eu chamava seu nome, e você não respondia. Por último, virou-se para mim e disse "eu não sou sua amiga".

Elise olhava para Pauline com ar de espanto. Estava claro que não se lembrava de nada.

— E o que aconteceu depois?

— Então, eu gritei: "Elise! Volte, pelo amor de Deus!". E você, minha amiga, graças a Deus, conseguiu voltar. O que era aquilo? Aquilo não era você!

Elise percebeu que a voz de Pauline estava levemente trêmula e o quanto ela estava assustada.

— Você consegue se lembrar de alguma coisa? Qualquer coisa do que estava sonhando?

Sentada na cama, Elise abraçou os joelhos, procurando lembrar-se de algo.

— É muito difícil para mim lembrar com clareza. Nesses pesadelos, estou sempre na casa, e depois aparece aquela mulher, a das fotografias, no sonho. Sei que ela está morta e quer me pegar. Sei também que ela é má, que não gosta de mim. É como se quisesse se vingar de alguma coisa — Elise fez uma pausa e continuou: — Mas agora estou assustada. Desde que os pesadelos começaram, isso nunca tinha acontecido. Entrei em uma espécie de transe, perdi a consciência, e isso é apavorante! — completou.

Pauline olhou para a amiga por alguns segundos e observou que ela estava com olheiras profundas.

— Você não pode afirmar que nunca ocorreu antes, afinal de contas, ficava sozinha no seu apartamento, Elise. Talvez já tenha acontecido outras vezes, mas você não se lembra...

— Pode ser — murmurou Elise pensativa.

A ideia de que aquela entidade assustadora pudesse estar tão próxima, a ponto de se aproveitar nos momentos em que estava dormindo, deixava Elise apavorada. Ela procurou não demonstrar como estava se sentindo para Pauline, mas estava completamente indefesa.

— No final das contas, minha terapeuta estava certa quanto à necessidade de eu não ficar sozinha — disse, esboçando um sorriso sem graça. — Por falar nisso, tenho uma nova sessão com a psicóloga esta manhã. Talvez ela possa me dizer algo sobre o que aconteceu aqui...

Pauline levantou-se e olhou para o relógio que estava sobre a cômoda. Eram quatro horas da manhã.

— Não sei se vou conseguir dormir novamente — disse com as mãos na cintura.

— Acho que será bem difícil. Me desculpe por tudo isso...

— Não precisa pedir desculpas, Elise. Somos amigas, e amigos fazem o que podem uns pelos outros. Tenho certeza de que faria o mesmo por mim.

Elise sorriu.

— Bem, se você não vai mais dormir... — Elise voltou-se para Pauline e disse: — Eu também não vou! O que acha de comermos alguma coisa e assistirmos um pouco de TV?

As duas amigas assistiram a alguns seriados a fim de passarem o tempo, e finalmente o dia chegou, sem a luminosidade do sol. Já eram sete horas, Elise estava preparando o café, e Pauline tomava banho e se vestia para ir trabalhar, quando o telefone celular de repente começou a tocar. Elise achou estranho alguém estar ligando naquele horário, mas atendeu mesmo assim.

— Alô?

— Elise? Sou eu, a Julia! Desculpe pelo horário. Devo tê-la acordado.

A voz de Julia denotava certa ansiedade.

— Já estou acordada há algum tempo. Aconteceu alguma coisa?

— Aconteceu — respondeu Julia com um suspiro. — Ontem, no final da tarde, eu estava me preparando para ir ao colégio para dar aula, quando ouvi o som de uma tecla do piano, de apenas uma nota musical. Não havia ninguém na sala. Como ando muito nervosa e abalada com toda essa situação, implorei para uma colega de trabalho dormir aqui em casa a noite passada.

— Deveria ter me dito que estava com medo de ficar sozinha. Poderia ter vindo dormir aqui, comigo e com Pauline — disse Elise com um certo tom de reprovação.

— Fiquei constrangida de lhe fazer esse tipo de pedido — Julia fez uma pausa e continuou: — Depois que eu e Andrea fomos nos deitar, os cães ficaram inquietos, começaram a latir e a uivar. Eu e minha colega ficamos com medo, mas, no primeiro momento, não pensei em fantasmas, e sim em ladrões. Descemos juntas as escadas e fomos para o jardim. Caminhamos na direção do lago, que era onde os cães estavam, e vi algo. Acho que Andrea não viu nada. Parecia com aquela mulher, a que aparece nas fotografias. Ela deslizava pela margem do lago de um lado para o outro. Usava um vestido preto com gola alta, e a expressão de seu rosto pálido era de raiva! Aqueles olhos escuros... fiquei apavorada, mas procurei disfarçar. Voltei o mais depressa que pude para dentro de casa, tranquei a porta e deixei todas as luzes acesas. Depois disso, não consegui mais dormir. Há algo errado aqui, Elise, e eu estou ficando desesperada! — Julia fez uma pausa e continuou: — Também tive um pesadelo horrível com você. Sonhei que você era uma adolescente e que éramos irmãs. Pode parecer estranho, mas não me lembro de como eu era. Lembro-me apenas de você cantando para mim. Depois, eu a vi morta em um caixão. Você tinha outro rosto, diferente do que tem hoje, e estava com um vestido branco de rendas. Acordei assustada e não consegui mais pegar no sono.

Elise ouvia a tudo com atenção.

— Eu acredito que tudo isso será desvendado, mas precisaremos de ajuda. Tente descansar, pois temos um compromisso hoje à tarde, está bem?

— Não me esqueci do nosso encontro. Estarei esperando por vocês. Estou muito ansiosa para que as horas passem rápido! — Julia respondeu.

— Procure relaxar um pouco, Julia. Por favor, tente descansar. Logo mais estaremos aí.

— Não se preocupe. Daqui a pouco, sairei para resolver algumas coisas, assim me distraio e passo algum tempo fora daqui. Até mais tarde. Estarei esperando por vocês.

Elise desligou o celular e sentou-se no sofá. Pauline acabava de descer as escadas.

— Você estava falando com alguém?

— Com a Julia.

— Aconteceu alguma coisa? — Pauline perguntou, enquanto remexia o interior da gigantesca bolsa para ver se não estava se esquecendo de nada.

— Aconteceu, mas nada grave. Julia também tem tido pesadelos e viu a tal mulher das fotos perto do lago — Elise fez uma pausa e continuou: — Isso tudo é uma loucura. Parece coisa de filme de terror! Às vezes, tenho dificuldades de acreditar que eu esteja envolvida nisso.

— Espero que tia Nancy consiga ajudar vocês, porque, aparentemente, a tal mulher de preto não é boa coisa... — observou Pauline, enquanto bebia um gole de café. — Tenho mesmo que ir! Já estou atrasada. Nos vemos depois, está bem? — disse ela, dando um beijo no rosto de Elise.

— Passo mais tarde na loja para pegá-la.

Pauline saiu e fechou a porta atrás de si, deixando Elise sozinha e imersa nos próprios pensamentos. O fantasma ou o espírito de uma mulher que a perseguia e também a Julia, dois adolescentes fantasmas, que ela não tinha a mínima ideia de quem eram... tudo aquilo parecia uma loucura! Elise nunca imaginara que se envolveria em uma situação daquele tipo.

Elise subiu as escadas para tomar um banho, pois, ainda naquela manhã, tinha seu segundo encontro marcado com Joan.

Ela ligou o chuveiro, e aguardou até a água atingir a temperatura certa, tirou a roupa e entrou. Fechou os olhos procurando relaxar. O interior do box aos poucos foi tomado pelo vapor. Elise permaneceu durante algum tempo sentindo a água cair sobre a nuca.

Ao terminar o banho, foi para o quarto e vestiu-se apressadamente. Pegou o casaco e a bolsa e desceu a escada às pressas. De pé, junto ao guarda-roupa, estava uma menina. Após Elise sair do quarto, ela a seguiu. Quando a moça entrou no carro, a garotinha sentou-se no banco do carona e seguiu junto com Elise rumo ao consultório de Joan.

CAPÍTULO 5

— Bom dia, Elise! Fico feliz que tenha vindo.
— Bom dia! Foi o que combinamos, não é? — perguntou Elise sorrindo.
— Sim, foi o que combinamos — respondeu Joan. — Mas lhe confesso que cheguei a pensar que você não viesse mais. Por razões diversas, isso acontece com algumas pessoas que me procuram, mas acontece. Venha. Vamos nos sentar ali no sofá — convidou Joan levantando-se.

Elise seguiu Joan.

— Como está se sentindo? Continua sozinha ou resolveu seguir minhas orientações?
— Segui suas orientações no mesmo dia em que saí daqui. Passei em meu apartamento, peguei algumas coisas e me mudei temporariamente para a casa de uma amiga de confiança.
— Ótimo! — exclamou Joan, servindo-se de uma xícara de chá.

Elise fez o mesmo e aspirou suavemente o aroma da canela. Acrescentou um pouco de leite no chá e sentou-se de frente para a terapeuta. Reparou que havia algo de diferente na mulher. Talvez os cabelos estivessem um pouco mais claros.

— Aqui está — disse, retirando de dentro da bolsa o envelope com as fotos e entregando-o para Joan, que o deixou sobre o sofá.
— Quero ver as fotos, mas antes gostaria que me dissesse como se sente não estando mais sozinha.

— Me sinto melhor. Pauline, minha amiga, está por dentro da situação e tem me dado muito apoio. Tenho me distraído na companhia dela e não tenho sentido tanto medo e tanta ansiedade quanto sentia antes, quando estava sozinha em meu apartamento. Posso lhe dizer que estou bem melhor agora. Também gostaria de me desculpar com você.

— Desculpar-se comigo? Pelo quê, Elise?

— Acredito que eu tenha sido grosseira em um momento ou outro durante nosso primeiro encontro.

Joan sorriu.

— Está tudo bem. Compreendo que você estava em uma situação de estresse muito intensa. Tem algo que queira me dizer? Falar de algum acontecimento específico?

Elise desviou o olhar para os próprios pés.

Invisíveis para ela e para Joan, um par de sapatos pretos infantis e femininos estavam acomodados no tapete ao lado do par de tênis esportivo de Elise.

— Sim... aconteceram algumas coisas... — respondeu meio hesitante. — Conheci Nancy, a tia de Pauline. Ela entende dessas coisas ligadas ao mundo espiritual... Aconteceu algo também envolvendo Julia, aquela amiga de quem falei em nosso primeiro encontro, a atual dona da casa. Tive novamente um pesadelo assustador essa madrugada, mas algo me deixou muito intrigada... — Elise fez uma pausa e continuou: — Um telefonema.

Joan franziu as sobrancelhas.

— Um telefonema?

— Sim. Na verdade, até agora não sei se havia ou não alguma coisa de sobrenatural nele. O fato ocorreu na manhã seguinte do dia em que me mudei para a casa de Pauline. Ela foi trabalhar, e eu fiquei sozinha. Estava tomando meu café quando o telefone tocou e eu atendi. Havia um chiado desagradável, me senti angustiada, com medo, então, acabei desligando. O telefone tocou novamente, me esforcei para controlar a sensação de pânico e atendi. Novamente, ouvi o mesmo chiado. Era um ruído bem forte, como de uma estação de rádio fora de sintonia. Ouvi uma voz que vinha do meio do chiado dizendo algo que identifiquei como sendo "Mary". Depois, ouvi outra palavra que me pareceu "ajudar" — Elise fez uma pausa e continuou a falar: — Sei que parece loucura, mas o telefonema e a voz, que não consegui identificar como sendo masculina ou feminina, me impressionaram bastante. Tenho receios de estar associando tudo o que acontece aos fantasmas das fotos. Talvez fosse apenas um problema nos fios telefônicos, mas em seguida, cerca de um minuto depois que desliguei, o telefone tocou novamente e era Pauline... e não havia nenhum tipo de interferência na linha.

Sentada ao lado de Elise, a menina olhava para ela com as mãos entrelaçadas repousando sobre os joelhos.

— Existem muitos casos de comunicação com o mundo espiritual através de aparelhos — disse Joan com tranquilidade —, mas concordo com você no que diz respeito a não podermos afirmar que esse telefonema tenha algo a ver com o episódio das fotografias. Sugiro que fiquemos atentas e observemos se fatos assim tornarão a ocorrer.

Elise concordou com a cabeça.

— Como lhe disse, também estive na casa da tia de Pauline, que entende bastante dessas coisas. Me senti muito à vontade com Nancy, e nós conversamos bastante. Ela analisou as fotos e depois trabalhou em meu campo de energia. Aconteceu algo bastante interessante — disse Elise, fazendo uma pausa e bebendo um gole de chá. — Tive uma visão do passado.

Joan pediu a ela que prosseguisse.

— Estive na casa, andei por lá e vi como era aquele lugar há bastante tempo atrás. Vi também uma mulher jovem, que identifiquei como sendo Julia, a atual dona da mansão. Ela vestia roupas de época, tinha outro rosto e estava diferente do que é hoje, bem mais jovem, no entanto, tenho certeza de que era ela.

— Elise, sei que para você não deve estar sendo fácil lidar com todas essas descobertas. Para uma pessoa que sempre acreditou em vida após a morte, reencarnação, memórias de vidas passadas, estaria sendo bem mais fácil aceitar esses acontecimentos.

— Imagino que sim, mas confesso que, depois de tudo o que tenho passado, meus conceitos estão mudando. Não tem como não mudarem! Está acontecendo comigo!

Joan assentiu com a cabeça.

— E quanto ao pesadelo?

— Ocorreu essa madrugada. Foi um pesadelo terrível. Quase matei Pauline de susto. Tenho muita dificuldade de lembrar detalhes do que sonho, mas o que me deixou com medo foi o que aconteceu em seguida ao pesadelo.

— O que aconteceu?

— Nunca sofri de sonambulismo e duvido que o relato de Pauline tenha alguma coisa a ver com uma crise de sonambulismo. Segundo ela, me sentei na cama com a coluna ereta e os olhos arregalados e depois dei uma gargalhada. Pauline me contou também que me sacudiu pelos ombros, chamou meu nome, contudo, eu não voltava à realidade. Ela disse ainda que olhei para ela e falei com uma voz diferente da minha: "Eu não sou sua amiga". Depois, eu finalmente consegui voltar.

A menina sentada ao lado de Elise olhava para ela com ar de preocupação.

— O que pensa em fazer em relação a tudo isso? — perguntou Joan olhando diretamente nos olhos de Elise.

— Hoje à tarde, voltarei à mansão. É a primeira vez que retorno ao local após tudo isso ter começado: me refiro às aparições e a todos esses acontecimentos estranhos. Preciso me encontrar com Julia. Parece que ela está sofrendo com problemas semelhantes aos meus. Nancy disse que existe algo no nosso passado, no meu e no de Julia, que precisa ser resolvido. Algo que envolve as pessoas ou os espíritos que aparecem nas fotos e que ainda permanecem naquele lugar. Estou disposta a desvendar o mistério, acredito que, somente assim, poderei recuperar minha paz de espírito — completou Elise com um suspiro.

— Minha sugestão é que você fotografe novamente a casa, fotografe Julia e peça a alguém que a fotografe.

Elise olhou para a terapeuta com uma expressão séria no rosto.

— O que mais pode haver de diferente nas fotos? O improvável já aconteceu, e você está aprendendo a lidar com tudo isso. O que tem medo de ver que já não tenha visto?

Elise permaneceu durante algum tempo em silêncio.

— Talvez, algo do meu passado. Sinto que existem coisas que fizeram parte do meu passado e que eu tenha alguma resistência a ver ou a descobrir.

— Sim, acredito que por essa razão não nos seja permitido lembrar — disse Joan. — Mas também acredito que a vida esteja trazendo algo à tona. Possivelmente, há coisas que precisam ser resgatadas e finalmente curadas. Pelo que posso perceber, há mais pessoas envolvidas nessa história além de você e de Julia, e suas fotos mostraram que elas continuam lá, no mesmo lugar, presas a um passado provavelmente doloroso.

Joan finalmente retirou as fotografias de dentro do envelope, e Elise olhou para ela procurando encontrar alguma mudança na expressão impassível de seu rosto, enquanto ela observava as imagens.

A cada fotografia que via, Joan impressionava-se, porém, esforçava-se para manter a naturalidade enquanto analisava as fotos.

— São mesmo incomuns, Elise. Para mim, não existe a menor possibilidade de você estar ficando louca, ou sofrendo de qualquer tipo de demência ou até mesmo de esquizofrenia. Atuo como terapeuta há quase vinte anos e já vi todo tipo de coisas no que diz respeito ao comportamento humano, e existem, sim, casos em que posso observar a influência do sobrenatural ou do espiritual. Sou da opinião de que você deve ir mais fundo em sua investigação. De que deve ir até o fim!

Elise apoiou os cotovelos sobre os joelhos e permaneceu com o rosto entre as mãos durante algum tempo, em silêncio. A menina sentada ao seu lado a imitou.

— Estou disposta a fazer isso, apesar da angústia e do medo que toda essa situação me causa. Hoje, acredito que seja possível a comunicação entre o mundo material, onde vivemos, e o espiritual. Também começo a acreditar em vidas passadas, coisa que, para mim, era somente devaneio ou autossugestão. Fotografarei novamente a casa e conversarei com Nancy sobre o que ocorreu nessa madrugada.

— O que acha de fazermos algumas sessões de regressão? — sugeriu Joan.

— Você trabalha com isso?

— Na verdade, costumo utilizar aqui no consultório as ferramentas da regressão em alguns casos, mas não com o intuito de conduzir os pacientes até suas vidas anteriores, mesmo porque não é o que a maioria deles necessita naquele momento. Além disso, é possível que essas pessoas apresentassem dificuldades para compreender e aceitar algumas coisas. Como terapeuta, tenho que ter muita cautela, Elise, mas seu caso é diferente.

— Posso conversar com Nancy. Talvez possamos fazer as sessões na casa dela. O que acha?

— Por mim, tudo bem, contudo, tenho uma rotina bastante apertada no que diz respeito a tempo. Não me importo que você faça suas sessões de regressão com outra pessoa, desde, é claro, que seja alguém de sua confiança e que saiba o que está fazendo.

— Vou conversar com ela sobre o assunto — disse Elise, olhando para o relógio e se levantando. — Acho que meu tempo com você terminou — acrescentou com um sorriso.

— Nos vemos na sexta-feira pela manhã? — perguntou Joan, enquanto abria a agenda que estava sobre a mesa.

— Estarei aqui. No primeiro horário?

— Sim. Estarei esperando por você às nove. Não se esqueça de conversar com a tia de sua amiga, está bem?

— Não me esquecerei. Até sexta — disse Elise, pendurando a bolsa no ombro e dando alguns passos na direção da porta.

— Ah, Elise! Fotografe a casa hoje à tarde e traga as fotos com você na sexta.

Elise concordou com a cabeça e finalmente se despediu.

***

Era perto do meio-dia quando Elise estacionou o carro perto de uma galeria com lojas, bares e cafeterias e, subitamente, lhe veio à cabeça o rosto de Antony. Obedecendo a um impulso, a moça pegou o celular e o cartão que ele lhe dera no dia em que se encontraram na livraria e ligou.

— Alô?

— Antony? Sou eu, Elise.

— Elise! Que surpresa agradável! Não esperava receber uma ligação sua.

— Onde você está? — perguntou ela.

— No *campus*.

— Estou a apenas a dois quarteirões do *campus*, próxima daquela galeria onde costumávamos almoçar. O que acha de almoçarmos juntos? Tem algo que quero que veja.

Antony ficou alguns segundos em silêncio antes de responder:

— Daqui a uns dez minutos, estarei aí.

Elise sorriu satisfeita.

— Vou aguardá-lo no restaurante de sempre.

— Até mais.

Elise pegou a bolsa e o celular e trancou o carro. Ela seguiu pela calçada passando por algumas vitrines, parou diante de uma delas, em que alguns casacos estavam expostos com valores promocionais, e viu através do vidro a imagem de uma menina aparentando ter seus doze anos de idade, magra, de cabelos ruivos encaracolados, que, soltos, chegavam à altura dos quadris. Apesar do susto no primeiro instante, Elise não conseguiu desviar o olhar ou afastar-se. Era, com certeza, a menina das fotos. O vestido longo azul escuro com muitos detalhes de renda e delicados bordados florais coloridos na região do colo parecia levemente encardido e manchado em alguns pontos. Eram manchas acinzentadas que lembravam lama seca. Os enormes olhos azuis da menina, emoldurados por longos cílios alaranjados, tinham uma expressão doce e despertaram em Elise uma estranha espécie de compaixão. A garotinha sorriu e desapareceu, e Elise permaneceu ainda algum tempo de pé, no mesmo lugar, olhando para o vidro da vitrine. A menina não estava mais lá. Em seu lugar havia apenas casacos, botas e roupas femininas. Não queria que a menina tivesse sumido, não queria afastar-se dela. Era um sentimento estranho para direcionar a um fantasma, ou a alguém que já morreu e que ela não conhecera em vida.

Elise olhou rapidamente para o relógio e seguiu a passos largos para o interior da galeria. Já haviam passado vinte minutos desde que ela e Antony conversaram pelo celular.

— Achei que tivesse mudado de ideia! — disse Antony levantando-se quando a viu entrar no restaurante.

— Desculpe. Parei em uma loja e depois tive de voltar ao carro para pegar algo que esqueci — mentiu Elise. — Faz tempo que chegou? — perguntou, enquanto o cumprimentava com um beijo no rosto.

— Uns dez minutos. Sabe que sou pontual... — disse ele bem-humorado. — O que quer beber? Cerveja, suco, refrigerante, uma água?

— Um suco, por favor. De limão, com gelo.

— Para mim, uma cerveja. Carne grelhada com legumes para os dois, por favor.

O garçom afastou-se e retornou em seguida com uma bandeja, trazendo, além das bebidas, pratos e talheres.

— O que deu em você? — Antony perguntou a Elise, olhando diretamente nos olhos da moça.

Com a estranha aparição da menina na vitrine, Elise esquecera-se completamente de Antony, mas agora, que estavam sentados frente a frente e tão próximos, ela sentia o coração acelerar e as palmas das mãos transpirarem. Simplesmente, precisava vê-lo.

— Pensei que talvez você fosse almoçar no *campus*, comer um sanduíche sem graça de presunto, então, resolvi ligar e ver se não queria me fazer companhia. Naquele dia na livraria, tivemos um encontro rápido e mal tivemos tempo para conversar.

O almoço foi servido, e eles aguardaram até que o garçom se afastasse novamente.

— É, realmente foi tudo muito rápido — comentou Antony, enquanto se servia. — Estive em seu apartamento algumas vezes depois que retornei.

Elise olhou para Antony espantada. "Então, ele me procurou", tentou disfarçar o entusiasmo.

— É mesmo? Por que nunca me deixou um bilhete?

— Porque não sabia o que escrever para você em um simples bilhete, depois de tanto tempo e de tudo o que aconteceu entre nós.

— Depois que brigamos, procurei você, lhe telefonei, enviei mensagens para seu celular para lhe pedir desculpas. Fui intransigente e grosseira naquela noite — confessou Elise.

— Faz parte do passado. Você está namorando alguém? — perguntou ele, sem rodeios.

A pergunta tão direta e objetiva deixou Elise surpresa. Antony costumava ser muito discreto e até mesmo um pouco tímido. Na verdade, ele tinha certas dificuldades de ser objetivo quando se tratava de emoções.

— Não. E você? — quis saber ela.

— Eu tenho uma filha — disse ele bebendo um gole de cerveja em seguida e desviando rapidamente os olhos para o próprio prato, enquanto fingia concentrar-se na comida.

Elise largou os talheres sobre a mesa e encarou-o sem saber o que dizer.

— Eu disse que tenho uma filha, não uma esposa — disse ele bebendo mais um gole de cerveja.

Elise continuava em silêncio sem movimentar um músculo sequer, enquanto olhava diretamente para ele.

— O nome dela é Pilar e nasceu no México. A mãe é mexicana e entregou-a para mim. Tive um relacionamento com Estela enquanto estive na cidade do México. Nosso relacionamento não teve grande importância para mim ou para a mãe de Pilar. Na verdade, não posso nem mesmo chamar de relacionamento. Foi um rápido envolvimento de uma semana e dormimos juntos somente uma vez. Nós nos afastamos, e, depois de algum tempo, Estela entrou em contato comigo para me comunicar sobre a gravidez. Exigi os exames para comprovar a paternidade depois que Pilar nasceu, e Estela concordou imediatamente e se submeteu a todos eles. A menina é minha filha — finalizou Antony bebendo mais um gole de cerveja. Agora, olhava Elise diretamente nos olhos.

— Ela mora aqui, em Londres? — Elise não sabia por onde começar o interrogatório, e Antony já previa que isso fosse ocorrer.

— Sim, eu a trouxe para cá. A mãe abriu mão da guarda e até prefere não ter contato com Pilar ou comigo. Quer apenas que a menina seja criada em um mundo diferente daquele no qual ela vive, e isso é compreensível. Não conseguiria deixar minha filha naquele lugar. É uma criança adorável, saudável e inteligente. Não teria boas chances na vida permanecendo junto da mãe.

Elise começava a sentir-se um pouco mais calma.

— Para mim é uma surpresa! — exclamou ela. — Jamais imaginei que você fosse pai!

Havia uma pontada de rancor na voz de Elise, que não passou despercebido para Antony, afinal, ele tivera uma filha com uma mulher com quem vivenciara um relacionamento fortuito durante uma viagem ao México. Essa filha poderia ter sido dada a ele por ela, Elise, nunca por outra. Era isso que ela estava pensando.

— Elise, Pilar é uma criança extremamente carismática e dócil e jamais conhecerá a mãe biológica, a não ser que, despois de adulta, ela o queira fazer. Nunca fui apaixonado por Estela. Foi apenas um caso sem importância, mas, hoje, tenho uma filha, e ela tem importância para mim.

Elise deu um longo suspiro, enquanto os olhos de Antony imploravam para que ela não fosse tão inflexível, que fosse mais compreensiva, agisse de forma madura e soubesse separar as coisas.

— Quando nos encontramos na livraria — ela começou a falar pausadamente —, todo o meu sentimento por você se reacendeu, veio à tona. Nunca o esqueci e, no fundo, sempre desejei encontrá-lo novamente, mas para mim é difícil aceitar que outra mulher, que não teve a mesma importância que você diz que eu tive em sua vida, tenha lhe dado um filho!

— O fato de Pilar ter nascido não quer dizer que eu não possa ter outros filhos. Nós podemos ter dez filhos se você quiser — disse ele sorrindo.

Elise sorriu também.

— Vou pensar no assunto, mas deixemos para conversar sobre filhos outro dia — disse ela um pouco mais descontraída. — Gostaria de conhecer Pilar assim que for possível.

— Quando quiser. Tenho certeza de que Pilar vai adorar conhecê-la. Agora — disse ele enquanto olhava no relógio —, meu tempo de almoço está se esgotando. Você comentou algo sobre querer me mostrar uma coisa, o que é?

Elise retirou de dentro da bolsa o envelope com as fotografias e entregou-o para Antony.

— Gostaria que desse uma olhada nisso.

Antony abriu o envelope e começou a passar as fotos uma a uma diante dos olhos. Ele franziu as sobrancelhas, tentando analisar os detalhes de cada uma com cautela.

— Onde conseguiu isso?

— Eu fotografei essas imagens e fiz a revelação do filme. Quer um cigarro?

— Não, não, obrigado. Parei de fumar faz duas semanas, e você deveria pelo menos tentar fazer o mesmo — respondeu ele distraído, sem tirar os olhos das imagens. — Isso é muito interessante, mas acredito que haja uma história por trás — levantou os olhos na direção de Elise.

— Sim, mas é muito longa, e não temos tempo agora. Você tem de retornar ao *campus*, e eu tenho de encontrar Pauline — disse Elise levantando-se.

— Tem razão, vou pagar a conta.

Antony e Elise caminharam juntos até onde o carro dela estava estacionado.

— Bem, vou indo. Se quiser, me ligue. Meu número deve estar registrado no seu celular.

— Já o coloquei na agenda. Não quero correr o risco de perdê-lo, afinal, meu último celular foi roubado — disse Antony sorrindo. — Podemos nos encontrar amanhã à noite para jantarmos, o que acha? Assim, você poderá conhecer meu novo apartamento e minha filha.

— Acho ótimo.

Antony aproximou-se do rosto de Elise e beijou-a suavemente nos lábios.

CAPÍTULO 6

Julia aguardava ansiosa a chegada de Elise e Pauline, enquanto providenciava os últimos retoques na bem decorada mesa preparada para o chá. A toalha branca de linho bordada à mão com delicados ramalhetes de flores silvestres, um trabalho típico das tradicionais bordadeiras portuguesas dos Açores, complementava com muito bom gosto o conjunto de porcelana francesa antiga arrematado em um antiquário.

A anfitriã teve o cuidado de dispensar a empregada mais cedo, com receio de que alguma informação sobre a reunião, que deveria ter início a qualquer momento, chegasse aos ouvidos de Mark. Ela olhava para o relógio e para o telefone e pensou em ligar para Elise, pois já se passavam vinte minutos do horário combinado e nada de elas chegarem.

Finalmente, Julia ouviu um carro parar em frente ao portão e o latido dos cães que estavam no canil. "Deve ser Elise estacionando", pensou. Ela correu ansiosa para a porta da frente e deparou-se com o carro dos correios.

— Senhora Julia?
— Sim, sou eu — respondeu desapontada.
— Assine aqui, por favor.

O rapaz entregou-lhe uma prancheta e uma caneta. Julia assinou o papel e entrou novamente em casa com um embrulho pequeno nas mãos.

Mal atravessou a soleira da porta, Julia ouviu outro carro estacionando na frente de casa. Olhou e reconheceu Elise sentada atrás do volante. Havia mais duas mulheres com ela.

Julia acenou sorrindo, e Elise fez o mesmo.

— Entrem. Sejam bem-vindas!

— Julia, esta é Pauline, minha amiga de infância — apresentou Elise.

— Muito prazer em conhecê-la, Pauline.

— O prazer é todo meu. Elise tem falado muito de você — disse Pauline sorrindo.

— E esta é Nancy, a tia de Pauline, a pessoa de quem lhe falei ao telefone.

— Como vai, Nancy? Fico feliz que tenham vindo.

— Julia, é um prazer conhecê-la e estar aqui, em sua linda casa! — respondeu Nancy com um sorriso largo.

Julia levou-as para a cozinha para servir-lhes o lanche. Ao atravessar o rol de entrada, Nancy percebeu um vulto deslizar para a sala, mas manteve silêncio.

Houve uma empatia mútua entre as três mulheres que ainda não se conheciam. Julia e Nancy pareciam amigas de muito tempo e tinham muitos afinidades e muitos gostos em comum. Pauline observava encantada todos os detalhes da casa que, até então, conhecera apenas por meio das fotografias feitas por Elise. Tudo em volta inspirava bom gosto e arte.

— Você tem uma casa maravilhosa, Julia — elogiou Pauline, enquanto mordia um biscoito de aveia.

— É uma casa fascinante, mas agora, com a situação dos fantasmas, não sinto mais o mesmo entusiasmo ou alegria em viver aqui — lamentou Julia, percorrendo com os olhos o ambiente em volta. — Sinto apenas medo e tristeza.

— Tudo será resolvido, Julia. Confie!

A voz de Nancy, apesar de suave, inspirava conforto e confiança. Para Julia, que tinha passado os últimos dias sozinha, vivenciando momentos de pânico e sofrendo com ataques de ansiedade, a presença das três mulheres na casa funcionava como um bálsamo.

— Espero que você esteja certa, Nancy. Acredito em vida após a morte e em reencarnação e leio bastante sobre o tema, mas sei que existem casos que são difíceis de solucionar. Nunca havia tido experiência alguma com o sobrenatural e lhes confesso que estou bastante assustada.

— Julia, antes de conhecer sua casa, gostaria de saber algumas coisas sobre ela. Como você a adquiriu? Herança ou compra? — questionou Nancy, enquanto se servia de mais uma xícara de chá.

— Não, não foi por herança, mas sei que a casa pertenceu à minha família no passado, porque pesquisei a história do lugar. Este imóvel permaneceu abandonado por um bom tempo, por cerca de noventa anos ou mais. Não consegui descobrir exatamente o motivo. Mark e eu a arrematamos em um leilão do banco, e mal pude acreditar que, depois de tantos anos, a casa abandonada que me fascinava desde a infância seria minha!

— Como sabe que pertenceu à sua família? — quis saber Pauline.

— Quando eu era criança, morei em uma rua que fica a apenas um quarteirão daqui. Minha avó paterna morava conosco e, às vezes, passávamos aqui pela frente. A casa sempre me encantou, mesmo estando fechada e abandonada. Eu pedia para entrar, mas minha avó nunca deixava. As outras crianças da vizinhança tinham medo, e eu também tinha, por isso nunca havia entrado sozinha aqui, pois diziam que era assombrada. Minha avó nunca entrava em detalhes a respeito das histórias que contavam sobre este lugar, mas, certa vez, ela acabou comentando que a casa, um dia, havia pertencido aos meus antepassados maternos. Minha mãe, que faleceu há alguns anos, me dizia apenas que o lugar era amaldiçoado.

Julia fez uma breve pausa e continuou:

— Quando eu e Mark tivemos a oportunidade de comprá-la, não pensamos duas vezes e conseguimos arrematá-la por um preço excelente. Morávamos em um apartamento alugado bem no centro da cidade e procurávamos um imóvel para comprar. Fazia cerca de um ano que buscávamos algo em uma zona mais tranquila, menos barulhenta e movimentada, e foi Mark quem a encontrou. Costumo dizer que foi a casa que me encontrou! Procurei manter as características originais dela ao máximo. Desde a minha infância, ela sempre foi a casa dos meus sonhos, mas agora está se tornando um pesadelo para mim! — desabafou.

— O problema não é a casa, e sim os fatos que ocorreram aqui no passado — esclareceu Nancy. — Esses espíritos permanecem no local por alguma razão que, até agora, nós desconhecemos. Se pararmos para pensar racionalmente, eles foram, um dia, pessoas de carne e osso como nós, mas vivem hoje em outro plano existencial. Quando a verdade vier à tona, todos se sentirão livres, inclusive, você, Julia — Nancy fez uma pausa, sorveu lentamente mais um gole de chá e depois, voltando-se para Elise, completou: — E você também, Elise.

Neste momento, todas ouviram um barulho de vidro quebrando vindo do piso superior. O corpo de Julia estremeceu com o susto. Fazia algumas noites que não dormia e já se sentia esgotada. O fato de ter permanecido sozinha na casa durante os últimos dias mexera ainda mais com seu sistema nervoso e com suas emoções.

— Venham. Vamos dar uma olhada na parte de cima — convidou Nancy, levantando-se.

Julia seguia na frente do pequeno grupo, Nancy ia logo atrás dela, depois Pauline e, por último, Elise com a câmera fotográfica nas mãos. A cada degrau que subia, a moça fotografava a casa, agindo intuitivamente. À medida que seguiam pelo corredor, Julia abria as portas dos cômodos, examinando com atenção os detalhes e tentando identificar a causa do estranho ruído que tinham ouvido minutos antes. Sem que fosse notada, uma sombra disforme seguia o pequeno grupo de mulheres.

Ao entrarem no quarto de Julia, todas sentiram uma queda significativa na temperatura no local, e o corpo de Elise estremeceu como se ela tivesse recebido uma pequena descarga elétrica.

— É impressão minha ou aqui dentro está mais frio? — perguntou Pauline com os olhos arregalados, percorrendo o ambiente em volta.

— Sim, está mais frio. Essa alteração na temperatura pode indicar a presença de entidades ou de algum outro tipo de energia que não seja a nossa — respondeu Nancy.

— Olhem! Foi daqui que veio o barulho!

Julia agachou-se para apanhar uma fotografia dela e de Mark que estava no chão entre muitos pedaços de vidro de diferentes formatos.

— O prego continua no lugar — observou Elise.

Apenas o retrato do casal caíra da parede. A coleção de fotografias, todas elas emolduradas, de amigos, parentes e de diferentes lugares que Julia e Mark haviam visitado durante suas viagens continuavam intactas no mesmo lugar. Pauline ajudou Julia a apanhar os cacos de vidro espalhados pelo chão.

Nancy pediu silêncio e posicionou-se no meio do cômodo, virada para a porta. Mantinha a coluna ereta e as mãos unidas na altura do coração. As outras mulheres aguardaram em silêncio por aproximadamente cinco minutos.

Nancy caminhou sem pressa pelo quarto e foi até a janela, que tinha vista para o lago e para o enorme salgueiro retorcido que, melhor do que ninguém, conhecia a história do lugar. Ela entrou no banheiro e deslizou as mãos junto às paredes e aos objetos, mantendo, contudo, certa distância, sem tocá-los. Demorou-se um pouco mais no canto, onde ficava a pia e um armário com toalhas e produtos de higiene pessoal. Debaixo da última prateleira, encolhia-se junto ao chão um espectro sombrio, procurando esconder-se. Nancy percebeu a presença da entidade e permaneceu no mesmo lugar durante alguns minutos, irradiando vibrações de luz para ela. Incomodada com a presença de Nancy e do mentor espiritual da mulher, a sombra disforme escorregou pelo chão do banheiro como uma longa serpente enfumaçada, saindo logo em seguida pela janela em direção ao jardim.

Nancy percebeu que a entidade não estava mais lá, expirou profundamente e permaneceu com os olhos fechados durante algum tempo.

— Preciso percorrer todos os cômodos desta casa, um a um, e também o jardim.

As mulheres saíram do quarto de Julia e entraram nos outros sete cômodos do piso superior da casa. Dois deles haviam sido convertidos em escritórios — um para Julia e o outro para Mark — e os outros que restaram haviam sido transformados em quartos para hóspedes.

Nancy demorou-se mais tempo no escritório de Mark.

— No passado, houve muito sofrimento neste ambiente. Alguém morreu aqui em condições dolorosas — ela fez uma pausa, e sua voz estava firme e com um tom mais grave que o habitual. — Uma jovem morreu aqui. Posso ver como era o quarto. As paredes eram verde-água e havia listas muito finas e delicadas flores pintadas à mão. A jovem aparenta ter cerca de vinte anos de idade — Nancy fez uma nova pausa, mantendo os olhos fechados. Era como se estivesse recebendo as informações e repassando-as ao restante do grupo. — Algo que está muito forte em minha mente são os cabelos ruivos e longos... Essa jovem teve uma morte lenta... Ela morreu de fome e sede e permaneceu consciente até quase seu último sopro de vida. Apesar da vibração de tristeza e de desespero que ainda podem ser sentidas aqui, não a vejo como uma das entidades presentes ainda nesta casa. O local ficou impregnado com a energia dessa moça, pois o sofrimento dela também gerou sofrimento naqueles com quem ela convivia e que assistiram ao seu processo de desencarne — ainda com os olhos fechados, Nancy mais uma vez fez uma pausa e tornou a falar: — Algo que sinto com muita intensidade é que ela queria falar e não podia. Muita agonia... medo... ódio!

Elise fotografava todos os detalhes e tirou diversas fotos de Nancy, enquanto ela canalizava aquelas informações. De repente, Elise sentiu um mal-estar súbito e o estômago começar a doer. A cabeça da moça ficou leve, a concentração tornou-se difícil e um forte zumbido surgiu em seu ouvido esquerdo. Ela, então, sentou-se com certa dificuldade, esforçando-se para não perder o equilíbrio.

— Está tudo bem? — perguntou Pauline aproximando-se.

— Sim, sim, acho que talvez tenha sido alguma coisa que comi no almoço e que não me caiu muito bem.

Nancy parou de falar e virou-se para Julia, ignorando a cena que se desenrolava entre Elise e Pauline.

— Como tem passado seu marido?

Julia foi pega de surpresa pela pergunta.

— Mark? Está bem... na verdade, ele tem reclamado de uma dor persistente na cabeça. A princípio, achamos que talvez pudesse ser algum problema relacionado aos olhos, pois ele passa muito tempo lendo, escrevendo e diante da tela do computador, contudo, o oftalmologista descartou essa hipótese. Ele também foi ao neurologista, submeteu-se a uma série de exames, mas não descobriram nada de errado. Essa dor de cabeça é a única coisa que ele tem sentido de diferente nesses últimos meses.

— Ele passa muito tempo aqui, no escritório?

— Sim, quando está em casa, ele passa grande parte do tempo dele aqui.

— Seria indicado fazermos uma boa limpeza energética na casa inteira, especialmente em alguns locais que ficaram saturados de energia. Talvez tenhamos, inclusive, que repetir o processo algumas vezes. Até o momento, posso identificar o quarto de vocês e o escritório do seu marido como sendo os pontos de maior concentração de energia. Minha sugestão é que façamos isso o mais rápido possível. É claro que seria muito bom para nós que Mark aceitasse um pouco melhor esses fatos, mas temos de seguir adiante mesmo assim. Acredito que essa resistência toda da parte dele esteja ligada às influências de alguma das entidades. Julia, você precisará ter paciência e jogo de cintura para lidar com a situação, pois tanto você quanto Elise podem estar sendo alvo de algum tipo de vingança — disse Nancy.

Elise e Julia entreolharam-se, e Nancy prosseguiu.

— Existem inúmeros casos de pessoas que desencarnam sentindo ódio por alguém. Estes espíritos se recusam a seguir adiante após a morte e, por mais que mentores, guias e antepassados mais evoluídos insistam em ajudá-los, eles ficam presos a um desejo obsessivo de vingança, aguardando, muitas vezes, até mesmo por séculos, uma chance para agirem. Esses espíritos simplesmente ignoram a oportunidade de seguirem em frente em sua evolução espiritual apenas para se vingarem. Julia, você que vive aqui na casa deve ter muita cautela. Sei que já possui certo conhecimento a respeito da existência de outros planos existenciais e que sabe que esses problemas existem e são reais! Na maior parte das vezes, essas entidades agem de forma muito sutil, atacando determinados aspectos da vida dos encarnados a fim de os enfraquecerem, destruírem ou arruinarem aquilo que lhes é mais precioso. Por não ter conhecimento a respeito dessas coisas, seu marido tornou-se um alvo muito mais fácil do que você.

— De uns tempos para cá, percebo que ele anda meio diferente. Mais calado e até mesmo mais introspectivo. Cheguei a pensar que tivesse algo a ver com este lugar.

— Neste caso, diria que o problema está em quem permanece no lugar — esclareceu Nancy. — Por essa razão, insisti tanto em vir até aqui hoje. A situação não será resolvida em um dia apenas, mas vamos conseguir.

Nancy ficou em silêncio e caminhou na direção da porta, e Julia, Pauline e Elise, que já se sentia um pouco melhor, a seguiram. As mulheres desceram as escadas e foram para a sala, cujo ambiente era grande, espaçoso, com sofás e poltronas confortáveis, janelas estreitas, porém compridas, algumas com vitral colorido. O moderno aparelho de som, a estante com muitos livros e uma numerosa coleção de CDs contrastavam com alguns móveis antigos e com o piano, que já estavam na casa quando Julia a comprou.

— Esta sala é enorme! — exclamou Pauline.

— Na verdade, havia uma parede de madeira bem aqui — comentou Julia, caminhando até o meio do cômodo. — Mas era claramente perceptível que havia sido colocada posteriormente, após a construção da casa, para dividir o ambiente, talvez com a intenção de separar adultos e crianças durante reuniões de amigos e familiares, o que era um costume comum naquela época. Eu e Mark resolvemos tirá-la.

Nancy percorreu todo o ambiente, mas era inquestionável o quanto sua atenção se focava no piano.

Elise, que tirava algumas fotos, seguindo um impulso praticamente incontrolável, aproximou-se do instrumento e sentou-se na banqueta de veludo verde. A moça abriu o tampo que cobria o teclado e deslizou os dedos suavemente sobre as teclas sem pressioná-las, apenas como se as acariciasse. Naquele momento, era como se não existisse mais ninguém no ambiente.

— Este piano pertenceu à jovem sobre a qual falei lá em cima — Nancy fechou os olhos e continuou: — Houve um tempo em que esta casa presenciou muita alegria, depois, contudo, veio um período de tristeza e de grande agonia. Essas paredes ouviram muitos risos e depois muitos gemidos.

Nancy parou de falar subitamente, como se ficasse absorta em seus pensamentos, e Elise tocou a primeira nota.

Em um compasso pausado, um pouco grave e melancólico, surgiu uma música desconhecida para todas que estavam presentes. Elise tocava sem partitura, e lágrimas desciam em abundância por seu rosto. Apenas os dedos da moça se moviam, percorrendo com agilidade o teclado de uma escala para outra.

Julia sentiu uma emoção estranha tomar conta dela, uma espécie de aperto no peito, e um sentimento de tristeza intensa a invadiu. Ela, por fim, não conseguiu controlar o choro.

Pauline e Nancy observavam a cena.

Enquanto Elise tocava, os dois adolescentes que apareceram nas fotos aproximaram-se e permaneceram parados junto à porta. Por alguns segundos, Nancy pôde vê-los, mas a visão durou somente alguns segundos.

Elise finalmente tocou o último acorde, e o silêncio tomou conta do ambiente. Os dois adolescentes continuavam no mesmo lugar. Elise respirou profundamente, enquanto passava o dorso das mãos no rosto para secar as lágrimas. Julia continuava sentada no sofá, com o rosto voltado para a janela, sem conseguir controlar o choro. Os dias e noites de tensão acumulados vinham à tona junto com as emoções despertadas pela música.

— Toco piano desde minha infância e nunca tinha ouvido essa música. Ela despertou emoções estranhas em mim! Uma sensação de saudade muito dolorosa... me desculpem. Não consegui me controlar — disse Julia com a voz entrecortada pelos soluços.

— Não precisa se desculpar, minha querida — disse Nancy. — Essa música não é conhecida, pois foi composta pela dona do piano — esclareceu e, voltando-se para Elise, perguntou: — Você toca piano, Elise?

A moça, que ainda tentava recuperar-se das fortes emoções que a haviam invadido, olhou para Nancy com os olhos vermelhos.

— Sim, aprendi um pouco de piano na infância e na adolescência. É o instrumento musical de que mais gosto. Tínhamos um piano na casa de minha avó materna em Sussex, mas nunca mais toquei depois que nos mudamos para Londres. Apenas respondi a um imenso desejo que me invadiu. Foi como se minhas mãos estivessem livres e soubessem o que estavam fazendo. Não havia nenhuma partitura em mente, nenhuma nota musical. Eu simplesmente toquei! Enquanto tocava, parecia que não havia mais nada à minha volta. Foi um momento de intensa alegria, no entanto, senti também uma dolorosa saudade de algo que desconheço. Não consigo explicar...

— Percebi a presença de duas entidades aqui: os dois jovens que aparecem nas fotos. Eu os vi parados junto à porta, e eles ainda estão aqui — disse Nancy sorrindo. — Não consigo, contudo, me comunicar com eles e saber o que desejam ou qual a participação deles nessa história, mas tenho uma amiga que poderá nos ajudar. Ela possui grande sensibilidade e consegue se comunicar com os espíritos. Posso tentar trazê-la até aqui, e, com a permissão de Julia, poderemos nos reunir novamente.

— Tem minha permissão, sim! — respondeu Julia. — No entanto, a visita dela só poderá acontecer em um dia em que Mark não esteja em casa. Se vocês puderem vir esta semana ainda, seria perfeito, pois ele só retornará na sexta-feira.

— Verei o que posso fazer. Tenho que conversar com Susan e ver se ela tem disponibilidade. Vou telefonar e depois lhe digo alguma coisa.

— Pode ligar daqui se quiser — disse Julia, mostrando o telefone.

— É uma boa ideia.

Nancy fez a ligação e aguardou. Alguém do outro lado da linha atendeu, e iniciou-se um diálogo rápido. Depois de trocarem algumas palavras, Nancy retirou o fone de perto do ouvido e dirigiu-se a Julia.

— Julia, há algum problema se viermos quinta-feira no início da noite? Susan tem alguns compromissos durante o dia.

— Para mim, está tudo bem. Mark só chegará na sexta por volta do meio-dia.

Nancy disse mais algumas palavras ao telefone e em seguida desligou.

— Preciso providenciar alguma coisa? — quis saber Julia.

— Não, apenas peço a todas que vistam roupas claras. Evitem preto, marrom, vermelho e demais cores escuras — esclareceu Nancy. — Agora gostaria de caminhar um pouco pelo jardim — acrescentou olhando para Julia.

— Claro! Vamos, venham por aqui.

Saíram pela porta dos fundos, que ficava na cozinha. O terreno tinha formato retangular e, ao final dele, havia um pequeno bosque com faias e bétulas — algumas tinham a mesma idade que a casa, outras, provavelmente, estavam lá há mais tempo. Um caminho de pedras levava até uma estufa desativada que Julia e o marido reformaram e transformaram em um agradável espaço para lazer, com lareira e confortáveis poltronas com generosas almofadas de couro cru. Parte da construção antiga fora aproveitada e a outra parte das paredes recebeu vidros. Estar ali dentro era como estar entre as folhagens e as árvores. Nancy entrou e ficou de pé no meio do ambiente.

— Aqui há uma alta concentração de energia. Há algo muito forte aqui, Julia.

Elise fotografou a lareira, as poltronas, as árvores e as folhagens que podiam ser vistas através dos vidros e também Nancy, Julia e Pauline. Ao fotografar Pauline, viu uma sombra ao lado dela. Ela retirou a câmera da frente do rosto, mas o vulto continuava lá. Pauline parecia não perceber a estranha presença.

Aos poucos, a massa escura e disforme foi tomando uma forma. Um rosto de mulher apareceu, e ela olhava diretamente para os olhos de Elise. Era a mesma mulher das fotos e dos pesadelos. Elise sentiu sua respiração tornar-se mais curta. Não via mais nada além daqueles olhos. De alguma forma ela os reconhecia. Aqueles mesmos olhos frios e mentirosos.

Elise sentia um misto de pavor e ódio crescer dentro de si. A mulher sorriu. Primeiro, um leve movimento esboçado pelos lábios finos e pálidos, e, em seguida, a boca escancarada exibia dentes escuros e podres. Elise viu aquele rosto aproximar-se lentamente de onde estava. O olhar irônico... Era como se quisesse desafiá-la. Viu a entidade deslizar em sua direção e, em segundos, tinha o fantasmagórico rosto muito próximo ao seu; alguns poucos centímetros apenas as separavam. A boca escancarada e os olhos esbugalhados pareciam provocá-la, desafiá-la, e Elise, por fim, soltou um grito agudo de pavor e seu corpo desabou sobre o assoalho de madeira. Quando abriu os olhos novamente, estava recostada nas pernas de Julia, e Nancy e tinha as mãos abertas sobre o centro do seu peito.

Pauline segurava entre as mãos um copo com água.

— Me desculpem — disse ela procurando sentar-se.

— Beba um pouco de água, querida — pediu Nancy.

Elise obedeceu. Havia um aroma desagradável no ar. Algo como o cheiro de excrementos ou de esgoto. Elise se questionou se apenas ela estaria conseguindo senti-lo.

— Eu vi aquela mulher — revelou, enquanto entregava o copo de volta para Pauline. — Estava naquele canto, perto de você, Pauline — Elise fez uma pausa e sentou-se em uma das poltronas. — Ela veio na minha direção, com aqueles olhos cinzentos, frios e cheios de ódio... É como se eu os conhecesse. É a sensação que eu tenho... ela chegou bem perto do meu rosto. Os dentes eram escuros, como se estivessem podres — Elise fez uma pausa e passou as mãos pelos cabelos. — Vocês estão sentindo esse cheiro?

— Que cheiro? — perguntou Pauline.

— Um cheiro ruim, que lembra fossa, esgoto, dejetos, coisa podre...

Julia balançou a cabeça afirmativamente.

— Embora esse ambiente tenha ficado confortável e agradável aos olhos, Mark e eu desistimos de usá-lo. A intenção era transformá-lo em um recanto para a leitura ou simplesmente para aproveitarmos o verde do jardim, por isso optamos pelo vidro. Mas esse cheiro desagradável está aqui desde que compramos a casa. Já contratamos um pessoal especializado para mexer nos encanamentos, verificar as fossas, mas, segundo eles, está tudo funcionando bem. Fizemos tudo novo e chegamos a pensar que o encanador havia cometido algum erro na época da reforma.

— Essa entidade, que Elise viu, frequentemente está aqui. É como se ela tivesse escolhido este local para permanecer a maior parte do tempo. O cheiro ruim que estamos sentindo está relacionado a ela. Existem alguns aromas que podem ser captados pelo nosso olfato e que são espirituais. Entidades trevosas e sombrias, sem luz, muitas vezes produzem esses odores desagradáveis, assim como algumas entidades de vibração elevada podem manifestar aromas agradáveis e raros nos ambientes que visitam, como o perfume de rosas, jasmins etc. — explicou Nancy, voltando-se para Elise: — Você está melhor?

— Sim, já está tudo bem, obrigada.

— Julia, gostaria de visitar o lago antes de irmos. Daqui a pouco, começa a escurecer.

— Então, vamos.

A noite começava a cair, e uma neblina espessa formava-se rapidamente, tornando tudo ainda mais úmido. O lago tinha um formato bastante irregular, com muitos recortes na margem direita. As águas escuras estavam parcialmente cobertas pela névoa. O enorme salgueiro debruçava seus galhos sobre parte da superfície do lago.

— Durante o dia, este lugar é muito agradável — comentou Julia.

Nancy observava detalhes. Junto à margem do lago, estava o casal de adolescentes.

— O casal de adolescentes está aqui.

— Como nas fotografias — observou Elise. — Por alguma razão, eles parecem gostar mais deste lugar.

— Não acredito que estejam aqui apenas por gostarem — comentou Nancy. — Talvez, haja algo aqui que estejam querendo nos mostrar. Julia, você disse que levantou alguns dados sobre a casa. Descobriu algo sobre esses meninos?

Julia balançou negativamente a cabeça.

— Na verdade, não consegui encontrar nada sobre a história dos antigos moradores, somente coisas como o nome do primeiro proprietário, que foi quem construiu a casa. Depois, o que sei é que a propriedade ficou fechada e abandonada por muitos anos.

— Não há ninguém na sua família, parentes mais velhos, avós, tios, que possam nos dar alguma informação interessante? — perguntou Pauline.

Julia pensou durante algum tempo.

— Meus pais e meus avós já faleceram, mas há uma tia que vive em uma casa de repouso a alguns quilômetros daqui. O local fica no lado oposto da cidade. Talvez, ela ainda esteja viva, contudo, faz muitos anos que não tenho notícias dela. Posso telefonar amanhã e ver o que consigo descobrir.

— É uma ótima ideia — disse Nancy. — Agora temos que ir, pois está ficando muito tarde.

Julia levou-as até a porta da frente.

— Julia, você não gostaria de passar a noite lá em casa? Elise tem um compromisso e podemos fazer companhia uma para a outra. O que acha? — perguntou Pauline, seguindo um impulso.

Os olhos de Julia brilharam de satisfação e de alívio.

— Adoraria. Se vocês aguardarem alguns minutos para que eu possa pegar minhas coisas, vou com vocês. Elise, se você puder me acompanhar, gostaria de lhe mostrar algo.

Nancy e Pauline permaneceram aguardando na sala, enquanto as outras duas subiram rapidamente a escada que dava acesso ao piso superior.

— O que foi? — perguntou Elise com expressão preocupada.

Julia levantou a blusa, e Elise viu nas costas, no abdome e nos antebraços da outra muitas manchas roxas de tamanhos variados, algumas bastante significativas, como se tivessem sido causadas por pancadas ou socos.

Os olhos de Elise arregalaram-se e, involuntariamente, ela levou uma das mãos até a boca.

— Mas... o que é isso?

No primeiro instante, Elise imaginou que Julia pudesse estar sendo vítima de agressões por parte do marido. Embora visse Mark como um homem culto, educado e sempre muito gentil com a esposa, essa foi a primeira coisa que lhe passou pela cabeça.

— Essas marcas têm surgido depois dos pesadelos, que já não sei se são apenas sonhos ou se são reais — explicou Julia. — Muitas vezes, sonho ou sinto que algo ou alguém está me batendo, mas não consigo despertar. Quando Mark está em casa, ele me acorda rapidamente, mas, quando estou sozinha, é horrível. Fiquei muito aliviada quando Pauline me convidou para ir com vocês. Estou há algumas noites sem dormir.

— E o que o seu marido fala sobre isso? — perguntou Elise com um misto de espanto e de curiosidade.

Julia deu de ombros, enquanto abria o armário e retirava de dentro dele uma bolsa de viagem pequena.

— De alguns meses para cá, nosso relacionamento não é mais o mesmo. Na verdade, tudo começou algum tempo depois de nos mudarmos para esta casa. Mark anda distante, não conversamos mais como antes, o humor dele mudou, e ele parece preferir passar mais tempo longe de minha presença. Confesso que cheguei a pensar na possibilidade de ele ter arranjado uma amante, mas descartei a hipótese, pois ele chega em casa sempre no horário e, todas as vezes em que telefonei ou apareci na empresa, Mark estava lá. Tenho quase certeza de que ele está sofrendo algum tipo de influência espiritual, como Nancy falou. Minha intuição me diz que, seja lá o que for, está tentando destruir nosso casamento para me afetar. O problema é que ele não aceita conversar sobre essas coisas e chegou ao absurdo de dizer que eu mesma estou fazendo essas manchas para chamar a atenção dele!

Elise olhou para Julia em silêncio. Somente agora percebia o quanto ela estava diferente. Estava mais pálida e perdera muito peso. Tudo no rosto de Julia denotava cansaço, medo e tensão. Precisava fazer algo por ela.

— Você poderia ter me telefonado, Julia. Eu teria vindo até aqui, ou nos encontraríamos em algum outro lugar. Não precisava ter ficado sofrendo sozinha durante todo esse tempo...

Elise sentia-se culpada e ao mesmo tempo perplexa com tudo aquilo. Não imaginava que aquilo fosse possível. Agressão física causada por fantasmas? Se não existissem as fotografias e ela mesma não estivesse envolvida na situação, imaginaria que Julia pudesse estar sofrendo de algum problema psiquiátrico ou escondendo uma conduta agressiva e doentia por parte do marido.

— O problema é que Mark não acredita!

Julia colocou algumas roupas dentro da bolsa, foi até o banheiro e retornou com alguns produtos de higiene pessoal.

— Acho que peguei tudo — disse, enquanto dava uma última olhada em volta.

— Então, vamos.

Enquanto desciam as escadas, ouviram a porta do quarto de Julia bater com força.

— Venha! Não volte! — disse Elise puxando-a pela mão.

— Que barulho foi esse? — perguntou Pauline.

— A porta do quarto de Julia, mas vamos embora — decidiu Elise, enquanto passava pela porta da frente.

— Nancy, vá com Julia. Vá mostrando a ela o caminho até sua casa. Eu e Pauline estaremos logo atrás de vocês.

— Está bem.

Elise ainda deu uma última olhada para a casa antes de dar partida no carro. Um misto de revolta e de sensação de impotência a invadiu. Por alguns segundos, passou-lhe pela cabeça deixar tudo do jeito que estava e nunca mais retornar àquele lugar, contudo, o rosto de Julia surgiu em sua mente.

— Tudo bem, Elise?

Pauline tocou de leve no braço da amiga.

O desejo de abandonar tudo durou apenas alguns segundos. Ela estava decidida a ir até o final. Julia precisava de sua ajuda.

— Sim, está tudo bem.

CAPÍTULO 7

Antony cortava alguns temperos ao mesmo tempo em que cuidava das panelas que estavam ao fogo, quando ouviu a campainha tocar.

— O cheiro está delicioso!

Elise entregou para ele um pote grande de sorvete embrulhado em uma sacola de supermercado.

— Entre. Não posso me descuidar do fogão, senão teremos de pedir uma pizza.

Elise sorriu e entrou. Olhava com curiosidade todo o ambiente à sua volta. Fazia pouco tempo que Antony se mudara para um apartamento maior.

O prédio ficava mais distante da universidade, mas, com a chegada de Pilar, Antony achou que seria mais conveniente ter um pouco mais de espaço. A construção era recente e fazia parte de um conjunto residencial de prédios com arquitetura moderna e simples. Os metros quadrados da pequena cozinha haviam sido cuidadosamente calculados para serem ocupados pelo essencial. O cômodo, que era conjugado com a sala, conferia a praticidade necessária à vida moderna. Elise percebeu que o jogo de sofás era novo e que a televisão e o aparelho de som também tinham sido trocados. Tudo estava muito limpo e organizado, o que denunciava a presença frequente de uma empregada na residência. Antony sempre fora um homem dedicado aos livros e à pesquisa, dando pouca importância ao ambiente à sua volta, contudo, a chegada da filha fez alguns de seus hábitos e de suas condutas serem modificados.

— Bonito o seu novo apartamento — comentou Elise, enquanto se sentava ao balcão.

— Que bom que gostou. Este apartamento tem dois quartos. O outro tinha se tornado muito pequeno. Embora esteja um pouco mais longe do trabalho, sinto-me bem mais confortável aqui. O bairro também é mais tranquilo — esclareceu Antony, enquanto mantinha a atenção voltada para as panelas.

Elise riu ao vê-lo tão concentrado junto ao fogão usando um avental xadrez.

— E onde está sua filha?

Elise mantinha o queixo apoiado em uma das mãos, e Antony virou-se para ela, notando o quanto a moça estava bonita. Ainda mais bonita que na época em que se conheceram. Ela usava um casaco cinza-claro, que se harmonizava com os cabelos loiros e os olhos acinzentados de Elise.

— Pilar está dormindo. Quer vê-la?

— Claro que sim, mas não quero acordá-la.

— Venha. É só tomarmos cuidado para não fazermos barulho.

Antony atravessou a sala até chegar a um pequeno corredor e abriu uma das portas. O quarto estava iluminado por um abajur, e Elise não teve dificuldades para contemplar o rosto da menina. Pilar dormia profundamente entre lençóis cor-de-rosa, bonecas e bichinhos de pelúcia. Os cabelos lisos e negros cortados na altura da nuca contrastavam com a fronha branca do travesseiro. A pele da menininha era de um suave tom de mate, suas bochechas eram rosadas e seus lábios eram perfeitos. Espessos cílios negros delineavam os olhos da menina.

Elise sentiu certa emoção, mas procurou disfarçar ao olhar para o rosto da filha de Antony. Um sentimento maternal foi despertado nela naquele instante, diante da expressão inocente do rosto da criança. Ela fez sinal para Antony para saírem do quarto.

— Ela é linda! — disse baixinho, enquanto encostava a porta.

— Não é mesmo? — disse Antony, visivelmente orgulhoso. — E não é uma criança encantadora apenas quando está dormindo. Pilar é alegre e costuma ser muito dócil.

Antony mexeu pela última vez as panelas e desligou o fogo.

— Por favor... — disse ele, puxando uma cadeira para Elise sentar-se.

A pequena mesa já estava arrumada, e Elise não pôde deixar de notar o cuidado que ele tivera com os detalhes, os guardanapos, as taças. Até mesmo um vasinho de cristal com algumas tulipas vermelhas fora disposto na mesa por Antony.

— Espero que você goste — disse ele, servindo o prato de Elise.

A massa parecia caseira e de boa qualidade, assim como o molho, que estava encorpado e com um atraente aroma de manjericão.

O vinho era o preferido de Elise: tinto, seco e francês.

— Está delicioso! — disse ela após a primeira garfada.

— Me esforcei bastante.

— Acredito que sim — comentou Elise rindo, pois sabia o quanto ele era adepto das tele-entregas e dos congelados.

Enquanto jantavam, conversaram sobre algumas trivialidades como assuntos relacionados ao trabalho de Antony e seus novos projetos de pesquisa.

Após o jantar, Antony convidou Elise para comerem a sobremesa na sala, para que ele pudesse lhe mostrar algumas fotos e filmagens do seu trabalho realizado no México e em alguns países da América do Sul e Central.

— De quem são as fotos? — perguntou Elise, enquanto saboreava uma colher de sorvete de chocolate.

— Você não o conhece. Depois da nossa discussão, tive de providenciar um fotógrafo às pressas. Esse cara apareceu um dia antes de embarcarmos. É bastante jovem, mas muito arrojado. Foi indicação do Peter, lembra-se dele?

Elise balançou afirmativamente a cabeça. Peter era um amigo de Antony, que costumava colaborar com os projetos de pesquisa traduzindo e corrigindo textos.

— Ele é muito bom — comentou Elise.

— O nome dele é Marco. É italiano, mas vive aqui em Londres há mais de dez anos. As filmagens também foram feitas por ele. Quero lhe mostrar algumas.

Antony ligou a TV e colocou o primeiro vídeo para rodar no aparelho, e Elise viu com assombro a realidade de algumas cidades e alguns vilarejos distantes das capitais de países como Colômbia, Venezuela, Guatemala e até mesmo do próprio México, famoso na Europa por suas praias paradisíacas e sua comida apimentada.

— São povos bastante comprometidos com seus costumes e suas tradições. Em alguns locais existem sítios arqueológicos fantásticos, verdadeiras enciclopédias de história. Muita coisa foi destruída pelos invasores, mas o próprio povo, em muitos vilarejos do interior, mantém viva sua cultura por meio da tradição oral. Eles são bastante receptivos e, apesar das condições em que vivem, conseguem manter a alegria. Infelizmente, a saúde pública é precária e a prostituição infantil, assim como o tráfico de drogas e de mulheres, é comum nesses países. Há coisas que nem mesmo sonhamos, que a mídia não mostra e que acontece por lá. Por essa razão, quando tive certeza sobre a paternidade de Pilar, não pensei duas vezes em trazê-la comigo.

— Eu compreendo. Teria feito o mesmo em seu lugar.

Antony percebeu que havia sinceridade nas palavras de Elise, que ela realmente o compreendia e que não alimentava mais qualquer tipo de restrições em relação à criança.

— Mas não conseguimos conversar a respeito de suas fotografias extraordinárias — disse ele. — Como você está reagindo a tudo isso?

— Está esfriando ou é impressão minha? — perguntou Elise.

— Está sim. Vou ligar o aquecedor.

Antony aproximou-se um pouco mais de Elise e passou o braço em volta de seus ombros, puxando-a para mais perto de si.

— Na verdade, estou aprendendo a conviver com coisas nas quais eu não acreditava. Os rostos das fotos não permaneceram apenas nas imagens; estão presentes na minha vida.

Antony franziu as sobrancelhas, e Elise continuou:

— Desde o dia da revelação, eu os tenho visto. Tenho tido pesadelos e estou frequentando uma terapeuta, que está me ajudando a lidar com tudo isso — Elise fez uma pausa e respirou profundamente. — Você sabe que sempre fui cética no que diz respeito a essas coisas, mas agora que está acontecendo comigo não tenho como negar os fatos! Uma tia da Pauline, a Nancy, está sendo um verdadeiro anjo. Ela entende dessas coisas e está nos ajudando, a mim e a Julia, que é a dona da casa.

— Sua amiga Julia também tem tido visões?

— Descobrimos que... — Elise fez uma pausa e continuou: — Eu ainda fico constrangida em admitir que essas coisas possam ser verdadeiras — respirou fundo e disse: — Descobrimos que Julia e eu tivemos, no passado, uma ligação com aquele lugar e com os fantasmas que aparecem nas fotos. A tia da Pauline foi fazer uma limpeza ou uma sessão de cura em meu campo de energia, e acabei entrando em uma espécie de transe. Consegui visualizar uma cena do passado, que ocorreu dentro da casa — Elise fez uma pausa e exclamou: — Aquilo foi incrível!

Julia estava lá, com outro rosto e outro corpo, mas tenho certeza de que era ela. Pauline, Nancy e eu visitamos a mansão hoje. No casarão existe um piano antigo, que está lá há muito tempo. Parece que ele pertenceu a uma jovem que nasceu e morreu no lugar. Aconteceu algo muito estranho durante essa visita. Eu me sentei diante do piano e toquei uma música completamente desconhecida, que, segundo Nancy, foi composta pela tal jovem.

Antony olhava para Elise em silêncio, enquanto a moça falava:

— Nancy consegue perceber e sentir algumas coisas. Ela sentiu o que aconteceu com a jovem dona do piano no passado, mas não consegue dizer quais acontecimentos envolveram a mim e a Julia, assim como às outras entidades que ainda estão lá. Amanhã, iremos até a casa novamente. Temos de aproveitar enquanto o marido da Julia está viajando. Ele não tolera essas coisas, não acredita. Mas, desta vez, Nancy levará conosco uma amiga que parece ter facilidade em se comunicar com os espíritos.

— Mas, mesmo olhando as fotos, o marido de sua amiga não acreditou?

— Não, começou a rir, a zombar, dizendo que eu e Julia estávamos perdendo nosso tempo com esse tipo de "maluquice".

— Mas as fotos são claras! Os rostos aparecem com uma visibilidade e riqueza de detalhes incríveis... — argumentou Antony. — E foram feitas e reveladas por você, não por um desconhecido.

— É, eu sei, mas ele não quis nem mesmo olhar com atenção para as fotos. Quero apenas resolver essa situação e descobrir o que aconteceu no passado e o que ainda me prende àquelas pessoas e àquele lugar. Quero me libertar e seguir com minha vida em paz! Se eu devo alguma coisa para esses espíritos, preciso pelo menos descobrir do que se trata.

— Como já lhe disse antes, naquele dia em que nos encontramos na livraria, tenho alguns livros interessantes. Se você quiser, pode ficar com eles o tempo que desejar.

— Vou dar uma olhada, mas não agora.

Elise aproximou-se de Antony e beijou-o nos lábios demoradamente. Ele abraçou-a e assim permaneceram durante algum tempo até que as carícias se intensificaram, e a moça sugeriu que fossem para o quarto. Não estavam sozinhos no apartamento, e a presença de Pilar exigia alguns cuidados e o máximo de discrição da parte deles.

Já era madrugada quando adormeceram. Elise dormiu profundamente e sonhou com um tempo em que os lilases perfumavam a janela do seu quarto na primavera e, ao som do piano, podia contemplar o velho salgueiro e o lago. Nele, dois adolescentes brincavam em uma embarcação artesanal feita de madeira. O aroma dos lilases perfumava tudo: do quarto aos seus longos cabelos acobreados. Gostava das flores que perfumavam seu jardim. Não teve pesadelos naquela noite; apenas a alegria daquela manhã de primavera perfumada, das crianças brincando no lago e do som das teclas do piano.

CAPÍTULO 8

A voz de Antony e a gargalhada infantil de Pilar chegavam até os ouvidos de Elise como se fossem sons trazidos de longe pelo vento. Ela abriu os olhos e viu que tinha amanhecido. "Que horas são?", perguntou-se. Olhou no relógio sobre o criado-mudo e viu que já passava das nove da manhã. Ela levantou-se, lavou o rosto e vestiu-se rapidamente. Apesar de sonolenta, sentia o coração levemente acelerado devido ao seu primeiro encontro com a filha de Antony. Caminhou descalça pelo corredor, pois seus sapatos haviam ficado na sala.

Antony estava preparando o café da manhã, e Pilar estava sentada em um cadeirão. Os pés rechonchudos estavam enfiados em meias com listras coloridas e balançavam soltos no ar, enquanto ela segurava o rosto redondo com as pequenas mãos, observando com atenção a tarefa desenvolvida pelo pai, que estava às voltas com a cafeteira e com a torradeira.

Por alguns instantes, Elise ficou observando-os anonimamente. Os olhos amendoados e escuros da menina estavam fixos em Antony. Havia uma exótica mistura de traços naquele rosto infantil. O nariz e as linhas dos lábios eram delicados e bem-feitos, e os olhos eram fortes e marcantes, lembrando suas raízes nativas da América Central.

— Bom dia! Chegou bem a tempo para nosso café da manhã! — exclamou Antony ao vê-la de pé junto à parede.

Pilar virou-se na direção de Elise e sorriu, mostrando duas fileiras de pequenos dentes muito brancos.

— Elise, esta é Pilar — disse Antony puxando-a pela mão.

— Oi, Pilar.

Elise aproximou-se para beijar o rosto da menina, que enlaçou o pescoço da moça em um forte abraço.

— Que bonita, papai!

Elise olhou para Antony surpresa com a desenvoltura da menina ao pronunciar aquelas palavras.

— Muito obrigada! Você também é linda!

— Obrigada — disse a menina sorrindo.

— Eu havia lhe dito que ela era uma menina incrível e inteligente — disse Antony baixinho próximo ao ouvido de Elise.

— Achei que estivesse exagerando como todo pai! — respondeu ela no mesmo tom. Depois, voltando-se para Pilar, perguntou: — Você gosta de geleias, Pilar?

A menina balançou afirmativamente a cabeça.

— Eu também! Vou preparar algumas torradas para você, está bem? Qual geleia você prefere?

— A amarela — disse a menina apontando para o vidro da geleia de damasco.

— Damasco... você tem bom gosto! É uma das minhas prediletas...

O café da manhã foi muito agradável, e Elise nem sequer percebeu a chuva que caía em abundância do lado de fora.

— Daqui a pouco, Simone, a babá, chegará. Preciso passar em alguns lugares antes de ir para o trabalho. O que acha de ir comigo e de almoçarmos juntos naquele mesmo restaurante?

— Por mim, tudo bem. Só preciso telefonar para Pauline antes de sairmos. A bateria do meu celular está descarregada.

— Fique à vontade, você está em casa — disse Antony.

Elise levantou-se e foi até o telefone.

— Ela já vai, papai?

— Ela vai sair com o papai, mas depois volta, está bem? Quer mais uma torrada?

Pilar fez que sim com a cabeça.

— Ela vai ficar morando com a gente?

— Só se ela quiser, meu bem... agora coma sua torrada, pois a Simone já deve estar chegando e preparará um mingau delicioso pra você. O papai tem que ir trabalhar.

A menina obedeceu, enquanto comia a torrada, lambuzando de vez em quando as bochechas com a geleia. Sentada na sala, Elise conversava com Pauline ao telefone.

— Pronto, agora estou mais tranquila. Depois de almoçarmos, passarei na loja e me encontrarei com Pauline. De lá, vamos nos encontrar com Julia e Nancy.

A campainha tocou.

— Bom dia, Simone! — disse Antony, enquanto abria a porta.

Simone era uma mulher jovem, que aparentava ter vinte e poucos anos. Era muito magra e aparentemente tímida.

— Esta é Elise, minha namorada.

Elise olhou para Antony um pouco surpresa, porém, satisfeita.

— Muito prazer, Elise.

— O prazer é todo meu, Simone.

Antony aproximou-se de Pilar e ergueu-a no colo, retirando-a do cadeirão.

— Filha, obedeça Simone. Daqui a pouco, o papai estará de volta.

A menina abraçou o pai e repetiu o gesto com Elise, que sentia sua afeição por Pilar crescer a cada momento que passavam juntas.

— Tchau, Elise! — disse a menina sorrindo e acenando, enquanto a moça e Antony saíam pela porta.

— Tchau! Tchau, menina! — dizia Pilar.

A garota ruiva, que descia os degraus logo atrás de Elise, virou-se para trás e acenou. Pilar sorriu e, finalmente, a babá fechou a porta.

***

Após o almoço, Antony e Elise despediram-se com a promessa de se encontrarem novamente naquela noite, no apartamento dele.

Elise seguiu em direção à loja onde Pauline trabalhava, estacionou bem na frente da porta e de dentro do carro viu a amiga dobrando algumas roupas e arrumando-as nas prateleiras. Pauline sorriu e acenou. Ainda faltavam dez minutos para encerrar seu expediente. A chuva finalmente dera uma trégua, e Elise ligou o rádio e fechou os olhos. Sentia-se um pouco sonolenta, talvez devido à comida do almoço.

Elise relaxou rapidamente e, em poucos segundos, pegou no sono indiferente às pessoas que passavam pela calçada. Ela teve a sensação de olhar para o lado, para o banco do carona e ver o rosto da garota ruiva. Elise tentou mover-se, contudo, não conseguiu. A garota sorriu e tocou de leve no braço da moça.

— Meu nome é Wanda.

Elise despertou sobressaltada com a voz de Pauline chamando-a. A moça estava sentada ao seu lado dentro do carro.

— Está tudo bem?

— Desculpe, está sim... acabei pegando no sono!

— Ainda bem que terminou o expediente! Foi uma manhã chata. Essa chuva espantou os clientes e ficamos meio que sem ter o que fazer — reclamou Pauline com um longo suspiro, enquanto jogava a bolsa no banco traseiro. — E você? Como foi o jantar com Antony?

— Foi tudo maravilhoso! — respondeu Elise sorrindo, enquanto dava partida no carro. — A filha dele é uma gracinha, linda! Tudo seria perfeito se não fosse por essa situação com os fantasmas e a casa de Julia.

— Calma, tudo está sendo resolvido. Vamos ver o que acontece hoje. A amiga de tia Nancy estará lá, e talvez consigamos desvendar o mistério de uma vez por todas. Acredito que, assim, saberemos o que fazer.

Pauline fez uma pausa, enquanto arrumava os cabelos diante do espelho.

— E a Julia?

— Dormiu bem e voltou para casa hoje pela manhã. Eu disse a ela que poderia dormir lá em casa todas as vezes que quisesse. Ela agradeceu e me pediu que não nos esquecêssemos de comparecer ao encontro de hoje. Gostei muito dela, Elise. Parece ansiosa em resolver a situação, pois não deve estar sendo fácil morar naquele lugar, ainda mais sem contar com o apoio do marido.

— Tenho muita pena da Julia. Morro de medo que aconteça algo mais grave com ela... — comentou Elise.

— Que tipo de coisa poderia acontecer a ela?

— Sei lá... tenho uma espécie de inquietação. Penso que algo ruim pode acontecer, que a Julia está correndo algum perigo... Talvez seja só coisa da minha cabeça devido a tudo o que está acontecendo — Elise fez uma pausa e perguntou em seguida: — Precisamos passar para pegar a Nancy?

— Não, Susan vai buscá-la, e, de lá, irão juntas para a casa de Julia.

— Fico feliz que você possa ir comigo para revelar as novas fotos.

— Não posso perder isso de jeito nenhum!

Elise estacionou na frente de um prédio branco.

— Vamos pelas escadas? — perguntou Pauline um pouco nervosa.

— Por mim, tudo bem...

Elise sabia que a amiga tinha medo de elevadores, e o apartamento ficava no terceiro andar. Ela enfiou uma das mãos dentro da bolsa e, durante alguns segundos, remexeu dentro dela até retirar finalmente de lá um molho com chaves.

Ela abriu a porta e acendeu a luz. Tudo estava do jeito que deixara na semana anterior. O forte cheiro de mofo tomava conta do ambiente, que permanecera fechado durante todos aqueles dias de chuva.

Pauline ajudou Elise a abrir as janelas e a porta que dava para a varanda. O prédio não era novo, fora construído no final da década de 1970, e alguns problemas de vazamento e infiltrações podiam ser percebidos pelas manchas nas paredes e no teto da cozinha.

Após alguns minutos com as janelas abertas, o ar tornou-se mais leve e o ambiente ficou mais claro.

— Vou fazer um café antes de iniciarmos a revelação das fotos.

Elise ligou a cafeteira, enquanto Pauline ia ao banheiro.

— Você está pensando em morar com Antony?

Elise virou a cabeça para o lado esquerdo, ao mesmo tempo em que levantava as sobrancelhas em uma expressão de dúvida.

— Não sei... eu gostaria, mas tenho um certo medo de me precipitar — disse, enquanto acrescentava duas colheres de açúcar ao café.

— Tenho a impressão de que você não voltará mais a morar aqui — comentou Pauline, percorrendo com os olhos o ambiente em volta. — Sinto isso! O que fará com o apartamento?

— Não sei, não cheguei a pensar nisso. Talvez o alugue. Seria bom encontrar um bom inquilino e não ter mais que viver sozinha — Elise bebeu mais um gole de café e perguntou: — E você, minha amiga? Não acha que está na hora de encontrar um namorado?

Pauline sorriu.

— Algum tempo atrás, conheci um australiano...

Elise olhou para ela com ar de espanto.

— Por que não me disse nada?

— Ah, porque o que tivemos foi algo muito rápido. Ficamos juntos por três dias apenas, e imaginei que ele nunca mais me procuraria...

— Mas procurou...

— Procurou! — exclamou Pauline, com os olhos arregalados e sorrindo. — Recebi uma mensagem dele na semana passada. Ele me ligou ontem à noite e disse que retornará a Londres em breve! Nem acreditei!

Disse também que chegará na próxima semana e que ficará pelo menos por seis meses!

— Posso ver que você está feliz. Nunca a vi tão empolgada com qualquer um dos seus ex-namorados. Quero conhecê-lo.

— Prometo que será a primeira pessoa para quem vou apresentá-lo.

Elise deu uma olhada no relógio que estava sobre o armário.

— Vamos?

Pauline bebeu o último gole de café e levantou-se da cadeira.

Dentro do estúdio, o cheiro de mofo intensificou-se novamente. Elise ligou a luz infravermelha e iniciou a revelação do filme que fora utilizado na última tarde em que estivera na mansão.

Todo o processo demorou em torno de uma hora.

— Veja esta foto, Pauline.

— É do lago. Dá pra ver uma mancha escura no meio da névoa.

— Nesta aqui também há alguma coisa.

A foto havia sido tirada na sala do piano. Enquanto Elise tocava, Pauline tirou várias fotos, e em uma delas havia a imagem do rosto de uma garota ruiva ao lado de Elise.

— Um dia desses, eu vi essa garota na rua. Foi no último dia em que estive no consultório de Joan e em que Antony e eu nos encontramos para almoçar — Elise fez uma pausa e continuou: — Hoje, enquanto a aguardava na frente da loja, vi essa garotinha sentada no banco do carona, e ela me disse que se chama Wanda. Não tenho mais medo dela e do garoto como tinha antes. Começo a sentir certa afeição por eles. Não consigo explicar direito...

— Ela é bonita — observou Pauline.

— É, sinto que ela não é má. Pode parecer esquisito, mas tenho certo carinho por ela e pelo garoto, mas aquela mulher... ela desperta em mim medo e ódio. Acho que, se não fosse um fantasma, eu mesma a mataria! — desabafou Elise.

Pauline estranhou o comportamento da amiga, mas preferiu não fazer comentários.

— Olhe esta aqui. Acho que é do quarto de Julia... É sim, é a porta do banheiro. Parece que há uma sombra encostada na parede, não é?

Elise concordou com a cabeça. A mancha escura tinha a altura de uma pessoa adulta, contudo, não mostrava clareza de traços delineando um rosto ou a silhueta de um corpo. Era uma mancha disforme.

— Há algo nesta foto aqui também! — exclamou Pauline. — Olhe, Elise, sou eu na antiga estufa!

Elise observou com cuidado a foto de Pauline, tirada momentos antes do seu desmaio. Ao lado de Pauline, sorrindo para a câmera, havia um rosto: o da mulher que assombrava a vida de Elise e de Julia, provavelmente o pivô da história. Até onde ia o envolvimento dela com aquela entidade sombria e por que ela inspirava emoções tão fortes e ruins? Nunca sentira ódio por ninguém, não tinha inimigos e, mesmo na área profissional, nunca criara inimizades. Sempre procurou manter o equilíbrio em suas relações, inclusive nas familiares. Havia certo ressentimento em relação aos parentes de sua mãe, porém, estava longe de sentir por eles o que sentia por aquela estranha que nem de carne e osso era mais!

— Veja, Pauline! Ela está sorrindo para a câmera... parece que sabia que iria aparecer na foto — Elise falava em um tom de voz muito baixo, como se evitasse que outros, além de Pauline, a ouvissem. — O sentimento que esta... mulher... acho que posso denominá-la assim, afinal, um dia ela foi uma mulher... O que ela desperta em mim é muito estranho e ruim. Acredito que haja uma explicação para tudo isso e peço a Deus que nos ajude a encontrá-la logo...

CAPÍTULO 9

Susan Hunt era uma dentista bem-conceituada de uma cidadezinha do norte da Inglaterra, que se formara muito jovem. Mais jovem do que a maioria das pessoas costuma se formar na universidade. Após concluir o curso de odontologia, ela voltou para sua cidade natal a fim de iniciar uma carreira tranquila e segura, que lhe proporcionasse um futuro tranquilo e seguro. Susan casou-se com Adam, um antigo namorado da época da adolescência, e a vida fluía de forma suave, sem mudanças bruscas ou notáveis. Em pouco tempo atuando como dentista, conseguiu obter uma clientela fiel e tornou-se a responsável pelo sorriso de quase toda a população local, que não era tão numerosa quanto a de um bairro da periferia da grande Londres.

Depois de dois anos de casamento, Susan e Adam, que era proprietário de uma loja de conveniências, descobriram que teriam um filho. O casal ficou muito feliz e, para comemorar, partiu em uma viagem de carro pela costa, em uma espécie de segunda lua de mel. Susan teve uma gravidez sem grandes intercorrências além dos habituais enjoos, tão comuns às mulheres durante o período gestacional. Quando sua filha Betina nasceu, foi recebida com carinho por toda a família. As coisas iam bem, e a vida era maravilhosa.

Após a criança completar três anos de idade, uma sombra gigantesca projetou-se na vida de Susan e de Adam. Betina passou a apresentar convulsões, que, na maioria das vezes, eram seguidas de desmaios. Iniciou-se, então, uma maratona que parecia interminável a consultórios médicos e depois a hospitais e centros cirúrgicos. Após um ano de tentativas desesperadas para salvar a vida da menina, Susan encarou uma das piores dores que um ser humano pode sentir: a da perda de um filho.

Estava esgotada, sem forças até mesmo para chorar. Com o passar dos dias, as lágrimas vieram e o vazio aumentou, levando-a a buscar auxílio nos psicotrópicos, que ela passou a tomar em excesso. Aos poucos, também, Susan começou a se refugiar no álcool. Nada mais importava: o casamento, o consultório, a carreira, o futuro. A morte seria um alívio para ela. Após algum tempo, Adam pediu o divórcio, mas, para Susan, aquilo também não tinha importância. A família lutava para trazê-la de volta, contudo, todas as tentativas pareciam inúteis.

Em uma noite de inverno, sozinha em casa, Susan sentou-se diante da lareira com uma grande quantidade de antidepressivos e de outras drogas similares que conseguira reunir e uma garrafa de uísque. No dia seguinte, ela foi encontrada pela empregada deitada no tapete da sala. Os socorristas chegaram rapidamente, e Susan foi levada ao hospital da cidade vizinha, que era um pouco maior e no qual havia uma unidade de terapia intensiva. Ela ficou em coma durante alguns meses, e os médicos temiam que, se um dia retornasse, trouxesse consigo sequelas neurológicas que costumam ser irreversíveis.

Durante o período em que permaneceu em coma, Susan sofreu uma intensa transformação e recebeu a cura. Foi levada por entidades de vibração superior a um templo de cura no plano astral, recebeu instruções valiosas e a certeza de que retornaria ao plano físico e de que sua vida voltaria ao normal. Aproximando-se a data em que ela deveria retornar ao corpo físico, que a aguardava ainda na UTI, Susan foi levada por um mentor amigo até Betina. Foi um momento de grande emoção, e ela, finalmente, pôde constatar que a filha não deixara de existir, que apenas cumprira o tempo necessário no plano físico e que retornara ao astral para preparar-se para mais uma jornada. Betina era um espírito antigo com grande bagagem espiritual, que cumprira um curto resgate ao lado de Susan e de Adam e que agora se preparava para retornar no momento certo com uma missão especial. A menina assegurou a Susan que, em breve, se reencontrariam.

Ao acordar em uma manhã de final de primavera, familiares e médicos ficaram aliviados ao perceberem que Susan estava lúcida e que, pouco a pouco, seu corpo retomava as forças e voltava à vida. Ela conseguia lembrar-se de toda a experiência vivenciada fora do corpo, pois assim fora permitido para que pudesse desempenhar seu papel. Um trabalho espiritual foi realizado nos corpos sutis de Susan, preparando-os para que ela tivesse a sensibilidade necessária para comunicar-se com o plano espiritual e ajudar muitas pessoas.

A visão de mundo de Susan modificou-se, tornando-se mais universalista, abrangendo não mais apenas seu pequeno mundo, mas o todo à sua volta. Ela sentiu necessidade de ampliar seus conhecimentos a respeito da espiritualidade, da imortalidade do espírito e também da roda do carma e dos processos de vida, morte e renascimento. Como tinha algum dinheiro guardado, alugou o consultório e retirou-se para uma pequena propriedade rural que herdara da avó.

Durante um ano, Susan permaneceu em contato direto com a natureza e, seguindo instruções de seus mentores e guias, mudou a alimentação e outros hábitos que já não lhe serviam mais. Decidiu também viajar pelo Oriente, onde aprendeu técnicas de meditação e de cura, que integrou ao seu dia a dia e que a auxiliaram no aumento de sua sensibilidade e percepção espiritual. Em uma dessas viagens, conheceu Nancy, e as duas mulheres tornaram-se grandes amigas. Ao retornar para a Inglaterra, Susan mudou-se para Londres, continuou atuando como dentista e também criou um espaço terapêutico, no qual dava suporte a pessoas que haviam perdido as esperanças e o rumo na vida após passarem pela experiência da perda com a morte de um ente querido.

Susan organizava reuniões de grupo com a finalidade de instruir as pessoas a respeito da imortalidade do espírito, muitas vezes atuando como uma ponte de comunicação entre encarnados e desencarnados. Dessa forma, ajudou muitos indivíduos a superarem a dor causada pela separação daqueles que amavam e a renovarem suas esperanças e sua fé no poder de cura que vem da Luz. Com o passar do tempo, outras pessoas com o mesmo objetivo se juntaram a ela, inclusive Nancy.

Começava a escurecer, quando Pauline e Elise chegaram à casa de Julia.

— Acho que tia Nancy e Susan já chegaram — observou Pauline, ao ver um carro estacionado em frente ao portão.

A porta da frente se abriu, e Elise viu a silhueta de Julia, que aparentava estar um pouco melhor do que no dia anterior.

— Boa noite, meninas! Entrem!

Julia estava realmente melhor. Seu sorriso voltara a ter o mesmo brilho de sempre e sua postura mudara, assim como seu tom de voz.

— Desculpe-me pelo atraso, Julia. Como você está? — perguntou Elise abraçando-a.

— Bem melhor. Dormir fora desta casa me fez bem — e, voltando-se para Pauline, pediu: — Entre, querida. Sua tia e a amiga dela já chegaram.

Julia conduziu-as até a cozinha onde Nancy e Susan conversavam animadamente. Ambas trajavam roupas claras e confortáveis.

Pauline cumprimentou a tia e Susan rapidamente, e depois Nancy apresentou a amiga para Elise.

— Elise, esta é minha amiga Susan, de quem lhe falei. Tenho esperanças de que ela possa nos ajudar a nos comunicar com os espíritos.

— Muito prazer em conhecê-la, Susan.

— O prazer é todo meu. Nancy me falou muito de você! — disse Susan, apertando a mão de Elise.

Susan era mais ou menos uma década mais jovem que Nancy, muito miúda, de estatura baixa e magra. Tinha olhos verdes observadores e curiosos. Os cabelos eram claros e cortados na altura dos ombros. Fisicamente falando, não havia nada de especial nela. Era uma mulher de 48 anos, comum, do tipo que não chamava a atenção, contudo, havia certo magnetismo em seu olhar e em sua voz, que a tornavam no mínimo interessante.

— Eu trouxe os pêndulos e também o óleo de rosas brancas que você me pediu — disse Pauline.

— Ótimo — respondeu Nancy, que, virando-se para Julia, disse: — Vamos aguardar as meninas beberem o chá e, então, começamos.

Durante meia hora, as mulheres permaneceram na cozinha conversando sobre assuntos diversos. Pauline e Julia conversavam sobre decoração, enquanto as outras três falavam sobre as novas fotos reveladas por Elise.

— Trouxe-as para vocês verem. Aparece algo em algumas fotos — comentou Elise, retirando da bolsa dois envelopes. — Essas daqui são as primeiras, aquelas que você já viu, Nancy. Achei que deveria trazê-las para que Susan pudesse dar uma olhada.

As novas fotografias passaram de mão em mão, e Susan pôde constatar com os próprios olhos o que ouvira da boca de Nancy a respeito do caso.

— São realmente incríveis, Nancy! — comentou Susan ajeitando os óculos com a ponta do dedo indicador. — Já vi fotos circulando dentro do grupo, mas estas daqui estão fantásticas! Muito definidas...

— comentou Susan, referindo-se às primeiras fotos feitas por Elise. Depois, ela fez uma pausa e acrescentou sorrindo: — Acho que devemos começar a trabalhar.

Nancy trocou com Susan um olhar de cumplicidade, que não passou despercebido por Elise.

O casal de adolescentes já se acercava do campo áurico de Susan, e ela conseguia percebê-los com clareza. Eram muito parecidos e possivelmente haviam sido irmãos gêmeos. Os gêmeos univitelinos transmitem uma vibração sutil muito peculiar, pois de alguma forma possuem um padrão energético muito similar e complementar entre si, então, sua vibração é distinta das demais.

— Gostaria de ir até o lugar sobre o qual Nancy comentou. Onde uma jovem desencarnou em condições dolorosas. Os dois adolescentes estão me pedindo para irmos até lá — disse Susan.

O grupo subiu as escadas e logo alcançou o escritório de Mark.

Nancy pediu a Julia que abrisse todas as janelas e mantivesse a porta aberta. Susan posicionou-se em silêncio no centro do cômodo e pediu às outras que formassem um círculo à sua volta.

— Peço a todas vocês que permaneçam em silêncio e fechem os olhos por alguns minutos — ela fez uma pausa e continuou: — Gostaria que se esforçassem para deixar todos os assuntos do cotidiano de lado e, neste momento, voltem suas mentes apenas para o presente. Tentem tranquilizar o espírito e o coração, evitando todo e qualquer tipo de pensamento ou emoção negativa que tentem atingi-las agora. Elevem seus pensamentos para Deus, a grande fonte cósmica da luz e do amor. Abram o coração para a Mãe Divina, que é a mais pura forma de compaixão.

Susan fez silêncio e visualizou um círculo de luz branco cristalino em volta de toda a sala, que foi aumentando, aumentando, até tornar-se um imenso cerco de luz em volta de toda a casa. Nos planos sutis, o círculo podia ser facilmente percebido.

— Realmente aconteceu o desencarne de uma jovem aqui, nas condições descritas pelos mentores de Nancy.

Susan começou a percorrer o ambiente segurando o pêndulo de madeira, que, em determinados momentos, descrevia círculos girando no sentido horário e, em outros, girava freneticamente no sentido anti-horário. Ela, então, viu como era o ambiente na época em que a casa fora construída.

— A jovem não está presente. Não percebo o espírito dela aqui. Apenas percebo os dois adolescentes. Ela sofreu muito para deixar o corpo físico. Morreu envenenada, de forma que não podia falar nem se alimentar. No final, nem mesmo podia ingerir líquidos. Os gêmeos dizem que ocorreu um assassinato aqui e que o assassino ainda está no local, pois não pôde deixar a casa. Ele está preso neste lugar. Eles têm muito medo e dizem que alguém corre perigo. Falam o nome Mary Anne o tempo todo.

Susan fez uma pausa. Elise sentia a cabeça girar, e uma dor forte na boca do estômago fez seu corpo curvar-se. Pauline e Julia acercaram-se dela e ajudaram-na a chegar até a poltrona.

— Neste ponto exatamente — mostrou Susan, apontando para o canto direito onde estava a escrivaninha de Mark — ficava a cama em que a jovem sofreu durante algum tempo. Há uma alta concentração de energia aqui. É uma energia de tristeza e de dor, que pode se manifestar até mesmo em forma de enfermidades naqueles que hoje vivem na casa — voltando-se a Nancy, Susan pediu: — Por favor, acenda um incenso de rosas brancas aqui. Enquanto isso, iniciarei a limpeza energética com a água fluidificada.

Susan fechou os olhos e, com gestos que pareciam inspirados por alguma força externa, percorreu todo o ambiente. As mãos da mulher movimentavam-se no ar de forma enérgica, descrevendo muitas vezes movimentos amplos ou desenhando formas no ar com os dedos. Elise, Pauline e Julia viram-na, com curiosidade, soprar vigorosamente e até mesmo bater palmas. Quando encerrou a atividade, sentou-se e pediu a Julia um copo com água.

— Sugiro que você mude os móveis e objetos de decoração de lugar e mantenha o ambiente arejado, mesmo nos dias frios. Essas práticas ajudarão a energia se renovar e a circular. Mantenha o ambiente limpo e perfumado. Sugiro que utilize perfumes à base de jasmim, rosas brancas ou lírios não somente aqui, neste cômodo, como também em toda a casa. Este é um dos pontos que necessita de maior atenção de sua parte, pois essa sobrecarga de energia ruim e estagnada há muitos anos pode ter consequências para você e seu marido, os atuais moradores da casa. Sendo um ambiente de trabalho, onde seu marido passa algumas horas do dia, ele fica bastante suscetível à concentração de energia que identifiquei aqui.

Julia ouviu quando o portão lateral de acesso à garagem se abriu e sentiu o coração acelerar. Pauline e Nancy perceberam que ela empalidecera.

— Mark está aqui! Meu Deus!

— Calma, Julia, está tudo bem. Para todos os efeitos, somos apenas amigas que vieram lhe fazer uma visita para que não se sentisse tão sozinha — disse Nancy com tranquilidade.

Julia respirou fundo procurando se controlar, afinal, não havia nada de errado naquela reunião. Estava apenas mostrando a casa para algumas amigas que vieram passar a tarde com ela e já estavam de saída. O grupo desceu as escadas tentando aparentar naturalidade e conversando normalmente. Mark as aguardava no último degrau, e seu olhar estampava desconfiança e contrariedade, que ele não procurava disfarçar.

— Olá, querido! Que bom que voltou! — disse Julia, indo ao encontro do marido e envolvendo-o em um abraço caloroso.

Mark retribuiu o gesto de forma fria. Seus olhos estavam fixos nos rostos que desciam as escadas logo atrás de Julia e, por fim, fixaram-se nos de Elise.

— Estas são Pauline, Susan e Nancy. Elise você já conhece.

Mark cumprimentou a todas polidamente e, por último, estendeu a mão para Elise:

— Como vai, Elise?

Ela apertou a mão de Mark olhando-o nos olhos e notou que havia algo diferente neles. Estavam frios. Mark estava diferente. O comportamento, o jeito de olhar, a forma como tratara Julia. Parecia outra pessoa.

— Estou bem, obrigada — respondeu Elise secamente. Em seguida, voltando-se para Julia, agradeceu: — Obrigada pelo chá! Estava ótimo! Se precisar de alguma coisa, me telefone, está bem?

Em silêncio, Julia concordou com a cabeça e acompanhou o grupo até a porta. Mark observava todos os gestos da esposa, analisando-os. Quando Elise abraçou Julia na saída, os olhares dela e de Mark cruzaram-se rapidamente mais uma vez. Havia algo semelhante a ódio naqueles olhos acinzentados e frios.

— Não esperava que voltasse hoje, querido. O que aconteceu?

Mark estava na cozinha e olhava dentro da geladeira.

— Nada de mais. A reunião de amanhã foi cancelada. Acho que não vamos conseguir o contrato — respondeu ele, enquanto enchia um copo com leite.

— Sinto muito — disse Julia, enquanto guardava alguns copos limpos que estavam no escorredor de louças.
— O que aquelas mulheres estavam fazendo aqui?

Mark não olhava para Julia.

— Elise e eu nos encontramos por acaso no início da semana e acabei conhecendo Pauline e a tia dela, Nancy. Passamos uma tarde bastante agradável, e, como elas estavam curiosas para conhecer a casa, resolvi convidá-las para um chá. Sinto-me muito sozinha quando você viaja. Susan é amiga de Nancy, é dentista.

A expressão no rosto de Mark pareceu suavizar-se.

— São simpáticas, principalmente a mulher mais velha — comentou ele, referindo-se a Nancy.

Mark bebeu o restante do leite e deixou o copo na pia. Julia procurava aparentar naturalidade.

— Vou subir, preciso tomar um banho. Se você quiser, depois podemos sair para jantar.

Julia concordou com a cabeça e beijou rapidamente os lábios do marido, que retribuiu o gesto de forma carinhosa. Naquele exato instante, parecia o mesmo homem de alguns meses atrás.

Após Mark se retirar da cozinha, Julia respirou aliviada. Aparentemente, ele não desconfiara de nada. Ela chegou a imaginar que sim, quando o viu parado ao pé da escada. As mudanças bruscas no comportamento do marido causavam-lhe medo. Havia momentos em que Mark parecia outra pessoa. Era como se duas personalidades estivessem habitando o mesmo corpo.

Na antiga estufa, Emma sorria ao perceber que seus planos estavam seguindo conforme desejava. Mark era um sujeito fácil de influenciar, e o fato de ele não acreditar no mundo espiritual facilitava ainda mais as coisas. Ela conseguira afastar Nancy e Susan da casa antes de concluírem o trabalho, o que permitiria a Emma chegar aonde desejava. "Nada me impedirá! Valeu a pena esperar tantos anos! Finalmente, eles terão o que merecem!", pensou.

CAPÍTULO 10

Elise virou-se para o lado e contemplou a expressão tranquila no rosto de Antony, enquanto ele dormia profundamente. A moça olhou no relógio sobre a cabeceira da cama e viu que eram quatro horas da manhã. Sentia-se agoniada, inquieta, com ímpetos de pegar o carro e sair. Sentia-se assim desde o encontro com Mark na noite anterior. Havia algo de estranho nele. O marido da amiga não era mais o mesmo. Precisava conversar com Nancy e com Julia.

Foi até a cozinha procurando pisar com as pontas dos pés. Abriu a geladeira e bebeu um pouco de suco de laranja. Elise levou um susto e teve que se controlar para não deixar escapar um grito quando se deparou com a garota ruiva em um canto da cozinha. Levou a mão até a boca em um gesto instintivo para abafar o som e arregalou os olhos. Aos poucos, foi se acalmando, enquanto olhava para o rosto de Wanda.

— O que eu preciso fazer? — perguntou Elise baixinho, quando recuperou o controle.

Os lábios de Wanda não se moveram, mas lhe pareceu indiscutível ter ouvido a resposta.

— Ajudar Mary. Você precisa ajudar Mary.

— Quem é Mary?

— Julia.

Depois de dizer isso, a garota desapareceu, e Elise perdeu o contato com ela. Queria perguntar mais, saber mais, contudo, seus contatos com Wanda eram muito rápidos e, de certa forma, até voláteis. Elise, então, chegou à conclusão de que o telefonema à casa de Pauline havia sido um contato da garota e do irmão, que tinham encontrado aquela forma de se comunicar com ela. Como aquilo acontecia era um mistério, mas o fato era que tudo começava a se encaixar.

Mary era Julia. Julia era a dona da mansão no momento presente, e certamente ela e Mark estavam correndo perigo. Wanda e o irmão estavam tentando ajudar da forma como podiam. "Talvez até mesmo os espíritos, apesar de estarem libertos do corpo físico, têm suas limitações", raciocinou Elise.

Possivelmente, os garotos não tivessem condições de agir de outra maneira. Elise sabia que, assim como a mulher assustadora dos pesadelos, eles estavam presos àquele lugar por acontecimentos do passado.

— O que está fazendo aí sozinha a essa hora?

Antony estava parado de frente para o balcão de madeira que dividia a cozinha da sala e observava Elise havia algum tempo.

— Não estava conseguindo dormir, então, resolvi beber alguma coisa — respondeu ela sorrindo.

— Deveria ter me acordado. Você está se sentindo bem? Quer que eu lhe prepare um chá?

Elise sorriu, enquanto enlaçava o pescoço do namorado.

— Não precisa fazer nada. Vamos voltar para a cama e tentar dormir. Daqui a pouco, você tem que ir para a universidade. Precisamos descansar.

***

Na casa de Julia, todas as luzes estavam apagadas, com exceção de algumas lâmpadas externas que iluminavam o caminho do portão até a garagem e alguns postes em determinados pontos do jardim. Wanda passava entre os arbustos e as árvores procurando esquivar-se o máximo que podia da antiga estufa. Olhava em volta, como se quisesse se certificar de que não estava sendo vista. Finalmente, a menina alcançou o velho salgueiro e contornou seu imenso tronco, desaparecendo na névoa.

— Conseguiu falar com ela?

Walter a aguardava perto da margem do lago.

— Consegui! Acho que desta vez ela entendeu!

— Espero que ela possa ajudar a Mary e a nós também.

A garota concordou com a cabeça, e os dois desapareceram, misturando-se à vegetação que margeava as águas.

Mark dormia profundamente, enquanto Julia se debatia na cama de um lado para o outro. Apesar de a madrugada estar fria, algumas gotículas de suor surgiam na testa da mulher e na região do pescoço. Ela sabia que estava sonhando, que precisava acordar e esforçava-se para isso. Estava na sala do piano usando a mesma camisola que vestira após o banho na noite anterior. Julia via uma jovem de longos cabelos acobreados sentada diante do piano, e a expressão em seu rosto era de tranquilidade. Uma mulher austera, aparentando seus cinquenta e poucos anos, entrou na sala. A expressão no rosto da jovem modificou-se.

— Já lhe disse, menina, que não é hora de tocar piano!

O tom de voz era autoritário e o olhar da mulher era ameaçador. A jovem pianista respirou fundo e continuou tocando. A mulher aproximou-se e fechou com violência o tampo do instrumento sobre os dedos longos e delicados da jovem, cujo rosto se modificou em um misto de dor, humilhação e raiva, enquanto um grito fino e abafado lhe escapou por entre os lábios.

— Quando meu pai chegar, vou contar tudo! Ele a expulsará desta casa somente com a roupa do corpo! Eu a odeio!

A jovem saiu da sala correndo e chorando, enquanto Emma procurava a pequena chave do piano. Assim que a encontrou, colocou-a na fechadura do instrumento e girou-a.

Julia subiu as escadas seguindo a pianista e encontrou-a no cômodo que, hoje, servia de escritório para Mark. Com o rosto escondido no travesseiro de penas, a jovem chorava incessantemente. Ouviu passos na escada.

— Catherine! Abra a porta!

Silêncio.

— Catherine! É uma ordem! Não ouse me desobedecer! Abra já essa porta!

A jovem permanecia em silêncio. O choro fora interrompido.

— Se não abrir esta porta agora, jogarei fora a chave do seu piano.

A mulher calou-se e aguardou.

Em silêncio, Catherine respirou fundo, levantou-se de onde estava e obedeceu.

— Nunca mais me desobedeça, você ouviu? Garota petulante!

O olhar rancoroso de Catherine fixou-se nos olhos frios de Emma e foi com tranquilidade e em um tom de voz muito suave que ela falou.

— Quando meu pai retornar da África, ele saberá de tudo o que está acontecendo nesta casa — Catherine fez uma pausa e em seguida prosseguiu: — Vou lhe dar mais uma chance. Se você passar a tratar a mim e aos meus irmãos de forma mais educada, gentil e digna, lhe dou minha palavra de que não contarei a ele o que tem acontecido aqui.

O olhar da jovem era desafiador. Um sorriso surgiu nos lábios de Emma, enquanto ela retirava do bolso a chave do piano e a entregava a Catherine. Com certo prazer, a mulher observou que havia uma marca arroxeada, uma linha horizontal, que cortava todos os dedos de ambas as mãos da enteada na mesma altura e que certamente fora causada pela queda brusca do tampo do piano.

— Aqui está a chave do seu precioso piano. Vamos fazer um acordo. Deste dia em diante, prometo que os tratarei com maior gentileza e tolerância, e você se compromete a não contar ao seu pai o que viu e a controlar seus irmãos para que também mantenham silêncio.

Catherine assentiu com a cabeça.

— Tem a minha palavra de que, se você cumprir sua parte no acordo, cumprirei a minha, Emma.

Catherine tinha dezesseis anos e era a mais velha dos quatro irmãos.

Julia viu quando Emma se afastou pelo corredor remoendo o próprio ódio, que parecia estar sendo contido pelo espartilho apertado e prestes a arrebentar. Um forte sentimento de angústia a dominou e foi então que ela começou a se debater na cama. Ainda sem conseguir despertar, sentiu um toque suave no ombro e viu o rosto de um homem, um ancião, surgir diante dela. Os cabelos do homem eram curtos e ele usava grandes costeletas e bigodes. Havia algo de familiar naqueles olhos castanhos que lhe transmitiam paz e tranquilidade. Em segundos, Julia já não enxergava mais o ambiente ao seu redor, e as paredes da casa deixaram de existir. Restara apenas uma luminosidade acolhedora. O ancião tocou de leve no centro do peito de Julia, que se sentiu mais tranquila e segura. Pouco a pouco, ele começou a desaparecer sorrindo, e ela pôde abrir os olhos.

Já havia amanhecido, e Mark dormia profundamente. Julia ainda conseguia lembrar-se do sonho e do rosto da jovem pianista que não lhe era familiar, contudo, reconheceu como um dos espíritos fotografados por Elise a figura da mulher que atendia por Emma.

O rosto do homem que aparecera para auxiliar Julia estava gravado em sua memória. Após despertar, ela concluiu que tivera um contato espiritual durante o sono com seu avô paterno, um grande amigo e protetor presente em sua infância, época em que o viu partir deste mundo, deixando-lhe um imenso vazio. Julia pensou nele com alegria e gratidão. Mark mexeu-se na cama e abriu os olhos, espreguiçando-se.

— Bom dia, querido! — disse Julia beijando-lhe o rosto.
— Bom dia.
— Está tudo bem?

Mark olhava para Julia de forma estranha.

— Tive um sonho esquisito... sonhei que estava em meu escritório e que havia crianças na casa! Eram todos ruivos e corriam alegres pelo corredor e nas proximidades do lago — ele fez uma pausa e continuou: — Não eram crianças comuns... Quero dizer, eram perfeitas, porém, vestiam roupas antigas. Acho que toda essa história de sua amiga fotógrafa, da casa, dos fantasmas e todo esse tipo de bobagens anda mexendo com minha cabeça também — resmungou ele, mal-humorado.

— Vai ver você anda estressado — comentou Julia, enquanto trocava de roupa.

— É... acho que sim! Vou tomar um banho. Quero chegar cedo à empresa. Temos uma reunião importante às dez horas, e preciso revisar algumas coisas com minha equipe. Temos de preparar novas estratégias e buscar algumas soluções. Você poderia preparar um café?

— Claro! Vou me vestir e já desço.

Fazia um pouco de frio, mas não estava chovendo. Julia usava roupas esportivas, pois planejava fazer uma caminhada após o desjejum. Sentia-se disposta e decidiu aproveitar o dia. Enquanto descia os degraus, pensava no sonho que Mark tivera e que certamente ele estava falando das crianças que viveram na casa.

Julia preferiu não fazer comentários sobre o ocorrido, porque acabariam em uma discussão antes mesmo de tomarem o café da manhã. Lembrou-se dos conselhos que Nancy e Susan haviam lhe dado: deveria se manter vigilante, atenta, e procurar de todas as formas evitar brigas com o marido, pois isso os tornaria um alvo ainda mais fácil às investidas de Emma. Estava se sentindo muito bem, como havia muito tempo não se sentia, e não queria correr o risco de estragar as coisas. Após a caminhada, telefonaria para a casa de repouso e pediria informações sobre sua tia-avó. Parecia um bom dia para fazer-lhe uma visita. Não seria fácil, mas estava decidida a visitar tia Norma se ela ainda estivesse viva.

***

Joan analisava de forma minuciosa as novas fotos feitas por Elise.

— Estão muito boas, Elise — comentou a terapeuta, finalmente. — Acho que esta é a nossa última sessão formal.

Elise franziu as sobrancelhas.

— Vou lhe explicar — disse Joan, enquanto se servia de uma xícara de chá. — Você não necessita mais dos meus atendimentos como psicoterapeuta. Sabemos que existe aqui um caso espiritual em que você está envolvida. Cumpri meu papel em apenas duas sessões. Hoje, você enxerga a espiritualidade como parte de sua realidade, está aceitando isso muito bem, então, não vejo por que continuar vindo até aqui na condição de minha paciente. Se desejar, podemos marcar as sessões de regressão, conforme havíamos conversado, ou podemos marcar alguns encontros informais para um café ou um chá em outro lugar. Gostaria de continuar acompanhando o desenrolar dessa história e acredito que meus conhecimentos a respeito de vida após a morte, reencarnação e outros temas possam lhe ser úteis de alguma forma.

Elise sorriu.

— Agradeço por sua sinceridade e honestidade, Joan. Acho que realmente estou convencida de que não estou ficando louca.

Ambas riram.

— Quanto às sessões de regressão, você acredita que elas possam mesmo me ajudar?

Joan cruzou as longas pernas e bebeu mais um gole de chá.

— Acredito que sim. Não mexeríamos em suas memórias por mera curiosidade, mas com a intenção de curá-la e libertá-la. Eu apenas conduzo as sessões e preparo os pacientes para isso por meio de técnicas de relaxamento, induzindo-os a um estado de consciência em que se torna mais fácil o acesso a essas lembranças, que deverão ser espontâneas e nunca, em momento algum, influenciadas por mim. Existem casos de pessoas que demoram algum tempo para obterem algum resultado, ou seja, há casos em que não ocorre nada na primeira sessão, nem mesmo na segunda ou na terceira. Algumas pessoas desistem, outras ficam desacreditadas, mas os resultados têm sido satisfatórios com um bom número de pacientes. Nunca faço isso simplesmente por especulação, mas somente quando observo a necessidade de esclarecimentos e quando chego à conclusão de que esse tipo de terapia pode realmente ajudar as pessoas a sentirem-se melhor no presente. Existem casos em que percebo a influência do mundo espiritual, porém, o paciente não aceita o fato, então, preciso ter bom senso e me manter neutra, se é que me entende.

Elise concordou com a cabeça.

— Vou ser franca com você, Joan... tenho um pouco de medo desse tipo de coisa. Não é uma questão de confiar ou não em você ou na Nancy, mas, se conseguíssemos descobrir os segredos que estão envolvendo meu passado e o de Julia sem precisarmos fazer a tal regressão, eu me sentiria mais tranquila.

Joan compreendeu a decisão de Elise. Como terapeuta, ela sabia que, quando algumas lembranças vinham à tona, assim como o próprio processo de trazê-las de volta, causavam emoções intensas nos pacientes. Nos casos em que as pessoas procuram a regressão como método de cura, geralmente, existem lembranças dolorosas a serem despertadas, e muitos pacientes optam por não passarem pelo processo ou criam uma resistência, assim como Elise. Ao acessarem a memória de uma existência passada, essas pessoas revivem tudo aquilo pelo que já passaram, inclusive medo, revolta, raiva, dor e outras emoções que podem ser denominadas como ruins ou negativas.

— Seja como quiser. Se mudar de ideia, sabe onde me encontrar.

Joan levantou-se e abraçou Elise.

— Eu agradeço por tudo, Joan. Conheço uma cafeteria ótima. Assim que tiver novidades, ligo para marcarmos um encontro.

— Não precisa me agradecer. Gostaria que me mantivesse informada sobre o caso, pois desejo acompanhar o desfecho dessa história — disse Joan sorrindo. — Qualquer novidade, me telefone.

Despediram-se. Intimamente, Elise torcia para que não fosse necessário submeter-se às regressões, pois sabia que reviveria momentos desagradáveis. Gostava e confiava em Joan como profissional, mas não era esse o motivo. Tinha medo de lembrar, de passar por tudo novamente. No fundo, sabia que o processo seria doloroso.

CAPÍTULO 11

— Bom dia!
A recepcionista levantou os olhos e encarou Julia.
— Bom dia. Pois não?
O tom de voz era seco, demonstrando falta de vontade e mau humor.
— Estou aqui para visitar a senhora Norma Thompson.
A mulher por trás do balcão continuava sentada na mesma posição, e apenas os músculos do seu rosto se moveram um pouco. Julia percebeu as enormes unhas postiças pintadas de branco repousando sobre a mesa.
— É parente?
— Sobrinha.
Neste momento, Nancy juntou-se a Julia no balcão.
— Ela também vai entrar?
A antipatia da recepcionista chegava a ser desconcertante.
— Sim, é amiga da família — respondeu Julia.
A mulher de cabelos alisados, que pareciam ser feitos de plástico cortados rentes à nuca como um capacete, entregou a cada uma delas um crachá de visitante.
— Apartamento 12, no final daquele corredor. Trouxeram algum tipo de alimento?
— Não, apenas algumas flores e presentes. Nada que seja comestível.
— Podem entrar. Se ela não estiver no quarto, procurem-na no jardim.
Julia e Nancy não responderam e seguiram pelo corredor da direita até pararem diante da porta de número 12.

Havia alguém limpando o quarto. Tudo era bem organizado, tirando a primeira impressão causada pela recepcionista. O ambiente era bonito e agradável. Idosos passeavam pelos corredores em duplas ou sozinhos, pareciam bem alimentados e em boas condições de higiene. Alguns apartamentos estavam vazios, com as camas arrumadas, e em outros havia ocupantes assistindo à TV ou lendo. Alguns utilizavam muletas ou andadores, outros, cadeiras de rodas, alguns eram acamados, mas a maioria parecia satisfeita.

— Estão procurando a dona Norma? — perguntou a mulher responsável pela limpeza. Uma mulher ainda bastante jovem.

— Sim. Ela está lá fora? — perguntou Julia sorrindo.

— Está sim. Neste horário, ela gosta de jogar cartas com as amigas. Como hoje não está chovendo, elas estão no jardim. É por ali — orientou a mulher, apontando para uma porta que havia à direita no final do corredor.

— Obrigada — disse Nancy.

A faxineira acenou com a mão e continuou passando pano no chão.

— Pelo menos, essa moça é educada. Acho que deveria estar na recepção — sussurrou Julia próximo ao ouvido de Nancy.

As duas mulheres encontraram rapidamente a porta que dava saída para o jardim. Havia um chafariz, alguns bancos de ferro pintados de branco e canteiros com flores. Tudo era muito bem cuidado. Nos fundos do jardim, havia junto do muro uma capela de paredes brancas com vitrais de diferentes tons de azul e vermelho.

Um grupo de idosas reunia-se debaixo de um imenso carvalho, e Julia fixou os olhos em uma delas.

— Acho que é ela — Julia disse animada para Nancy. — Espero que me reconheça, pois faz muito tempo que não nos vemos.

Quatro senhoras compunham o grupo e estavam tão concentradas no jogo que demoraram para notar que Julia e Nancy se aproximavam. Uma delas, então, fez sinal para que aguardassem em silêncio. Nancy ficou observando o rosto de uma por uma, procurando imaginar qual seria a tia de Julia. Não havia semelhança com nenhuma delas.

— Bati!!! — gritou uma mulher muito magra, ostentando um enorme chapéu de cetim enfeitado com flores azuis. Estava vestida com elegância e tinha olhos castanhos muito vivos.

— De novo! É a última vez que jogo! Não quero mais jogar com você! Norma, você sempre rouba! Por isso, sempre ganha! — comentou uma senhora baixinha e corpulenta de cabelos muito brancos e óculos com lentes em formato de olhos de gato.

— Você é uma invejosa, Marta! Ganhei porque tenho sorte. Sempre tive! — retrucou a outra sorrindo.

As outras duas componentes do grupo se juntaram a Marta e deixaram a mesa em silêncio.

— Tia Norma? — perguntou Julia.

A voz de Julia denotava certa insegurança, não porque não tivesse certeza de que estava diante da pessoa certa, mas pelo fato de não saber qual seria a reação da tia.

Norma encarou-a durante algum tempo, como se estudasse cuidadosamente a fisionomia de Julia.

— Está a cara de sua mãe! — disse finalmente e pôs-se a recolher o baralho.

— A senhora se lembra de mim? — perguntou Julia incrédula, sentando-se à mesa.

Norma não olhava para Julia. Mantinha os olhos fixos nas cartas, enquanto as arrumava meticulosamente dentro de uma caixa de madeira finamente trabalhada com madrepérola.

— Vocês têm mania de achar que, apenas por estamos velhos, perdemos a memória ou nos tornamos imbecis! — disse ela com ar ressentido e um pouco afetado demais, como se fizesse questão de mostrar que estava ofendida.

A tia-avó de Julia era uma mulher vaidosa e cheia de caprichos. Filha mais nova de um almirante da marinha inglesa, nunca se casara, viajara muito e era assídua frequentadora de cassinos. Na juventude, fora bailarina, mas não alcançara o almejado sucesso internacional. Ao completar 35 anos, teve de contentar-se em abrir uma escola de balé e ministrar aulas até quando seu corpo físico teve condições de fazê-lo. A artrose e o reumatismo encarregaram-se de aposentá-la.

Após a morte dos pais, Norma herdou algumas propriedades, e a maioria foi vendida para sustentar seus luxos. Quando chegou à conclusão de que não poderia mais viver sozinha em seu confortável apartamento no centro de Londres, ela alugou o imóvel para uma pessoa e mudou-se para uma instituição para idosos. Não tinha filhos, e a única parente que lhe restara era Julia. Nunca se interessou em manter contato com a sobrinha, cuja existência pouco a importava. Norma preocupava-se muito com seu próprio bem-estar, por isso não estava impressionada ou emocionada com a visita.

— O que quer, Julia? Não tenho mais dinheiro para deixar como herança após minha morte.

A voz de Norma era firme, contrastando com seus 89 anos de idade. O olhar da mulher era extremamente lúcido e sagaz.

Nancy e Julia foram pegas de surpresa pela atitude de Norma, pois haviam imaginado que encontrariam uma velhinha doce e fragilizada pela solidão, mas ela era diferente.

Julia não sabia o que fazer com as flores, pois certamente não eram o tipo de mimo que agradaria a tia.

— Vi que trouxe flores... — comentou Norma com um sorriso irônico no canto dos lábios.

Nancy notou que Norma dava grande importância à aparência. Ela estava cuidadosamente maquiada, suas unhas estavam feitas, e muitas joias lhe enfeitavam as orelhas, os pulsos e os dedos. Certamente, tratava-se de uma mulher que dava grande importância ao que o dinheiro pudesse comprar. Norma ostentava certa arrogância no olhar, que escondia toda sua amargura pela constatação da decadência do corpo físico, que, com o passar dos anos, ocorre inevitavelmente a qualquer ser vivo.

— É, eu trouxe... e trouxemos também alguns presentes — disse Julia, constrangida.

Norma encarava a sobrinha, mantendo um sorriso insinuante nos lábios.

— Esta é minha amiga Nancy.

— Muito prazer, Nancy. Peço que perdoe este pequeno incidente familiar. Não estou muito acostumada a ter parentes me paparicando. Fico sem saber como agir, por isso me desculpe se lhe pareci grosseira.

— Está tudo bem, Norma. O prazer é todo meu.

Norma voltou a encarar Julia, como se estivesse aguardando algo.

— Bem, tia, sei que não nos vemos há muitos anos. Isso também não é minha culpa. Você e papai brigaram e nunca mais se falaram. A última vez que a vi foi no enterro do meu avô, seu irmão, então, não é justo que jogue a culpa toda desse afastamento em cima de mim. A senhora também nunca fez questão de manter os laços familiares. Neste momento, estou me sentindo uma idiota por ter lhe trazido flores e presentes ou por ter imaginado que talvez os anos pudessem ter quebrantado um pouco sua arrogância!

Julia tentava não alterar seu tom de voz, mas era indiscutível que estava bastante nervosa e contrariada pela forma como fora recebida pela tia.

Norma a observava já sem o sorriso nos lábios e com um estranho brilho nos olhos.

— Julia, você é minha única sobrinha. Não temos nenhum vínculo afetivo, sejamos honestas. Não há como modificar o passado, e nem penso em perder o precioso de tempo de vida que me resta tentando fazer isso. Sou uma mulher muito objetiva, prática e nunca gostei de rodeios e de meios-termos. O que quer de mim?

— Muito bem, tentarei ser o mais objetiva e clara possível. A senhora se lembra da antiga mansão abandonada perto da casa dos meus pais?

Norma assentiu com a cabeça.

— Eu e meu marido a compramos há pouco mais de um ano. Ela foi toda reformada e restaurada, e nos mudamos para lá após a conclusão da reforma, ou seja, há quase um ano. Não vou lhe pedir que acredite no que vou lhe contar, mas estamos tendo problemas com fantasmas, problemas espirituais. Vim até aqui com a esperança de que soubesse algo sobre a história daquele lugar, alguma informação que nos fosse útil.

Norma ouvia Julia com atenção, e, naquele momento, nada em seu rosto denotava incredulidade ou ironia.

— Como já lhe disse anteriormente, minha sobrinha, não nos conhecemos muito bem, somos praticamente estranhas uma para a outra, e você não sabe nada a respeito de minhas crenças ou sobre o que acredito ou deixo de acreditar.

Nancy observava Norma com interesse. Era uma mulher fútil, porém, inteligente e de raciocínio rápido, desprovida de qualquer nuance do romantismo que envolve as figuras das avós. Eram inegáveis, contudo, o vigor e a clareza mental que, apesar da idade, ela exibia.

Norma continuou:

— Acredito, sim, no reino espiritual e em contatos com o além, com o mundo que não podemos ver ou tocar. Minha juventude foi uma época de ouro na Inglaterra para todos esses assuntos voltados ao sobrenatural. Conheci e participei de diferentes grupos que estudavam esses temas. Eu mesma me interessei muito por eles e, durante alguns anos, fui uma pesquisadora dedicada, mas, com o passar do tempo, alguns grupos que eu frequentava foram se desfazendo devido a desentendimentos entre os participantes ou porque as pessoas não possuíam uma base sólida de estudo a respeito da espiritualidade. É claro que surgiram muitos charlatões que procuravam uma brecha por meio da qual pudessem passar e aumentar sua fortuna, e alguns deles se deram bem durante algum tempo, mas acabaram morrendo em condições lastimáveis de saúde ou de pobreza. Os ingleses sempre se interessaram muito pelo sobrenatural, e aconteceram, na época, verdadeiros *shows* que lotavam teatros. *Shows* que envolviam supostas manifestações desse tipo. Apesar de acreditar em vida após a morte, sempre fui muito cética com relação às demonstrações mediúnicas que tivessem como objetivo enaltecer o nome do médium ou que cobravam ingressos, como no teatro ou no circo. Posso, contudo, lhe dizer que presenciei alguns acontecimentos e fenômenos que, para mim, sempre serão verdadeiros. E nenhum desses acontecimentos se deu em palcos. Apesar de os anos terem se passado, nunca os esqueci. Eles estão bastante vivos em minha memória — Norma fez uma pausa e continuou: — Mas, me diga, Julia, o que está acontecendo na mansão?

Julia relatou detalhadamente para Norma todos os acontecimentos que ocorreram desde que as primeiras fotografias foram tiradas, enquanto a tia-avó ouvia a tudo com sincero interesse.

— Claro que conheci a mansão. Quando era criança, a casa já havia sido fechada e abandonada. Todas essas coisas sempre me chamaram a atenção, e, frequentemente, eu questionava os mais velhos sobre o que havia ocorrido na casa. Nós, crianças, estávamos sempre rodeando os adultos para ouvirmos suas conversas "secretas", afinal, tudo o que constitui um segredo ou é proibido aguça nossa curiosidade, e posso lhe garantir que fui uma criança muito curiosa! — disse ela rindo. — Muitas vezes, ouvimos rumores a respeito das tragédias ocorridas naquele lugar.

— Que tipo de tragédia? — perguntou Nancy.

— O que sei é que o primeiro dono da casa, que a construiu no final do século XIX, era um major do exército inglês e ficara viúvo cedo, pois a esposa falecera devido a complicações no parto da quarta filha. Esse tipo de coisa era comum naqueles tempos, então, não acho que a morte da dona da casa seja um fato digno de nota. Durante alguns anos, o major permaneceu sozinho, contando com o auxílio de governantas e babás, mas, quando foi enviado novamente para a África, se viu na obrigação de arranjar uma nova esposa, uma mulher que pertencesse à mesma classe social que a sua e que fosse uma dama da sociedade. Ele não estava procurando alguém por quem pudesse se apaixonar, mas apenas a pessoa certa para ser sua esposa e uma madrasta para seus filhos, e assim aconteceu. Ele casou-se com uma viúva, que não tinha filhos e pertencia à alta sociedade vitoriana, mas que, após a morte do marido, ficara em uma situação financeira difícil. Houve ali uma troca de interesses, já que o major era o que poderia ser chamado de um bom partido. Ela, assim como ele, não era jovem e nunca conseguira ter filhos, o que ele deve ter visto como um ponto a seu favor, pois se tratava de um homem conservador. Dizem que, no início, tudo estava muito bem e que ela tratava bem as crianças, contudo, após algum tempo e com a ausência do major, coisas começaram a acontecer. Nunca soubemos ao certo de que forma as coisas se sucederam... o que sei é o que me contaram ainda na infância. Diziam os mais velhos que o lugar era amaldiçoado e assombrado e que a madrasta e três das crianças morreram ali. Não tenho a mínima ideia de como ocorreram as mortes, também nunca ouvi comentários a respeito da quarta filha do major. Dizem que ele abandonou a casa, foi embora do país, possivelmente retornando para a África, e deve ter levado consigo a filha que sobrou. Não sei mais nada além disso, como detalhes referentes a nomes das pessoas da família do major ou sobre a forma como ocorreram as mortes... Se não me engano, havia um parentesco com a família de sua mãe... — finalizou Norma, apontando o dedo indicador na direção de Julia.

Norma permaneceu algum tempo em silêncio, como se estivesse vasculhando suas memórias em busca de mais alguma informação.

— É... acho que isso é tudo. Ah, sim! Lembro-me de uma vez, na minha adolescência, em que eu e uma amiga entramos na casa. Apesar de achar fascinante estar ali, não vi nada além de um imóvel decadente e abandonado. Havia muitos móveis antigos cobertos pela poeira e pelas teias de aranha. Lembro-me bem de que não vimos retratos nas paredes e acredito que todos foram retirados de lá antes de a casa ser abandonada. Minha amiga viu algo fora da casa em uma velha estufa caindo aos pedaços e coberta pelo mato. Ela disse ter visto um fantasma, uma mulher vestida de preto, com olhos furiosos e assustadores. A julgar por sua reação, acredito que não estivesse mentindo. Ela ficou transtornada e branca, com os olhos arregalados e, ao tentar correr, caiu sobre uma pilha de madeira e de telhas e torceu o pé. Tive que ajudá-la a chegar até a casa dela, e inventamos uma boa história para nossos pais para justificar tudo aquilo.

Absortas, Nancy e Julia ouviam o relato de Norma. A antiga estufa, a descrição do fantasma visto pela amiga de Norma, eram detalhes que coincidiam com a mulher que aparecia nas fotos e nos pesadelos de Elise e de Julia.

— Bem, está quase no horário do almoço. Se quiserem, podem almoçar comigo. A comida daqui costuma ser muito boa.

Julia e Nancy aceitaram o convite, e, no refeitório, Norma contou-lhes diversas histórias sobre sua busca pelo sobrenatural. Ela era uma pessoa fascinante, e Julia sentiu muito por não ter procurado antes estreitar laços com a tia.

— Tia Norma, trouxe estes presentes para você. Espero que goste.

Norma retirou da sacola que Julia lhe entregara alguns pacotes e os abriu com delicadeza e cuidado, como se não quisesse rasgar os embrulhos ou estragar os enfeites. Fazia muitos anos que não ganhava presentes e tentou não demonstrar as emoções que estava sentindo. O brilho em seus olhos, contudo, não passou despercebido para Nancy.

— Você tem bom gosto, minha sobrinha. Talvez tenha puxado a mim... — arrematou ela, fingindo falsa modéstia.

As três riram.

— Gostei muito de todos os presentes. Até parece que você me conhece intimamente há anos. Julia, gostaria de lhe pedir um favor...

— Pode pedir, tia.

— Gostaria de visitar sua casa um dia. Não tome isso como uma indireta de uma velha tia que está tentando se aproveitar da situação. Não quero também que se sinta comprometida comigo, pois nunca gostei de ser um peso para ninguém. Por essa razão, optei por viver aqui. Um dia, quando você estiver mais livre de seus afazeres e se lembrar desta nossa conversa, telefone para mim para marcarmos um horário. Posso mandar vir um táxi para me apanhar. Só gostaria de retornar à velha mansão e ver como ficou após a reforma.

— Não precisa se preocupar com táxi. Virei assim que puder, tia, e, sempre que quiser, poderá passar alguns dias conosco. Será um prazer recebê-la! Vou lhe deixar meu número de telefone, e, se precisar de alguma coisa, por favor, me ligue!

Norma sorriu, e Julia percebeu que o sorriso era sincero.

Nancy e Julia deixaram Norma com certo pesar, com vontade de permanecerem mais tempo em sua companhia.

— Sua tia é encantadora — disse Nancy, quando já estavam no carro a caminho da casa de Julia. — Confesso-lhe que, no início, achei que nossa ida até o lar tivesse sido inútil e que ela não nos daria o mínimo de atenção, mas depois percebi que, por trás daquela máscara de mulher orgulhosa e dura, existia algo mais. Na verdade, acredito que a velhice e a solidão ensinaram muito a ela.

— Acho que sim. Acabei me sentindo mal por nunca a ter procurado antes, contudo, também acredito que não tenha tanta culpa assim no que diz respeito a essa distância. Tia Norma sempre se manteve afastada da família. Bem, pelo menos nos encontramos e pude conhecê-la um pouco melhor.

— As coisas acontecem no momento certo, Julia. Talvez se esse encontro tivesse ocorrido há algum tempo, Norma não tivesse dado a devida importância. Existe algo que rege todo o universo à nossa volta. Nada acontece por acaso ou no momento errado. Simplesmente agradeça pelo reencontro de vocês.

CAPÍTULO 12

Mark abriu os olhos e com eles percorreu rapidamente o ambiente ao seu redor. Estava em casa, no escritório. O que havia acontecido? Adormecera sobre os papéis que estavam sobre a mesa de trabalho.

Ele procurou organizar os pensamentos, mas estava tendo dificuldade para se situar no tempo e no espaço. Olhava para o ambiente ao seu redor e se sentia como um estranho ali. Sabia que estava em casa, mas, mesmo assim, sentia-se um estranho.

A mente sempre clara, objetiva e de raciocínio rápido de Mark parecia embotada. Com dificuldade para dar ordens ao próprio corpo, permanecia ali, sentado diante da mesa de trabalho, sem saber direito o que fazer. Uma leve dor na nuca o incomodava.

Mark, por fim, levantou-se, tentou se alongar, esticar a coluna, mas todo o seu corpo estava dolorido. Os pés descalços repousavam sobre o tapete. Estava descalço? Como? Não costumava andar descalço! Ele procurou o par de tênis que estava usando e não encontrou. Aquilo era ainda mais estranho. Estava também sem as meias! Só então percebeu que a sola dos pés estava completamente suja. Aquilo era uma loucura!

Ele olhou para fora e notou que já havia escurecido. Deu uma olhada rápida no relógio e viu que passava das oito da noite. Dormira durante quanto tempo? Pelo que sabia, nunca sofrera de sonambulismo durante toda a sua vida. Precisava de um banho.

Enquanto a água caía sobre a cabeça de Mark, ele foi se recordando aos poucos do estranho sonho que tivera. Nele, Mark era um homem bem mais velho, corpulento, com barba e cabelos grisalhos. Usava uma espécie de farda e seu peito ostentava várias medalhas. No sonho, reconheceu a casa onde Julia e ele moravam. Estava um pouco diferente, mas tinha certeza de que se tratava da mesma casa. Não costumava lembrar-se do que sonhava e dava pouca importância a esse tipo de coisa. A situação na qual aquele sonho ocorrera, contudo, era anormal. Talvez fosse apenas o cansaço, o excesso de preocupações com a empresa, as responsabilidades excessivamente grandes associados às maluquices de Julia e da fotógrafa amiga dela. Talvez tudo isso explicasse o estranho episódio.

Aos poucos, mais imagens do sonho apareceram na mente de Mark, e ele viu a si mesmo em um funeral e muitas pessoas chorando à sua volta. Não conseguia, contudo, lembrar-se dos rostos. Todos estavam vestindo roupas de época e, assim como ele, estavam de luto. Em uma urna funerária fora depositado o corpo de uma jovem, que estava coberto por rosas brancas e narciso. O aroma das flores ficara preso em sua memória olfativa, assim como o jovem rosto pálido dentro da urna. Uma sensação de tristeza invadiu-o. Era como se ainda a sentisse após ter acordado, ali mesmo, no chuveiro. Era um misto de impotência com sentimento de culpa. Mark chacoalhou a cabeça, esforçando-se para pôr um fim naquelas emoções e voltar à realidade.

Estaria ficando louco? Talvez, estivesse precisando apenas de alguns dias de férias. Não poderia ausentar-se da empresa nos próximos três meses. Teria de esperar. Caso aquele tipo de situação se repetisse, procuraria um médico e pediria que lhe receitasse algumas vitaminas, calmantes ou qualquer droga que lhe fosse conveniente. Não poderia, àquela altura, se dar o luxo de parar para descansar. Tinha excelentes acordos com novos clientes e projetos importantes para gerenciar.

Mark vestiu uma roupa confortável e voltou para o escritório. Nem se lembrava mais do par de tênis que havia desaparecido. Ainda precisava revisar alguns relatórios, então, recolocou os óculos e sentiu uma forte pontada na base da nuca. Em seguida, ficou um pouco tonto e sentiu uma pressão dentro dos ouvidos acompanhada de um zumbido que foi aumentando, aumentando, até ele perder os sentidos e tombar sobre o tampo da escrivaninha.

***

Julia aguardava ansiosa na sala de espera. Não conseguia prestar atenção no que estava passando na TV e tampouco tinha vontade de folhear uma das revistas empilhadas sobre a mesinha de canto. Dividindo com ela o ambiente havia apenas um homem de meia-idade, que parecia nem ter se dado conta da presença da mulher, tão absorto que estava pelas notícias do telejornal. Ela ouviu o celular tocar dentro da bolsa.

— Alô? Julia?

A voz de Elise deixou-a aliviada.

— Elise! Que bom ouvir sua voz!

— Onde você está?

— No hospital.

— Como assim? O que aconteceu?

— Foi Mark! Quando voltei para casa depois de dar aulas, o encontrei desmaiado no escritório.

Elise ficou em silêncio durante alguns segundos.

— Mark? O que houve com ele?

— Ainda não sei. Ele está sendo atendido agora. Tive de ligar para a emergência e não sei por quanto tempo ele ficou inconsciente.

— Estou indo para aí, está bem? Fique calma. Daqui a pouco, chegarei aí.

— Está bem. Fico grata, porque estava me sentindo muito sozinha — disse Julia, enquanto desabava em um choro nada silencioso.

O homem que assistia às notícias na TV voltou a atenção para ela.

— Julia, fique calma, que já estou chegando.

Elise desligou o telefone.

— O que aconteceu? — perguntou Antony, enquanto se servia de um pedaço de lasanha.

— Mark passou mal, e Julia está sozinha com ele no hospital. Tenho que ir para lá.

— Eu vou com você.

— E Pilar?

— Vou ligar para Simone. Ela mora aqui perto.

Em menos de dez minutos, a babá de Pilar tocava a campainha do apartamento. Elise e Antony seguiram rumo ao hospital, que ficava próximo da casa de Julia. Passava um pouco da meia-noite, e o trânsito estava tranquilo. Em menos de trinta minutos, estacionavam diante do prédio.

Elise dirigiu-se à funcionária da recepção.

— Boa noite, estou procurando uma amiga. O nome dela é Julia. Ela chegou aqui com o marido que passou mal. O nome dele é Mark.

A jovem folheou um grande livro de capa dura e balançou afirmativamente a cabeça.

— O senhor Mark está sendo atendido, e a esposa dele está aguardando-o na sala de espera, que fica no final deste corredor. Por gentileza, preciso dos seus nomes completos e que utilizem este crachá de visitante.

— Obrigada — disse Elise, enquanto pegava os dois crachás da mão da recepcionista.

Quando Antony e Elise entraram na sala de espera, Julia conversava com o médico e fez sinal para que se aproximassem. Discretamente, Elise apertou com força a mão da amiga.

— Eu acredito que Mark esteja bem, Julia. Os sinais vitais estão estáveis. Ele está sendo monitorado desde o momento em que deu entrada na emergência e não apresenta nenhum tipo de anormalidade na pressão arterial ou nos batimentos cardíacos. A temperatura também está normal. É como se estivesse apenas dormindo. Fizemos uma tomografia da cabeça, que não apresentou nenhum tipo de anormalidade. Então, sugiro-lhe que aguardemos. Ele ficará em observação, e amanhã pela manhã, possivelmente, faremos novos exames. Se quiser, podem entrar para vê-lo.

Julia e Elise seguiram o médico até o quarto onde Mark estava internado. Antony preferiu aguardar do lado de fora.

— Podem ficar à vontade e, caso tenham alguma dúvida, me telefonem. Amanhã pela manhã, estarei aqui novamente para acompanhar os exames. Tente descansar. Boa noite a todos.

— Boa noite, Albert — respondeu Julia. — Albert é o médico de Mark há muitos anos. É um ótimo profissional — explicou, falando baixinho ao ouvido de Elise.

— Ele parece estar apenas dormindo — observou Elise, enquanto se aproximava de Mark.

— Parece. Levei um susto quando cheguei em casa e o encontrei desmaiado, quero dizer, dormindo. Não sei como definir isso... No primeiro instante, achei que ele tivesse adormecido sobre os relatórios por puro cansaço, mas, quando percebi que não conseguia acordá-lo, me desesperei.

A respiração de Mark era tranquila, como a de alguém que dorme profundamente.

— Por que não me telefonou antes, Julia?

— Não quis incomodá-la, mas, à medida que o tempo foi passando na sala de espera, minha aflição foi aumentando... Desculpe, Elise... só pensei em você...

Elise segurou com suavidade as mãos de Julia e conduziu-a até a outra cama que havia no quarto.

— Você acha que o que aconteceu com Mark tem alguma coisa a ver com o que está ocorrendo na casa? — perguntou Elise, enquanto observava o rosto do marido de Julia.

— Também pensei nessa possibilidade. Na verdade, temo mais que seja algo físico, na cabeça dele, sei lá... Doutor Albert me disse que a tomografia não acusou nada de estranho ou de anormal e que, aparentemente, o cérebro dele está saudável. Eu também não percebi nada de diferente na casa, quando cheguei ou durante o tempo em que fiquei com Mark no escritório, aguardando a chegada da ambulância.

— Pela manhã, vou ligar para Nancy. O que acha? — perguntou Elise.

— Agradeço se fizer isso por nós, Elise. — Julia olhava para Elise com sincera gratidão.

— Você precisa descansar, está muito abatida. Se quiser, nós podemos levá-la para casa e até mesmo passar a noite lá. Antony não se negará.

— Obrigada, Elise, mas passarei a noite aqui. Gostaria de aguardar a chegada do médico pela manhã e de saber o resultado dos novos exames. Prefiro ficar. Talvez Mark desperte durante a noite.

— Tem razão — concordou Elise. — Quero que tente dormir um pouco. Telefonarei pela manhã para saber como estão as coisas. Se Mark acordar ou qualquer outra coisa acontecer, me ligue. Deixarei também o número do telefone do apartamento de Antony.

Elise retirou da bolsa um bloco de anotações e uma caneta.

— Pegue. Pode me ligar a qualquer hora, está bem? Por favor, não me deixe sem notícias!

— Pode deixar. Peça desculpas ao Antony, pois mal consegui dar atenção a ele.

— Não se preocupe. Tenho certeza de que ele compreende a situação. Agora quero que se deite e tente descansar.

Elise abraçou Julia e despediu-se.

Durante o trajeto de volta, Elise permaneceu quase todo o tempo em silêncio.

— Não se preocupe, Elise. Tudo ficará bem com o marido de sua amiga — disse Antony, tentando tranquilizá-la. — Ele é um homem jovem, e, com os recursos da medicina atual, são raríssimas as enfermidades que não têm cura.

— Me preocupo com Julia. Ela praticamente não tem família.

— Mas tem amigos. Podem contar comigo também para o que for necessário.

Elise sorriu e tocou carinhosamente no ombro de Antony.

— Obrigada. Julia é uma amiga especial, e percebo nela certa fragilidade para lidar com os problemas da vida. Temos uma ligação muito forte. É como se eu sentisse que preciso protegê-la. Não consigo explicar melhor...

— Nem precisa, ela não está sozinha. Tem você, e você tem a mim.

***

Era madrugada quando Julia adormeceu. Em um canto do quarto, junto ao leito de Mark e perto da cabeceira estava uma massa disforme e escura, que envolvia toda a cabeça e a região da nuca do marido de Julia. Emma vampirizava toda a energia psíquica de Mark, afetando seu sistema nervoso central. Mark tentava reagir, mas sentia-se preso por algum tipo de força alheia à sua vontade. Os movimentos respiratórios e os batimentos cardíacos alteraram-se, desencadeando uma taquicardia seguida de arritmia. Os monitores dispararam, e Julia despertou sobressaltada. Em minutos, uma equipe formada por enfermeiros e pelo médico plantonista invadiu o quarto e retirou Julia de lá, levando-a para a sala de espera. Alguns quebravam ampolas e outros cuidavam do oxigênio. Julia chorava assustada observando o vaivém daqueles que entravam e saíam do quarto. Por fim, o barulho de uma maca sendo empurrada pelo corredor fê-la levantar-se da poltrona onde estava sentada.

Tudo estava acontecendo muito rápido. Tão rápido que Julia estava tendo dificuldades para acreditar e para entender o que ocorria naquele momento. Parecia um pesadelo. Coberto por um lençol, o corpo de Mark passou por ela deitado na maca. Os enfermeiros, às pressas, conduziram o paciente até o elevador, tentando manter estável a respiração do paciente. Boquiaberta, Julia acompanhava todo o turbilhão de movimento à sua volta, sem acreditar no que estava acontecendo.

— Senhora Julia?

Julia olhou para o médico sem saber o que responder.

— Sou o doutor Johnson, plantonista desta noite. Seu marido teve uma crise repentina de taquicardia seguida de arritmia. Estávamos tendo dificuldades para estabilizá-lo, e ele foi levado para a UTI. Vou telefonar para o doutor Albert e pedir que venha para cá o quanto antes. A senhora poderá ver seu marido pela manhã, durante o horário de visitas, que é das dez às onze horas. Caso tenha alguma dúvida, converse com o pessoal da enfermagem. Agora, se me dá licença, preciso ir. Tenho de acompanhar a entrada do seu marido na UTI.

O médico afastou-se às pressas, caminhando a passos largos na direção do elevador. Julia havia parado de chorar e estava atônita, assustada, em estado de choque. Ela sentou-se novamente em uma das confortáveis poltronas amarelas com os olhos fixos na parede. Uma jovem aproximou-se e identificou-se como sendo funcionária da enfermagem. Julia foi conduzida ao quarto pela jovem, que a ajudou a deitar-se.

— A senhora quer que eu telefone para alguém de sua família para que venha até aqui buscá-la ou para fazer-lhe companhia?

Julia olhou para o rosto da enfermeira como se o estivesse vendo pela primeira vez naquele instante.

— Não, não é necessário. Todos devem estar dormindo agora — Julia respondeu, virou-se para a parede, e a enfermeira retirou-se do quarto.

CAPÍTULO 13

Nancy acordara cedo para limpar seus canteiros de tulipas. Retirava periodicamente as ervas daninhas, plantava novas sementes e mudas e distribuía algumas delas entre os amigos. No outono, costumava fazer a poda das folhas e dos galhos que haviam se tornado inertes. Gostava em especial desse tipo de flores e as tinha de diversas cores no jardim.

Enquanto mexia na terra, Nancy pensava em Julia, pois sonhara com ela na noite anterior. Estava absorta por seus pensamentos e pelas flores, quando ouviu o telefone tocar. Nancy correu para atender.

— Alô?
— Tia? Sou eu, Pauline.
— Bom dia, querida. Tudo bem?
— Mais ou menos. Mark, o marido de Julia, está internado no hospital.

Nancy franziu as sobrancelhas.

— É mesmo? O que aconteceu com ele?
— Pelo que sei, foi tudo muito esquisito. Julia chegou ontem à noite do colégio e o encontrou desmaiado no escritório, como se estivesse dormindo. Ela o chamou, porém, ele não respondeu. Na verdade, Mark simplesmente não acorda. É como se o tivessem desligado da tomada. Elise me pediu para falar com você e com Susan. Ela passou boa parte da noite no hospital com Julia e foi hoje cedo para lá novamente. Parece que ele piorou durante a madrugada, teve problemas no coração e foi levado para a UTI.

Nancy permaneceu em silêncio durante alguns segundos.

— Vou telefonar para Susan e depois procuro Elise.

— A senhora acha que isso tem alguma coisa a ver com a história dos espíritos? Com aquela mulher que aparece nas fotos?

— Não sei, minha querida. Não posso afirmar nada precipitadamente, mas há possibilidade, sim.

— Tia, ele pode morrer? — perguntou Pauline, baixando um pouco o tom de voz, pois estava no trabalho.

— Todos nós podemos morrer de uma hora para a outra. Vamos orar para que Mark resista e se recupere. Não sei até que ponto o problema dele é físico ou espiritual.

— Elise me disse que os exames, incluindo uma tomografia que foi feita ontem, não acusaram nada de errado.

— Entendo. Mark não é um homem que dê a devida importância ao aspecto espiritual da vida dele. Ele não acredita que precisa cuidar desse lado e, assim, acaba se tornando uma presa mais fácil para possíveis obsessores. Antes de afirmar qualquer coisa, temos, no entanto, de ter a certeza de que toda essa situação pela qual ele está passando não tem a ver com a saúde física de Mark. Vou ligar para Susan e depois torno a falar com você.

— Está bem.

Elise aguardava com Julia o horário de visitas da UTI. Junto a elas, um grupo de pessoas reunia-se ocupando quase todos os assentos da sala de espera da unidade de terapia intensiva. Eram familiares e amigos de outros pacientes que se encontravam em uma situação semelhante à de Julia. Todos aguardavam um sinal da enfermagem para entrarem. Alguns aparentavam estar mais ansiosos, outros aparentavam tranquilidade e ainda havia aqueles que carregavam, estampados no rosto, o medo e o desespero perante a possibilidade da morte de um ente querido.

O médico de Mark aproximou-se da porta de vidro que separava a sala de espera do corredor e fez sinal para Elise. Julia, que estava com a cabeça abaixada, não o notou.

— Bom dia, Julia — e, depois se dirigindo a Elise, cumprimentou-a. — Bom dia.

— Bom dia, doutor Albert.

— Sei que deve estar muito ansiosa e nervosa, mas ainda não tenho grandes novidades para você.

Julia baixou os olhos involuntariamente.

— O coração de Mark está estável no momento e saiu da taquicardia e da arritmia, o que é bom para ele. Está sedado e entubado. Quero que saiba que todo e qualquer paciente que é trazido para uma UTI está em estado considerado grave, mas muitos têm chances de sobrevivência, como no caso de Mark. Ainda não tenho um parecer exato sobre o quadro dele, e por isso faremos novos exames hoje. Não a aconselho a permanecer no hospital, pois, diferentemente dos quartos, os horários de visitas na UTI são bastante restritos e de nada adiantará permanecer aqui. Você poderá ligar quando quiser para obter informações sobre o estado dele. Assim que eu obtiver os resultados dos exames que solicitei, telefonarei para você. Procure descansar e confie no fato de que Mark é um homem jovem e que sempre teve boa saúde.

— Obrigada, Albert. Nunca imaginei que veria Mark nessa situação.

— As pessoas não costumam imaginar, ainda mais quando se trata de alguém como ele — disse o médico. — Agora, preciso ir. Os exames terão início após o encerramento do horário de visitas. Telefonarei para você mais tarde.

O médico afastou-se, e, em seguida, um enfermeiro aproximou-se anunciando o início do horário de visitas. Era permitida a entrada de apenas duas pessoas por vez para cada paciente. Se houvesse mais visitantes, deveria acontecer um revezamento.

O enfermeiro posicionou-se na porta e indicou o leito número 4 como sendo o de Mark. Julia e Elise aproximaram-se lentamente.

Julia teve um novo choque ao deparar-se com o marido naquela situação. Mark estava coberto por um lençol e por uma manta leve, ambos de cor branca, o dorso estava nu, ele usava uma fralda e um tubo saía por sua boca conectando-se ao respirador. Frascos de soro e com medicação estavam pendurados em um suporte de metal ao lado da cama, todos conectados ao corpo de Mark, que jazia inerte no leito. Uma sonda coletora de urina estava pendurada na cama do lado direito. Julia parou a certa distância; não conseguia aproximar-se mais. Elise observava-a atentamente.

— Julia, coragem, não se deixe impressionar tanto pela aparência de Mark hoje. Tudo isso é necessário para que ele se recupere. Lembre-se de que ele está em coma induzido para que se mantenha tranquilo e para que o coração dele não sofra mais qualquer outro tipo de ataque. Respire fundo — recomendou Elise, segurando as mãos de Julia e olhando dentro dos olhos dela. — Agora, chegue mais perto dele, toque nele, segure a mão e converse com Mark. Faça isso. Ele sentirá que você está aqui, e sua presença poderá ajudá-lo a se recuperar.

Julia aproximou-se e beijou suavemente o rosto de Mark, passou a mão por seus cabelos e falou junto ao ouvido do marido.

— Querido, eu estou aqui. Nunca vou abandoná-lo — ela fez uma pausa e continuou: — Você é forte, e o doutor Albert está confiante de que tudo isso irá acabar logo e que você poderá voltar para casa.

Julia respirou fundo novamente. Não queria chorar ali, junto a Mark. Não queria passar todo o desespero, medo e toda a tristeza que sentia para o marido.

Ver Mark naquelas condições causou um grande mal-estar em Elise, que se esforçou para não demonstrar a Julia o que estava sentindo. Vê-lo deitado inconsciente naquela cama de hospital, ligado a diversos aparelhos, fez o estômago da moça revirar-se. Sentindo-se tonta, Elise tentou respirar lenta e profundamente, mas não estava funcionando. Um calafrio percorreu seu corpo, e ela procurou a cadeira que vira perto do leito.

— Está tudo bem, Elise?

Julia percebeu que havia algo de errado com a amiga e aproximou-se.

— Está sim. Foi um ligeiro mal-estar, mas já está passando. Não se preocupe comigo. Aproveite o tempo da visita para dar atenção ao Mark. Eu estou bem.

Elise, contudo, não estava se sentindo bem. Por alguns instantes, a moça vislumbrou, ao lado da cabeceira do leito, um vulto como uma massa negra. Ela sabia que Emma estava ali. O tempo todo, soube que ela tinha alguma coisa a ver com o que estava acontecendo. Elise, então, procurou manter a calma para não chamar ainda mais a atenção de Julia.

Mark não precisava apenas da medicina naquele momento, mas também de suporte espiritual. O horário de visitas finalmente encerrou-se, e Elise e Julia seguiram em direção ao elevador junto com outros visitantes que estavam na UTI.

— Quero que vá lá para casa ou para a casa de Pauline.

Julia concordou com a cabeça.

— Preciso pegar algumas coisas antes de ir.

— Tudo bem, eu irei com você.

Quando já estavam no carro a caminho da casa de Julia, Elise resolveu falar sobre suas suspeitas a respeito da misteriosa doença de Mark.

— Julia, preciso falar algo para você.

Julia olhou para Elise e aguardou em silêncio.

— Não sei se o caso de Mark será resolvido apenas pela medicina.
Julia deu um longo suspiro.

— Parece loucura que esse tipo de coisa possa acontecer... parece algo que vemos apenas em filmes e que jamais acontecerá conosco!

— Pauline entrou em contato com Nancy e com Susan. Estou aguardando o retorno delas para vermos o que pode ser feito pelo Mark. Hoje, lá na UTI, me senti mal e vi uma presença dentro do box e perto da cabeceira da cama. Era apenas uma sombra, sem forma definida, mas estava lá.

Julia mantinha os olhos fixos em algum ponto do para-brisa.

Elise estacionou o carro na frente do portão da casa de Julia.

— Venha, entre — disse Julia, enquanto abria a porta da frente.

— Farei um café para nós. Estou precisando de um e acho que você também está.

A cozinha estava do mesmo jeito que fora deixada na noite em que ocorreu o incidente com Mark. Havia algumas louças sujas dentro da pia, e torradas e potes com manteiga e geleia ficaram sobre a mesa. A casa permanecera fechada desde então.

— Você acha que aquela mulher está causando tudo isso? — perguntou Julia, enquanto preparava o café e abria um pacote de torradas.

Elise fixou os olhos nos dela.

— Acho. Tenho quase certeza de que Mark não tem nenhum problema de saúde e que tudo isso está sendo causado por ela. Acredito que ela queira atingi-la, assim como quer me atingir também.

— E o que podemos fazer? Seja lá o que ela estiver fazendo, conseguiu colocar Mark na UTI, e isso é assustador! Estamos à mercê de uma louca vingativa que já morreu! Pensar dessa forma me apavora! Ela tem vantagens sobre nós, porque não podemos vê-la!

Elise concordou com a cabeça.

— Ela não conseguirá, Julia. Não posso acreditar que podemos ficar sem defesa em uma situação como essa. Deve haver meios, que desconhecemos ainda, de lidar com isso. Nancy e Susan nos ajudarão, e todas nós ajudaremos Mark. Vamos. Temos de arrumar suas coisas e precisamos ligar para Nancy.

Elise acompanhou Julia até o quarto, evitando deixá-la sozinha.

Enquanto Julia vasculhava as prateleiras em busca de algumas roupas, Elise percebeu a presença de Wanda e Walter junto à parede. "O que será que aconteceu com essas crianças?", perguntou-se. "O que fizeram ou o que aconteceu com eles para estarem ainda presos neste lugar? São apenas crianças! Gostaria de ajudá-los, de libertá-los do domínio daquela mulher".

— Elise... Elise!

Julia sacudiu-a levemente pelos ombros.

— Elise, o que aconteceu? Você está bem?

— Me desculpe. Estou, estou bem sim. É que toda essa situação está mexendo muito com minha cabeça.

— No que estava pensando?

Wanda e Walter não estavam mais no quarto.

— Nas crianças.

Julia sentou-se ao lado de Elise na cama.

— Que crianças?

— As que aparecem nas fotos e que ainda estão na casa — Elise fez uma pausa antes de prosseguir. — Não sinto mais medo quando as vejo, ao contrário. Sinto por elas uma espécie de compaixão. Gostaria de ajudá-las, pois também devem estar à mercê daquela mulher também.

— Todos nós iremos nos libertar. Às vezes, acho que a chave de tudo está em nossas mãos — comentou Julia. — Acredito que eu e você não nos encontramos por acaso. Existe algo maior por trás de todos os acontecimentos. Deus, uma Sabedoria Superior que rege tudo e todos. Sinto por você, Elise, algo que vai além da amizade. É como se fôssemos irmãs. Tenho uma ligação muito forte com você. É como se nos conhecêssemos há muito tempo. Acredito em vidas passadas e creio que nossa ligação vem de outras passagens que tivemos pela Terra. Claro que o fato de Mark e eu termos comprado essa casa também não foi por acaso. Sempre fui fascinada por esse lugar, e depois você apareceu para realizar o trabalho para aquela revista. Foi onde tudo começou. Não pode ser mera coincidência!

— Nunca acreditei nesse negócio de reencarnação — disse Elise —, mas é impossível, depois do que aconteceu, não cogitar a hipótese de que exista vida após a morte e de que podemos reencarnar e viver novamente em corpos diferentes. Não sei ao certo qual é minha participação ou a sua nessa história toda, mas confesso-lhe que quero ir até o fim! Quero saber qual é a ligação que tenho com essa casa, com o que aconteceu aqui no passado, quem são aquelas crianças e quem é aquela mulher.

Elise referia-se a Emma. Sabia que entre ela e Emma existiam coisas ocultas, mistérios a serem desvendados e acontecimentos do passado que deveriam ser esclarecidos. Tinha medo de encontrar as respostas, mas sabia que era necessário buscá-las. Não se tratava de um simples caso de contato com o mundo espiritual. As coisas haviam tomado proporções assustadoras, que exigiam atitudes mais drásticas. Elise sentia que tudo deveria partir dela, que seria inevitável a participação de Julia, mas havia algo, um elo entre Julia, Emma e ela, que era muito forte e inquestionável. Mais cedo ou mais tarde, teria de enfrentar a situação. Agora, com Mark internado na UTI, ela precisava agir com urgência, enfrentar seus próprios medos e encontrar as respostas.

CAPÍTULO 14

Susan conduzia uma meditação para um grupo de quinze pessoas. Todos estavam sentados no chão sobre colchonetes, em posição de lótus e formavam um círculo. Havia homens e mulheres de diferentes idades.

A sala era ampla e acomodaria confortavelmente um grupo de até trinta pessoas. A música de fundo era agradável, e era possível identificar sons de instrumentos típicos da música oriental. No canto direito da sala, atrás de Susan, havia uma fonte, e, ao lado, junto à parede, um pequeno altar, onde uma vela branca untada com óleo de jasmim era mantida sempre acesa. O altar estava ornado também com um vaso com flores brancas, alguns cristais de quartzo e com um incenso de jasmim, cuja fumaça perfumada descrevia círculos no ar, enquanto subia em direção ao teto. As janelas eram mantidas abertas para que o ar circulasse livremente. Nos dias de inverno, os participantes tinham de estar agasalhados.

O grupo mantinha os olhos fechados, mas alguns tinham dificuldade para manter a concentração e o foco. Outros, praticantes mais antigos, conseguiam acompanhar a meditação com maior desenvoltura. A persistência e o treino contínuo são fundamentais para essa prática. Depois de algum tempo, a mente treinada consegue desligar-se rapidamente de todos os afazeres e de todas as preocupações da vida prática, auxiliada pela respiração ritmada, em sintonia com os batimentos cardíacos. Todo o conjunto em um ritmo harmônico facilita a conexão do ser espiritual com o Divino.

— Agora, peço que todos abram os olhos devagar, alongando os braços e as pernas. Durante alguns segundos, mantenham-se sentados e depois fiquem de pé.

A voz de Susan fluía em um tom suave, enquanto ela falava pausadamente e esticava os membros superiores para o alto, um de cada vez.

Aos poucos, sem pressa, a sala foi se esvaziando até que o último membro do grupo saiu, deixando Susan sozinha e ainda sentada sobre o colchonete.

— Susan? Posso entrar?

A mulher na porta mantinha parte do corpo do lado de fora aguardando uma resposta.

— Claro, querida, entre. A meditação já acabou — respondeu sorrindo, enquanto ficava de pé.

— Tenho um recado para você. Nancy já lhe telefonou duas vezes e pediu que retornasse com certa urgência.

Susan franziu as sobrancelhas enquanto fechava as cortinas.

— Ela comentou algo sobre o assunto?

— Não, ela preferiu não deixar recado.

— Está bem, vou ligar para ela. Poderia recolher os colchonetes para mim, Charlene?

— Claro — respondeu a mulher com um largo sorriso.

Charlene morava no instituto e atuava como uma espécie de secretária, auxiliando Susan em diferentes tarefas, desde a organização de eventos e reuniões até a triagem das pessoas que chegavam ali buscando auxílio. Era o braço direito de Susan havia cerca de quatro anos.

— Obrigada — disse Susan, retirando-se rapidamente da sala.

— Alô? Nancy? Está tudo bem?

— Susan! Que bom que ligou. Estava ansiosa aguardando seu telefonema.

— O que aconteceu?

Nancy contou a Susan tudo o que sabia a respeito da situação de Mark.

— Preciso que telefone para Julia e veja se consegue marcar com ela uma reunião. Penso que o melhor seria irmos até a mansão.

— Eu também acho — falou Nancy. — Acredito que boa parte do problema de Mark seja espiritual.

— Estou recebendo orientações neste momento de que devemos agir o mais rápido possível. Se Julia puder nos receber, posso pegá-la para que partamos para lá agora mesmo!

— Vou falar com ela e com Elise e lhe dou um retorno.

Elise e Julia acabavam de entrar na loja onde Pauline trabalhava, quando o celular de Julia tocou.

— Alô?

— Oi, Julia. Sou eu, Nancy.

— Oi, Nancy! Que bom ouvir sua voz — Julia teve de esforçar-se para segurar o choro.

— Falei com Susan, e ela quer saber se é possível irmos agora até sua casa.

Julia permaneceu em silêncio durante alguns segundos antes de responder, pois fora pega de surpresa pelo telefonema de Nancy.

Elise, que estava ao seu lado e conseguira ouvir parte da conversa, fez sinal para que ela concordasse.

— Claro, claro... estamos na loja com Pauline. Talvez, eu demore cerca de meia hora para chegar até lá, mas, assim que sairmos daqui, seguiremos para minha casa.

— Nos encontramos lá, então. Vou avisar a Susan. Até logo, querida. Tenha fé. Mark logo estará em casa.

Julia engoliu em seco as lágrimas que insistiam em cair e desligou o telefone.

— Era a tia Nancy? — perguntou Pauline.

— Era. Ela e Susan estão indo lá para casa agora.

— Então, vamos voltar pra lá — disse Elise. — Pauline, depois levarei Julia até sua casa, está bem? Ela disse que se sentiria melhor dormindo lá, enquanto Mark estiver hospitalizado.

— Pra mim, é um prazer. Adoro sua companhia, Julia! Saindo daqui, passarei no mercado para comprar algumas coisas para fazer o jantar. Depois, poderíamos assistir a um bom filme. O que acha? Você precisa distrair um pouco a cabeça — disse Pauline, enquanto abraçava Julia. Os longos saltos das botas que a moça estava usando a deixavam um pouco mais alta do que realmente era.

— Obrigada, não quero incomodá-la...

— Você nunca me incomoda. Nos vemos depois.

Pauline voltou para dentro da loja, enquanto Elise e Julia entravam no carro.

— Acho a Pauline um amor... ela não tem namorado?
Elise sorriu.

— Pauline é uma pessoa maravilhosa, faz o que pode e o que não pode pelos amigos, mas não tem muita sorte com namorados. Agora, arrumou um australiano. Não sei no que vai dar e ainda não o conheço. Só espero que ela não se meta em encrencas nem se mude para a Austrália.

— Há quanto tempo vocês se conhecem?

— Desde a adolescência. Nossa amizade sempre se manteve firme. Gostaria que ela conhecesse alguém e fosse feliz.

— Ah, mas pode ter certeza de que uma hora isso acontecerá! A pessoa certa não aparece simplesmente, porque a estamos procurando. Tenho certeza de que Pauline logo encontrará alguém por quem se apaixone e que possa fazê-la feliz. Mark e eu nos conhecemos na universidade em uma apresentação teatral. Ele sentou-se ao meu lado, porque não havia mais poltronas desocupadas — comentou Julia, sorrindo. — Esses encontros ocorrem porque têm de acontecer.

Elise sorriu, concordou afirmativamente com a cabeça e lembrou-se rapidamente de como ela e Antony haviam se conhecido e se afastado durante pouco mais de dois anos para novamente se reencontrarem.

— Estamos chegando — disse Julia. — Estou um pouco nervosa.

— Fique tranquila. Nancy e Susan têm experiência com esses assuntos. Você só está esgotada com tudo o que está acontecendo. Vai dar tudo certo! Confie em mim!

Elise tentava tranquilizar Julia, mas sentia o coração mais acelerado do que o normal. Finalmente, ela estacionou o carro diante do portão. Susan e Nancy ainda não haviam chegado. Olhou rapidamente para o banco traseiro e viu que a câmera fotográfica estava lá.

Elas mal haviam fechado as portas do carro quando Susan estacionou logo atrás.

— Querida! — disse Nancy abraçando Julia. — Nós vamos ajudar Mark. Faremos o que pudermos por ele. Tenha fé em Deus. Não existe nada mais poderoso do que o amor. Toda a cura vem da luz, vem de Deus, que é uma fonte inesgotável de amor e de sabedoria. Acredite: nada ocorre sem o conhecimento dEle. Não há nada nem ninguém mais poderoso do que Ele.

Com o rosto afundado no ombro de Nancy, Julia chorava. Sentia-se acolhida, como se estivesse no colo da mãe. Sentia-se à vontade e não se importava se estava na rua, na calçada, à vista dos vizinhos e de todos que passavam de carro ou a pé. Elise e Susan aguardavam em silêncio mantendo certa distância.

— Julia, olhe para mim — ordenou Nancy suavemente, enquanto segurava o rosto da moça entre as mãos. — Tudo isso passará. Confie! Agora, respire fundo e tenha coragem, pois Mark precisa de você mais do que nunca. Vamos entrar, venha.

Nancy sentiu todo o medo e a tensão de Julia e segurava-a pela mão, como fazemos com as crianças quando temos de encorajá-las a enfrentar alguma situação nova, difícil ou que lhes causa temor.

Julia abriu o cadeado, e uma parelha de cães dinamarqueses veio correndo em sua direção. A um comando de sua voz, os animais mantiveram-se sentados, observando as três visitantes passarem em direção à porta da frente.

— Fiquem tranquilas, eles não farão nada. Vocês estão comigo. Entrem, enquanto os levo ao canil.

Nancy ajudou Julia a abrir todas as janelas do pavimento inferior da casa. Fazia frio, o ar estava úmido naquela época do ano em Londres, e o sol raramente podia ser admirado. Ambientes fechados, além de produzirem mofo, não permitem a renovação do ar e a circulação saudável de energia.

Elise fotografava tudo. Fotografou Susan com o pêndulo circulando pelo rol de entrada, Julia e Nancy abrindo cada uma das janelas, os móveis e os porta-retratos. Por alguns instantes, ela teve a impressão de ver um vulto esgueirar-se para dentro da sala do piano. Elise não titubeou e decidiu segui-lo. Apesar de já não vê-lo mais, tirou várias fotos do cômodo e também do piano. A moça deslizou suavemente a mão pelo tampo do teclado. Era um belíssimo instrumento, uma raridade, não tinha como não admirá-lo. Elise pensou nas mãos que o tinham criado, no cuidado e no capricho revelados em cada detalhe. Era uma peça única. Os entalhes nas pernas e um delicado ramalhete de flores com aplicação de madrepérolas que ficava no alto do tampo denunciava o esmero com que a peça fora feita, na época, sob encomenda para uma jovem pianista da alta sociedade londrina.

Catherine Duncan era a filha primogênita do major William Duncan, uma jovem de inteligência brilhante com um talento promissor para a música. Apesar de ser totalmente dedicado ao seu trabalho no exército inglês — o que o tornara um homem frio e com dificuldades para demonstrar as emoções —, o major preocupava-se em dar o melhor para os quatro filhos. Após a morte da esposa, que ocorrera devido a complicações no parto de sua última filha, William procurou desdobrar-se ainda mais para criar os filhos, mimando-os com tudo o que o dinheiro pudesse comprar. Ele passava a maior parte do tempo ausente, liderando o exército britânico na Índia e na África, e, para compensar a culpa que sentia pela constante ausência e pela morte da esposa, enchia os filhos de luxos. Desde criança, Catherine demonstrava aptidões naturais para a música e tivera como professores os melhores mestres que viviam na época na capital inglesa para ministrar-lhe aulas de piano.

Aos nove anos, Catherine começou a compor partituras curtas, e seu talento foi se aprimorando com o tempo. William orgulhava-se dela e, apesar da rígida postura militar, deixava transparecer a admiração que sentia pela filha mais velha a cada reunião que fazia com os amigos e que era animada por Catherine, que interpretava belas melodias ao piano. Quando a jovem completou quinze anos, Hanna, a mãe de Catherine faleceu, o que fez a moça sentir-se responsável pelos três irmãos mais novos. A última, Mary Anne, nem sequer completara um ano de vida.

O décimo sexto aniversário de Catherine aproximava-se, e o coronel William preparou algo especial para a filha. Ele contratou os serviços de um exímio mestre artesão austríaco — um dos melhores de toda a Europa naquele tempo —, que residia em Munique, na Alemanha, para que criasse um piano único para presentear a filha. Assim foi feito. Dois dias antes da festa de aniversário, o presente da jovem foi entregue na mansão. William teve o cuidado de manter Catherine distante de casa para não estragar a surpresa, mandando-a com os irmãos para a casa de parentes que moravam no interior.

O piano foi colocado exatamente no mesmo ponto da sala onde Julia o mantém. William providenciou para que fosse coberto por um generoso pedaço de veludo vermelho, bordado com fios dourados, como se fosse um imenso embrulho.

No dia da festa de aniversário, Catherine emocionou-se quando viu o piano, e William também. Ouviram-se muitos "ohs" de admiração, pois o instrumento era realmente magnífico, uma obra de arte.

William pediu à filha que tocasse uma música, e Catherine interpretou uma melodia totalmente desconhecida por todos os que estavam presentes. A sala permanecia imersa no mais completo silêncio, e apenas as notas musicais eram ouvidas. Ao final, Catherine foi aplaudida com entusiasmo e proferiu algumas palavras de sincero agradecimento ao pai e também em homenagem à falecida mãe. A noite seguiu agradável até o momento do jantar em que William, propondo um brinde à vida da filha, aproveitou a ocasião para anunciar seu noivado com Emma, que estava entre os convidados.

Catherine levou um choque, contudo, procurou disfarçar a surpresa para manter a postura diante de todos os que estavam presentes. Fora educada dentro dos rígidos padrões de comportamento vitorianos, mas o rubor que cobriu suas faces e o olhar lançado na direção do pai e para a futura madrasta a denunciaram para alguns dos amigos mais íntimos e familiares. William percebeu primeiramente o espanto na expressão da filha e também o ressentimento. Era como se ele a tivesse traído.

Elise levantou o tampo do piano, que permanecia sempre aberto, e deslizou as pontas dos dedos sobre as teclas. Segundo Julia, a chave nunca fora encontrada e possivelmente tivesse sido perdida após tantos anos em que a casa estivera abandonada. Aquele instrumento despertava nela emoções estranhas e incompreensíveis.

— Elise?

A voz de Nancy fê-la voltar à realidade.

— Está tudo bem?

— Sim. Vim tirar algumas fotos da sala. Quando chegamos, tive a impressão de ter visto um vulto vindo para cá.

— Acredito que não seja apenas impressão. Venha. Julia fez um chá, e a estamos aguardando para darmos início ao trabalho.

Elise abaixou novamente o tampo sobre o teclado e seguiu Nancy até a cozinha.

— Acho que deveríamos começar logo, Julia. Tenho alguns compromissos agendados para mais tarde — disse Susan.

— Como quiserem. O que precisamos fazer?

— Gostaria que fôssemos até o escritório de Mark. Vou precisar também de uma foto dele e de uma peça de roupa que ele usa com frequência.

— Está bem.

As quatro mulheres foram para o piso superior do casarão. Julia e Nancy novamente se encarregaram da tarefa de abrir todas as janelas, enquanto Susan caminhava lentamente observando a oscilação do pêndulo. No quarto do casal, o instrumento girou freneticamente no sentido anti-horário.

No escritório de Mark, tudo estava do jeito como ele deixara. Muitas pastas contendo documentos e projetos, agendas, calculadora e folhas soltas com anotações e cálculos feitos a lápis espalhavam-se sobre a escrivaninha.

— Podemos usar esta mesa, Julia? — perguntou Susan referindo-se a uma mesa de canto que servia de suporte para livros e porta-retratos.

— Claro, deixe-me retirar estas coisas. Vou buscar mais duas cadeiras no quarto de hóspedes.

— Vou com você — ofereceu-se Elise.

Em poucos segundos, estavam de volta trazendo as cadeiras, que foram dispostas junto com as outras duas em volta da mesa redonda de madeira, que comportava, no máximo, quatro lugares.

Susan retirou de dentro de uma sacola uma toalha branca. Como era muito grande e de formato retangular, dobrou-a diversas vezes até que atingisse o tamanho adequado. Ela entregou para Nancy um incenso de mirra e pediu que a outra o acendesse. Solicitou a Julia um copo com água, que, em instantes, a anfitriã providenciou, visto que no escritório havia um frigobar.

Susan abriu um frasco pequenino que ela colocara sobre a mesa e deixou que algumas gotas de óleo caíssem na palma de sua mão. Em seguida, esfregou as mãos uma na outra e tocou os quatro cantos do cômodo.

— Gostaria que todas vocês ficassem em silêncio e mantivessem seus pensamentos voltados para Mark.

No centro da mesa estavam o porta-retratos com a foto de Mark e uma camisa xadrez azul, que, segundo Julia, era uma das preferidas do marido.

Susan fez uma breve oração invocando e agradecendo a proteção divina e também a presença dos mentores e guias espirituais que haviam chegado à casa e sugeriu a todas do grupo que, de forma silenciosa, fizessem o mesmo.

Todas fecharam os olhos, com exceção de Elise, que os mantinha bem abertos e com a câmera fotográfica ao alcance das mãos.

Durante cerca de dez minutos, tudo estava em silêncio, e apenas os ruídos externos, de carros que passavam na rua e de algumas vozes trazidas pelo vento eram ouvidos. De repente, o grupo de mulheres ouviu passos no corredor, e Julia teve de controlar-se para não abrir os olhos.

Nancy e Susan mantinham-se da mesma forma. Nada em seus rostos denunciava qualquer tipo de emoção.

Os passos cessaram quando chegaram à porta do escritório.

— Entre, por favor — a voz de Susan soava clara e firme.

Os passos aproximaram-se da mesa. Elise tirou algumas fotos. Pelo som, podia-se dizer que a entidade estava atrás de Nancy.

— Como é seu nome?

— Walter — Nancy mantinha os olhos fechados.

— Walter, estamos aqui para ajudar Mark e para ajudar todos vocês, que, por alguma razão, ainda permanecem nesta casa.

— Vocês devem ir embora. Levem Mary com vocês, pois ela corre perigo. Todas vocês correm perigo.

— Do que você tem medo?

— De Emma. — Neste momento, Nancy baixou o tom de voz, como se tivesse medo de estar sendo ouvida.

— Quem é Emma?

— É a nossa madrasta. Ela é má e quer destruir tudo o que é de Mary. Por favor, deixe-me ir... — o rosto de Nancy assumiu uma expressão de súplica.

— Walter, preciso que fique mais tempo conosco. Precisamos de sua ajuda.

— Eu tenho que ir! Wanda ficou cuidando da porta dos fundos. Não posso deixá-la sozinha.

— Quem é Wanda? — perguntou Susan.

Elise sentiu o coração acelerar ao lembrar-se da garota ruiva que ela vira diversas vezes.

— Wanda é minha irmã, assim como Catherine e Mary Anne — Nancy (Walter) deu um longo suspiro. — Vocês não entendem... Emma é perigosa! Mary Anne corre perigo!

Nancy de repente se calou e seu corpo estremeceu levemente. Walter havia se afastado.

— Vamos cuidar de Mark. Gostaria que todas vocês mantivessem seus pensamentos nele. Emanem para ele apenas vibrações de cura, de saúde e de paz. Vejam esse rapazinho envolvido em uma luz verde, rosa ou dourada, se reestabelecendo, recebendo a cura que vem da Luz. Quero que mantenham o foco na figura de Mark como um homem saudável — Susan falava pausadamente, mantendo os olhos fechados.

Julia e Elise, que não estavam habituadas a participar desses trabalhos de cura, se esforçaram para darem o melhor de si. Susan estendeu a mão direita sobre a camisa de Mark e permaneceu em silêncio durante alguns minutos.

— O homem que está na casa de saúde está sofrendo uma forte influência de um obsessor — Susan fez uma pausa. Sua voz era forte, com sotaque grave, que lembrava o alemão. Pouco depois, ela continuou: — O obsessor age no campo magnético de Mark, afetando principalmente o corpo mental e psíquico dele. Trabalharemos nele para que não ocorram danos no corpo físico — dizendo essas poucas palavras a entidade despediu-se abençoando o pequeno grupo.

Alguns segundos depois, Susan abriu os olhos.

— Julia, Mark vai melhorar. Neste exato momento há um grupo de espíritos amigos desenvolvendo um trabalho de cura e de libertação na UTI. Nos próximos três dias, eles continuarão trabalhando para que Mark melhore. Recebo informações de que não existe ainda um dano físico no cérebro, o que era o objetivo do obsessor. Fique tranquila! Seu marido logo retornará para você e para o trabalho. Este grupo de espíritos amigos, contudo, quer que saibamos o quanto é importante resolvermos essa situação de uma vez por todas. — Susan fez uma pausa e encarou Elise e Julia. — É importante que, após a recuperação, Mark se envolva mais nessa tarefa, pois ele, assim como você e Elise, desempenhou um papel importante nessa história. Walter, a entidade que se manifestou por meio de Nancy, é o adolescente cuja presença percebi da primeira vez em que estive na mansão — Susan fez uma nova pausa, bebeu alguns goles de água e continuou: — Ele e a irmã Wanda estão amedrontados pela entidade chamada Emma. Acredito que, de alguma forma, eles pensam que estão presos a este lugar e que não podem deixá-lo. Estão apenas perdidos e preocupados com o mal que Emma possa causar possivelmente a você, Julia, ou a você, Elise, assim como está ocorrendo com Mark.

— Temos de ajudá-los — disse Susan sorrindo. — Mas, primeiramente, cuidaremos de Mark.

Já havia passado cerca de três horas desde que o grupo chegara à mansão. Nancy e Susan despediram-se, pois tinham compromissos no instituto.

— Elise, vamos beber um chá. Depois, fechamos a casa — convidou Julia.

— Tirei várias fotos. Gostaria de, mais tarde, ir comigo até meu apartamento para fazer a revelação do filme?

— Claro! — respondeu Julia, cujos pensamentos ainda estavam voltados para Mark. Ela estava confusa, e sua mente trabalhava de forma acelerada com muitos questionamentos.

— Julia, está tudo bem? Não ficou feliz com o que a Susan disse a respeito do Mark?

— Sim, fiquei feliz em saber que ele vai melhorar. Estou mais tranquila e confiante, contudo, estou confusa... Ele também está envolvido com o passado desta casa! E o que vamos fazer com a tal de Emma? Ela seria o "obsessor" de quem Susan e o mentor dela estavam falando, não é?

— Creio que sim — respondeu Elise, enquanto ajudava Julia a arrumar a mesa para o chá.

— Sempre gostei desses assuntos, mas vivenciar um caso desses na própria pele é bem diferente!

— Eu entendo como você se sente, Julia, pois também me sinto assim. Acho que Susan e seus mentores priorizaram a situação de Mark e depois cuidarão do restante.

O celular de Julia vibrou sobre a mesa.

— É o doutor Albert — Julia disse para Elise antes de atender à ligação.

— Alô?

— Julia?

— Sim, sou eu. Pode falar, doutor Albert.

— Tenho boas notícias, minha querida. Fizemos novos exames, e o cérebro de Mark está perfeito. Não existem danos, e o coração dele também está em excelente estado. Hoje, ainda manteremos Mark sedado, mas, a partir de amanhã, iniciaremos a retirada dos sedativos. Acredito que ele reagirá bem e que logo voltará para casa.

— Graças a Deus! Que boa notícia, doutor! Vou poder dormir mais tranquila esta noite. Obrigada, Albert. Não sei como lhe agradecer...

— Estou apenas fazendo meu trabalho, Julia. Agora, preciso ir, pois estão precisando de mim na emergência. Até logo.

— Até logo, doutor.

Voltando-se para Elise, Julia perguntou:

— Você ouviu? Ele vai ficar bom, Elise!

— Vai sim! Agora, vamos ao nosso chá. Temos ainda de fechar a casa toda e passar em meu apartamento para revelar as fotos. Não posso me esquecer de pegar a Pauline na loja mais tarde.

Na estufa, Emma dava vazão a todo o seu ódio. Era o único lugar onde se sentia segura. Ela fugira da UTI onde Mark estava internado, temendo ser pega por um grupo de espíritos evoluídos que se acercou do leito. A presença deles fê-la fugir em desespero e retornar à mansão.

Ao chegar ao casarão, o único lugar seguro que Emma encontrou foi a velha estufa, pois Nancy e Susan lá estavam e, junto com elas, havia um grupo de entidades que guardava todas as entradas da casa de Julia. Queriam levá-la, arrastá-la dali, mas ela não iria com eles. Jamais desistiria de seu plano de vingança. Mark até poderia escapar agora, mas ela conseguiria destruir a vida dele, de Julia e de Elise.

CAPÍTULO 15

Uma garoa fria e persistente molhava os telhados e as ruas de Londres. Elise preparava o jantar, enquanto Antony cuidava do banho da filha.

Sobre o balcão da cozinha, estava disposta uma tábua com vários legumes cortados em fatias, além de pedaços de carne e vidros com temperos diversos. Elise foi até a sala e ligou o aquecedor, pois a temperatura caíra bastante. Ela dobrou mais uma vez as mangas da blusa, pois os fios do tecido eram lisos demais, e as dobras se desfaziam com facilidade. Elise prendeu novamente os cabelos, tirou e colocou de volta os óculos. Algo a estava incomodando.

Elise colocou uma colher de manteiga dentro da panela e depois os pedaços de carne. Ela mexia automaticamente a comida com a colher, e seus pensamentos estavam dispersos. Não conseguia concentrar-se no que estava fazendo.

— O cheiro está bom!
— É bom mesmo, papai.

Antony e Pilar acabavam de entrar na cozinha. Pilar estava vestindo um confortável pijama estampado com muitos gatos coloridos e arrastava desajeitadamente um cobertor cor-de-rosa pelo chão.

Elise procurou disfarçar seu estado de espírito.

— Espero que gostem. Acho que uma sopa será o jantar perfeito para esta noite — depois, dirigindo-se a Pilar, Elise comentou: — Você está linda com esse pijama cheio de gatinhos!

A menina sorriu e foi sentar-se no tapete da sala, onde estava sua caixa de brinquedos.

Antony abriu a geladeira, pegou uma cerveja, sentou-se junto ao balcão e de lá ficou observando Elise, que procurava concentrar-se em sua tarefa culinária.

— O que você tem? — perguntou ele.

Elise olhou-o rapidamente dentro dos olhos e novamente voltou sua atenção para a panela.

— Nada... estou bem.

— Parece um pouco preocupada.

— Não... sei lá... Essas coisas que andam acontecendo. Fomos até a casa de Julia hoje. Comentei com você — disse ela, procurando não desviar os olhos da panela de sopa.

— Mas você disse que tudo correu bem, que não havia nada de espetacular nas fotos que foram tiradas hoje, que tudo correu tranquilo e que, segundo Nancy e Susan, Mark logo estará em casa novamente.

— Sim, eu sei o que disse, mas novamente consegui capturar algumas imagens sombrias com minha câmera. Não são nítidas. Em outros tempos, não me importaria com elas, mas... não sei... Nem mesmo sei o que estou dizendo... Nada naquelas fotos comprova algo de sobrenatural. Podem ser apenas sombras do próprio ambiente. Estou confusa, incomodada, e fico me perguntando se isso nunca terminará...

O tom de voz de Elise denotava certa irritação e impaciência.

— Por que não deixa a panela um pouco e senta aqui comigo? Quer uma cerveja, um suco, uma taça de vinho? — perguntou ele com delicadeza.

Elise respirou fundo e pensou que Antony era um homem maravilhoso e que não poderia misturar as coisas. Tinha de manter a calma, afinal, ele estava sendo, além de tudo, um grande amigo e um companheiro muito compreensivo. A maior parte dos homens teria dificuldades de aceitar o assunto.

— Prefiro uma taça de vinho — disse ela, esboçando um sorriso.

Antony serviu o vinho a Elise e sentou-se ao lado dela.

— Não é mais o estado de saúde do Mark o que está me deixando agoniada, pois acredito que ele realmente vai ficar bem. É que sinto que preciso fazer algo mais... sei que estou envolvida na situação tanto quanto Julia, mas sinto que há algo que apenas eu poderei fazer. É como se a chave para desvendar todo o mistério e resolver o problema estivesse em minhas mãos — ela fez uma pausa e encarou Antony. — Não sei se você consegue compreender o que estou lhe dizendo. Sei que pode parecer estranho, mas tudo o que está acontecendo é estranho!

— Fique tranquila Elise, eu entendo. Acredito que você esteja sentindo ou percebendo uma espécie de ressonância de suas memórias anteriores. Já li alguns livros sobre o tema e acredito que isso seja possível. O que pretende fazer?

— Minha terapeuta sugeriu que eu fizesse sessões de regressão.

Enquanto bebia mais um gole de cerveja, Antony concordou com a cabeça.

— Existem muitos casos de sucesso — disse ele. — As sessões devem ser conduzidas por alguém experiente, que saiba o que está fazendo. Eu acredito que, nesse caso, é perfeitamente seguro e poderá lhe ser de grande ajuda e muito esclarecedor.

— Confio em Joan e também em Susan e Nancy. Todas elas são muito responsáveis e têm experiência com esses assuntos. O problema não é esse. Tenho ao meu lado pessoas confiáveis que poderão me auxiliar e me conduzir em uma terapia desse tipo. O problema é que tenho muito medo do que posso vir a me lembrar. É como se, no fundo, eu soubesse que coisas ruins aconteceram naquela casa... Comigo e talvez com Julia... É como se eu não quisesse me lembrar, porém, sinto que essa talvez seja a única forma de resolvermos o problema. Me sinto responsável por isso. Você me entende?

Balançando a cabeça afirmativamente, Antony concordou em silêncio e aguardou que ela continuasse.

— Quando fui à casa de Nancy pela primeira vez, tive uma prévia de como esse tipo de terapia pode ser. Não posso dizer que foi uma experiência agradável — disse Elise bebendo mais um gole de vinho e levantando-se em seguida para mexer o conteúdo da panela.

Antony estava com toda a atenção focada nela.

— Penso que seria muito bom se você se submetesse à regressão. Acredito que tudo será esclarecido e que vocês finalmente poderão se libertar. Você está com medo agora, mas deve pensar que tudo o que virá à tona já aconteceu e não ocorrerá novamente. Você não é mais quem era antes, não vive mais naquele tempo, naquele corpo, naquela situação. Mantenha isso em mente e verá como será mais fácil encarar essa situação.

Elise esvaziou a taça de vinho em silêncio e levantou-se para mexer a comida novamente. Sua ansiedade era visível. Antony tinha razão. Era um medo sem fundamento. Não tinha por que cultivar coisas que vivenciara em outras épocas, ou melhor, em outra existência. Talvez fosse melhor denominar aquilo de trauma. Um trauma que ficara registrado no inconsciente de Elise e em sua memória espiritual. De uma forma ou de outra, viera à tona, por meio das fotografias, seu encontro com Julia e com a mansão, cenário onde se desenrolara todo o drama. E havia os gêmeos, que também precisavam de ajuda. Para Elise, o fato de terem aparecido nas fotos soou-lhe como um pedido de socorro. Ela não pensava em Emma. Não da mesma forma que pensava em Walter e Wanda. Sentia por Emma um ódio inexplicável. Susan e Nancy já a haviam alertado sobre o quanto aquele sentimento a mantinha ligada de forma negativa àquela entidade. Elise, contudo, não conseguia evitar. Sabia que a cura e a libertação espiritual dependiam também do perdão verdadeiro, mas não conseguia sentir compaixão por Emma. Não sabia ainda o que acontecera, no entanto, tinha dificuldades de enxergar Emma como uma inimiga do passado. Elise a via como inimiga ainda no presente.

O jantar transcorreu de forma agradável. Elise e Antony divertiram-se com as brincadeiras infantis e inocentes de Pilar, que, após ingerir uma quantidade generosa de sopa, começou a dar as primeiras mostras de sono.

Antony levou a menininha para a cama, e Elise permaneceu na cozinha recolhendo a louça.

— O que acha de tirarmos uns dias de folga? — perguntou Antony.

— Folga? Como assim?

— Amanhã, encerrarei meu expediente na universidade por volta das duas da tarde e será sexta-feira. Pensei em passarmos o fim de semana na casa de um amigo, que fica em um vilarejo na região de Devon. O que acha?

— Devonshire? — Elise perguntou surpresa, pois sempre tivera curiosidade de conhecer aquela região. De repente, pensou em Julia, e seu entusiasmo pareceu murchar. Não poderia deixá-la sozinha. Pelo menos não enquanto Mark estivesse internado na UTI.

— Vou conversar com Pauline para ver se ela pode fazer companhia para Julia. Não gostaria de deixá-la só.

— Tudo bem, converse com Pauline. E ainda poderíamos transferir o programa para o próximo fim de semana. Só achei que seria bom para você afastar-se um pouco de tudo e distrair a cabeça.

— Não, não... a ideia é ótima... eu adoraria. Só me preocupo, porque Mark ainda não acordou e está na UTI, mas prometo que conversarei com Pauline pela manhã e, caso não haja nenhum tipo de problema para ela, poderemos ir — disse Elise sorrindo e passando os braços em volta do pescoço de Antony. — E Pilar?

— Acho que teremos de levá-la junto. Simone também viajará.

— Por mim, tudo bem. Por mais que Simone seja uma pessoa de confiança, não gostaria de nos ausentarmos de Londres e deixarmos Pilar aqui.

Elise apagou as luzes da cozinha e da sala e foi para o quarto com Antony. Pouco depois, ela pegou no sono e sonhou com o piano. Sonhou que uma jovem com longos cabelos acobreados estava sentada na banqueta de veludo e percorria com os dedos longos e brancos as teclas do instrumento, extraindo delas uma melodia agradável, que lembrava as tardes de primavera. Elise sentia prazer em ouvir aquela música, que lhe despertava saudades de um tempo do qual não conseguia mais se lembrar.

CAPÍTULO 16

Julia despertou com o ruído do celular vibrando sobre a mesinha de cabeceira. Acordou assustada, pois dormia profundamente. Ela olhou para o lado, viu que Pauline ainda estava dormindo e pensou que deveria ser bastante cedo. Olhou no relógio de pulso que estava ao lado e viu que faltavam ainda alguns minutos para as seis.

— Alô?
— Julia? Sou eu, Albert.

Julia sentou-se na cama com um movimento rápido. A voz do médico àquela hora fez seu sono evaporar e todos os seus sentidos ficarem alerta.

— Albert! Aconteceu alguma coisa? — perguntou enquanto saía rapidamente de dentro do quarto.

— Sim, aconteceu. Aconteceu algo muito bom! Mark acordou — disse o médico.

Por um breve momento, Julia fez silêncio do outro lado da linha, mas exclamou em seguida:

— Mas isso é ótimo! Que notícia maravilhosa, Albert! E como ele está?

— Está muito bem, lúcido. Ele disse estar se sentindo bem, um pouco fraco ainda, o que consideramos normal, visto que passou os últimos dias deitado e recebendo apenas soro. Pedi que lhe preparassem um bom desjejum, e, depois, a enfermagem o ajudará a sair da cama para caminhar um pouco. Daqui a mais ou menos uma hora, ele deixará a UTI e será transferido para um dos apartamentos. Vou mantê-lo internado ainda, em observação. Se você quiser, poderá acompanhá-lo após ele ser transferido para o quarto.

— Sim, sim, daqui a pouco estarei aí. Obrigada por tudo, Albert.

— Não tem por que me agradecer.

— Mas responda-me uma coisa... vocês conseguiram chegar a alguma conclusão sobre o que aconteceu com ele?

O médico permaneceu em silêncio durante alguns segundos.

— Os exames não acusaram nada, Julia. A mente humana é muito complexa e continua sendo um mistério para a ciência. Não posso dar um nome ao que ocorreu com seu marido. Só posso lhe adiantar que o sistema nervoso de Mark, que era a minha maior preocupação, está em perfeito funcionamento.

— Graças a Deus! Mais tarde estarei aí. Mais uma vez, obrigada!

— Até mais, Julia.

Pauline acabava de acordar e apareceu no corredor ainda de pijama e meias.

— Julia? — perguntou ela com os olhos apertados, esquivando-se da luz. — Está tudo bem?

— Está sim, querida. Mark acordou!

Pauline arregalou os enormes olhos azuis e também a boca em um imenso sorriso.

— Que bom! Que notícia maravilhosa! — disse, enquanto abraçava Julia. — Mas, e como ele está? Quero dizer, Mark está normal, se comportando normalmente? Está bem?

— Sim, segundo o médico, ele está ótimo! Até agora, ninguém soube explicar o que aconteceu. Ele sairá da UTI hoje, pela manhã, mas ficará internado durante alguns dias. Depois, se tudo correr bem, ele receberá alta.

— Fiquei muito feliz, Julia! Imagino que para você tenha sido desesperador vê-lo naquela situação.

— Sim, foi. Só não foi pior, porque pude contar com vocês.

— Vou lavar o rosto, escovar os dentes e desço em seguida para tomarmos café. Como ainda é cedo, temos tempo de conversar antes de eu ir para a loja. Está frio, não é mesmo?

Julia concordou com a cabeça. Estava realmente frio. O inverno aproximava-se e pelo jeito seria rigoroso. Pauline ligou o aquecedor e calçou botas pretas de cano longo, que chegavam acima dos joelhos. Usava um gorro de lã colorido e um casaco de couro preto por cima de uma blusa de gola alta colada no corpo. Julia vestiu uma malha e por cima um pesado casaco de lã, que chegava até o meio de suas pernas.

As duas desceram juntas até a cozinha, e Pauline ligou a cafeteira. Em poucos minutos, o ambiente cheirava a café fresco.

— Adoro o cheiro do café — disse Julia, enquanto se servia de uma xícara.

— Eu também. Sabe, Julia, eu acredito que o trabalho de cura desenvolvido pela Nancy e pela Susan tenha tido realmente alguma coisa a ver com a melhora do seu marido.

— Eu também acredito nisso — comentou Julia, enquanto preparava uma torrada. — Difícil será convencer Mark disso.

— E agora? Qual é o próximo passo?

— Não sei. Acredito que, quando Mark estiver melhor, Nancy e Susan se concentrarão em resolver de uma vez por todas a situação dos espíritos que ainda permanecem na casa. Vamos observar como ele retornou. Quem sabe, depois do trabalho de cura espiritual, Mark tenha mudado um pouco.

— Espero que sim — respondeu Pauline, enquanto bebia um gole de café. — Se você precisar ficar aqui por mais tempo, pode ficar, Julia. Para mim, é ótimo. Tenho companhia para conversar e para não dormir sozinha. Não tenho medo de ficar aqui durante a noite, pois o bairro é bastante tranquilo, e eu conheço todos os vizinhos, mas confesso que é um pouco chato morar sozinha.

Julia sorriu.

— Você precisa arrumar um namorado.

— Não é tão fácil assim... Elise diz que sou muito exigente, mas na verdade não é isso. É difícil arrumar um namorado de verdade... sabe o que quero dizer, não é?

Julia concordou com a cabeça.

— Há um australiano com quem eu me correspondo, mas acho que vou desistir. A Austrália é muito longe daqui — disse Pauline com certo desânimo.

— Não fique triste. No momento certo, a pessoa certa aparecerá.

— Mas bem que poderia aparecer logo, não acha?

As duas mulheres riram e conversaram durante algum tempo ainda. Depois, Pauline subiu para terminar de se arrumar, e Julia foi arrumar a cozinha.

— Vou deixá-la na loja e de lá seguirei para o hospital.

— Está bem.

A loja onde Pauline trabalhava ficava no lado contrário da cidade, mas Julia não tinha pressa, pois ainda teria de aguardar até Mark ser transferido para um dos apartamentos.

Após deixar Pauline no trabalho, Julia seguiu rumo ao hospital.

— Bom dia. O paciente Mark já saiu da UTI?

A recepcionista digitou alguma coisa, buscando as informações na tela do computador.

— Ainda não. Se a senhora quiser, poderá aguardar na sala de espera. Ele será transferido para o apartamento 202, no segundo andar.

— Muito obrigada — disse Julia afastando-se.

Ela pegou uma revista para ler. Ainda era cedo para telefonar para Elise, Nancy e Susan.

Julia tentou concentrar-se na leitura. Mais de meia hora se passou até que uma mulher de meia-idade, trajando o uniforme da enfermagem, apareceu na sala à sua procura.

— Senhora Julia?

— Sim?

— Seu marido já está no apartamento 202. É só seguir por esse corredor até o final. Poderá usar as escadas ou o elevador, se preferir — disse a mulher com um sorriso.

Julia abriu a porta do apartamento devagar e enfiou a cabeça para dentro. O quarto estava com as cortinas fechadas. Mark parecia estar descansando, e não havia mais os tubos, fios e equipamentos conectados ao seu corpo. Apenas se via um frasco de soro pendurado em um suporte de metal ao lado da cama. As gotas caíam lentamente. Julia aproximou-se em silêncio e tocou de leve na mão do marido, que abriu os olhos.

— Bom dia, querido — disse ela sorrindo.

Mark sorriu. A barba crescera um pouco e o rosto estava pálido com olheiras.

— Bom dia! É muito bom ver você! — disse ele.

Julia sentiu os olhos encherem-se de lágrimas e não procurou contê-las.

— Fiquei com muito medo de perdê-lo — disse ela beijando a mão do marido.

— Eu também. Tentava acordar e não conseguia. O que aconteceu comigo? Ainda não conversei com o doutor Albert.

— Ele não sabe o que aconteceu. Seus exames estão normais. Quando cheguei em casa depois de dar aulas, o encontrei desacordado sobre a escrivaninha, no escritório. Imagine o susto que levei! Depois, você continuou dormindo por cinco dias.

— Cinco dias? Mas, e você? Ficou todo esse tempo sozinha naquela casa?

— Não, não fiquei sozinha um minuto sequer. Recebi muito apoio de Elise e de Antony, o namorado dela. Durante todos esses dias, fiquei hospedada na casa de Pauline, não sei se você se lembra dela.

— Não me lembro direito da Pauline, mas fico muito satisfeito por você não ter passado essas últimas noites sozinha naquele lugar.

— Por que diz isso?

Julia sabia que o marido não dava importância àquele tipo de detalhe. Mark permaneceu calado durante algum tempo.

— Porque existe alguma coisa estranha lá.

Julia esperou que ele prosseguisse.

— Você sabe que não sou de acreditar nessas bobagens em que você acredita, mas, na noite em que fui trazido para o hospital, tinha ouvido ruídos na casa. Primeiro, achei que fosse minha imaginação me pregando peças, estimulada por você e pela sua amiga fotógrafa, porém, acabei constatando que não. O telefone tocou, e eu atendi. Ouvi um ruído estranho, um chiado alto na linha. Até achei que fosse você tentando ligar.

Julia balançou a cabeça negativamente.

— Ouvi uma voz, que acredito que fosse feminina, saindo do meio do ruído. Ela falava de uma tal de Mary. Acabei desligando, mas o telefone voltou a tocar. Ouvi mais vozes, e, pelo pouco que consegui entender, parecia alguém me pedindo ajuda. Confesso que senti um calafrio percorrer minha coluna até alcançar a nuca. Procurei voltar minha atenção para o texto que estava digitando e foi nesse momento que ouvi um grito vindo do pavimento inferior da casa. Levantei-me e fui ver o que era, pois os cães estavam latindo como loucos. O grito era de mulher e parecia vir da sala do piano. Acendi as luzes, olhei todos os cômodos da casa, mas não encontrei nada nem ninguém. Os cachorros ainda estavam latindo. Fui até o canil com uma lanterna, iluminei tudo, andei por todo o jardim e fui até a antiga estufa. A lâmpada estava em curto-circuito, então, resolvi deixar para trocar no dia seguinte e voltei para o escritório. Os cães pareceram ficar um pouco mais calmos. Adormeci durante algum tempo, não sei por quanto tempo, e, quando despertei, estava descalço e com os pés sujos de terra. Acho que sonhei neste meio tempo, mas isso não vem ao caso...

Julia ouvia com atenção, e Mark continuou o relato.

— Tomei um banho, sentei-me novamente diante da escrivaninha e reiniciei meu trabalho. Comecei, então, a ouvir passos na escada. Eram passos pesados. Parei o que estava fazendo e voltei toda a minha atenção para aquele som. Os passos se aproximaram até pararem diante da porta do escritório. Peguei a arma que costumo guardar na gaveta, fiquei atrás da porta e abri. Não havia ninguém! Pensei comigo mesmo que talvez estivesse ficando louco ou tão sobrecarregado com os problemas da empresa que estava ouvindo e imaginando coisas.

Mark fez uma pausa e continuou:

— Deixei a porta aberta e sentei-me novamente diante do computador. Confesso que tudo aquilo estava mexendo com meus nervos e, naquela hora, me lembrei de você e de suas amigas malucas. Digitei mais algumas linhas, embora, àquela altura, estivesse com dificuldades para me concentrar. Ouvi, então, os passos novamente, mas desta vez dentro do escritório. Eles se aproximaram de onde eu estava e pararam bem atrás de mim. Não tive coragem de me mover — Mark fez uma nova pausa como se estivesse com dificuldade para continuar. — Havia algo ou alguém ali, Julia! Não sei explicar como, mas havia! Algo ou alguém que chegou muito perto de mim, e cuja respiração senti junto da minha nuca e perto do meu rosto. Algo tocou no meu pescoço. Na verdade, apertou meu pescoço, me fazendo desmaiar e ficar apagado por todo esse tempo. Me sinto meio idiota em dizer essas coisas e lhe peço que, por favor, não diga nada ao Albert. Sentiria vergonha de dizer a ele tais coisas. Sinto vergonha de dizer essas coisas a qualquer pessoa! Parece loucura! Mas o certo é que era real, se é que posso usar esse termo... Senti a respiração dessa coisa, e isso me causou medo. Ouvi os passos, por isso concluo que havia algo naquela casa! E senti também um cheiro que nunca mais esquecerei na vida.

— Que cheiro?

— Um cheiro ruim, muito ruim... de algo podre. Um cheiro de carne e sangue em estado de putrefação. Um odor horrível e nauseante, do tipo que fica retido nas narinas, impregnado na roupa, no lugar, em tudo! Pior do que aquele que costumamos sentir na estufa.

— Nós sentimos esse mesmo cheiro na estufa, não? — perguntou Julia. — Então, agora você acredita em mim?

Mark pareceu ficar um pouco impaciente.

— Não sei... talvez! Sei que há algo errado com aquele lugar, mas não me arrisco a dizer o que é. Nem mesmo sei se quero saber o que é! Nunca gostei dessas coisas e não pretendo passar a entendê-las.

Naquele momento, um enfermeiro entrou com uma bandeja com a refeição matinal de Mark.

— Devo trazer o desjejum também para a acompanhante? — olhando para Julia, perguntou em um tom de voz educado.

— Não, muito obrigada, apenas para amanhã. Hoje, somente o almoço e o jantar, por favor.

O rapaz fez uma anotação rápida em uma caderneta e saiu do quarto.

— Mark, sei que nem mesmo gosta de falar sobre esses assuntos, mas, diante do que ocorreu com você, é necessário conversarmos — disse Julia olhando diretamente nos olhos do marido. — O que ocorreu com você não tem explicação pela medicina convencional. Existe uma história que nos liga àquela casa. A mim, a você e também a Elise.

— Mas isso é loucura, Julia! Só concordei em comprar aquela casa porque você a escolheu! Vamos nos mudar, colocá-la à venda... nos livrar daquele lugar!

— Eu o compreendo, sei como está se sentindo. Eu também já me senti assim, mas nada disso nos ajudará. Precisamos resolver o problema de verdade!

— Como assim? Do que você está falando?

— Existem coisas do nosso passado espiritual que precisam ser resolvidas.

— Isso é maluquice! Há fantasmas assombrando a casa. Vamos colocá-la à venda e pronto! — o tom de voz de Mark era irritadiço, beirando à agressividade. — Pelo menos poderemos recuperar parte do dinheiro que investimos!

— Não concordo em vendê-la, Mark. Não vou assinar nada. — disse Julia tranquilamente.

Durante algum tempo, Mark ficou olhando em silêncio para a esposa. Conhecia Julia o suficiente para saber que ela estava falando sério e que não mudaria de ideia.

— Está bem, dona Julia! Apresente-me soluções para o problema, livre-nos dos fantasmas e não precisaremos nos livrar da casa!

Mark calou-se, quando doutor Albert entrou no quarto.

— Bom dia, Mark! Vejo que está bem melhor.

— Sinto-me muito bem, Albert. Gostaria de lhe agradecer por tudo.

— Estou apenas fazendo meu trabalho. No seu caso, não tive envolvimento algum com o fato de você ter despertado novamente. Foi um caso bastante singular, pois seus exames estão ótimos. Apenas ficará em observação por uma questão de precaução e porque ainda está um pouco fraco. Se estiver tudo bem, lhe darei alta depois de amanhã — completou o médico com um sorriso. Depois, voltando-se para Julia, perguntou: — Poderia me acompanhar até a porta?

Julia seguiu o médico até o corredor.

— Caso precise de qualquer coisa, pode me ligar. Julia, gostaria que observasse o comportamento de Mark, qualquer atitude atípica. Caso note algo estranho, me informe ou informe a enfermagem sobre isso. Se tiver alguma dúvida, fique à vontade para me telefonar. Tenha um bom-dia!

O médico afastou-se em direção ao elevador, e Julia retornou para o quarto.

— O que ele lhe disse? — perguntou Mark desconfiado.

— Apenas que o observasse quando recebesse alta — respondeu Julia com naturalidade. — Mas voltando ao assunto, Mark... se você quiser que eu nos livre dos fantasmas, terá de colaborar.

— O que quer dizer com isso?

— Não sei lidar com essa situação sozinha e precisarei de ajuda. Nancy e Susan estão dispostas a nos ajudar, e você não deverá impedi-las de frequentarem nossa casa e de fazerem o que é preciso para nos livrarem do problema — Julia fez uma pausa antes de prosseguir. — Você tem de me dar carta branca, me deixar agir, entendeu?

Mark olhava para a esposa enquanto ela falava e analisava a fisionomia, a expressão no rosto, o olhar altivo de Julia. Ela não era uma mulher explosiva, dada a rompantes, tampouco ciumenta e não perdia a paciência com frequência, mas tinha muita personalidade e não desistia de seus objetivos com facilidade.

— Tem minha palavra de que não vou interferir, mas me deixe fora disso. Faça o que achar que é certo fazer. Receba suas amigas em nossa casa nos meus horários de expediente. Não quero me envolver com essas coisas!

Julia procurou disfarçar o sorriso e o que lhe passava pela cabeça naquele instante. Mark já estava envolvido, muito envolvido, contudo, ainda tinha dificuldades para admitir e aceitar essa realidade. Ele não seria mais um obstáculo para Susan, Nancy e Elise visitarem a casa quando quisessem. Respeitariam os horários de expediente dele, e seria até melhor assim, pois Julia se sentiria mais à vontade sem o marido por perto. Intimamente, ela agradeceu o auxílio que os mentores e os guias espirituais estavam dispensando a ela e ao marido. Sentia-se mais fortalecida e confiante. Sentia que não estavam sozinhos.

CAPÍTULO 17

Elise terminava de arrumar a bolsa de Pilar para a viagem, quando Antony chegou.

— Fiquei muito feliz quando soube que poderíamos viajar — disse ele beijando-a nos lábios.

— Eu também! Finalmente Mark acordou, e Julia está tranquila. Agora poderemos aproveitar nosso fim de semana — disse ela sorrindo.

Elise estava realmente animada com a possibilidade de viajar e ficar alguns dias longe de Londres e de toda aquela situação que a perturbava havia meses. Talvez, afastando-se do cenário e do contexto, pudesse ter uma visão mais clara sobre a possibilidade de se submeter a sessões de terapia de vidas passadas. Aproveitaria para curtir um pouco mais Antony e Pilar.

Ela sorriu ao pensar em como a vida era interessante, cheia de surpresas, e que não acreditava mais em acaso. Havia um motivo para ela ter reencontrado Antony. Sentia por ele o que nunca sentira antes por nenhum outro homem e acreditava que tinha com o namorado uma história espiritual pregressa. O carinho que sentia por Pilar também era incomum. A menina era filha de outra mulher, mas isso não a incomodava. Tinha com Pilar os mesmos cuidados de uma mãe para com uma filha e, intimamente, agradeceu pelo episódio das fotografias, pois tudo à sua volta mudara desde então. Ela em si mudara. Sua maneira de enxergar a vida e o universo era outra, bem melhor do que a que tinha antes. Uma visão muito mais ampla, muito mais verdadeira.

— Está pronta?

Antony apareceu na porta do quarto com Pilar no colo. A menina vestia um casaco branco que acentuava sua cútis morena.

— Vamos, Elise? — convidou a menina sorrindo.

— Sim, querida, vamos! Acho que peguei tudo... — disse ela, dando uma última olhada em volta. — Ah, sim! A câmera.

O carro de Antony já estava estacionado na frente do prédio.

Com o trânsito tranquilo, seriam cerca de três horas de viagem de Londres até Devonshire. A casa do amigo de Antony ficava em um antigo vilarejo do lado da província que faz fronteira com a Cornualha, um local agradável cercado de verde e próximo do mar.

A região de Devon, como é conhecida entre os moradores locais, foi uma das primeiras a serem habitadas na Inglaterra. À medida que iam se aproximando do destino, ouviam as exclamações entusiasmadas de Pilar, que vibrava a cada vez em que avistava ovelhas, vacas e cavalos, tão comuns naquela região.

Chegaram a um simpático vilarejo, composto por construções antigas de pedra, erigidas durante o período medieval, e Elise pediu para Antony parar para que ela pudesse fotografar o local.

Apesar de o céu estar nublado, Elise conseguiu fazer boas fotos. A rua também não estava muito movimentada, e eles caminharam pelo pequeno centro comercial, apreciando algumas vitrines de lojas de roupas, muitas exibindo peças feitas à mão com lã, tingidas artesanalmente. Tratava-se de uma produção local muito procurada pelos turistas.

Entraram finalmente em uma cafeteria e acomodaram-se em uma das mesas disponíveis dentro do estabelecimento. Em seguida, uma senhora com os cabelos completamente brancos e de pequenos olhos azuis muito vivos aproximou-se deles.

— Boa tarde! Sejam bem-vindos à Lynmouth. Meu nome é Mary — disse a mulher com um largo sorriso.

— Muito prazer, Mary! Sou Antony, e essas são Elise e Pilar.

Antony levantou-se para cumprimentá-la, em um ato cavalheiresco pouco utilizado nos dias de hoje.

— Oi, Mary! — disse Pilar sorrindo.

— Que menina linda! Aposto que gosta de torta de morango com chocolate.

Pilar confirmou com a cabeça.

— Eu gostaria de um *cappuccino* e de um pedaço de torta de amoras, por favor — pediu Elise.

— Para mim, pode ser um chocolate quente e uma fatia de torta de queijo — disse Antony.

A mulher tomou nota do pedido e afastou-se.

O local era muito agradável e lembrava uma taverna medieval. A decoração ficava por conta de objetos antigos, como louças, quadros de tapeçaria e móveis como cristaleiras, mesinhas de canto e estantes, que deveriam ter pertencido aos antepassados dos atuais proprietários do estabelecimento.

Não havia muitos clientes, então, o lugar estava silencioso, o que o tornava ainda mais agradável. Ao fundo, uma lareira era mantida acesa.

Elise pediu licença e levantou-se para ir até o toalete que ficava nos fundos de um corredor estreito e pouco iluminado. Ela passou por uma parede cheia de retratos, e alguns deles, muito antigos, eram anteriores à invenção da fotografia. Eram retratos feitos sob encomenda, pintados a óleo. No início da história da fotografia, poucos tinham acesso à novidade, que era apenas acessível aos mais abastados e pertencentes às classes sociais mais altas.

Elise demorou-se observando a série de fotos antigas e retratos. Alguns deles lhe despertaram a atenção, pois mostravam Londres no período vitoriano. Em um deles, ela reconheceu a casa de Julia. Analisou com cuidado os detalhes para ter certeza de que se tratava da mesma mansão. Tinha quase certeza de que era. Mais acima, quase tocando o forro, estavam fotografias de pessoas, e Elise reconheceu os gêmeos e uma jovem segurando no colo um bebê. Mais para a esquerda, na mesma linha, estava a mesma jovem pousando ao lado do piano.

Elise custava a acreditar no que seus olhos estavam vendo! Ela foi ao toalete e retornou rapidamente para a mesa.

— Você demorou! Eu e Pilar quase comemos seu pedaço de torta! — disse Antony. Em seguida, olhando para Elise com mais atenção, ele perguntou: — Aconteceu alguma coisa?

— Você não vai acreditar no que acabei de ver...

— Não vai me dizer que os fantasmas vieram para Devon junto conosco...

— Quase isso... No caminho para o banheiro há um corredor e nele há uma parede coberta por retratos e fotografias muito antigas. A casa da Julia está entre elas.

Antony olhou para Elise incrédulo.

— E tem mais: os gêmeos aparecem em algumas fotos, assim como o piano e a dona dele. Acredita nisso?

— Você tem certeza de que é a mesma casa? Quero dizer... existem muitas mansões antigas, e elas costumam ser parecidas umas com as outras — disse Antony.

— Sim! Tenho certeza! Reconheceria aquela casa até mesmo em um esboço. Além disso, há também o piano, que é incomum, e os gêmeos...

Antony sabia que Elise tinha um excelente senso de observação. Era realmente uma coincidência extraordinária os dois estarem ali, no sudoeste da Inglaterra, e se depararem com fotos da casa de Julia e de alguns de seus antigos moradores.

— Por que não conversa com aquela senhora que nos atendeu? Acho que ela é a proprietária deste lugar. Talvez ela possa lhe dizer alguma coisa...

Elise pareceu ponderar.

— Acho que vou fazer isso, mas antes vou beber meu *cappuccino* e comer minha torta, antes que vocês resolvam mesmo devorá-la.

Antony retirou Pilar da cadeira e colocou-a no chão. Segurando a menina pela mão, os três aproximaram-se do balcão. Mary estava atrás de uma máquina registradora antiga, cobrando um casal de meia-idade que se preparava para sair.

— E então, como estava o lanche? Gostaram das tortas?

— Sim, gostamos muito — respondeu Elise. — Tudo aqui é muito agradável. — Ela fez uma pausa antes de continuar, como se estivesse escolhendo as palavras certas para abordar o assunto. — Mary, eu fui ao toalete e vi as fotos e os retratos antigos que estão no corredor...

— Sim...

— Pertencem à sua família?

Antony pagou a conta e levou Pilar para fora.

— Sim, este estabelecimento, assim como esta casa, pertence à nossa família há séculos. Foi construída por meus antepassados e começou a funcionar como casa de chá e mercearia antes ainda da Era Vitoriana.

— Muito interessante. Me chamou a atenção em especial algumas fotografias de Londres justamente da Era Vitoriana. Em uma delas há uma mansão antiga muito bonita com um belo jardim de camélias e um lago.

Mary sorriu e fez sinal para um homem alto e corpulento que secava algumas xícaras.

— Elise, este é Jonathan, meu filho.

— Muito prazer, senhora — disse o homem estendendo a gigantesca mão na direção de Elise.

— O prazer é todo meu — respondeu ela, retribuindo o cumprimento.

— Filho, gostaria de mostrar algumas coisas para esta jovem, está bem?

— Claro, mãe. Fique tranquila que eu cuido de tudo.

Somente quando Mary saiu de trás do balcão e ficou lado a lado com Elise é que ela percebeu o quanto a mulher era pequena. Vestia-se com esmero, denotando certa vaidade no uso da maquiagem um tanto exagerada e dos acessórios, que demonstravam sua preferência pelas pérolas.

— Venha por aqui, querida — disse Mary caminhando na frente.

As duas mulheres passaram pelo mesmo corredor que levava aos toaletes. Mary seguiu pela esquerda até chegar a uma escadaria de madeira bastante estreita. Elise achou o lugar apertado e pensou que qualquer pessoa com tendências à claustrofobia teria tido dificuldades para circular por ali.

Apesar da idade avançada, Mary subia os degraus com firmeza e agilidade, o que impressionou Elise, que observava sua anfitriã andando com saltos e mantendo um equilíbrio perfeito, típico de uma jovem de vinte anos.

— Aqui é nossa casa — disse Mary sorrindo ao abrir a porta que dava acesso ao piso superior.

Elise olhava admirada para as paredes forradas de quadros e retratos e também para os móveis, todos antigos. Parecia estar dentro de um antiquário ou de um museu.

— Sente-se, Elise — disse Mary indicando o sofá com a mão. — Vou buscar algo que quero lhe mostrar.

Elise obedeceu. Em seguida, Mary retornou com uma enorme caixa de papelão revestida por tecido e enfeitada com fitas e rendas desbotadas pelo tempo.

Ela colocou a caixa sobre a mesinha de centro e retirou a tampa, deixando-a de lado. Um suave odor de talco misturado com mofo espalhou-se pelo ar.

Mary vasculhou e encontrou dois volumosos álbuns antigos.

— Aqui está — disse Mary sorrindo. — Você encontrará algumas fotos interessantes nesses dois álbuns.

— Só um instante, Mary. Preciso avisar Antony que estamos aqui, senão ele ficará preocupado quando não me encontrar na confeitaria.

— Fique tranquila, querida. Vou pedir a Jonathan que avise a ele. Dizendo isso, Mary levantou o telefone do gancho e ligou para o filho.

— Pronto. Jonathan se encarregará de avisar seu marido.

— Ah, ele é apenas meu namorado — esclareceu Elise.

— Mas tenho certeza de que será seu marido — afirmou Mary, olhando para Elise e dando uma piscadinha. — Aceita um chá ou um café?

— Um chá, por favor, se não for lhe dar trabalho.

— Trabalho algum, querida. Me dê licença. Fique à vontade — disse Mary, retirando-se em seguida.

Elise começou a folhear um dos álbuns. Muitas fotografias da Londres antiga, vitoriana, apareceram diante de seus olhos. Algumas mostravam pessoas caminhando pelas ruas ou sentadas em cafés, mulheres e homens em trajes da época, carruagens e fachadas comerciais. Entre uma fotografia e outra, Elise encontrou antigos ingressos para teatro e óperas, assim como alguns rótulos de bebidas e de chás, dignos de colecionadores. As fotos da mansão foram aparecendo, assim como cartões postais da Índia e da África. Em alguns retratos, ela reconheceu a figura de Emma, da jovem pianista e dos gêmeos.

Mary retornou trazendo uma bandeja de prata com o chá. Havia nela duas delicadas xícaras de porcelana, torrões de açúcar e leite fresco.

— Sirva-se, querida — disse ela sentando-se ao lado de Elise.

— Ah, obrigada. Nossa! Você tem coisas incríveis aqui!

Mary sorriu.

— Sempre gostei de preservar a tradição e a história. Meus irmãos nunca deram muita importância a essas coisas, mas eu sempre gostei. Guardei tudo o que pude.

— Qual é sua ligação, ou de sua família, com essa casa? — perguntou Elise, apontando para uma fotografia na qual a mansão podia ser vista de frente.

— Só lhe contarei se você me disser o porquê de seu interesse — disse Mary, olhando diretamente nos olhos de Elise.

— Vou lhe contar. Hoje, essa casa pertence a uma amiga minha que se chama Julia — Elise fez uma pausa, tentando encontrar as palavras certas para prosseguir. Não sabia qual seria a reação de Mary se falasse sobre os espíritos. — Bem, eu sou fotógrafa e um dia, enquanto realizava um trabalho para uma revista, fotografei essa mansão. Fantasmas ou espíritos apareceram nas fotos.

Mary esboçou um sorriso mantendo os olhos fixos em Elise.

— Não sei o que a senhora pensa sobre esse assunto ou se acredita nessas coisas, mas fiquei muito espantada quando me deparei com aquelas fotografias e retratos lá embaixo. Vim até Devon para descansar, para passar um fim de semana tranquilo, até mesmo pensando em me desligar do assunto relacionado à mansão.

— Querida — Mary tocou de leve o braço de Elise —, não fique constrangida em falar sobre esses assuntos comigo. Tenho 82 anos de idade e já passei por muitas coisas. Para mim, é muito difícil não crer na existência de vida após a morte — ela fez uma pausa e serviu mais um pouco de chá para Elise e para si. — Você e seu namorado não pararam aqui por acaso. Alguém os trouxe até aqui. No momento em que vocês entraram na confeitaria, vi uma garota que os acompanhava e percebi que ela não pertencia mais ao plano material. Suas vestes eram antigas.

— Acho que você viu a Wanda — disse Elise.

— Sim, ela está aqui em algumas das fotografias. Ela e os irmãos viveram na casa que hoje pertence à sua amiga.

— Quase ninguém conhece a história da casa — disse Elise acrescentando mais torrão de açúcar ao chá. — Procuramos uma tia-avó de Julia, mas ela também não sabe muita coisa sobre a família.

— Esta casa foi construída pelo meu tio-avô — esclareceu Mary diante dos olhos atônitos de Elise, que ainda custava a acreditar naquele encontro.

— Após uma série de tragédias e infortúnios, a casa foi abandonada. Meu pai foi até Londres a pedido do meu avô para retirar todos os retratos de família que estavam nas paredes — comentou Mary. — Aliás, estão quase todos nesta casa! Não é incrível que você tenha vindo parar justamente aqui? Nada é por acaso, minha querida. O mundo espiritual interfere em nossas vidas muito mais do que supomos ou imaginamos. Meu avô era o único irmão do major William Duncan, e eles tomaram caminhos muito diferentes na vida. Pareciam-se muito fisicamente, e havia uma diferença de idade pequena entre eles. Meu avô era somente três anos mais jovem do que tio William. Meu tio optou pela carreira militar muito cedo, diferentemente do meu avô, que continuou trabalhando nos negócios da família, isto é, com o comércio de chá e café. Os dois irmãos se davam bem, apesar da distância entre eles e do fato de viverem em mundos completamente distintos. Meu avô nunca saiu da Inglaterra, mal conheceu Londres, gostava do campo, viveu praticamente a vida inteira aqui, em Lynmouth. Já tio William viajou muito, conheceu toda a

Europa e parte do Oriente. Viveu boa parte de sua vida na Índia, na África e em Londres. Os dois se correspondiam com frequência, como você pode perceber pelos cartões postais e pelas cartas que estão guardados nesta caixa. Muitas destas correspondências, infelizmente, foram destruídas pelo meu avô após as tragédias. Acredito que fosse uma forma de proteger a memória do irmão.

— De quais tragédias estamos falando? — perguntou Elise.

Alguém bateu na porta com delicadeza.

— Entre — disse Mary.

A porta abriu-se, e Antony entrou com Pilar no colo. Elise viu o rosto de Jonathan por trás deles.

— Entrem. Venham sentar-se conosco — convidou Mary sorrindo.

— Trouxe eles até aqui porque vocês estavam demorando muito. Acho que ficarão mais confortáveis — disse Jonathan antes de fechar a porta novamente.

— Com licença — desculpou-se Antony. — Estava ficando preocupado. Começou a escurecer e não tinha mais nada para mostrar a Pilar.

— Não precisa se desculpar, meu jovem. Fique à vontade. Vou buscar mais uma xícara para você e um copo de leite morno para essa menina linda! — disse Mary sorrindo para Pilar.

— O que aconteceu? — Antony perguntou baixinho ao ouvido de Elise.

— Você não vai acreditar! A casa de Julia pertenceu ao tio-avô dessa senhora!

Elise parou de falar, pois Mary retornara da cozinha.

— Aqui está, meu anjo — disse ela entregando para Pilar um copo com leite e alguns biscoitos de aveia.

— Obrigada — agradeceu a menina.

— Então, onde paramos mesmo, Elise? — perguntou ela, sentando-se novamente.

— Falávamos sobre o que aconteceu na casa.

— Ah, sim. Eu ainda era criança, mas me lembro com clareza das coisas que os adultos comentavam sobre essa tragédia que se abateu sobre nossa família. Meu avô não permitia que ninguém especulasse ou tocasse no assunto. Mais tarde, por meio de minha avó, soube dos fatos ocorridos na casa do meu tio. Empreste-me um pouco este álbum.

Mary apontou para o álbum que Elise ainda não abrira e que repousava sobre seu colo.

— Aqui, veja — disse Mary apontando para uma das fotos. — Essa é minha tia-avó, a primeira mulher do meu tio William, que faleceu após o nascimento da última filha. Ela se chamava Hanna. Era bonita, não é mesmo? — disse Mary sorrindo, enquanto virava algumas páginas. — Após a morte dela, meu tio se casou novamente com essa mulher.

Mary apontou para o retrato de uma mulher de meia-idade, que aparentava ter quarenta e poucos anos e tinha uma expressão austera. Elise logo reconheceu o rosto de Emma. O olhar frio, os maxilares proeminentes, a boca rígida e a testa longa eram inconfundíveis.

— Essa é Emma. Pelo que sei, meu tio não se casou com ela por amor. Foi feito uma espécie de acordo entre eles. Emma se encarregaria da educação das crianças, pois tio William passava muito tempo longe de casa, e ele lhe proporcionaria uma posição numa classe social à qual não pertencia mais. Daria a ela um nome respeitável novamente. As tragédias começaram a ocorrer após Emma se mudar para a mansão.

Mary continuou folheando o álbum. Havia muitas fotos da casa, e em algumas era possível ver o lago e a antiga estufa, e, em outras, alguns prováveis parentes mais distantes, amigos ou visitantes, reunidos no jardim em dias de verão.

— Aqui está! A filha mais velha, Catherine.

Elise observou o quanto Catherine se parecia com a mãe. Os mesmos olhos claros grandes e melancólicos, os longos cabelos cacheados de tonalidade clara, possivelmente puxando para o vermelho, como os de Wanda. A boca bem desenhada era delicada e denotava forte personalidade.

Mary continuou:

— Catherine faleceu muito jovem, ainda na adolescência. Foi uma tragédia que abalou toda a família na época. Meu avô saiu de Devon para participar do funeral, porém, não conseguiu chegar a tempo. Naquela época, a comunicação era difícil, e as notícias chegavam muito frequentemente com atraso, ainda mais nas áreas mais afastadas dos centros urbanos. Diziam que tio William ficou arrasado e se sentiu culpado pela morte da filha.

— Você sabe do que ela morreu, Mary? — perguntou Elise.

— Não sei dizer. Na ocasião da morte de Catherine, eu não havia nascido ainda. Mas, nos anos seguintes, as tragédias que se abateram sobre a família do meu tio foram bastante comentadas no meio familiar. Há muitos mistérios envolvendo os acontecimentos ocorridos na mansão. A morte de Catherine foi apenas o início. Não sei lhe dizer exatamente o que causou a morte dela... Alguns falavam de uma enfermidade incurável e desconhecida para a medicina da época. É como se falássemos de um caso de câncer no final do século XIX. Seria algo impossível de ser tratado por qualquer médico, por melhor profissional que ele fosse. Na verdade, não preciso nem mesmo dizer que meu tio fez o que pôde. Tudo o que o dinheiro poderia ter feito por Catherine foi feito. Dizem que tio William estava na África quando a filha adoeceu e que, por questões ligadas à vida profissional, ele demorou a retornar para Londres. Quando chegou em casa, Catherine havia acabado de falecer. Alguns dos parentes mais velhos da minha família suspeitavam de Emma, que ela teria sido a responsável pela morte da enteada, pois as duas praticamente se odiavam. Não sei, contudo, se isso é realmente verdade. Pode ser apenas especulação.

— E o que aconteceu depois? — quis saber Antony.

— Cerca de dois anos se passaram, e, então, foi a vez dos gêmeos.

Mary virou uma folha do álbum e apontou para uma foto de Walter e de Wanda, cada um sentado em uma cadeira, trajando roupas de festa. Ele parecia um minilorde inglês, e a menina, com os cabelos presos em um volumoso coque enfeitado por flores, parecia uma dama vitoriana em miniatura. Eram gêmeos univitelinos e pareciam mais com William do que com Hanna.

— Em uma tarde de outono, os gêmeos desapareceram. Tinham sido vistos pela última vez navegando no lago, em uma pequena embarcação a remo que costumavam utilizar em suas brincadeiras. Nunca mais foram encontrados. Toda a polícia de Londres foi mobilizada, e retratos dos dois irmãos circularam em periódicos e revistas da época, por longos meses de esperança alimentada pelo álcool. Meu tio começou a beber e não se perdoava pelo que havia acontecido aos filhos. Por conta de alguns fieis amigos, ele ganhou um período de afastamento de suas atividades do exército e, durante esse tempo, permaneceu em Londres para acompanhar o crescimento de sua última filha, a pequena Mary. A convivência com a menina deu a ele suporte emocional para deixar a bebida. Após a morte de Catherine e o desaparecimento dos gêmeos, o casamento com Emma tornou-se insustentável. Os padrões da época eram bastante rígidos, e tio William permitiu que ela permanecesse na mansão. As aparências foram mantidas durante algum tempo ainda, então, Emma suicidou-se. Dizem que tomou veneno e morreu naquela casa. Alguns suspeitaram de tio William, contudo, tenho minhas dúvidas a respeito disso. Acredito que Emma fosse capaz de cometer suicídio, mas não por depressão ou descontentamento perante a vida, e, sim, como uma espécie de vingança, para atingir meu tio.

Mary fez uma pausa.

— Vejam, esta é Mary com quinze anos de idade. Meu avô e tio William ainda mantiveram contato por meio de cartas durante algum tempo. O fato é que, de uma hora para a outra, sem comunicar a família ou despedir-se, meu tio foi embora de Londres. Em algumas das cartas escritas para meu avô, ele dizia que precisava salvar Mary, retirá-la daquela casa. E assim ele o fez. A mansão ficou fechada desde então, e meu avô soube da morte de meu tio alguns anos depois, mas nunca fez questão de inteirar-se da situação legal do imóvel, que, segundo ele, pertencia a Mary por herança e era amaldiçoado. Diziam que Emma brincava com os espíritos para obter favores, sabe... era metida com essas coisas... feitiçaria talvez... Infelizmente, acredito que isso tenha ocorrido. Meu avô não gostava dela. Dizia que ela era má, e muitos membros da nossa família a culpavam pelas tragédias, inclusive, o próprio tio William.

— E Mary Anne? A filha que sobrou?

— Essa é a única foto que tenho dela. Era bonita, não é mesmo?

Elise observou a foto. Era a jovem que ela vira em sua primeira sessão na casa de Nancy, penteando os cabelos e cantarolando diante de um espelho. A moça era realmente bela. Os cabelos da jovem eram escuros como os de William, e os olhos claros como os da mãe. Na foto, ela segurava um ramalhete de rosas.

— Sim, era bonita. Nunca mais tivemos notícias dela. Meu tio faleceu na Índia, mas, pelo que ouvi dizer, ele mandou a filha para ser educada em algum colégio em Paris. Não acredito que Mary tenha ido morar no Oriente com o pai. Não sei se algum dia retornou para a Inglaterra — Mary fez uma pausa e continuou: — Bem, acho que lhes contei tudo o que sabia — arrematou com um suspiro.

— Não queremos mais tomar seu tempo, Mary — disse Elise, entregando-lhe os álbuns e levantando-se. — Só posso lhe agradecer pela forma como nos recebeu e por toda a história que me contou.

— Para mim, foi um prazer. Gosto de contar as histórias da minha família e não é sempre que encontro alguém disposto a ouvi-las. Quando quiserem vir me visitar, fiquem à vontade — disse Mary sorrindo. — Vou acompanhá-los. A confeitaria já deve estar fechada.

Antony olhou para o relógio que tinha no pulso. Era verdade, já passava das nove horas da noite, e Pilar adormecera em seu colo no sofá. O casal acompanhou Mary descendo os degraus que levavam até a parte dos fundos da confeitaria. Apenas Joseph estava lá, arrumando algumas louças e organizando tudo para a manhã seguinte.

— Joseph, poderia abrir a porta para nós, por favor? — pediu Mary ao filho.

— Oh, claro.

O homem grande e corpulento largou meio desajeitado alguns talheres aos quais estava dando polimento e correu em direção à porta.

— Muito obrigado, Joseph, e nos desculpe pela demora — disse Antony, estendendo-lhe a mão.

Joseph apertou-a com um sorriso que fez seu enorme bigode levantar-se debaixo do nariz.

— Mary — disse Elise já do lado de fora da porta —, gostaria de lhe agradecer mais uma vez por ter nos recebido em sua casa e por ter me contado o que sabe a respeito da mansão. Para mim, é muito importante.

— Não precisa agradecer, minha querida! Já lhe disse que foi um prazer! Venham nos visitar quando quiserem. Gostaria muito de ver aquelas fotografias — disse ela, referindo-se às fotos que Elise tirara na mansão.

— Antes de retornar para Londres, passarei aqui para pegar seu endereço. Vou lhe enviar as cópias, pois acho que a senhora deve tê-las em seu acervo.

— Eu gostaria muito. Boa noite, queridos. Se quiserem, voltem para o café da manhã.

Mary finalmente fechou a porta, e Elise entrou no carro. A rua estava vazia e parcialmente coberta pela neblina. Fazia muito frio, e Antony ligou o ar quente.

Os três seguiram por uma estrada de chão escura e cheia de curvas, e o trajeto até o destino durou cerca de vinte minutos. Mesmo com a falta de iluminação e com o céu encoberto, Elise podia ver as sombras das árvores e os pastos para criação de ovelhas. Antony parou diante de um muro de pedras, com portão de madeira, e a neblina tornava o local ainda mais misterioso e fantástico. Com os faróis do carro voltados para a casa, Elise viu uma bela construção em forma de chalé. Em seguida, a lâmpada da varanda acendeu-se, e um homem de idade avançada apareceu segurando uma lanterna. Ele tinha uma volumosa barba branca, usava gorro de lã preto e botas de cano longo. O ancião abriu o portão, e Antony entrou com o carro.

— Boa noite! — disse com sotaque típico dos moradores da Cornualha. — Deve ser o senhor Antony.

— Sim, muito prazer, senhor...

— Peter. John me avisou que vocês viriam. Esperava que chegassem mais cedo. A viagem correu bem, senhor?

— Ah, por favor, Peter, pode me chamar só de Antony. Sim, correu tudo bem. Acabamos demorando um pouco na vila. Esta é minha namorada Elise, e a pequena se chama Pilar — disse Antony referindo-se à filha, que ele trazia adormecida no colo.

Peter sorriu e cumprimentou Elise. Depois, ajudou Antony com a bagagem que se resumia a apenas três bolsas de viagem.

— Fiquem à vontade. Já acendi a lareira, e agora é só você alimentar o fogo. Esta madrugada vai esfriar — disse o caseiro sorrindo. — Se precisarem, estou na casa dos fundos. Tenham uma boa-noite.

— Obrigado, Peter. Boa noite.

Antony fechou a porta. Elise observava o ambiente à sua volta. A sala era pequena, porém, agradável e aconchegante. Antony retirou as botas de Pilar, que continuava adormecida, e levou-a para o quarto. Dois pesados cobertores de lã estavam dobrados aos pés da cama. Elise e Antony trocaram de roupa e envolveram o corpo com as cobertas. O silêncio era quebrado apenas pelos ruídos dos pássaros e de outros animais noturnos. Os ouvidos mais aguçados podiam ouvir ao longe o barulho das ondas, como se viessem de uma enorme concha. Não distante dali, Walter e Wanda passeavam de mãos dadas pela praia, alheios ao frio e à névoa da madrugada.

— Logo estaremos libertos, Wanda. Logo estaremos livres!

CAPÍTULO 18

Elise enrolou-se no casaco, puxou a toca de lã para baixo até cobrir boa parte das orelhas e abriu a porta com cuidado para não fazer barulho. Antony e Pilar ainda dormiam.

Ela aspirou profundamente o ar frio e puro do campo, enquanto uma névoa espessa se entrelaçava aos caules dos pinheiros e das faias. O verde escuro das folhas e dos musgos harmonizava-se com o cinza na paisagem. Elise desceu sem pressa os degraus de pedra e caminhou pelo jardim bem cuidado. Não havia vizinhos próximos.

A propriedade tinha formato triangular, afunilando-se em direção aos fundos. As botas de Elise afundavam na grama macia e bem aparada. Intimamente, ela desejou viver em um lugar como aquele pelo resto de seus dias. Uma fumaça espessa saía da chaminé da casa dos fundos.

— Bom dia, senhorita! Vejo que acordou cedo!

Peter surgiu detrás da casa carregando um feixe de lenha.

— Quero aproveitar ao máximo o pouco tempo que tenho neste lugar maravilhoso! — exclamou ela sorrindo.

— Aceita um café ou um chá?

— Um café.

— Por favor, sente-se — convidou Peter.

Na varanda havia uma pequena mesa redonda de madeira com quatro cadeiras. Elise sentou-se em uma delas.

— Não sei se vai gostar do meu café, pois costuma ser forte. Tenho aqui biscoitos e torradas também. Sirva-se e fique à vontade.

Elise agradeceu e serviu-se de uma caneca de café com leite.

— Seu café está ótimo! Do jeito que eu gosto.

Peter sorriu, e Elise observou que, para a idade que tinha, ele era um homem bem conservado e que os dentes do ancião ainda eram saudáveis e bonitos. Tinha estatura mediana, barba e cabelos brancos e bem aparados. A forma como se expressava também denunciava que era um homem culto.

— Então, a senhorita gostou daqui... é, eu também gosto. Desde a primeira vez que vi este lugar, fiquei fascinado — comentou Peter, com o olhar distante.

— Você não nasceu em Devon, não é mesmo?

— Não, nasci na Escócia, mas minha família mudou-se para a Cornualha quando eu ainda era criança e foi lá que vivi boa parte da minha vida. Chegou um momento, no entanto, em que senti a necessidade de sair.

Peter bebeu um gole de café, depois acrescentou um pouco mais de açúcar à bebida.

— E sua família? também vive aqui, hoje em dia? — perguntou Elise.

— Não tenho mais família. Minha esposa faleceu há dez anos — ele fez uma pausa, e uma sombra passou por seus olhos castanhos. — Nunca tivemos filhos, e talvez tenha sido melhor assim. Minha mãe dizia que não convém questionar esse tipo de coisa. Quando Linda faleceu, larguei tudo, vendi minha casa, fechei as portas do meu negócio e me mudei para cá. Não sinto falta de outras coisas. Gosto de viver no meio da natureza, lidar com as plantas, caminhar pelos bosques e pela praia.

Elise ficou observando-o.

— Linda gostava deste lugar. Sempre vínhamos juntos para Lynmouth. É como se aqui eu pudesse senti-la perto de mim.

— Eu entendo e sinto muito — disse Elise. — Deve ser realmente difícil viver ao lado de alguém durante boa parte da nossa existência e um dia simplesmente não ter essa pessoa mais ao lado.

— Sabe, senhorita Elise, após a morte de Linda, eu passei por um período muito difícil. Fiquei revoltado, depois, deprimido, com um enorme vazio e uma tristeza dolorosa que me preenchia dia e noite. Linda era uma excelente pessoa, e não estou dizendo isso por ela ter sido a única mulher a quem amei na vida. Ela era realmente uma pessoa maravilhosa, bondosa, honesta, com bom caráter, incapaz de fazer mal a qualquer criatura. Eu a vi sofrer para morrer, e isso me fez ficar revoltado. Revoltei-me contra Deus e contra a própria vida.

Peter falava em um tom de voz tranquilo.

— Um dia, sonhei com Linda e acredito que aquele sonho foi incomum, diferente dos outros. Acredito que tive um contato com o espírito de minha mulher. Até então, eu não acreditava nessas coisas: em vida após a morte e possíveis contatos com os que já se foram. Mas, desde aquele sonho, minha vida mudou. Eu mudei, pois foi uma experiência muito forte, muito verdadeira. Vi Linda, conversei com ela, e nós caminhamos juntos e nos emocionamos. Pode parecer loucura, senhorita Elise, mas eu sei que ela estava lá!

— Eu acredito no senhor, Peter. Se tivesse me contado essa história há algum tempo, lhe confesso que não acreditaria. Quero dizer, acreditaria sim, que o senhor era um homem solitário que perdeu a esposa e que acabou fixando suas esperanças na ideia da vida após a morte para poder continuar sobrevivendo. Como um mecanismo de defesa — explicou ela. — Hoje, no entanto, posso lhe dizer que vida após a morte existe sim! Não deixamos de existir quando nosso corpo morre. Nossa essência, nosso espírito continua vivo! E isso é fantástico, é maravilhoso!

Peter balançou a cabeça afirmativamente com um leve sorriso.

— Mas me diga, senhorita, o que a fez mudar de ideia com relação à morte?

Elise sorriu. Os olhos acinzentados da moça estavam fixos no céu em algum ponto entre os pinheiros e as faias.

— É uma longa história. Sou fotógrafa e, como deixei bem claro, era bastante cética em relação a essas questões espirituais. Algo, no entanto, aconteceu comigo, quando fotografei uma antiga mansão em Londres para um trabalho. Em algumas fotos, apareceram pessoas que já tinham morrido havia muito tempo e que tinham vivido na casa. Daí em diante, tudo mudou, e muita coisa aconteceu na minha vida.

— Sempre ouvi histórias desse tipo — disse Peter fixando os olhos de Elise. — Mas sempre achei que fossem mentiras inventadas para tirar dinheiro dos outros, alcançar fama, prestígio, enfim... coisas desse tipo.

Elise sorriu.

— Eu também pensava dessa forma até que aconteceu comigo. Para lhe ser franca, não acredito que todos os casos sejam verdadeiros, no entanto, sei o que aconteceu comigo.

— Em todas as fotografias que a senhora tem tirado aparecem coisas assim? Quero dizer, aparecem pessoas que já se foram?

— Não. Acredito que eles apareceram porque existe um motivo.

Elise imaginava o que estaria passando pela cabeça de Peter. Talvez se ela o fotografasse, Linda aparecesse na foto.

— Bem, vou dar uma volta — disse ela levantando-se. — Essa trilha leva até onde?

— Vai dar na praia — respondeu Peter. — Não é uma caminhada muito longa, e o caminho não é acidentado. É um bonito passeio. A senhorita deveria aproveitar. Não está chovendo e também não está tão frio.

— Vou até lá. Obrigada, Peter — disse Elise, enquanto caminhava na direção da trilha. — Ah! E obrigada pelo café com torradas! Tudo estava muito bom!

Enquanto descia em direção à praia, Elise observava as faias, que, como sentinelas gigantescas, se erguiam às margens do caminho.

Elise caminhou por uns duzentos metros até alcançar o muro de pedras que ela avistara da varanda da casa de Peter. No muro, que parecia bastante antigo e não era alto, havia uma abertura sem cancela ou portão. Elise tirou algumas fotos ao longo do caminho. Um sol tímido apareceu por entre as nuvens, enquanto alguns raios se projetavam através dos galhos dos pinheiros. Junto ao solo pequenas flores silvestres amarelas e azuis ainda resistiam ao frio que se aproximava, salpicando o tapete de folhas secas que caíam durante o outono. Perto das raízes, cogumelos de tamanhos variados em diferentes tons de ocre e de marfim compunham um cenário típico daquela região, mágico aos olhos de qualquer visitante.

Após passar pela abertura que havia no muro, Elise notou que a quantidade de árvores havia diminuído e ouviu o ruído das ondas com maior nitidez. A trilha tornara-se um pouco mais pedregosa, e ela percebeu a presença de cascalho e de pequenos cacos de conchas mesclando-se às pedras. As botas de Elise afundavam na areia fofa, e ela aspirou profundamente o ar marinho. Era uma pequena enseada abrigada de ambos os lados por costões de rocha imensos. Não havia ninguém mais na praia além dela. Algumas aves marinhas sobrevoavam as rochas e, vez por outra, desciam até a areia ou pousavam sobre as pedras.

Elise sentou-se em um velho tronco trazido pelo mar e deslizou os dedos na madeira polida pela água, perguntando-se de onde teria vindo. O sol quase que encoberto pelas nuvens refletia nas águas um dourado pálido que não agredia nem um pouco o cinza da paisagem. Ela permaneceu ali durante bastante tempo. O lugar parecia uma espécie de refúgio só seu.

A moça levantou-se e caminhou até uma faixa formada por conchas e pequenos seixos, que separavam a areia mais seca da mais encharcada pela água salgada. Havia uma variedade razoável de conchas, algumas minúsculas, perfeitas, do tamanho da cabeça de um palito de fósforo, e outras bem maiores. Uma em especial lhe chamou a atenção, pois estava com a parte interna virada para cima. O brilho azulado da madrepérola que a revestia foi quase irresistível para Elise, que se abaixou e a retirou do chão. Após admirá-la durante alguns segundos, guardou-a no bolso do casaco.

Elise tirou mais algumas fotos e depois tomou o caminho de volta, imaginando que Antony e Pilar já deveriam estar acordados e pensando no quanto achava especial aquela região, aquele lugar. A pequena enseada despertara nela sensações que Elise nunca tivera antes. Mesmo os locais mais bonitos e interessantes que ela visitara anteriormente não lhe causaram aquela impressão. Era como estar em casa, sentir-se acolhida e em paz. Ela sentia que já estivera ali antes e sentia uma estranha saudade daquele lugar. Talvez fosse apenas a energia, a natureza exuberante e pulsante, a beleza. Tudo em volta a agradava.

Em pouco tempo, Elise avistou a casa de Peter e a parte dos fundos do chalé. A porta estava aberta, assim como as janelas. Ela caminhava com o passo acelerado, o que fez sua respiração se tornar ofegante. Ofegante demais. Elise apoiou-se no tronco de um enorme pinheiro, fechou os olhos por alguns instantes e sentiu quando suas pernas ficaram leves até que não pôde mais senti-las. Ela, então, entregou-se, e seu corpo desabou no chão.

Quando acordou, Elise estava deitada na cama. Demorou um pouco até que ela reconhecesse o ambiente à sua volta. Naquele instante, Antony entrou pela porta do quarto.

— Elise? Meu Deus, fiquei tão preocupado! O que aconteceu? — perguntou ele, sentando-se ao lado dela na cama.

— Não sei... ainda estou um pouco tonta, como se minha cabeça estivesse leve demais... — Elise fez uma pausa. — Eu estava retornando da praia, da pequena enseada que há aqui perto, e comecei a me sentir cansada. No início, não dei importância ao fato, achei que estava tudo normal. Estava andando rápido, pois queria chegar logo. Pensei que, se estivesse acordado e não me encontrasse, ficaria preocupado, então, percebi que o cansaço era anormal. Acho que apaguei e não me lembro de mais nada.

— Foi o Peter quem a encontrou. Ele estranhou sua demora, saiu para procurá-la e encontrou-a desmaiada na trilha — explicou Antony. — Acho que você precisa se alimentar melhor, cuidar um pouco mais de sua saúde.

Elise franziu as sobrancelhas.

— Mas minha saúde está ótima! Nunca tive esse tipo de problema antes e também tomei café da manhã na casa do Peter.

Antony olhou para ela com carinho. Ele realmente ficara muito preocupado.

— E como você está se sentindo agora?

— Acho que estou bem. Só tenho a sensação de estar meio fraca, sem energia, sei lá...

— Vou buscar uma xícara de chá para você e alguma coisa para comer.

Elise não teve tempo de protestar, pois Antony já saíra do quarto. Não sentia fome, somente um pouco de sede. Ele retornou em seguida segurando uma bandeja. Elise riu ao vê-lo todo desajeitado, esforçando-se para manter todas aquelas louças de pé, sem derrubá-las.

— Olhe, aqui tem algumas fatias de pão com geleia de amoras. Sei que você gosta, então, coma pelo menos um pouquinho, nem que seja só para me agradar...

Elise serviu-se de uma xícara de chá e de uma fatia de pão.

— Onde está Pilar?

— Lá fora com Peter. Foi amor à primeira vista. Ela está fazendo a ele um monte de perguntas sobre árvores, plantas e todo tipo de inseto que encontra pela frente. Por incrível que pareça, ele parece estar se divertindo.

Elise sorriu.

— Talvez fosse melhor voltarmos para Londres — disse Antony.

Elise olhou para Antony e percebeu que ele falava sério.

— Mas por quê? Adorei este lugar! Se pudesse, me mudava pra cá hoje mesmo!

— Eu sei, o lugar é maravilhoso, mas talvez fosse melhor procurarmos um médico.

— Médico? Pra quê? Eu estou bem, Antony. Foi apenas uma indisposição, uma alteração na pressão, sei lá... Mas não irei ao médico por isso.

Antony sabia o quanto ela era teimosa e preferiu não insistir.

— Está bem, vamos ficar, mas tem de me prometer que, se passar mal novamente, iremos ao médico.

— Eu prometo — disse Elise em um tom quase solene. — Você já foi até aquela enseada que há no final da trilha?

— Não. Na verdade, nunca tinha estado neste chalé. Conheci alguns locais desta região, mas nunca havia estado exatamente aqui. É bonito?

Como se estivesse procurando as palavras certas para descrever o lugar, Elise permaneceu em silêncio antes de responder.

— É especial — resumiu ela.

Antony reparou no quanto Elise estava bonita.

— Então, você precisa me levar até lá. Mas, só amanhã! Por hoje, chega de caminhadas pela floresta.

O resto da manhã correu tranquilo. Elise permaneceu deitada durante algumas horas, chegando a adormecer, e Pilar divertia-se explorando um mundo completamente novo para ela. Peter comportava-se como uma babá extremamente atenciosa, e Antony aproveitou para ler.

Os ponteiros do relógio em Devonshire pareciam correr mais rápido do que nos outros lugares, e Elise já lamentava o momento de retornar a Londres e para sua vida, com todos os problemas e todas as questões que tinha para resolver.

No domingo pela manhã, Elise novamente desceu até a pequena enseada, agora na companhia de Antony e de Pilar, que passou o tempo catando conchas e toda a sorte de suvenires, pedras, lascas de madeira e sementes. Retirava-os do chão e depois os lançava fora novamente, sempre em busca de algo mais interessante.

Foi com certa tristeza que Elise viu Antony guardar a bagagem no porta-malas do carro. Peter estava lá para se despedir.

— Foi um grande prazer conhecê-los. Venham sempre que quiserem. Passo a maior parte do tempo sozinho — depois, dirigindo-se a Pilar, disse: — Sempre seremos amigos, Pilar. Venha me visitar quando quiser.

Pilar abraçou-o, e Elise percebeu certa comoção no rosto dele.

— Senhorita, foi um prazer conhecê-la — disse ele para Elise, enquanto apertavam as mãos. — Será sempre bem-vinda aqui.

Finalmente, as despedidas se encerraram, e todos entraram no carro. Uma chuva fina e fria começara a cair no início da tarde.

— Antony, gostaria de passar na confeitaria de Mary para me despedir — pediu Elise.

— Sim, podemos passar, mas não vamos demorar demais. Não gostaria de pegar a estrada à noite.

Antony sentia certa dificuldade para enxergar no escuro.

— Não se preocupe — disse Elise tranquilizando-o. — Prometo que não vou demorar. Só gostaria de me despedir de Mary e anotar o endereço. Me comprometi a enviar para ela algumas cópias das fotos que fiz na mansão.

O movimento no centro da cidade estava bastante tranquilo. Havia certo número de turistas, todos fotografando as paisagens apesar da chuva e do frio. Alguns visitavam as lojas de suvenires, e outros ocupavam algumas mesas dos cafés e bares que havia na rua principal. Antony estacionou em frente à porta da confeitaria.

Mary estava servindo alguns clientes, quando os viu e logo os recebeu calorosamente.

— Que bom que vieram, meus queridos! Venham, sentem-se — disse ela, puxando Elise pela mão em direção aos fundos da confeitaria. — Vou buscar um café.

— Não podemos demorar, Mary. Antony não quer pegar a estrada à noite.

— Ah, mas dá tempo de tomar um cafezinho ou um chá, com um pedaço de torta, não acham? É cortesia da casa — acrescentou sorrindo.

Mary estava elegantemente vestida em tons de cinza, e as joias de prata envelhecida combinavam com o vestido e com os sapatos. Ela era realmente uma pessoa muito carismática e acolhedora e, como tinha em comum com Elise um vínculo com a mansão, o relacionamento entre as duas mulheres estreitara-se rapidamente.

— Acho que não tem problema se ficarmos para um café — disse Antony —, desde que a senhora venha sentar-se conosco.

— Claro, será um prazer! — disse ela retirando-se.

Antony falou baixinho junto ao ouvido de Elise:

— Por favor, é só o tempo de tomarmos café. Precisamos ir.

— Eu sei! — respondeu no mesmo tom arregalando os olhos, pois Mary já retornava segurando uma bandeja com xícaras, bules e três pratos, cada um com um pedaço de torta.

— Essa é para você! — disse Mary servindo Pilar primeiro. — Trouxe torta de frutas vermelhas para vocês, espero que gostem. Fiz essa manhã.

Elise e Antony agradeceram.

Mary sentou-se ao lado de Elise e serviu-se de uma xícara de chá com um pouco de leite.

— E então, querida? O que achou daqui? É mágico, não é?

— Muito, foi como se já conhecesse o lugar. Ficamos hospedados em um chalé maravilhoso que fica aqui perto.

— De quem é o chalé?

— Um senhor toma conta do lugar. O nome dele é Peter — respondeu Antony.

— Sei onde fica. Há uma trilha nos fundos que dá em uma enseada, não é mesmo?

— Sim, aquele lugar é lindo! — respondeu Elise.

— Aquela propriedade, assim como outras daqui, pertenceram à nossa família. Aquele chalé foi do meu avô — disse Mary. — Obviamente, ele passou por algumas reformas e modificações, mas era do meu avô. Tenho boas lembranças daquele lugar.

Elise ficou em silêncio. A revelação de Mary fez algo dentro dela tocar como um sino.

— E de quem é o chalé agora? — perguntou Antony.

Mary deu de ombros, enquanto sorvia um gole de chá.

— Acho que pertence ao Peter, não é?

— Não sei. Tratei com ele a locação, mas quem me indicou o chalé foi um amigo da universidade, que já se hospedou lá algumas vezes e gostou do lugar — Antony respondeu.

— Peter mudou-se para Lynmouth depois da morte da Linda — comentou Mary. — A esposa dele era uma ótima pessoa. Eles sempre vinham para esta região passar férias até que, em um verão, dei por falta deles. Passaram-se mais alguns anos até Peter aparecer novamente. Foi então que fiquei sabendo da morte dela — Mary fez uma pausa e continuou: — É uma pena. Senti muito quando soube, porém, temos de nos acostumar com isso. O que nos consola é sabermos que, apesar da morte, a vida continua, não é mesmo, minha querida? — disse ela, tocando de leve na mão de Elise.

— Mary, diga-me uma coisa... agora que sei que o chalé pertenceu ao seu avô, a senhora saberia me dizer se a família de seu tio William costumava frequentar aquele lugar?

— Pelo que sei, apenas durante o tempo em que minha tia Hanna ainda era viva. Depois de seu falecimento, não vieram mais aqui. Aceitam mais um pedaço de torta?

— Oh, não, não, muito obrigada, Mary. Temos mesmo de ir. Nesta época do ano, começa a escurecer mais cedo, e Antony não gosta de dirigir durante a noite — respondeu Elise. — Gostaria de anotar seu endereço, pois desejo lhe enviar as cópias das fotos que lhe prometi.

— Ah, sim, adoraria tê-las em meu acervo.

Após Elise anotar o endereço e o número de telefone da confeitaria em uma agenda, despediram-se. Antes de deixarem o local, Mary fez sinal para que Elise se aproximasse.

— A garota ruiva que vi com você no dia em que chegaram à cidade é uma das filhas do tio William. O nome dela é Wanda, a gêmea de Walter. Ela está com vocês agora. Chegou sentada no banco traseiro junto com a menina. Foi ela quem os trouxe até aqui. Elise, não existem coincidências, lembre-se disso. Tínhamos de nos encontrar, e você tinha de conhecer o chalé. Gostaria muito de saber o que mais acontecerá e qual será o desfecho dessa história.

— Fique tranquila. A senhora saberá.

Elise deu alguns passos em direção ao carro.

— Ah, Elise, você logo voltará para Devon — disse Mary acenando.

Elise acenou de volta e finalmente fechou a porta do carro. Seguiram, então, de volta para Londres.

CAPÍTULO 19

Julia acabara de chegar de sua caminhada matinal. A chuva persistente cessara desde a noite anterior, e ela costumava aproveitar ao máximo esses intervalos.

A moça tomou um banho demorado e vestiu uma roupa limpa e confortável. Já fazia alguns dias que ensaiava dedicar uma parte de seu tempo à pesquisa de temas relacionados à espiritualidade e vida após a morte, contudo, sempre acontecia alguma coisa, sempre havia algo prioritário a ser resolvido como idas a bancos, supermercados e farmácias.

Mark tinha ido cedo ao escritório para, como de costume, resolver muitas coisas. O casamento melhorara significativamente após o período em que ele estivera internado, e Julia atribuíra essa melhora ao trabalho espiritual desenvolvido por Nancy e Susan com a equipe de desencarnados atuante no plano astral. Ela se convencera de que, no momento certo, o marido amadureceria espiritualmente e que, por enquanto, lhe caberia apenas fazer sua parte.

Julia sentia que, como esposa e companheira de Mark, deveria ajudá-lo em sua caminhada terrena e, dentro do possível, em sua evolução espiritual. Não estavam juntos por mero acaso, disso ela tinha certeza. Enxergava a vida, as pessoas e seus vínculos com um olhar mais profundo, que ia além daquilo que vivenciava em seu dia a dia.

A faxineira chegara havia cerca de uma hora, e tudo estava correndo bem. Fazia duas semanas que a contratara. A anterior, uma mensalista que já trabalhava com eles havia mais de um ano, pedira as contas. Ela justificara-se para Julia dizendo que não trabalharia mais naquele lugar, porque a casa lhe dava verdadeiros calafrios e que tinha ataques de pânico quando precisava permanecer sozinha lá. Devido ao tempo de convivência, Julia confiava nela e ainda tentou persuadi-la a ficar no emprego, contudo, seus argumentos não surtiram efeito.

Julia fechou a porta para amenizar o ruído do aspirador de pó, que estava sendo usado para a limpeza dos tapetes. Após analisar rapidamente os títulos, retirou dois livros da estante e colocou-os sobre a escrivaninha.

Um deles era sobre o processo de reencarnação e de causa e efeito e o outro abordava o tema dos espíritos obsessores. Julia dispensou mais tempo ao segundo. O autor organizara uma coletânea de casos em que diferentes pessoas relatavam suas histórias com espíritos obsessores. Em um número razoável desses relatos, o obsessor tratava-se de alguém que possuía um vínculo cármico com a vítima. Desentendimentos de vidas anteriores, situações mal resolvidas a partir das quais se desenvolvia a semente do ódio e dela nascia o desejo de vingança. Quando não há amor nem a intenção do perdão verdadeiro, o solo torna-se mais fértil para o desenvolvimento do mal. Algumas pessoas haviam recorrido à terapia de vidas passadas, obtendo bons resultados, pois, com um esclarecimento maior acerca do que ocorrera no passado, tornava-se mais fácil para a maioria liberar o perdão no presente, e, com o auxílio de mentores e guias espirituais, a situação era resolvida.

Um caso presente no livro chamara, em especial, a atenção de Julia. A vítima, vamos denominá-la assim, era uma jovem de 18 anos, que passara por sérios problemas de saúde como resultado da ação de um espírito obsessor. Além de uma espécie de perseguição implacável, que continuara mesmo após ela se mudar inúmeras vezes de residência, os fenômenos ocorriam aos olhos de toda a família, e os pais estavam desesperados. Após muitas tentativas frustradas de resolverem o problema, um grupo de espiritualistas foi contatado e assumiu o caso. Foram longos meses de tratamento e de intensa vigília até que finalmente a situação foi resolvida, e a entidade obsessora foi levada a um local apropriado na esfera astral para receber tratamento de cura. A jovem compreendeu que não era completamente inocente e que, assim sendo, não era uma simples vítima. A trajetória espiritual dela e de seu algoz estendia-se por séculos de convivência, e entre eles havia muita semelhança e afinidade.

Julia perguntava-se até que ponto ela, Mark e Elise eram simples vítimas de Emma. Sua mente lógica e racional, em conjunto com seu caráter justo, lhe dizia que tinham suas respectivas parcelas de culpa no passado.

Diferentemente de Elise, Julia conseguia ter esse discernimento. Ela não nutria por Emma nenhum vínculo de rancor, ódio ou raiva, já Elise tinha ódio, e esse sentimento ainda vibrava em sua alma a cada vez que percebia a presença da outra ou simplesmente quando o rosto de Emma lhe vinha à mente. Julia queria resolver a situação e libertar-se, mas preocupava-se também em libertar Emma. Via isso não apenas como uma necessidade que ela, Elise e Mark tinham de se livrarem do problema, mas porque todos, em algum momento, erram e merecem a chance de reparação e de recomeço.

Elise teria de se libertar do sentimento de ódio que a prendia a Emma. Julia tinha consciência de que, dessa forma, Elise estava facilitando as coisas para Emma seguir em frente com seu plano de vingança. Ela, então, decidiu telefonar para Nancy.

— Alô? Nancy?

— Sim. Olá! Como vai, Julia?

— Estou bem, obrigada! Agora que Mark deixou o hospital e já voltou a trabalhar, estou muito feliz e muito grata a você e a Susan.

— Minha querida, agradeça a Deus e aos nossos amigos do plano espiritual, que tiveram tão boa vontade em ajudar seu marido — disse Nancy.

— Estava pensando que, agora que Elise retornou de viagem, o que acha de conversarmos com Susan e nos reunirmos aqui em casa esta semana? Sinto que deveríamos dar continuidade ao trabalho de cura, Nancy...

— Acho também que é o que deveríamos fazer, minha querida! Se você e Elise não estiverem dispostas a seguir até o final, os problemas continuarão. Você viu o que aconteceu com Mark! Por enquanto, as coisas estão aparentemente tranquilas, mas é o que ocorre nesses casos.

Julia ouvia em silêncio, e Nancy continuou:

— Um espírito obsessor como Emma, que está em busca de vingança, adota na maioria das vezes esse tipo de estratégia. Esse período de tempo em que nada acontece faz parte da estratégia dela. Sabemos que Emma continua aí e voltará a atacar quando vocês menos esperarem. Foi feito um tratamento espiritual de emergência em Mark para retirá-lo do hospital, mas, enquanto você e Elise não adotarem uma postura diante da situação, Emma continuará. Estou me referindo a vocês duas, porque possuem uma visão mais clara em relação ao que está ocorrendo no nível espiritual. Mark não possui a mesma visão e tampouco a aceitação necessária para tomar uma atitude.

Julia percebeu que a voz de Nancy se modificara um pouco. Os erres estavam mais arrastados e sonoros, o tom estava um pouco mais grave, e ela falava com pausas mais longas do que o habitual.

— Estamos tratando com um espírito que está envolvido com vocês — você, Julia, seu marido e Elise — já há muitas existências. Conturbadas na maior parte delas. O motivo de terem estado juntos tantas vezes é justamente o resgate, o perdão. Entre vocês três, no entanto, isso nunca ocorreu verdadeiramente. Agora, no presente, vocês têm uma nova oportunidade de modificar esse ciclo cármico. Com o espírito mais evoluído, você conseguiu abrir um pouco mais sua visão a respeito da verdadeira vida, que é a espiritual. Devo lhe esclarecer que vocês têm recebido grande auxílio de seus mentores espirituais, contudo, existe a parte que lhes cabe fazer. Nosso auxílio a vocês, encarnados, depende muito das escolhas e condutas que decidirem adotar! Sua amiga Elise está alimentando a vingança de Emma e tem responsabilidade nisso — Nancy disse essa última frase e calou-se.

Julia também permaneceu em silêncio, pois sabia que quem estava do outro lado da linha conversando com ela não era Nancy ou que ela não estava sozinha.

— Nancy?

— Sim... pode falar, querida.

— Falei com um de seus mentores agora.

— Eu sei. É um grande amigo e orientador. Ele interfere apenas quando julga muito necessário.

— Ele disse que eu e Elise devemos tomar uma atitude e que Emma continuará seguindo em frente com seu plano de vingança. Ela recuou algum tempo, como uma espécie de estratégia. Seu mentor deu um alerta para Elise. Disse que ela está alimentando a vingança de Emma e de certa forma a ajudando. Eu entendo o que ele quis dizer. Não sinto raiva ou ódio de Emma. De alguma forma, consegui me libertar desse tipo de sentimento e de emoção em relação a ela. Tenho apenas medo em algumas situações.

— Isso é normal, Julia, pois não é algo com que estejamos acostumados a conviver em nosso dia a dia — esclareceu Nancy.

— É que Elise tem ódio de Emma. Ela nem mesmo sabe explicar por que, mas tem...

— Conversarei com Elise a respeito disso e telefonarei para Susan para marcarmos um dia desta semana para irmos até a casa dela. Depois, nos falamos, Julia.

— Obrigada, Nancy. Aguardarei vocês.

***

Na cafeteria de sempre, Elise esperava Pauline encerrar o expediente de trabalho. Ela retirou um livro de dentro da bolsa e começou a ler para distrair-se. A garçonete deixou sobre a mesa o pedido, um *cappuccino* com creme, e afastou-se.

Havia mais algumas mesas que estavam ocupadas. Em uma delas estavam duas adolescentes, e, em outra, um homem robusto usando terno e gravata, que mantinha no rosto uma expressão de desdém pelo mundo à sua volta, enquanto lia uma revista sobre administração de empresas. Em outra mesa, uma mulher, que aparentava ter entre 30 e 40 anos, tinha um rosto que pareceu familiar para Elise, que a observava com maior atenção. Elas estavam distantes uma da outra, e a mulher estava quase de costas para a moça.

Elise podia ver parcialmente o rosto da mulher, então, disfarçou e foi até o banheiro. Na volta, ela viu com clareza que se tratava de Joan. Os cabelos da terapeuta haviam sido tingidos de um castanho-médio, contudo, Joan mantivera o corte. Ela falava ao celular e demorou alguns segundos até perceber a presença de Elise. Quando a viu, sorriu e fez sinal para que se sentasse.

— Elise! Que bom vê-la por aqui! — disse Joan desligando o telefone.

Elise percebeu que a terapeuta parecia realmente satisfeita em encontrá-la.

— Também fico feliz em vê-la! Está esperando alguém?

— Não, não. Tive de vir até este lado da cidade para resolver alguns assuntos de família e parei para tomar um café. Sente-se aqui comigo.

Elise pegou a bolsa e o *cappuccino* e sentou-se com Joan.

— E, então, como andam as coisas? — perguntou a terapeuta, bebendo em seguida um gole de café. — Aceita uma torrada com manteiga?

— Não, obrigada, acabei de comer um sanduíche.

— E então...

— Está tudo bem — comentou Elise. — Estou bem. O problema com os espíritos ainda não foi resolvido, mas hoje tenho outra compreensão sobre tudo o que aconteceu. Estou morando com um antigo namorado.

— Que bom! E está feliz com o relacionamento?

— Sim! Muito! Antony é uma pessoa maravilhosa e a filha dele, Pilar, é uma criança linda. Posso lhe dizer que, até o momento, estou realizada em minha vida pessoal. O lado profissional está bastante lento, é normal, pois, desde que a história com os fantasmas começou, acabei me envolvendo com isso e deixando o trabalho de lado. Aos poucos, no entanto, estou voltando à ativa, contatando um cliente ou outro. Não estou com pressa — Elise fez uma pausa e continuou: — Joan, estou pensando em fazer as sessões de regressão.

— Isso é ótimo! O que a fez mudar de ideia?

— Mark, o marido de Julia, teve um problema de saúde misterioso e chegou a ficar internado na UTI durante alguns dias.

Joan franziu levemente as sobrancelhas e olhou para Elise.

— Por que acha que a doença do marido de sua amiga tem alguma coisa a ver com o caso das entidades?

— Porque os médicos fizeram vários exames e não encontraram nada. Mark foi parar no hospital em circunstâncias bastante estranhas, e, segundo os médicos, era como se ele estivesse dormindo. Não encontraram nenhuma anormalidade nele — Elise fez uma pausa, bebeu um gole de café e continuou: — Você se lembra de eu ter comentado que Mark era um empecilho a qualquer coisa que quiséssemos fazer que fosse relacionada ao assunto?

Joan concordou balançando a cabeça, enquanto mastigava um pedaço de torrada.

— Nancy e Susan o ajudaram, realizando uma sessão de cura específica para ele, e, só então, Mark apresentou melhoras. Julia me disse que ele mesmo relatou o que ocorrera naquela noite antes de apagar. Mark sofreu um assédio grave por parte do espírito daquela mulher. Sabe de quem estou falando, não é?

Joan concordou novamente.

— Faz alguns dias que tudo está calmo. Não tenho sentido a presença de Emma. Não tenho tido pesadelos nem sustos. Segundo Julia, tudo também está em paz na mansão, contudo, há algo dentro de mim me dizendo que ela continua lá e que, quando retornar, poderemos ser pegas de surpresa, entendeu?

Joan percebeu o brilho diferente nos olhos acinzentados de Elise. A moça estava com medo, mas também parecia estar se preparando para lutar contra o inimigo.

A terapeuta escolheu as palavras certas para abordar o assunto.

— Elise — disse com suavidade —, concordo com tudo isso que você me relatou. Acredito que aquela entidade não tenha desistido de seus intentos e continuo afirmando que algumas sessões de regressão a ajudariam a esclarecer muita coisa — Joan fez uma pausa, segurou de leve no braço de Elise e continuou: — Você tem que parar de enxergar essa entidade, a Emma, como sua inimiga.

Elise ia abrir a boca para protestar, contudo, Joan a impediu.

— Por favor, me ouça — disse Joan em um tom de voz baixo, porém, firme, que transmitia segurança. — Tenho quase que certeza de que vocês foram inimigas em uma vida passada, talvez até em mais de uma, mas isso tem que terminar. Escute, Elise... Emma está hoje na condição de morta, pertence ao reino daqueles que já se foram, não vive no mesmo plano em que você vive... Seja lá quem você tenha sido em outra existência, já não existe mais. Acabou, encerrou-se aquela fase. Aquele personagem deixou de existir quando você desencarnou. O que há é o agora, o momento presente. Quando você enxerga Emma como uma inimiga, quando sente ódio por ela, isso significa que está vivendo no passado e ajudando a nutrir o lamentável plano de vingança dessa entidade. Hoje, você é Elise, fotógrafa, namorada de Antony e tem uma vida inteira pela frente. A regressão servirá para você compreender alguns fatos que estão acontecendo no presente. Faça a regressão e liberte-se de uma vez por todas desse problema que tanto a incomoda.

— Sei que tem razão, Joan. Eu confio em você, mas estaria mentindo se lhe dissesse que não sinto algo de muito ruim por aquela mulher. Eu odeio Emma, e pensar nela desperta em mim o que há de pior!

— Isso precisa mudar, Elise! Você conseguirá! A terapia de vidas passadas é uma importante aliada para que você enxergue, sob outro prisma, sua relação com Emma e o que está acontecendo no presente.

Naquele momento, Pauline aproximou-se da mesa onde Elise e Joan estavam.

— Desculpe, sei que estou atrasada. Cliente chata em final de expediente! — explicou.

— Tudo bem — disse Elise cumprimentando Pauline com um beijo no rosto. — Pauline, quero que conheça Joan, minha terapeuta.

Pauline abriu um largo sorriso, e Elise percebeu que ela estava usando um aparelho dentário.

— Muito prazer, Joan. Elise me falou muito de você.

— Eu também já tinha ouvido falar de você. É um prazer conhecê-la, Pauline — disse Joan sorrindo.

— Desculpem, mas estou morrendo de fome. Querem comer alguma coisa?

Elise e Joan agradeceram e recusaram.

— Um sanduíche de peito de peru, por favor — pediu Pauline para a atendente. — Ah, e um chocolate quente.

— Meninas, se me dão licença, tenho que ir — Joan levantou-se e pegou a bolsa que estava sobre uma cadeira.

— Eu procuro você esta semana — disse Elise, enquanto se despediam.

— Vou aguardá-la — disse Joan abraçando Elise com carinho. — Pauline, novamente, foi um prazer conhecê-la!

— O prazer foi todo meu!

A terapeuta passou pelo caixa e depois acenou antes de sair pela porta da cafeteria.

— Ela é simpática — comentou Pauline, cravando os dentes no sanduíche.

— Pode me dizer por que colocou aparelho nos dentes? — perguntou Elise, franzindo as sobrancelhas.

— Porque meus incisivos são tortos — respondeu ela, arreganhando os dentes.

Elise fez uma careta.

— Há peito de peru e pão grudados em seu aparelho!

Ambas riram.

— E, então, sobre o que vocês conversavam?

— Sobre as regressões, Emma, ódio, desejo de vingança, passado e presente — resumiu Elise com um longo suspiro. — Acho que vou pedir mais um *cappuccino*.

Pauline fez sinal para a atendente.

— E o que você decidiu? Que fará as sessões de terapia de vidas passadas?

— É, acho que sim, mas gostaria de fazer as sessões com Nancy. Gosto de Joan, mas me sinto mais à vontade com sua tia.

— Tenho certeza de que tia Nancy a ajudará. Já conversou com ela?

— Ainda não.

— Ela me telefonou hoje de manhã e disse que ligaria para você. Haverá uma reunião na quarta-feira à tarde na mansão. Eu irei. Tia Nancy disse que minha presença ajuda na hora de mentalizar e fazer as orações. É como se fosse um reforço. Ela chama isso de assistência.

Pauline comeu o último pedaço de sanduíche e limpou a boca com o guardanapo, esfregando-o diversas vezes nos lábios para tirar as sobras de batom.

— E sua viagem, como foi? Você disse que queria me contar algo...

— A viagem foi maravilhosa, o lugar é lindo. Se pudesse, me mudaria para lá hoje mesmo. Aconteceu algo incrível! — disse Elise olhando séria para Pauline.

— O que foi?

— Conheci uma mulher que é parente da primeira família que viveu na casa de Julia. Mary é parente das pessoas que aparecem nas fotos.

Pauline arregalou ainda mais os olhos, que já eram grandes.

— É sério! Mary tem oitenta e poucos anos. O avô dela era irmão de William Duncan, que foi a pessoa quem construiu a casa. Ela tem fotos incríveis de toda a família, pois guarda tudo: cartas, postais, rótulos antigos de bebidas, ingressos de teatro e de ópera etc. Ela coleciona as lembranças da família. Vi fotos dos gêmeos, de Emma, da primeira esposa de William, da jovem que era a dona do piano e até mesmo da filha mais nova do major, a única que sobreviveu.

— Elise, isso é incrível! Você descobriu alguma coisa sobre o que ocorreu na casa?

— Sim, pouca coisa na verdade. Mary não havia nascido ainda quando as mortes começaram a ocorrer na mansão. O que ela sabe é o que ouviu das conversas dos mais velhos. A história repercutiu durante muito tempo na família, mas, segundo ela, boa parte dos fatos está envolta em mistério até hoje. A mãe das crianças, Hanna, faleceu após o parto da última filha, Mary Anne.

— Até aí nós já sabíamos — observou Pauline.

— Sim, segundo Mary, as mortes começaram a ocorrer após a chegada de Emma, madrasta das crianças. Primeiro, foi a filha mais velha, Catherine, a dona do piano que está na sala de Julia. Na época, os familiares suspeitaram de assassinato, porém, não havia provas contra Emma. Aparentemente, a moça morreu de causas naturais, de alguma doença misteriosa e incurável, desconhecida da medicina daqueles tempos. Mesmo assim, segundo Mary, os familiares mais próximos de William continuaram desconfiando de envenenamento, pois, pelo que parece, Emma não era uma figura muito estimada. Depois disso, os gêmeos desapareceram.

— Desapareram? Como assim?

— Walter e Wanda simplesmente desapareceram. Os irmãos foram vistos pela última vez remando no lago. Nunca mais foram encontrados, apesar de o major ter movido mundos e fundos para resgatar os filhos. Fotos foram espalhadas por toda a Inglaterra e até mesmo em outros países da Europa. Tudo em vão. Nem mesmo os corpos das crianças apareceram, e não houve sequer um funeral, ficando, assim, um enorme ponto de interrogação. Não se sabe se eles foram levados embora por alguém, raptados, assassinados, ou se fugiram...

— Eu — disse Pauline — acredito mais na hipótese de assassinato. Pense comigo... se eles tivessem simplesmente sido levados para longe de Londres e supostamente continuado vivos pelos anos seguintes, porque apareceriam em suas fotos? E ainda mais com a mesma aparência que tinham quando desapareceram? Para mim, isso significa que nunca tiveram paz.

Elise ponderou durante alguns segundos.

— É, eu também penso assim. Bem, ainda nos resta a filha mais nova. A família nunca mais soube de seu paradeiro. William ainda trocou correspondência durante algum tempo com o irmão, o avô de Mary, e parece que, em uma dessas cartas, ele mencionava que a filha estava residindo em Paris.

— Uau! Que história! Já contou tudo isso a Julia?

— Ainda não. Conversei rapidamente com ela por telefone.

— E Emma? — questionou Pauline franzindo as sobrancelhas. — O major sumiu no mundo com a filha mais nova, mas... e o que aconteceu com Emma?

— Ela suicidou-se. Algumas pessoas suspeitaram de William. Mary acredita que não, que Emma agiu por conta própria, como uma última cartada para afetar o marido.

— Ela suicidou-se na mansão?

— Parece que sim. Morreu envenenada.

— Credo! Acho que, se eu fosse a Julia e ficasse sabendo de tudo isso, me mudaria daquela casa!

— Mary me disse que o avô dela, assim como outros membros da família, não gostavam de Emma porque ela mexia com magia negra e coisas desse tipo.

— É pior do que eu imaginava — comentou Pauline, arregalando os olhos novamente. — Ela deve ter feito um bocado de coisas naquele lugar. Chega a me dar calafrios quando penso no que aquelas crianças podem ter passado.

Elise foi tomada por uma sensação de frio na boca do estômago.

— Eu também, Pauline. Vamos? Deixe que hoje eu pago a conta.

CAPÍTULO 20

Por mais que tentasse se distrair, Elise não conseguia parar de pensar em Emma, na mansão e no que teria acontecido com os gêmeos e com Catherine.

Em um determinado momento da excursão com Pauline por lojas de roupas e perfumarias, a cabeça de Elise começou a doer de forma assustadora. Ela entrou em uma farmácia e comprou analgésicos, mas os comprimidos não fizeram efeito. Os cabelos acobreados de Catherine e a imagem do rosto jovem e pálido da moça em uma urna funerária, emoldurado por narcisos e camélias brancas, lhe roubavam a paz.

Após deixar Pauline, Elise dirigiu com certa dificuldade até chegar em casa. No trajeto, por distração, quase atropelou um ciclista que, com o susto, deixou cair no chão algumas sacolas de mercado. Elise estava abrindo a porta do carro para ajudá-lo, mas, ao ouvir palavrões e se deparar com os gestos obscenos do rapaz, fechou a porta rapidamente e seguiu em frente com o coração disparado.

Quando chegou ao apartamento, Elise atirou-se no sofá e jogou a bolsa no chão.

— Está tudo bem, Elise?

Antony sentou-se ao lado dela.

— Não... minha cabeça dói muito. Fui encontrar Pauline, porque tínhamos combinado de fazer compras, mas não consegui fazer nada! Esta dor de cabeça horrível não me deixou nem por um segundo — reclamou ela, apoiando a nuca no braço do sofá e mantendo os olhos fechados. — Você poderia apagar a luz, por favor? Meus olhos não estão aguentando...

Antony levantou-se e apagou a luz da sala.

— Assim está melhor — disse ainda com os olhos fechados.

— Vou pegar um remédio para você.

Elise fez um gesto com a mão como se quisesse dizer para Antony que de nada adiantaria.

— Não, já tomei analgésicos, mas não funcionou. Se quiser fazer um chá, eu aceito.

— Claro! Você comeu alguma coisa?

Elise mentiu dizendo que ela e Pauline haviam feito um lanche, pois pensar em comida naquele momento só lhe causava náuseas e sabia que, se dissesse a verdade a Antony, ele insistiria para que ela comesse. O odor forte das camélias e dos narcisos em suas narinas, mesclado ao cheiro das velas, estava deixando-a nauseada e tonta. Era como se estivesse no velório de Catherine. Não queria comentar isso com o namorado nem com Pauline.

— Acho que você deveria tomar um banho quente, vestir uma roupa bem confortável e se deitar — sugeriu Antony, enquanto lhe entregava a xícara de chá.

Elise concordou, sentou-se e tomou a bebida lentamente em pequenos goles. A bebida estava bastante doce, mas ela não se importou. Antony tinha razão. Precisava ir para a cama e tentar dormir.

Elise tomou banho, enfiou-se em um pijama largo e confortável e calçou meias nos pés, pois fazia frio. Sentia-se mal. Além da dor intensa na cabeça, atingindo até mesmo parte de seu maxilar, um misto de tristeza e medo a tinham invadido, e ela atribuiu esse estado de espírito à proximidade do período menstrual, contudo, a visão da jovem deitada na urna funerária mexera bastante com suas emoções. Os lábios de Catherine, pintados de um rosa juvenil, contrastando com a palidez marmórea de sua face, emoldurada pelos longos cabelos vermelhos, lhe causaram uma impressão forte e ao mesmo tempo estranha. Era como passar mal ao ver o cadáver de alguém jovem que conhecemos e não esperávamos que morresse.

Elise deitou-se. A cabeça latejava, e ela procurou a melhor posição para amenizar a dor. Pediu a Antony que trocasse seu travesseiro por um menos volumoso, o que, à primeira vista, pareceu ajudá-la um pouco. Dentro de algum tempo, Elise foi tomada por uma sonolência que sobrepujava a dor e adormeceu.

O aroma das camélias e dos narcisos tornou-se ainda mais intenso, assim como o das velas. A porta da frente da mansão dos Duncan estava aberta, e muitas pessoas circulavam por ali. Alguns homens conversavam formando pequenos grupos que se espalhavam pelo jardim. Todos trajavam roupas escuras. Elise caminhou até o salão de festas, que era também a sala do piano, pois a maior concentração de vozes vinha de lá.

Elise seguiu pelo rol de entrada sem ser vista e observou que os empregados também estavam de luto. Ela aproximou-se da urna funerária e viu Walter e Wanda sentados em uma poltrona. Estavam perto de onde estava o corpo da irmã mais velha. Elise aproximou-se deles e notou que Wanda chorava muito e que Walter corajosamente procurava consolá-la, dizendo que Catherine estaria no céu com os anjos, com a mãe e que não sofreria mais.

Deitada e quase inteiramente coberta pelas flores, Catherine Duncan parecia uma figura de fábula, mas a imagem era idêntica à que se fixara na tela mental de Elise enquanto ela estava ainda acordada. As mesmas flores, o rosa nos lábios, os cabelos, a renda do vestido branco. William fez questão de que a filha usasse branco para ser enterrada, símbolo da pureza e da inocência de Catherine.

À cabeceira da mesa onde fora colocado o caixão estava um homem, que Elise reconheceu como sendo o major William Duncan. A postura rígida do homem lembrava a de um sentinela de ferro. Não havia lágrimas nos olhos, apenas tristeza. Era como se montasse guarda junto ao corpo da filha, e assim ele se manteve até o momento em que Catherine foi levada pelo cortejo fúnebre. As pessoas iam até ele e prestavam-lhe respeitosas condolências. Alguns, mais íntimos da família, arriscavam-se a fazer comentários ou perguntas, aos quais William respondia educada e polidamente. Sem dizer nenhuma palavra a mais, as pessoas afastavam-se deixando-o sozinho e imerso em seus sentimentos de pai.

Elise viu quando Emma entrou na sala seguida por uma jovem babá, que trazia no colo uma menina, e deduziu que fosse a pequena Mary Anne, que, na época, deveria contar com pouco mais de um ano de vida. A menininha também trajava luto, assim como os adultos, uma exigência de William.

Emma sentou-se em uma poltrona de espaldar alto, com postura ereta e uma rigidez na face que lembrava o *rigor mortis*. Elise percebeu que os olhos de aço da mulher se mantinham voltados para a porta, sem moverem-se em um momento sequer na direção de Catherine. William a observava, e os olhos escuros do coronel brilharam de forma diferente quando fitaram o rosto de Emma. Havia mais do que desconfiança neles. Um observador mais atento perceberia que eles a acusavam quase escancaradamente. Em determinado instante, tomada pela sensação de que estava sendo observada, Emma olhou na direção de William. Por alguns segundos, que duraram uma eternidade, os olhos do casal se encontraram. Emma não suportou e desviou o olhar novamente para a porta. Depois de cochichar algo ao ouvido da babá, saiu da sala.

Elise sentia o enjoo aumentar, mesclando-se à incômoda sensação de frio na boca do estômago.

Um sacerdote aproximou-se, realizou a leitura de um trecho da bíblia e convidou a todos os presentes para fazerem uma oração. Os familiares mais próximos de Catherine foram chamados a se posicionarem junto à urna funerária. A um sinal de William, os gêmeos levantaram-se e colocaram-se ao seu lado, de pé. Emma aproximou-se acompanhada da babá, que novamente trazia Mary Anne no colo.

Elise observava Emma. Era como se ela estivesse incomodada por estar ali, próxima demais do corpo da enteada. Naquele momento, sentiu o ódio que nutria por Emma crescer. Era óbvia a culpa daquela mulher! Estava exposta em seu rosto. Ela transpirava culpa!

Elise viu quando a maior parte dos presentes se aproximou de Catherine e, de uma forma ou de outra, se despediu dela. Apenas Emma não o fez, pois não conseguia. William fez-lhe um sinal, incentivando-a a aproximar-se e a prestar uma última homenagem à enteada. Ela, então, debruçou-se sobre o corpo de Catherine e encostou seus lábios na testa fria da jovem, simulando um beijo. Nenhum músculo do rosto de Emma se movia.

Entre o rosto dela e o de Catherine havia apenas a diferença dos olhos da primeira, que estavam abertos. William e Elise observavam Emma. No momento do suposto beijo, Elise sentiu aflorar uma enorme revolta dentro de si, o que revolveu ainda mais seu estômago. A moça viu Walter e Wanda chorarem dolorosamente ao se despedirem da irmã e depositarem debaixo dos longos dedos de Catherine uma folha de papel dobrada e algumas flores colhidas perto do lago, delicados narcisos que cresciam junto às margens, cujo perfume Catherine admirava e que, com a chegada da primavera, costumavam surgir como pequenos pontos brancos no meio do verde e das águas escuras.

    O cortejo seguiu rumo ao cemitério da cidade, onde ficava o jazigo construído por William para a família na ocasião do falecimento de Hanna. Um anjo branco esculpido em mármore do tamanho de um homem aguardava Catherine com os braços e as asas abertas. William e os gêmeos, assim como alguns familiares e amigos, viram com muito pesar o corpo da jovem Catherine ser lacrado para sempre em uma das gavetas mortuárias. Mary Anne não se dava conta do que estava ocorrendo. Emma mantinha o olhar fixo nos próprios sapatos, sem conseguir demonstrar qualquer emoção, e tinha certeza de que alguns dos presentes, dentre eles, William, percebiam isso.

    Aos poucos, todos se retiraram, sobrando apenas o major, Emma, os gêmeos, a pequena Mary Anne e a babá. Em silêncio, William fez sinal para que Emma se retirasse e levasse com ela os outros, permanecendo apenas ele no local. Elise viu quando as lágrimas começaram a cair dos olhos do major e quando ele dobrou os joelhos, deixando-se levar finalmente pelas emoções que lhe iam na alma. Uma sensação de tristeza invadiu Elise, que tinha vontade de abraçar aquele homem e de confortá-lo. Ela ouviu quando William falou com a voz entrecortada pelos soluços.

    — Minha filha, eu sinto tanto... eu a deixei sozinha! Me perdoe, Catherine! Por favor, me perdoe!

    Naquele instante, não existia mais o major do exército britânico, com sua postura irrepreensível e austera e suas inúmeras condecorações, mas apenas o pai, o homem, e a dor por ter perdido uma filha.

    Elise viu-se novamente na mansão, que agora estava quase vazia. Somente alguns familiares, que haviam vindo de longe para o funeral, ainda permaneciam na casa.

    Sozinho em sua biblioteca, William acendeu um charuto. A porta abriu-se, e Emma entrou.

    — Você mandou me chamar, William?

    — Sim, por favor. Sente-se.

    Emma obedeceu. Apesar de seu rosto parecer exibir sempre a mesma expressão, Elise percebeu que ela estava apreensiva.

— Emma, me casei com você porque precisava de alguém para cuidar dos meus filhos e administrar esta casa em minha ausência... — William lançou para ela um olhar penetrante antes de prosseguir. — E você se casou comigo para ter novamente uma vida financeira mais confortável e recuperar o respeito da sociedade londrina.

Emma engoliu em seco. Era arrogante demais para ouvir aquele tipo de coisa sem se sentir afetada. Ela permaneceu em silêncio e parecia nem mesmo respirar.

— O que faz aqui? — perguntou William, mantendo os olhos fixos nos dela, enquanto soltava baforadas do charuto.

— Mas que tipo de pergunta é essa, William? Eu moro aqui desde que nos casamos.

— Não é essa a resposta que eu gostaria de ouvir — William falava em um tom de voz tranquilo e pausado. — Vou repetir tudo de novo. Eu disse que nosso casamento foi uma troca. Casei-me com você para ter alguém com quem deixar meus filhos enquanto eu estivesse fora da Inglaterra. Alguém que cuidasse da educação e da saúde deles e mantivesse esta casa em perfeita ordem, como minha adorada Hanna costumava fazer.

Emma procurou disfarçar o ódio que estava sentindo. Ele a estava humilhando.

William prosseguiu:

— Pois bem, fizemos uma troca! Você assumiria essas funções, que se assemelham às de uma governanta, e eu lhe daria meu sobrenome, assumindo-a como minha esposa perante a sociedade e proporcionando-lhe uma vida material confortável e tranquila até o final de seus dias.

— Sim — sussurrou Emma. O som de sua voz quase não lhe saía pela boca.

— A pergunta que quero lhe fazer é simples: o que aconteceu com minha filha Catherine?

Emma sentiu o resto do sangue que circulava em seu rosto desaparecer. Ela ficou ainda mais branca, e o medo concentrou-se em seu abdômen preso dentro do espartilho.

— Caro William, sua filha mais velha, infelizmente, adoeceu. Enquanto você esteve ausente, fiz de tudo para dar a Catherine o melhor que a medicina podia oferecer. Se os médicos nada puderam fazer para ajudá-la, o que mais eu poderia ter feito? Dei a ela carinho, atenção e amizade durante todo o tempo em que convivemos nesta casa.

Elise sentiu vontade de gritar, de esbofeteá-la, de chamá-la de mentirosa, de matá-la.

Emma levantou-se e parou diante de William. O nariz fino e longo empinava-se para cima.

— Fiz o que pude por sua filha, William, e tenho testemunhas de que dei a Catherine toda a assistência que poderia ter lhe dado. Sinto-me muito ofendida pela forma como está se dirigindo a mim. Você, William Duncan, não tem o direito de falar assim comigo.

Com as faces vermelhas de raiva, William esbofeteou-a, e Elise sentiu certo prazer em assistir à cena.

Com a força desprendida pelo golpe, Emma desequilibrou-se e caiu no tapete, levando a mão ao rosto involuntariamente. Os dedos do marido imprimiam-se em sua face direita como um carimbo de tinta vermelha.

— Seu monstro! Como pôde? — disse ela ainda de joelhos no chão, com os olhos voltados para cima.

— Eu falo com você da forma que eu quiser! Lembre-se de que eu a comprei, Emma! Investigarei a fundo a morte de minha filha, e, se você tiver alguma coisa a ver com o fato, reze para que eu não descubra! Se é que você sabe rezar! Vou observá-la! Mesmo quando partir novamente para a África, deixarei olhos que serão os meus. Eles estarão sempre a observando. Sei que você e Catherine apenas se toleravam e mantinham a boa educação, mas soube por meio de pessoas de confiança que, nos últimos tempos, o relacionamento entre vocês duas se tornara praticamente insustentável.

Emma procurou não demonstrar o medo e a raiva que estava sentindo. Ela levantou-se e recompôs-se. Naquele momento, precisava manter uma postura que não a denunciasse.

William era um homem extremamente observador, e nada escaparia dele. Qualquer músculo facial que se movesse poderia ser alvo de suspeita. Quando Emma o encarou novamente, a expressão da mulher era de completa submissão.

— Você tem razão. Devo respeito a você, meu marido. Compreendo que esteja nervoso e muito abalado com o falecimento de Catherine, contudo, apesar de minha relação com sua filha mais velha nunca ter sido agradável por falta de afinidades, eu sempre soube separar as coisas. Enxergava Catherine como uma jovem de gênio impetuoso e que não se conformava com a morte da mãe e com o segundo matrimônio do pai, apenas isso. No fundo, contudo, sempre acalentei a esperança de que um dia, pois o tempo modifica tudo, quando Catherine ficasse mais velha, pudéssemos nos tornar amigas. Tivemos nossas discussões devido às nossas diferenças, mas jamais faria algo contra a vida de sua filha. Não sou uma assassina, William!

Emma olhava o marido diretamente nos olhos, e seu olhar era de humildade. Elise sentia-se enojada com tamanho cinismo.

William pareceu acalmar-se.

— Deixe-me só. Vá para seus aposentos.

Emma fez uma leve reverência com a cabeça e afastou-se, caminhando na direção da porta. Elise notou um discreto sorriso em seus lábios.

— Emma, lembre-se de que a estarei observando.

— Boa noite, William — disse ela retirando-se em seguida.

— Elise, Elise! Acorde!

A voz de Antony vinha de muito longe, e Elise demorou a reconhecê-la. Ela abriu os olhos, mas levou algum tempo até se situar no espaço onde estava.

— Você está bem? — disse Antony observando atento o rosto de Elise.

— Estou... está tudo bem... Já amanheceu? Que horas são?

— São oito horas da manhã, estou indo para o trabalho. Você deve ter tido algum pesadelo essa noite, pois se debateu muito, balbuciou coisas incompreensíveis e chorou. Tentei acordá-la, mas não consegui. Fiquei preocupado, pois ontem você estava com uma dor de cabeça forte quando foi se deitar. Graças a Deus agora está acordada!

Elise sorriu com a preocupação de Antony.

— Estou bem, não precisa se preocupar. Pode ir trabalhar sossegado — disse ela, enquanto se sentava na cama bocejando. — Simone já chegou?

— Já. Ela levou Pilar para brincar um pouco no parque, aproveitando que hoje não está chovendo.

— Que bom! Você vem almoçar em casa?

— Hoje não vai dar — disse Antony, passando os braços em volta do pescoço de Elise. — Tenho um encontro com minha amante italiana.

Elise sorriu.

— Sei... ela é alta, tem o nariz grande e usa barba, se eu não me engano. Também é uma excelente fotógrafa! Aliás, você parece ter um fraco por fotógrafas...

Antony sorriu. Elise referia-se a Marco, o amigo de Antony que trabalhava na mesma universidade que ele. Estavam desenvolvendo um novo projeto juntos.

— Amo você, Elise. Se precisar de qualquer coisa, por favor, me telefone. Está bem?

— Eu prometo! — disse levantando a mão direita. — Ah, vou ligar para Nancy e talvez tenha de sair mais tarde, está bem?

— Tudo bem. Leve seu celular. Agora tenho de ir, pois já estou um pouco atrasado.

Antony beijou-a e saiu, encostando a porta do quarto. Elise abriu a cortina e viu Simone e Pilar no parque, que ficava do outro lado da rua. Pilar, em seu casaco vermelho, em contraste com os cabelos negros, destacava-se na paisagem cinzenta. Não havia outras crianças lá, e Simone empurrava o balanço onde a menina estava sentada. A garotinha sorria com a sensação de subir e descer no ar. Aquela sensação que conhecemos na infância: um leve frio na barriga e o ar em movimento, fazendo os cabelos voarem para trás. Elise sorriu. Gostava da vida que estava levando, de viver ali com Antony e Pilar. Eles eram sua família.

Elise viu uma menina aproximar-se e sentar-se no balanço ao lado de Pilar, que olhou, sorriu e disse alguma coisa enquanto o balanço subia e descia. A menina sorriu para ela também. Aparentava ter uns dez anos de idade, vestia uma calça jeans comum, tênis e blusa de lã listrada com várias cores. Elise permaneceu na janela por cerca de vinte minutos, enquanto Pilar e a menina riam e se divertiam. Simone agia como se não existisse mais ninguém lá, além dela mesma e de Pilar. "Bobagem. Talvez a babá não esteja com bom humor nesta manhã."

Elise tomou um banho e vestiu-se antes do desjejum. Ligou a TV, enquanto preparava algumas torradas. Acordara com fome. Lembrava-se perfeitamente e com uma clareza incomum do sonho da noite anterior, mas o que mais a impressionara foi o aroma das flores que exalava da urna funerária de Catherine. Ele já estava em suas narinas antes mesmo de deitar-se. Tomou café, assistiu a alguma coisa no noticiário da manhã e decidiu ligar para Nancy. Elise marcou sua primeira sessão de terapia de vidas passadas para as três horas da tarde, pois, assim, Pauline poderia estar presente.

Foi até o quarto pegar a bolsa e, antes de sair, olhou novamente pela janela. Agora Simone e Pilar estavam sozinhas na praça.

CAPÍTULO 21

Um vento gelado começou a soprar no início da tarde, prenunciando chuva. Nancy deixara tudo pronto. Rosas brancas enfeitavam o altar, e os cristais haviam sido limpos, assim como os pêndulos. Ela borrifara água de violeta nas almofadas e no tapete onde Elise iria se deitar. De repente, ouviu a campainha tocar.

— Entrem meninas, sejam bem-vindas! — Nancy disse sorrindo.

Elise abraçou-a, seguida por Pauline, e as duas entraram.

— Vamos para o cômodo dos fundos. Já deixei tudo preparado para não perdermos tempo. Depois que terminarmos, tomaremos nosso chá! — disse ela.

Elise e Pauline concordaram e seguiram Nancy. Atravessaram a sala, a cozinha e saíram pela porta dos fundos em direção ao jardim. George descansava sobre um tapete de retalhos junto da cristaleira.

O aroma das violetas podia ser sentido desde a porta da casa de pedras. Pauline aspirou-o profundamente, e Nancy tirou os sapatos, deixando-os do lado de fora. Pauline e Elise fizeram o mesmo.

— Que cheiro bom! O que é, tia?

— Violetas, querida.

— Existe alguma razão especial para ter escolhido esse perfume, já que geralmente utiliza lírios ou jasmins? — quis saber Pauline.

— Sim! As violetas são flores que nos ajudam a lembrar das coisas.

Nancy vestia roupas brancas, e Elise e Pauline estavam usando roupas claras.

— Venham, vamos para a sala — depois, dirigindo-se a Elise, pediu: — Querida, quero que se deite confortavelmente no tapete.

Elise obedeceu. Estava um pouco nervosa, o que não passou despercebido a Nancy. Ela respirou fundo e ajeitou uma dezena de vezes as almofadas debaixo da cabeça e da nuca.

Sentada em posição de lótus sobre uma pequena almofada de veludo, Nancy aguardava pacientemente Elise acomodar-se. Finalmente, a moça pareceu aquietar-se.

— Pronta, Elise? — perguntou Nancy com a voz suave.

— Sim.

— Peço que todas nós fechemos os olhos e façamos uma breve oração, pedindo a proteção de Deus, da Mãe Divina e de nossos amigos espirituais e solicitando-lhes que nos acompanhem durante esta sessão de cura.

Nancy fechou os olhos, e Elise e Pauline fizeram o mesmo. Uma mulher de intensa luz e beleza, então, aproximou-se de Nancy naquele momento. Ela vestia uma túnica branca com leve brilho perolado, e pérolas enfeitavam seus longos cabelos castanhos. As mãos de dedos finos e delicados posicionaram-se uma de cada lado da cabeça de Nancy, na altura das orelhas.

Após o término da oração, a mulher posicionou-se atrás de Elise e ali permaneceu durante todo o tempo em que durou a sessão.

Nancy começou a conduzir uma meditação de relaxamento, que durou cerca de vinte minutos. Ela percebeu que Elise estava tensa e que não conseguiria relaxar com facilidade. Da palma de suas mãos, a entidade emanava uma luz azul turquesa suave para Elise, o que ajudou a desacelerar sua atividade cerebral e o medo que a moça estava sentindo. A voz de Nancy distanciava-se pouco a pouco até desaparecer por completo.

— Oito, nove, dez...

Elise sentiu seus pés descalços tocarem a areia macia da praia, e o cheiro da água salgada inundava sua alma. Sentia-se feliz! Ela recolheu o pesado vestido de rendas até a altura dos joelhos, deixando expostas as meias de seda, e correu na direção das ondas, que, enfurecidas pelo vento, se chocavam violentamente contra as rochas. Elise sorriu, e o oceano enfurecido era de uma beleza única. A moça caminhou com os pés na água do mar até o final da pequena enseada, onde a encosta rochosa se erguia como uma imensa muralha escura e escorregadia. Lá só havia ela, as gaivotas e as conchas. Gostava de seus momentos de solidão. Os longos cabelos acobreados agitavam-se com o vento forte, e alguns barcos de pesca passavam ao largo em direção ao porto mais próximo, pois o mau tempo era evidente.

— Catherine! Catherine!

A voz feminina chegava com dificuldade até seus ouvidos devido ao ruído das ondas e do vento.

Catherine olhou para trás, na direção da trilha, e viu Hanna acenando em sua direção e fazendo gestos enérgicos com a mão para que voltasse logo para casa.

— Já vou, mamãe! Só mais um pouco. A tempestade não vai chegar ainda, quero ficar um pouco mais... — respondeu ela, berrando o mais forte que podia.

— Ande logo, Catherine!

— Estou indo!

Catherine olhou mais uma vez para o horizonte violáceo e para as ondas enfurecidas e correu na direção da trilha que levava até o chalé.

— Sabe que não gosto que saia com tempestades, nem aqui nem em Londres. Onde estão seus sapatos? — perguntou Hanna com expressão de espanto.

Catherine sorriu e deu alguns passos até um enorme carvalho que havia do lado direito da trilha.

— Estão aqui, mamãe...

— Não deveria estar descalça! E se tivesse de correr para casa, como faria? — a voz de Hanna agora era suave ao ver a alegria estampada no rosto da filha.

— Os calçaria com rapidez, é evidente! — respondeu Catherine tranquilamente. — Adoro este lugar. Poderíamos nos mudar para cá, o que acha? A senhora poderia convencer o papai.

Mãe e filha subiam a trilha em direção ao chalé. A tempestade agora estava muito próxima, e elas podiam ouvir os trovões quase sobre suas cabeças.

Hanna respirava com certa dificuldade e parou para descansar. Estava no quinto mês de gestação e passara por um problema de saúde bastante grave, que deixara sequelas em seus pulmões.

— Mamãe, respire devagar, bem devagar.

Catherine segurava a mão da mãe com suavidade, porém, transmitia segurança em seu tom de voz. Alheia à tempestade que se aproximava, concentrava-se apenas em auxiliar Hanna.

— Está tudo bem. É que, com a gravidez, uma subida dessas torna-se mais cansativa.

— Vamos, caminhe devagar. Já estamos bem perto, não se preocupe com os trovões.

Com a respiração um pouco mais estabilizada, Hanna caminhava ao lado da filha observando-a atentamente. Fisicamente eram muito parecidas. Os mesmos olhos azuis turquesa, a boca bem desenhada. Além disso, compartilhavam do mesmo talento para a música, embora o dom fosse muito mais forte em Catherine do que em Hanna.

Ela sentia um amor intenso por Catherine, algo inexplicável, talvez por ela ser sua primeira filha. Amava também os gêmeos, mas com Catherine era diferente. Havia uma afinidade especial que as unia.

Hanna orgulhava-se da filha. O talento nato da jovem para a música, o raciocínio rápido e objetivo, seu senso de observação e o caráter nobre e justo já identificados desde a mais tenra infância faziam Hanna admirar Catherine.

O vento açoitava os galhos das árvores e provocava verdadeiros redemoinhos de folhas, que se levantavam rodopiando pelo ar. Gelados pingos de chuva começaram a cair, e mãe e filha puderam sentir a água penetrar no tecido das roupas até atingirem a pele, como se abrisse pequenos orifícios, pontos frios bem delimitados em seus ombros, braços e colo.

— Adoro a chuva, adoro o vento!!! — dizia Catherine, enquanto media a cozinha do chalé a passos de valsa.

Hanna tentou manter uma postura séria diante da cena, o que durou apenas alguns segundos, pois começou a rir ao ver a filha dançar com os cabelos desgrenhados e enfeitados por folhas secas e com as bochechas rosadas, que a faziam parecer uma garotinha de cinco anos de idade. Hanna conhecia os rígidos padrões de educação impostos pela sociedade vitoriana, e, em Londres, Catherine jamais poderia se comportar daquela maneira. Ao ouvirem a algazarra provocada pelas risadas de mãe e filha, os gêmeos juntaram-se a elas e puseram-se também a dançar com a irmã mais velha.

Naquele tempo, Catherine contava com treze anos de idade, e Walter e Wanda haviam completado nove anos no último verão. Hanna estava grávida de Mary, e todos eram felizes.

Elise ouviu uma voz feminina distante que a chamava pelo nome.

— Elise, Elise... retorne ao momento presente. — A voz de Nancy mantinha-se firme, imperativa.

Elise abriu os olhos lentamente e teve a impressão de ver um par de mãos femininas acima de sua fronte.

— Quero que permaneça deitada durante algum tempo, querida.

Nancy fez um gesto com a mão impedindo Elise de levantar-se, encheu um copo com a água de uma jarra que estava sobre o altar e entregou-o para ela.

— Sente-se e beba devagar.

Elise obedeceu.

— Na minha opinião — disse Nancy —, você se saiu muito bem.

Elise olhou para Nancy com curiosidade.

— Vou lhe explicar. Quando você chegou aqui, estava bastante tensa. Demorou um pouco para que entrasse em estado de relaxamento, o que é normal no seu caso. As pessoas que praticam meditação ou que já passaram por algumas sessões desse tipo têm mais facilidade para relaxar, porém, tudo correu bem. Acredito que você conseguiu acessar a memória de sua última existência. Estava feliz como uma criança em companhia de sua mãe, Hanna, e de seus irmãos, Walter e Wanda.

— Eu era Catherine...

— Sim, Elise. Você foi Catherine Duncan.

— Por isso, tenho tanto ódio de Emma — disse ela em um sussurro, falando consigo mesma. — Isso já havia me passado pela cabeça... o que aconteceu da primeira vez em que estivemos juntas na casa de Julia, a música que toquei no piano... Também houve outra coisa! Ontem, Pauline e eu fomos fazer algumas compras, e comecei a sentir uma dor de cabeça muito forte. Não comentei nada com você, Pauline — Elise olhou para a amiga —, para não assustá-la, mas estava sentido um cheiro forte de flores e de velas impregnando minhas narinas. Cheguei em casa nauseada, e o cheiro, assim como a dor de cabeça, persistiu até que adormeci — Elise fez uma pausa, bebeu mais um gole de água e continuou: — Sonhei com o funeral de Catherine, quero dizer, com meu próprio funeral. Eu estava lá como Elise, mas vi tudo e todos da família. Senti muitas emoções que só mesmo alguém muito envolvido com o que estava ocorrendo poderia sentir — fez uma nova pausa e prosseguiu: — Então, será que há necessidade de continuarmos com as sessões, Nancy? Já descobrimos quem eu fui no passado e qual é minha relação com os espíritos que estão na casa de Julia.

Nancy balançou a cabeça lentamente.

— Não... descobrimos apenas que você e Catherine são a mesma pessoa, mas precisamos saber mais a respeito do que ocorreu entre você e Emma.

— Emma foi a responsável pela morte de Catherine, já sabemos! — afirmou Elise.

— Elise, você ainda não tem certeza. Está falando emotivamente, se deixando levar pelas sensações que Emma provoca em você. Precisamos saber mais. Deixe que as lembranças venham à tona. A espiritualidade está conduzindo todo o seu processo de cura. Nenhuma das sessões é realizada sem o apoio de nossos mestres e amigos espirituais. Durante todo o tempo em que acessou sua memória passada, uma de minhas mentoras, Millena, esteve presente, prestando-lhe assistência. Hanna, que foi sua mãe naquela existência, também esteve ao seu lado o tempo todo. Vocês são espíritos afins, e ela aceitou ser sua orientadora em sua existência atual. Ela tem buscado de todas as maneiras ajudá-la na questão de Emma — Nancy fez uma pausa e continuou: — Você se lembrará de mais fatos, mas apenas o necessário para que ocorra a cura: a sua e a de Emma. Ela também precisa se libertar.

Elise levantou-se com um salto.

— Como assim?! Ela é uma assassina, continua me perseguindo, perseguindo Julia, fez Mark parar na UTI, e sem falar dos gêmeos, que ainda estão sendo mantidos prisioneiros naquele lugar... — o tom de voz de Elise estava alterado. — Por que aquela mulher merece que eu faça algo por ela?

— Eu compreendo sua revolta e peço que se acalme.

Diante do olhar de Nancy, Elise sentiu-se compelida a calar-se e a sentar-se novamente.

— Existe muita coisa sobre nosso passado que não sabemos, Elise. Estamos neste planeta para aprendermos e evoluirmos. Somos todos imperfeitos, somos todos irmãos sob o prisma espiritual. Existe algo por trás do que ocorreu entre você e Emma. Vocês possuem um vínculo cármico muito forte, que não vem de uma existência apenas. Por isso, eu lhe digo: continue com as sessões. Confie em mim.

Elise pareceu acalmar-se. Ela procurou concentrar-se na ideia de que no presente era Elise, que tinha uma vida como Elise e não era mais Catherine. Tudo aquilo fazia parte do passado. Precisava convencer-se disso.

Em um canto da sala, ao lado de Milena, Hanna observava Elise com amor e preocupação. O sentimento que a moça nutria por Emma preocupava Hanna, que procurava incessantemente apaziguar a situação, enviando para Elise mensagens de perdão e de paz.

Elise saiu da casa de Nancy disposta a seguir em frente com seu propósito, afinal, tinha também Julia, Mark e os gêmeos. E, durante o trajeto para casa, repetia intimamente para si mesma que não era mais Catherine Duncan, e, sim, Elise Carter.

CAPÍTULO 22

Julia estava preparando o jantar, enquanto Mark, como de costume, revisava alguns relatórios em seu escritório no piso superior.

O vento aumentara, e a chuva fina e gelada começara novamente a cair desde o início da tarde.

Tudo parecia tranquilo desde que Mark retornara do hospital. Noites repousantes, livres de pesadelos ou insônia, nenhuma manifestação sobrenatural ocorrendo pela casa, e até mesmo o casamento deles parecia ter experimentado uma melhora significativa.

Julia preparava uma torta de legumes com queijo, um dos pratos preferidos do marido. Ela ligou o aquecedor, pois começou a sentir as pontas dos dedos das mãos ficarem desconfortavelmente geladas. Os cabelos presos em um minúsculo rabo de cavalo e os óculos com armação vermelha ajeitados quase na ponta do delicado nariz lhe emprestavam um ar juvenil. Ela preparava a torta com a mesma seriedade que costumava preparar uma aula. Queria impressionar Mark. Sempre teve essa necessidade e, por conta disso, desenvolvera um perfeccionismo quase doentio e o aplicava em tudo o que fazia.

Até mesmo nas pequenas tarefas Julia sentia a obrigação de ser perfeita, e isso às vezes a incomodava. A sensação de que, aos olhos do marido, nunca era boa o suficiente a transformara em uma mulher com tendências obsessivas, talvez porque Mark fosse um homem de poucas palavras e de raríssimos elogios, talvez porque, desde a infância, Julia sempre tivera uma necessidade de aprovação, fosse pela parte dos pais ou dos professores. Ela esforçava-se, era talentosa, porém, intimamente, nunca se sentia suficiente.

Concentrada no preparo da massa da torta, Julia teve a sensação de estar sendo observada pelas costas. Instintivamente, ela virou-se para trás, contudo, com exceção dos armários e da geladeira, não havia nada. Julia voltou sua atenção novamente para a massa, acrescentou mais um pouco de farinha e voltou a sová-la. Um calafrio percorreu sua coluna, fazendo seu corpo todo estremecer. Ela percebeu que, apesar de ter ligado o aquecedor, o ambiente continuava gelado. Julia girou um pouco mais o botão do aparelho, aumentando a calefação, esperou alguns minutos, mas nada aconteceu. O frio persistia, e ela pensou que talvez o aquecedor estivesse com algum problema. Tinha que terminar a torta, então, tornou a sovar a massa. Estava no ponto de deixar descansar, então, ela colocou a massa em uma tigela de vidro e cobriu-a com um pano imaculadamente branco.

Julia, novamente, teve a desagradável sensação de que não estava sozinha e de que havia mais alguém com ela na cozinha. Começou a sentir medo, a sentir-se incomodada. Será que tudo estava recomeçando, como Nancy e Susan a haviam alertado ou seria somente sua imaginação?

E o frio persistente? O aquecedor parecia estar funcionando normalmente, então, aquele frio não era normal. Os cães começaram a ladrar. Estavam soltos no jardim e rodeavam a casa latindo sem parar. Julia ouviu passos no rol de entrada e depois na sala do piano. Seu coração acelerou e a respiração ficou mais curta. Ela estava começando a entrar em pânico. Até mesmo sentia medo de caminhar até a escada para chamar o marido. A luz apagou-se como ocorre em uma queda de energia e retornou em seguida. Apagou-se e acendeu-se novamente por três vezes. Mark apareceu no parapeito da escada, enquanto os cães latiam sem parar.

— Julia?! Está tudo bem aí embaixo?

— Sim, foi só uma queda de energia. Talvez um carro tenha batido em algum poste — disse ela, tentando disfarçar o medo.

Mark desceu as escadas, e, em seu íntimo, Julia sentiu-se aliviada.

— Vou até lá fora ver por que os cães estão latindo tanto.

— Tome cuidado!

— Não se preocupe, não deve ser nada de mais. Talvez seja um roedor qualquer ou uma pequena raposa. Estou levando minha lanterna. Pegue, fique com esta aqui para o caso de a luz apagar-se novamente

— depois, virando-se rapidamente para a esposa, perguntou: — Por que não ligou o aquecedor?

— Eu liguei, mas acho que está com algum problema.

Julia procurou ignorar o que estava sentindo. Acendeu algumas velas, dispondo-as sobre um prato de cerâmica para o caso de a luz apagar-se novamente, terminou de preparar a torta e colocou-a no forno para assar. Novamente, ela ouviu passos, que, desta vez, estavam próximos da porta da cozinha.

— Mark? É você?

Atônita, ouviu os passos entrarem no ambiente e cessarem próximos de onde ela estava. Julia ficou imóvel, pois não sabia que atitude tomar. Tinha vontade de sair correndo, mas não queria que Mark a flagrasse agindo daquela forma. Ela, então, permaneceu onde estava. Sabia que não estava sozinha, que havia mais alguém ali e que estava muito perto. Mentalmente, Julia implorava pelo auxílio de seus guias e protetores espirituais; estava tomada pelo pavor. Ela sentiu algo respirando junto do seu rosto, fechou os olhos e lembrou-se do relato de Mark a respeito da noite em que ele desligara e fora parar na UTI. Fazia um apelo desesperado a Deus e a todos os santos que conhecera na infância, procurando lembrar-se desesperadamente de seus nomes. Um cheiro desagradável penetrou nas narinas de Julia. Um odor semelhante ao que costumava sentir na antiga estufa. A luz, então, apagou-se novamente.

Julia ouviu os passos distanciarem-se na direção da pia, e duas taças foram arremessadas no chão.

— Julia, está tudo bem?

Mark ouviu o barulho do vidro quebrando-se e correu da porta da frente em direção à cozinha. Estava com os cabelos e os óculos molhados pela chuva. Os cães finalmente pareciam ter ficado mais tranquilos.

Julia ainda tentou disfarçar, dizendo que sim, mas explodiu em um choro intenso.

— Calma, está tudo bem — Mark procurava falar com suavidade. — Foi só uma queda de energia e um problema no aquecedor. Por que está chorando, querida? Que cheiro estranho é esse?

Julia procurava desviar os olhos dos do marido, contudo, não era capaz de conter o que estava retendo havia tantos meses. Não estava conseguindo ser uma mulher forte nem uma esposa perfeita.

— Olhe para mim — disse Mark, segurando com delicadeza o queixo da esposa com a ponta dos dedos. — Você não precisa ter vergonha de chorar. Somos casados há tanto tempo, Julia. Não precisa ter vergonha de nada. Sei que anda cansada e que há bastante tempo tem lidado praticamente sozinha com toda essa situação. Você apenas está sobrecarregada, e isso é normal. Não deveria se cobrar tanto.

— É que... estava tudo tão bem... — a voz de Julia era entrecortada pelos soluços. — E, de repente, começou tudo de novo!

— Do que está falando? Dos fantasmas?

— É...

— Você acha que o fato de a luz ter se apagado e de os cães estarem latindo tem algo a ver com os tais espíritos?

Julia balançou afirmativamente a cabeça.

— Julia, você não pode começar a acreditar que qualquer coisa que aconteça seja fruto de um fenômeno sobrenatural.

— Eu sei, mas você estava lá em seu escritório, e eu comecei a me sentir observada. Era como se eu não estivesse sozinha aqui. A luz se apagou, então, ouvi passos na sala e no rol de entrada. Os passos se aproximaram, pararam diante de onde eu estava, e senti alguém respirar bem próximo do meu rosto e depois se afastar. Nesse momento, alguma coisa jogou aquelas duas taças no chão. O cheiro horrível é o mesmo de nossa estufa. É ela, Mark. Nancy e Susan tinham razão. Emma não foi embora; continua na nossa casa... e tenho muito medo do que possa acontecer.

— Não vai acontecer nada, querida. Já dei permissão a você e às suas amigas para fazerem o que deve ser feito. Fique tranquila. Façam o que for preciso. Caso eu tenha de viajar, você poderia dormir na casa de alguma delas. O que acha? Estamos juntos, e isso é o mais importante.

Julia ficou admirada com o fato de o marido falar daquela maneira. Uma mudança realmente ocorrera com Mark, e isso a deixava satisfeita. Talvez fosse resultado da experiência pela qual ele passara, talvez fosse Deus agindo na vida dele por meio do tratamento espiritual que recebera. Na realidade, Mark continuava recebendo suporte da parte de uma falange de guias e mentores, que atuavam, em especial, durante seus períodos de sono, não somente o vigiando como também levando-o em espírito para um templo de instrução no astral superior. Aos poucos, Mark estava assimilando os ensinamentos recebidos, porém, quando retornava ao plano físico, sua mente consciente não se lembrava com clareza do que ocorria, mas sua mente espiritual assimilava o conhecimento adquirido.

Mark abraçou Julia com carinho, e, apesar do frio que fazia, o casal teve um jantar agradável.

Quando todas as luzes da mansão se apagaram, Walter e Wanda deslizaram em direção à sala do piano e ali permaneceram durante toda a noite. Os irmãos sentiam-se mais protegidos dentro da casa, pois Emma não conseguia mais permanecer no interior da mansão durante muito tempo, afinal, a energia que se fortalecia ali a incomodava e repelia, deixando-a ainda mais furiosa. Até mesmo os gêmeos estavam escapando ao seu controle.

Na escuridão da antiga estufa, Emma amaldiçoava William e toda a sua família. Envolta em uma energia densa e escura semelhante ao lodo, a roupagem fluídica da mulher era assustadora. Os cabelos desgrenhados e sujos, as longas unhas acinzentadas, o antigo vestido composto por farrapos enlameados ajudavam a compor uma figura digna de um filme de terror. Tudo nela era sombrio e decadente, e o cheiro fétido que emanava de si fazia jus ao seu desejo de vingança. Vez por outra, algumas sombras rastejantes, gemendo e pedindo ajuda, tentavam aproximar-se dela como se quisessem tocá-la. Em seus acessos de fúria, Emma enxotava-os, rogando-lhes pragas e maldições. "Não deixarei a mansão! William jamais ficará com tudo! Ele me deve! Deve sim! Fizemos um acordo, me casei com ele, tenho meus direitos! Vou me vingar a qualquer preço." Emma sentia-se cansada, mas pensava que tinha de persistir em seu objetivo. "Se ele está pensando que aqueles soldados que montam guarda durante a noite na casa vão me acovardar, ele está muito enganado! Encontrarei uma forma. Os Duncan terão de pagar pelo que fizeram!"

Emma gritava enlouquecida, quando uma luz tênue despontou junto ao lago e lhe chamou a atenção, tirando-a temporariamente de seu surto. Ela tentou sair da estufa, mas não conseguiu. Algo a impedia de mover-se. Emma via a luz aproximar-se cada vez mais, tornando-se mais intensa e brilhante, e em vão debatia-se no mesmo lugar. Ela começou a sentir-se impotente, o que fez seu medo e sua raiva aumentarem. Pouco a pouco, a figura de uma mulher surgiu diante dela. Hanna emanava uma energia de puro amor compassivo para Emma e seus olhos mostravam piedade.

— Saia daqui! — gritou Emma apavorada.

— Emma, sou eu, Hanna.
— Quem?
— Hanna Duncan.
— Está louca? Hanna está morta! Saia daqui! Não a quero aqui! Vá embora!
— Emma, eu vim para ajudá-la. Peço-lhe que venha comigo e confie em mim.

Emma finalmente reconheceu o rosto de Hanna, o que a deixou ainda mais furiosa. Ela soltou uma gargalhada debochada e insolente.

— Você veio para me enganar, achando que vai livrar seus filhos e seu querido William de mim. Sua idiota! Está com medo do que poderei fazer com eles, não é? Vão embora, você e todos aqueles seus amigos. Vou acabar com todos vocês! Todos!

Como o ódio de Emma tomava proporções imensas, seres sombrios, que atuavam em sintonia com ela e sob seu falso comando, começaram a aproximar-se, fortalecendo-a.

Uma mulher, cuja roupagem fluídica lhe conferia a aparência de uma dama antiga, aproximou-se e retirou Hanna do local.

Emma ria e gritava histericamente, enquanto recitava maldições em um antigo dialeto bretão.

— Vocês não conseguirão! Eu triunfarei e destruirei seus filhos, Hanna! E tenha certeza de que acabarei com William!

Junto aos seus pés, as sombras rastejavam como serpentes, compondo um cenário de horror. Na mansão, Julia e Mark dormiam tranquilos sem se darem conta do que estava ocorrendo do lado de fora. Walter e Wanda recebiam auxílio de um dos espíritos que guardavam a mansão no período noturno e conseguiam ouvir tudo o que Emma dizia. Wanda cobria os ouvidos desesperadamente, mas era em vão. Os dois adolescentes recusavam-se a seguir com Hanna, pois não queriam abandonar Catherine e Mary. Tinham medo de Emma, acreditavam que ela iria encontrá-los e que tinha algum tipo de poder sobre eles.

Quando começou a amanhecer, os gritos de Emma cessaram junto com a escuridão da noite, e Walter e Wanda finalmente conseguiram descansar.

CAPÍTULO 23

Elise olhou pela janela do quarto e viu Pilar novamente na praça, brincando na companhia de Simone e da menina de blusa listrada. A garota vestia a mesma roupa, a mesma toca de lã, os mesmos tênis, e os cabelos crespos estavam presos da mesma forma com um elástico. Simone agia como se a garota não estivesse ali.

Elise desceu rapidamente os degraus e, em poucos minutos, chegou à praça.

— Oi, Elise! — disse Pilar sorrindo.

A menina da blusa listrada havia ido embora, e Simone acenou sorrindo do banco onde estava sentada lendo. Elise sorriu e acenou também.

— Quer brincar comigo? — convidou Pilar.

— Claro, vim até aqui para isso. Do que vamos brincar?

— Eu estou fazendo esses desenhos, o que você acha?

Pilar desenhava na terra com um graveto.

— Estão muito bonitos. Onde fica essa casa?

— É aquela aonde fomos com o papai, lembra?

Elise entendeu que Pilar se referia ao chalé de Lynmouth.

— Sim, me lembro. Está muito bonito. Quem são essas duas?

— Eu e Wanda.

Elise tomou um susto.

— Quem é Wanda?

Pilar sorriu.

— Ela disse que conhece você. É minha amiga.

— Sei — respondeu Elise sem saber direito o que dizer. — E a menina que estava aqui há pouco?

— É a Sheila. Eu gosto de brincar com ela. Sheila mora naquela casa ali.

Pilar apontou para uma casa do outro lado da rua.

— E Simone? Ela gosta de sua amiga?

— Não sei, acho que sim — respondeu a menina, absorta no novo desenho que estava fazendo.

Elise aproximou-se do banco onde Simone estava e sentou-se.

— Oi, Elise. Que bom que veio nos fazer companhia.

— Estava sozinha no apartamento e, como só terei que sair após o almoço, resolvi vir até aqui. Ainda bem que não está chovendo, não é mesmo?

A babá concordou, dando uma palestra sobre o quanto o clima em Londres era cansativo e entediante.

— Simone, quem é aquela garota que sempre está aqui no parque?

Simone entortou a boca e as sobrancelhas em uma expressão que demostrava seu total desconhecimento sobre o que Elise estava falando.

— Nunca prestei atenção. Acabo sempre me concentrando em minha leitura. Acho que vi uma menina sim, mas não sei quem é...

Durante algum tempo, Elise permaneceu conversando a respeito de assuntos banais com a babá, depois se levantou e caminhou até o outro lado da praça.

Em um gesto quase que instintivo, Elise atravessou a rua e tocou a campainha da casa que Pilar apontara como sendo a residência de Sheila.

Ela insistiu, mas ninguém apareceu. Olhou pelo vidro da janela sem cortinas e viu que a casa estava vazia.

Uma mulher idosa apareceu na varanda da casa ao lado.

— Bom dia. Não mora mais ninguém aí.

— É mesmo? Faz tempo?

— Mais ou menos um ano — respondeu a mulher aproximando-se mais do muro. — Eram seus parentes ou amigos, talvez?

Elise percebeu que ela andava com o auxílio de uma bengala e que parecia ter muita dificuldade de locomover-se devido ao excesso de peso, então, aproximou-se.

— É... mais ou menos. Eu conheci a menina que morava aqui, o nome dela é Sheila. Sempre que eu vinha na praça para ler um pouco, a encontrava brincando no parque.

A mulher olhou dentro dos olhos de Elise.

— Vejo que você ficou fora durante algum tempo.

— É verdade, eu viajo bastante. Sou fotógrafa.

— Entendo... sinto muito em lhe dizer, mas a pequena Sheila faleceu no ano passado.

Apesar de Elise ter desconfiado de algo assim, ficou sem ação.

— Eu... eu não sei o que dizer. Não esperava por isso.

— Todos os moradores ficaram muito chocados. Era uma menina saudável, alegre e inteligente.

— É lamentável... a senhora sabe como ela morreu?

— Segundo a família, Sheila nasceu com um problema cardíaco, mas os pais da criança não sabiam disso e acreditavam que a filha fosse uma criança saudável. Um dia, contudo, a menina sentiu-se muito cansada, fraca, desmaiou e foi levada ao hospital. Dentro de poucos dias, faleceu. A única salvação dela teria sido um transplante, mas acho que havia chegado a hora dela. Era a única filha do casal, que resolveu se mudar e colocar a casa à venda. Vão reformá-la, pintá-la e, depois, colocá-la à venda.

— Bem, foi um prazer conversar com a senhora. Preciso ir, pois tenho um compromisso. Tenha um bom-dia — disse Elise procurando sair dali o mais rápido possível.

— Como é mesmo seu nome?

— Elise, Elise Carter.

— Muito prazer, minha querida. Meu nome é Beth. Quando quiser, venha tomar um chá comigo.

— Obrigada! Qualquer dia desses, virei lhe fazer uma visita.

Elise atravessou a rua apressadamente. Simone e Pilar já haviam retornado ao apartamento.

— Oi, Elise! — Pilar a cumprimentou sorrindo.

— Oi, Pilar! Já brincou o suficiente no parque?

— Para ela, nunca é o suficiente — respondeu Simone.

— Vou preparar nosso almoço. O que você quer comer? — perguntou Elise para a menina.

— Batatas fritas!!!

— Está bem! Mas tem que comer os legumes e a carne também. Se eu fizer batatas fritas, você promete que comerá o restante do almoço?

A menina concordou com a cabeça.

Elise colocou o avental e começou a remexer as panelas e a geladeira. Enquanto preparava a comida, observava Pilar brincando no tapete da sala. Já desconfiava de que ela também visse os espíritos, contudo, acreditava que a menina não sentisse medo, pois ainda não diferenciava os vivos dos mortos. Assim como a maior parte das crianças, Pilar não tinha um conceito formado acerca da morte. Era natural, então, que encarasse normalmente um contato com os espíritos, ainda mais com aqueles que se apresentassem com "boa aparência", isto é, com uma roupagem fluídica semelhante à aparência de um encarnado.

O almoço foi servido, e Elise saiu em seguida para encontrar-se com Pauline. No caminho, ela passou pela universidade para conversar rapidamente com Antony e avisar que iria para uma reunião na casa de Julia.

Ao estacionar na frente da loja onde Pauline trabalhava, o celular de Elise tocou.

— Alô?

— Elise? Sou eu, Nancy.

— Oi, Nancy. Está tudo bem?

— Sim, só estou ligando para avisar que Susan teve de desmarcar a reunião de hoje à tarde. Se não for inconveniente para você, poderíamos remarcar o encontro para amanhã no mesmo horário. O que acha?

— Por mim, está tudo bem. Vou até a casa da Julia assim mesmo. Faz tempo que não nos vemos.

— Faça isso, querida. Quando quiser vir novamente para darmos continuidade às suas sessões de terapia de vidas passadas, é só me avisar.

Elise permaneceu em silêncio por alguns segundos.

— Se você não tiver nenhum compromisso na sexta à tarde, conversarei com Pauline para irmos até aí.

— Para mim, está perfeito. Combinado, então, para sexta-feira. Um abraço, querida. Dê um beijo em Pauline e em Julia por mim — disse Nancy desligando em seguida.

Pauline saiu da loja vestindo um casaco de lã.

— Nossa! Está frio aqui fora! — disse ela entrando no carro.

— Oi! — disse Elise cumprimentando Pauline com um beijo no rosto.

— Vamos comer alguma coisa. Estou morrendo de fome!

— Vamos. Aonde quer ir?

— Àquele mesmo café de sempre, pode ser? Lá, eu peço um sanduíche ou algo parecido.

— A reunião de hoje na casa da Julia foi desmarcada.

— Por quê? Aconteceu alguma coisa?

— Parece que Susan teve um problema e não poderá comparecer. Remarcamos para amanhã, está tudo bem para você?

— Acho que sim — respondeu Pauline dando de ombros.

— O que você tem? — perguntou Elise franzindo as sobrancelhas e olhando para a amiga com o canto dos olhos.

— Estou um pouco desanimada.

— Não quer me dizer o porquê?

Elise acabava de estacionar na frente da cafeteria.

— Minha vida amorosa é uma piada de mau gosto! — respondeu Pauline batendo com força a porta do carro.

— O que foi?

— Lembra do cara da Austrália?

— Sim, me lembro. Ele chegaria nos próximos dias, não é?

— Reatou com uma antiga namorada e está noivo — disse Pauline visivelmente aborrecida. — Bem, pelo menos teve a decência de me dizer a verdade.

Pauline deixou o corpo escorregar para uma das cadeiras.

A atendente acabava de se aproximar para anotar os pedidos.

— Dois *cappuccinos*, por favor, e dois sanduíches de queijo com presunto — pediu Elise.

Pauline continuava calada. Elise olhava para a amiga, procurando encontrar algo para lhe dizer que a animasse um pouco. Sabia que, nos últimos meses, Pauline nutrira esperanças com relação ao tal namorado australiano.

— Olhe, antes de Antony, nenhum dos meus relacionamentos deu certo! Quando aparecer a pessoa certa, tudo vai mudar.

A atendente chegou com uma bandeja com os pedidos, rabiscou alguma coisa em seu bloco de notas, destacou a folha e deixou-a sobre a mesa sem dar uma palavra. A cafeteria, como sempre, estava quase vazia.

— Estou cansada, Elise. Todas as vezes em que conheço alguém interessante, acabo criando esperanças.

— Não fique triste, quando viajarmos novamente para Devon, você irá conosco. Está precisando sair, viajar um pouco, talvez fazer um curso diferente. Por que não faz um curso de moda, de decoração, sei lá... de maquiagem? Você gosta dessas coisas. Reparou que nos últimos tempos não faz mais nada da vida, a não ser ir para a loja trabalhar, voltar para casa e assistir a filmes?

Pauline baixou os olhos e mordeu o sanduíche. Sabia que Elise tinha razão. No último ano, não fizera nada de diferente. Todos os seus projetos pessoais estavam engavetados. Conformara-se com o emprego que tinha e esquecera-se de seus objetivos.

— Tem razão, sei que estou estagnada. Vou tentar fazer alguma coisa de diferente. Talvez um curso de decoração fosse legal.

— Claro! Você se daria muito bem! Tem que ocupar a mente com alguma coisa. Todos nós temos de ocupar a mente com alguma coisa! — disse Elise, enquanto terminava de comer o sanduíche. — Acho que daqui a algum tempo iremos novamente para Devon. O que acha de ir conosco?

— Acho que será ótimo, pois não conheço a região. Será que Antony não se chateará?

— Claro que não, ele gosta de você! Você vai amar o lugar, é lindo!

Pauline sorriu.

— Pensei em irmos até a casa de Julia mesmo assim. Na volta, poderíamos passar onde você quisesse.

— Há um antiquário aonde eu gostaria de ir. A dona da loja está precisando de gente para trabalhar.

Elise franziu as sobrancelhas.

— Você quer deixar seu emprego na loja?

— Estou há muito tempo lá, e todos os dias é a mesma coisa. Estou cansando disso também. Passo grande parte do meu tempo dobrando roupas e arrumando prateleiras.

— Está bem! Passaremos no antiquário também. Você tem o endereço?

Pauline balançou afirmativamente a cabeça, levantou-se e pegou a nota que estava sobre a mesa.

CAPÍTULO 24

Durante o trajeto até a casa de Julia, as duas amigas foram conversando sobre vários assuntos, dentre eles, sobre o interesse de Pauline por antiguidades. Elise percebeu que a amiga parecia estar um pouco mais animada.

Encontraram Julia no jardim podando alguns arbustos.

— Que bom que vieram!

— Queríamos vê-la — disse Elise sorrindo.

Julia abriu o portão e convidou-as a entrar. O bairro era tranquilo, e grande parte dos moradores pertencia à classe média alta. Não havia prédios, apenas casas e dois condomínios de luxo. As casas, em sua maioria, eram antigas, todas restauradas e bem cuidadas como a de Julia.

— Venham, vamos entrar. Estou feliz por terem vindo.

As três mulheres atravessaram o rol de entrada, e Elise sentiu que seu olhar foi atraído para a sala do piano. Ela teve a impressão de que vira um vulto passar pela porta, mas não comentou nada com as outras.

— Vou preparar um chá — disse Julia sorrindo. — Vocês já almoçaram?

Elise e Pauline agradeceram respondendo que só um chá estaria ótimo.

— Como estão as coisas por aqui? — perguntou Elise, que sentira um estranho desconforto ao entrar na mansão.

— Ontem à noite, ocorreram alguns fatos estranhos. A temperatura aqui na cozinha caiu muito, chegando a gelar os ossos. Achamos que o aquecedor estivesse com problemas, então, chamei a assistência técnica pela manhã. Um funcionário veio e me disse que o aparelho está funcionando perfeitamente — Julia fez uma pausa e prosseguiu com o relato da noite anterior: — Eu estava preparando o jantar e os cães estavam latindo muito. Tenho certeza de que havia alguém aqui na cozinha junto comigo.

Julia desligou o fogão, encheu as xícaras com água quente, e um aroma agradável de frutas cítricas espalhou-se pelo ambiente.

— Senti-me observada o tempo todo. As luzes se apagaram por mais de três vezes, e Mark teve de ir até lá fora para ver o que estava acontecendo com os cães. Eu, então, vi uma sombra deslizar para a sala do piano. Senti que havia alguém na cozinha e a respiração próxima ao meu rosto, o que foi muito assustador! O ambiente ficou infestado por aquele cheiro horrível que sentimos na estufa. Mark e eu, no entanto, dormimos bem e não tivemos pesadelos. Ah sim! Duas taças foram arremessadas de cima da pia... Querem açúcar? — disse ela abrindo um pote de vidro cheio de cubinhos de açúcar e colocando-o sobre a mesa.

— Mas acredito que ainda não acabou.

— Eu também sinto isso. Muita coisa aconteceu — disse Elise sorvendo um pequeno gole de chá e olhando nos olhos de Julia. — Lembra-se de que conversei com você ao telefone, quando voltei de viagem? De que falei sobre Mary, a dona da confeitaria que fica em um pequeno vilarejo na região de Devonshire, lembra-se?

Julia concordou com a cabeça.

— Mary é parente de William Duncan. Ela tem fotos antigas da mansão e dos moradores, inclusive do major, de Emma e das crianças. Você não iria acreditar naquilo que eu vi... Até mesmo Hanna, a primeira esposa de William, aparece nas fotografias. Voltei de lá disposta a fazer as sessões de terapia de vidas passadas. Nancy e eu começamos ontem.

— Que maravilha, Elise! — disse Julia. — E como foi sua primeira sessão?

— Estava bastante apreensiva, mas tudo correu bem até agora. Descobri algo muito importante.

Elise fez uma pausa, enquanto Julia aguardava ansiosa para que ela continuasse.

— Eu e Catherine Duncan somos a mesma pessoa. Quero dizer, eu fui Catherine no passado.

Julia olhou para Elise com a boca levemente aberta.

— Meu Deus... que loucura! — disse baixinho.

— Na sexta-feira, retornarei à casa de Nancy, e daremos seguimento às sessões.

— Mas já não está esclarecido qual foi seu envolvimento e que papel desempenhou em toda essa história? — perguntou Julia.

— Pelo que tia Nancy falou, muita coisa ainda virá à tona. Elise tem que passar por outras sessões para poder compreender alguns fatos e se libertar das emoções e dos sentimentos que a prendem ao passado — respondeu Pauline.

— Entendo, agora tudo faz sentido. Seu envolvimento com os gêmeos, com Emma... — Julia fez uma pausa. — E eu sei que a casa no passado pertenceu à minha família. Mas, afinal, será que eu também estive presente na época dos acontecimentos?

— Eu acredito que sim. Lembra-se de um sonho que tive com você e que se passava em outra época? Eu a vi com outro rosto, outro corpo, mas não me lembro muito bem se o sonho se passava aqui na mansão — comentou Elise.

— Será que Julia foi a mãe de Catherine? — perguntou Pauline.

— Não. Nancy nos disse que Hanna está no plano astral e tem procurado nos ajudar. Na casa de Mary há fotos dela. Era uma mulher muito bonita, e Catherine era a filha que mais se parecia com ela. Acredito, no entanto, que a moça que vi em meu sonho e que reconheci como sendo a Julia fosse Mary Anne, a irmã mais nova de Catherine e dos gêmeos e a última filha do major William.

— Será que eu fui Mary Anne no passado? Gostaria de conhecer essa mulher, a dona da confeitaria. Será que somos parentes? — disse Julia. — Estive na região de Devon há muitos anos, eu e Mark ainda éramos noivos. É um lugar muito bonito.

— Acho que você e Mary não possuem nenhum parentesco. Ela tem laços consanguíneos com William, e você, pelo que sei, é descendente de Hanna. Eu fiquei encantada com aquela região — comentou Elise. — Convidei Antony a nos mudarmos para Devon.

As outras duas protestaram, argumentando que, ao se mudar de Londres, Elise as abandonaria.

— Pensem pelo lado bom. Vocês teriam onde ficar quando quisessem fugir daqui, e Devon fica apenas a três horas de viagem. O chalé onde estivemos hospedados também pertenceu à família Duncan e foi construído pelo avô da proprietária da confeitaria. Hanna, Catherine e os gêmeos costumavam passar férias lá.

— Tudo isso é fascinante! — disse Julia. — E Emma? O que Mary disse sobre ela?

— Não disse muita coisa, pois ela ainda não havia nascido quando parte das tragédias ocorreu, mas lembra-se de que ninguém da família de William gostava de Emma. Mary disse que havia comentários de que a nova esposa do major era envolvida com magia negra.

— Da última vez em que conversamos, tia Norma me falou alguma coisa sobre isso ao telefone. Ela me telefonou para me dizer que havia se lembrado de pessoas da família comentando algo sobre essas coisas, mas que não sabia se era verdade ou mentira, já que, após as tragédias como as que ocorreram neste lugar, surgem histórias de todos os tipos e a maioria delas é fruto da imaginação das pessoas.

— Não entendo nem um pouco dessas coisas, mas não duvido que essa mulher estivesse envolvida com isso — disse Pauline.

— Eu também — resmungou Elise. — Acho que já vamos embora, Julia. Tenho que levar Pauline até o centro para visitar um antiquário.

— Adoro antiquários!

— Pode vir junto conosco, se quiser — convidou Pauline. — Na verdade, vou ver uma vaga de emprego que estava anunciada no jornal, mas o lugar é maravilhoso!

— Vou com vocês, sim. É só o tempo de trocar de roupa.

— Pra quê? Você está ótima! — exclamou Elise.

— Vocês acham?

Elise e Pauline convenceram Julia de que não havia necessidade de ela trocar de roupa. Julia estava realmente bem vestida. Faltava-lhe apenas um casaco para proteger-se melhor do frio. Não estava acostumada a sair de casa vestida informalmente, mas sentiu-se encorajada pelo fato de Elise e Pauline estarem usando calças jeans.

O trajeto até o centro da cidade demorou mais que o de costume, pois o trânsito estava intenso. Elise entrou em um estacionamento, deixou o carro lá, e as três mulheres foram a pé até o antiquário.

As três amigas caminharam por cerca de duas quadras até chegarem ao endereço, que ficava em uma rua sem saída, bem no centro de Londres, em um beco no qual cada sobrado antigo fora transformado em lojas, todas muito frequentadas por turistas do mundo inteiro. O ponto comercial era indiscutivelmente excelente. Ao lado da porta de vidro havia uma campainha, e Pauline apertou-a uma vez. Em seguida, um rapaz muito alto e magro apareceu para abrir a porta.

— Boa tarde, sejam bem-vindas. Em que posso ajudá-las?

— Estou procurando pelo gerente ou pelo dono da loja — disse Pauline. — É a respeito de uma vaga que vi no jornal.

O rapaz pediu que ficassem à vontade e afastou-se.

"O lugar é realmente de tirar o fôlego, e os preços também", pensou Elise. Uma escadaria de madeira cuidadosamente polida levava até o piso superior, onde uma miríade de antiguidades estava exposta em diversas prateleiras, estantes, aparadores antigos e vitrines blindadas. Havia móveis, objetos de arte e de decoração, até mesmo livros raros, joias e brinquedos.

A porta dos fundos abriu-se — provavelmente era onde ficava o escritório e o depósito — e surgiu uma mulher de meia-idade, com quase um metro e noventa de altura, muito magra e branca, com os cabelos escuros, lisos e finos presos em um coque atrás da nuca.

— Pois não? — disse ela para Pauline.

— É sobre a vaga que anunciou no jornal — respondeu Pauline, sentindo-se um pouco intimidada pela figura imponente.

A mulher mediu-a com os olhos diversas vezes, o que deixou Pauline um pouco insegura e constrangida.

— Como se chama? — perguntou a mulher.

— Pauline.

— Entende alguma coisa de antiguidades? Possui alguma experiência?

A entrevista informal foi interrompida por Julia, que retornava do piso superior.

— Elza? — disse ela tocando de leve no ombro da mulher.

A dona do antiquário virou-se, observou o rosto de Julia durante alguns segundos e depois seus lábios se estenderam em um grande sorriso. As duas se abraçaram como velhas conhecidas.

— Julia! Meu Deus! Quanto tempo! O que aconteceu? Nunca mais nos vimos!

Só então Pauline percebeu que a mulher falava com certo sotaque, acentuando alguns erres e abafando os fonemas do ch.

— Eu me mudei do prédio. Que bom vê-la! Sua loja é linda, estou encantada!

215

— Muito obrigada! Faz pouco tempo que mudamos para cá. Eu e Wagner estamos desesperados, porque são muitas as peças que temos para catalogar e conferir.

— Vejo que já conheceu minha amiga Pauline — comentou Julia sorrindo.

Elza levantou as sobrancelhas levemente, procurando disfarçar o espanto. Olhando à primeira vista, Julia e Pauline não tinham nada em comum. Aliás, eram completamente diferentes.

— Pauline é uma grande amiga minha. Na verdade, eu a conheço desde criança. Ela possui um senso de observação muito aguçado para antiguidades e obras de arte.

Pauline arregalou os olhos ao ouvir as últimas palavras de Julia.

— Isso é ótimo! — disse Elza, já olhando Pauline com outros olhos. — Ela, então, é exatamente o que estou procurando — depois, voltando-se para Pauline, perguntou: — Quando você pode começar?

— Preciso de alguns dias, dona Elza.

— Por favor, apenas Elza.

— Desculpe, Elza, preciso apenas conversar com a gerente da loja em que trabalho. Talvez eu tenha de permanecer alguns dias no meu emprego atual até conseguirem outra pessoa para me substituir.

— Entendo, lhe dou uma semana. Se demorar mais que isso, não lhe garanto que não contratarei outra pessoa. Você também deve compreender minha situação, Pauline. Tenho urgência em encontrar uma funcionária, não tenho disponibilidade de tempo para permanecer integralmente aqui na loja, e Wagner não pode ficar sozinho. Caso consiga se resolver com sua chefe em uma semana, o emprego é seu. Tem minha palavra de que até lá estarei a aguardando.

Elza era uma mulher de caráter irrepreensível, extremamente séria e honesta. Apesar da postura um tanto intimidadora, possuía boa índole e bom coração. Simpatizara com Pauline, embora não quisesse demonstrar logo no primeiro momento.

Acreditava que a moça tinha potencial para assumir a vaga, pois, pensava, não era qualquer pessoa que se encaixaria no perfil para atender em uma loja daquelas. Falando mais objetivamente, achou que Pauline tinha boa aparência.

— Bem, eu lhe agradeço muito a oportunidade e farei o possível para retornar o mais breve.

Pauline estendeu a mão na direção de Elza, que retribuiu o gesto. Naquele momento, a moça percebeu o quanto as mãos da dona do antiquário eram grandes. Apesar das unhas bem-feitas e pintadas de vermelho rubi, de graciosos anéis dourados lhe enfeitando os dedos, as mãos de Elza, junto às de Pauline, pareciam gigantescas, fazendo-as desaparecerem.

— Elza, foi um enorme prazer reencontrá-la — disse Julia abraçando-a.

Elza retribuiu o abraço de Julia e apertou a mão de Elise, que teve a mesma sensação que Pauline.

As três mulheres retornaram ao estacionamento apertando o passo, pois a chuva fina começara a cair.

— De onde vocês se conhecem? — perguntou Pauline para Julia, quando já estavam acomodadas dentro do carro.

— Do antigo prédio onde Mark e eu morávamos antes de nos mudarmos para a mansão. Elza era minha vizinha e tinha um pequeno antiquário em uma galeria próxima daqui. Tínhamos uma boa amizade, mas acabamos nos distanciando depois que eu me mudei. Foi bom encontrá-la novamente, e, se você aceitar este emprego, não se arrependerá. Ela é uma excelente pessoa, muito inteligente, profissional, e você poderá aprender muito com ela. Elza realmente entende de antiguidades e está no ramo há mais ou menos duas décadas.

— Confesso-lhe que, assim que a vi, fiquei um pouco intimidada, mas depois me senti mais à vontade.

— Que sorte a Julia ser amiga da dona do antiquário, Pauline! — disse Elise. — Garanto que isso contou pontos a seu favor. O emprego é seu. Só falta você dar um jeito de largar seu trabalho na loja dentro do prazo estipulado por Elza.

— Amanhã, conversarei com minha gerente, mas acredito que não terei problemas. Nos últimos dias, já vinha comentando com ela sobre meu desejo de mudar de emprego. Estou ansiosa! Não vejo a hora de começar a trabalhar no antiquário! O lugar é esplêndido! — disse Pauline animada.

Apesar do horário, pois já era fim de tarde e muitos deixavam o trabalho e retornavam para casa, o tempo de trajeto até a casa de Julia e depois até a casa de Pauline passou voando.

Ao chegar em casa, Elise encontrou Antony subindo as escadas e segurando várias sacolas de mercado.

— Posso ajudá-lo?

Antony sorriu ao ver Elise entrar no prédio.

— Claro! Pode ficar com essas daqui se quiser — disse ele, entregando a ela as sacolas mais leves.

— Como foi na casa de Julia?

— Não houve reunião, será amanhã. Susan teve um contratempo. Pauline e eu passamos a tarde com Julia. Na verdade, Julia e eu fomos com Pauline ver um emprego em um antiquário maravilhoso lá no centro!

Antony enfiou a mão no bolso para procurar a chave, colocou-a na fechadura e girou duas vezes.

— Como assim? Pauline perdeu o emprego?

— Não, só está um pouco entediada e resolveu que quer trabalhar em outro lugar.

— Oi, papai! Oi, Elise!

Pilar correu desajeitada com suas pantufas cor-de-rosa na direção do casal, que acabara de entrar. A menininha abraçou Antony e Elise e retornou para sua caixa de brinquedos. Simone despediu-se e saiu apressada. Pouco depois, o jantar foi servido, e todos foram se deitar.

Na noite silenciosa, Pilar debatia-se de um lado para o outro na cama e em seus sonhos via uma mulher vestida de negro, que, com o olhar assustador, se aproximava dela. Emma sorria ao lado da cabeceira da cama, enquanto Pilar lutava para despertar de seu pesadelo.

CAPÍTULO 25

Nancy e Susan acabavam de estacionar na frente da mansão. A chuva caía em abundância, e Nancy armou um enorme guarda-chuva azul-escuro. Ela deu a volta no carro e aguardou Susan ao lado da porta do motorista.

Julia abriu a porta, assim que ouviu o carro parar na frente do portão.

— Entrem!

Os casacos de Susan e Nancy estavam parcialmente molhados, e os calçados, encharcados.

— Nossa! — disse Susan sorrindo. — Parece que o céu está desabando!

— Vou buscar uma toalha para vocês se secarem.

Julia saiu e, em seguida, retornou trazendo duas toalhas.

— Quando saímos da casa de Nancy, não estava chovendo desse jeito — comentou Susan, enquanto secava os cabelos.

— Me deem licença só um segundo, meninas. Acho que Elise e Pauline acabaram de chegar.

Julia abriu a porta novamente, e, em segundos, Pauline e Elise atravessaram a varanda e passaram correndo para o rol.

Estavam encharcadas, pois não haviam levado guarda-chuva.

— Acho que terão de se trocar — observou Julia, examinando-as da cabeça aos pés. — Vamos até meu quarto. Eu lhes darei roupas secas.

Depois de alguns minutos, Elise e Pauline retornaram ao piso inferior vestindo as roupas de Julia, que ficaram bastante apropriadas para

Elise, já que ela e Julia tinham quase o mesmo porte físico. Em Pauline, contudo, sobravam tecido para todos os lados.

— Sentem-se mais confortáveis? — questionou Julia.

As outras duas concordaram e agradeceram. Após uma breve pausa para um café, Nancy disse que deveriam dar início ao trabalho, pois gostaria de aproveitar o tempo que tinham disponível. Susan ainda tinha alguns compromissos no instituto para cumprir, e ela também tinha seus afazeres.

— Vamos começar pelo piso superior, Julia — sugeriu Susan.

Todas estavam trajando roupas claras. Susan e Nancy examinaram a energia presente nos diferentes cômodos do segundo piso da mansão e não detectaram nada de anormal.

— Como têm sido suas noites, Julia? Você e Mark têm dormido bem? — questionou Susan.

— Têm sido tranquilas, sem pesadelos. Aconteceu algo há duas noites, mas não durante nosso período de sono. Senti uma presença estranha na cozinha, o aquecedor pifou, e duas taças foram arremessadas no chão. Fiquei apavorada, mas tudo parou em seguida. Desde então, não tivemos mais problemas.

— Ótimo, vamos descer.

O pequeno grupo de mulheres desceu as escadas, e Nancy começou a circular pelo ambiente com seu pêndulo. Ao chegarem à sala do piano, ela comentou que estava sentindo uma presença no local.

— São as crianças, os gêmeos — disse Susan com os olhos fechados. — Posso vê-los. Vou tentar conversar com eles.

Fez-se um silêncio durante alguns minutos.

— A garota diz que Emma ainda permanece por aqui e que devemos ter cuidado, pois ela ainda não desistiu de seu plano de vingança — Susan fez uma pausa e continuou: — Ela passa a maior parte do tempo na estufa. Parece que lá ela se sente mais forte. A garota está dizendo que existem outros com ela e que o único lugar onde esses espíritos se sentem seguros é lá, mas estão planejando atacar novamente. Os dois irmãos estão com muito medo, porque Emma e seus servos... acho que é isso que eles estão dizendo... são perigosos. Wanda está me contando que a mãe deles esteve aqui, que queria levá-los, mas que eles preferem permanecer com Mary e Catherine, pois querem ajudar de alguma forma — Susan fez uma nova pausa e continuou: — Eles estão dizendo: "Emma se alimenta do medo e da raiva. Cuidado, Catherine, cuidado.

Emma conhece você. Ela sabe das coisas e como fazer essas coisas. Ela é muito esperta e faz coisas muito ruins".

Dizendo isso, Susan finalmente silenciou.

— Sente-se um pouco — sugeriu Nancy conduzindo-a até a poltrona.

— Os gêmeos estão com medo e não quiseram falar mais nada. A casa está sendo guardada por alguns amigos da espiritualidade, mas você e Mark deverão fazer sua parte. Evite discussões e persista em suas orações, Julia. Você também, Elise. É muito importante que faça o mesmo. Por mais que achem isso tudo desnecessário ou chato, façam! Encontrem tempo para fazer suas orações!

Ao proferir a última frase, Susan olhou diretamente para Elise. De alguma forma, ela sabia que Elise era relapsa com suas orações diárias e que costumava ir se deitar todas as noites prometendo a si mesma que na manhã seguinte reservaria um tempo para fazê-las. Isso, no entanto, não ocorria.

Nancy convidou a todas para, juntas, fazerem uma oração. Elas, então, deram-se as mãos e formaram um pequeno círculo. Alguns guias que estavam presentes se aproximaram, posicionando-se atrás delas. Os gêmeos foram convidados por Hanna, que também estava no local, a se aproximarem de Elise e de Julia.

Nancy iniciou a oração agradecendo a presença de todos, encarnados e desencarnados. Hanna estava muito comovida. Com a corrente de energia, Elise foi tomada por essas vibrações e começou a chorar. Milena, que estava responsável por Hanna, aproximou-se e procurou retirá-la da casa, pois ela ainda não estava preparada para algumas situações e o fato de estar tão próxima de Elise mexeu com suas emoções, trazendo o passado à tona e com ele toda a tristeza relacionada ao próprio desencarne e ao de sua filha Catherine. Havia uma ligação muito intensa entre elas, pois eram espíritos afins e estavam unidas havia muitas existências.

Após o término da oração, Nancy pediu a Julia que trouxesse um copo com água.

— Beba, minha querida, e sente-se aqui — disse com suavidade e conduziu Elise até o sofá. — O que sentiu?

— Não sei... não sei explicar. Era como uma intensa e dolorosa saudade — respondeu Elise entre soluços.

— Foi a presença de Hanna — explicou Susan. — Estou recebendo agora uma mensagem de um de meus mentores que diz que ela será afastada temporariamente da casa, pois ainda não se desprendeu por completo dos fatos ocorridos no passado, em sua última encarnação. Não está preparada. É mesmo bastante difícil, ainda mais quando envolve laços tão fortes como o da maternidade e circunstâncias tão dolorosas como as que ocorreram aqui. Para seu bem, Hanna acompanhará todo o processo e o trabalho que será desenvolvido à certa distância daqui para frente. Quando tudo estiver resolvido, ela poderá retornar para visitar seus entes queridos — dizendo isso, Susan respirou profundamente e fechou os olhos, murmurando palavras de gratidão.

— Sente-se melhor, Elise? — perguntou Julia sentando-se ao lado dela.

— Sim, já está passando.

— E Emma? — perguntou Pauline.

A pergunta pegou a todas de surpresa.

— No momento certo, ela será atraída para fora daqui. Nossos amigos já estão trabalhando nisso. Temos de ter um pouco de paciência. Digamos que não estamos lidando com algo muito fácil. Emma conseguiu reunir uma falange de seguidores que vibram na mesma frequência que ela. São espíritos ignorantes, que se sentem presos a ela, sob seu domínio, e que ainda não se deram conta de que não precisam de Emma para nada e de que são apenas fantoches em suas mãos. Não podemos fazer uma reunião aqui dentro sem uma equipe de médiuns experientes, que deverá estar presente na ocasião para prestar assistência ao trabalho. Estou me esforçando para reuni-los. Precisaremos de assistência, não só dos desencarnados, mas também de encarnados, unidos em um mesmo propósito. É como um tratamento. Existe um período para que ocorra a cura, conseguem entender?

Pauline, Julia e Elise assentiram com a cabeça.

Após o término da reunião, todas se despediram. Elise seguiu com Pauline, e Nancy foi embora com Susan. No trajeto até a casa de Nancy, as duas conversavam sobre Elise.

— Nancy, Elise precisa colaborar um pouco mais.

— Eu sei, mas acredito que isso irá ocorrer. Ela está demonstrando interesse em prosseguir com as sessões de terapia de vidas passadas. Acho que já é um bom começo.

— Precisamos orar por ela, enviar-lhe vibrações de cura constantemente, pois Elise ainda está muito apegada ao passado, e isso só fortalece Emma. Você sabe que a Lei do livre-arbítrio é inviolável. Somente ela poderá libertar-se do ódio que sente por Emma e compreender de uma vez por todas que o que ocorreu faz parte do passado e que não poderá ser modificado. Ela não é mais Catherine. Emma é alguém que fez parte do passado de Elise. Neste momento, a melhor opção é unirmos nossas forças para tentarmos esclarecer Emma de que sua vingança é insensata e que ela deve seguir adiante em sua evolução espiritual. Não estou afirmando que será fácil, pois sei que temos pela frente uma empreitada bastante dura e difícil, mas Elise e essa entidade têm uma história espiritual que precede em muito o passado próximo. Isso tudo deve acabar para que ambas sejam libertas.

— Eu sei de tudo isso, minha amiga. Temos que ter um pouco de paciência com Elise, pois todo esse conhecimento relacionado à vida após a morte e reencarnação é muito novo para ela. Acredito que estamos progredindo bastante. Já não me preocupo tanto com Julia, pois me parece que entre ela e Emma não existem vínculos tão sérios quanto entre Emma e Elise.

Susan concordou com a cabeça.

— Elise e Emma são inimigas de longa data. São séculos unidas pelo desejo de vingança e pelo ódio.

Susan parou o carro em frente à casa de Nancy, e uma lâmpada iluminava a porta da frente. Do lado de dentro da casa, George latia impaciente aguardando que Nancy entrasse.

— Boa noite, Susan. Amanhã, Elise virá para a segunda sessão. Eu lhe telefonarei depois disso, está bem?

Nancy e Susan despediram-se rapidamente. A chuva diminuíra, e o frio aumentara significativamente.

Nancy afagou com carinho a cabeça de George e pendurou o casaco atrás da porta. Suas articulações doíam bastante, em especial as dos dedos das mãos e dos pés.

Na cozinha, enquanto preparava algo para o jantar, vez por outra ela trocava algumas palavras com George e chegou à conclusão de que se sentia só.

Na juventude, Nancy apaixonara-se, chegando quase a contrair núpcias. Cerca de uma semana antes do casamento, o noivo rompeu o noivado, alegando estar apaixonado por outra mulher. Ela sofreu uma grande decepção, mas perdoou-o. Depois, nunca mais se envolveu em nenhum outro relacionamento sério.

Durante anos, Nancy dedicou-se à sua vida profissional e a seus estudos relacionados à espiritualidade e à cura espiritual. Os anos foram passando, e ela sempre procurou convencer-se de que não precisava ter alguém ao seu lado. Inúmeras vezes, Susan alertou a amiga de que ela não se curara completamente do término de seu relacionamento com Charles. Nancy preferia não pensar no assunto, não pensar em Charles.

Muitos pretendentes apareceram, mas Nancy sempre recusou a todos com delicadeza e educação. Não lhes dava a mínima oportunidade.

Agora, caminhando para os 60 anos, cozinhando para si mesma e para George, seu fiel companheiro já com idade igualmente avançada, sentia-se só em sua casa aconchegante.

Lembrou-se da última vez em que ela e Charles haviam se visto. Devia fazer uns dez anos mais ou menos. Ele engordara e perdera parte dos volumosos cabelos castanhos, agora esbranquiçados com o avanço dos anos. O mais inacreditável foi tê-lo encontrado em um supermercado empurrando um carrinho de compras. Londres é uma cidade enorme, com muitos bairros, e cada um deles possui muitos supermercados e inúmeras lojas de conveniências. Nancy escolhia alguns produtos de higiene pessoal em uma prateleira, quando foi abordada por um homem. No primeiro momento não o reconheceu. Apenas depois de alguns segundos observando aquele rosto, os olhos verdes e o sorriso, percebeu que estava diante do antigo noivo. Ele mudara bastante com o passar dos anos, o ar jovial desaparecera por completo, e Nancy percebeu em uma rápida análise que os problemas do cotidiano e da vida haviam transformado Charles quase completamente. Ela sorriu e cumprimentou-o, procurando aparentar naturalidade e disfarçar a taquicardia que não estava conseguindo controlar.

Nancy percebeu nos olhos de Charles a felicidade em revê-la, mas procurou convencer-se de que era apenas impressão, coisa de sua cabeça, desejo, vontade. Agora, exatamente agora, sozinha em casa preparando o jantar para si mesma e para George, dez anos após o encontro no supermercado, ela teve a certeza de que não estava vendo coisas quando olhou dentro daqueles olhos. Foi muito rápido, apenas alguns minutos até que uma mulher se aproximasse. Charles apresentou Nancy à esposa como uma velha amiga. Ambas se cumprimentaram, os três trocaram algumas palavras e logo se despediram, dando continuidade às compras. Charles e a esposa partiram em direção à seção de frios, e Nancy, ainda bastante atordoada pelo encontro, escolheu o rumo do caixa, tencionando deixar o local o mais rápido possível.

Algo lhe dizia que Charles estava infeliz com a vida que escolhera. Provavelmente, ele tomara a decisão de romper o noivado em um momento de empolgação por uma paixão arrebatadora e fugaz. Nancy estava certa. Após o primeiro ano de casamento, Charles teve a certeza de que fizera a opção errada. Por inúmeras vezes, passou pela frente da casa de Nancy com a intenção de vê-la e conversar com ela. Sentia falta da companhia, da risada e da capacidade da ex-noiva de compreender a natureza humana. Nancy, contudo, nunca estava no jardim. Os anos passaram-se, e ele procurava saber notícias dela por meio dos poucos conhecidos que tinham em comum, ainda da época em que foram noivos. Conhecia Nancy muito bem a ponto de saber que ela jamais teria um relacionamento com um homem casado, e ele, por sua vez, não tinha coragem de divorciar-se. Com o passar dos anos, a coragem ficou ainda mais distante. Os filhos foram crescendo, depois vieram os netos, e ele olhava para a esposa e a via envelhecer ao seu lado. Não era a mulher com quem desejava terminar seus dias, mas seria injusto de sua parte abandoná-la depois de tantos anos.

Ao chegar em casa naquele fim de tarde chuvoso e frio, Nancy não prestou a mínima atenção a um carro preto que estava estacionado do outro lado da rua. Mas, afinal de contas, por que prestaria? Charles estava sentado atrás do volante, com o rosto parcialmente oculto por uma revista, e viu quando Nancy desceu do carro de Susan e acenou antes de abrir a porta. Ele permaneceu no mesmo lugar durante cerca de meia hora, pensando em tocar a campainha e ver qual seria a reação da antiga namorada. Mais uma vez, contudo, ele não teve coragem, girou a chave na ignição e voltou para casa.

Naquela noite, Nancy estava pensando em Charles mais do que de costume. Em seu íntimo, tinha certeza de que ele estava pensando nela também. Bebeu uma taça de vinho e tomou o creme de abóboras que fizera para o jantar.

O telefone tocou três vezes, e Nancy caminhou até a sala para atendê-lo. Ninguém respondeu do outro lado da linha quando ela disse "alô". Ela tinha certeza de que era Charles quem estava lá, de que era ele quem estava ligando. Nancy colocou novamente o fone sobre o aparelho e, durante algum tempo, permaneceu ainda sentada na poltrona ao lado da mesinha aguardando o telefone tocar novamente. Nada, no entanto, aconteceu. Ela apagou as luzes, enfiou-se debaixo das cobertas, e não demorou muito até que adormecesse.

Em casa, na biblioteca, Charles fingia ler alguns livros e examinar pastas recheadas de papéis. Nancy não lhe saía da cabeça, e ele não queria ir para o quarto dormir ao lado de Mônica. Precisava ficar sozinho. Tinha de criar coragem e tomar uma atitude, pois não poderia mais viver daquela maneira. Ele estava levando uma vida de mentiras. Havia anos que estava mentindo para si mesmo, para sua mulher, para sua família. Já era perto das cinco horas da manhã quando terminou de beber sua quarta dose de whisky e adormeceu entre os livros e os papéis. As mãos, unidas embaixo do rosto, escondiam um envelope com uma carta. Charles estava decidido que iria entregá-la naquela manhã.

CAPÍTULO 26

Na manhã seguinte, Nancy acordou sentindo uma leve dor na cabeça, que ela associou à taça de vinho que tomara na noite anterior. No tapete aos pés da cama, George dormia profundamente enrolado em um velho cobertor de lã.

Nancy espreguiçou-se, mantendo as pernas e os pés embaixo das cobertas, e olhou rapidamente para os ponteiros do despertador sobre a mesinha de cabeceira. Faltavam poucos minutos para as oito da manhã. Precisava se levantar.

Ela preparou café e algumas torradas com manteiga e ligou a TV para assistir ao noticiário matinal que já estava quase chegando ao final. Tinha um texto grande, com mais de quatrocentas páginas, para traduzir para o idioma alemão, e a editora lhe dera um prazo razoavelmente curto para fazê-lo.

Nancy olhou pela janela da cozinha e percebeu que as flores dos lilases já não estavam mais lá. O inverno finalmente confirmava sua chegada, tornando tudo menos colorido e mais frio.

Eram os infindáveis ciclos da natureza. Para o renascimento, a morte era a vida. Alguém tocou a campainha, e Nancy foi atender à porta. Pelo horário, ela imaginou que fosse o jornaleiro.

— Nancy, me desculpe pelo horário, mas preciso muito falar com você.

A voz de Charles parecia um pouco alterada. Ele disse as palavras o mais rápido que pôde em um ímpeto de coragem, procurando subjugar o medo que estava sentindo naquele instante ao deparar-se com Nancy de pé, ali, na sua frente.

— Será que posso entrar? Prometo que não tomarei muito do seu tempo — disse ele ansioso.

— Claro, me desculpe! Entre, por favor — disse Nancy, saindo finalmente da frente da porta. — Aceita um café?

— Sim, por favor. Um café seria muito bom.

Charles sentou-se e ficou aguardando em silêncio, enquanto Nancy providenciava uma xícara e açúcar.

— Quer comer alguma coisa? — perguntou ela, colocando na frente dele a xícara com o café e o açucareiro.

— Poder ser qualquer coisa.

Charles parecia estar à beira de um ataque cardíaco. Suas bochechas estavam vermelhas, os olhos mais arregalados do que o normal, e ele estava visivelmente nervoso.

Nancy sentou-se de frente para ele procurando aparentar naturalidade, enquanto aguardava mais torradas ficarem prontas. Charles procurava criar coragem para começar a falar.

— O inverno finalmente chegou, não é mesmo? — disse ele procurando ganhar tempo. — A casa está bonita. Notei que você derrubou a parede que dividia a sala.

— É, não preciso de duas salas. Acho que assim fica mais amplo.

George apareceu na porta do quarto e latiu para Charles. Nancy pediu ao cão que ficasse quieto, e o animal deu meia-volta e retornou ao quarto.

— E a Mia?

Nancy olhou para ele com certo espanto.

— Faz doze anos que ela se foi. George é filho dela.

— Que tolice a minha! Muito tempo se passou, não é mesmo? — disse ele, sentindo-se um pouco constrangido.

Nancy retirou as torradas da torradeira e deixou-as em um prato sobre a mesa. Trouxe consigo também um pote com geleia e outro com manteiga, além de queijo e presunto.

Charles preferiu a geleia.

— O que você tem feito?

Nancy pareceu um pouco surpresa com a pergunta.

— Trabalho como tradutora para algumas editoras. Você quer saber o que fiz durante todos esses anos?

— Sim, quero dizer... não, não tudo, pois sei que muito tempo se passou. Quero saber como você está.

— Estou bem. E você?

Charles demorou algum tempo para responder.

— Eu tenho uma empresa de seguros, mas não estou bem.

— Por que diz isso?

— Porque é a verdade. Faz muito tempo que não estou bem.

— Está com algum problema de saúde, Charles?

— Eu? Não, não é isso que quero dizer. Não estou bem em outros aspectos de minha vida.

— E a Mônica, como está?

— Acredito que esteja bem, mas não sei como ela está se sentindo neste exato momento.

— Charles, não quero ser indelicada, mas o que veio fazer aqui?

— Vim conversar com você, perguntar se me aceita de volta, se me perdoa.

Nancy ficou sem saber o que dizer.

— Nancy, vivo uma vida de mentiras desde que nos separamos. Sucumbi a uma paixão efêmera e passageira e cometi o maior erro da minha vida, quando terminei nosso noivado. Não teve um dia durante todos esses anos em que eu não tenha me arrependido. Muitas vezes, passei pela frente de sua casa na esperança de vê-la, só vê-la, saber como você estava, mas nunca tive essa sorte. Ficava sabendo de uma coisa ou outra por meio de conhecidos, mas sempre me faltou coragem para procurá-la. Também não tive coragem para me separar de Mônica. Depois, vieram os filhos, os netos... você sabe como é...

— Não, eu não sei, pois nunca tive filhos e muito menos netos. O que sei é que, durante todos esses anos, sempre procurei conviver com sua ausência e com a decepção que sofri, mas no íntimo sempre havia uma esperança de que um dia você iria me procurar — Nancy fez uma pausa e continuou: — Eu já o perdoei há muito tempo, Charles, e tudo o que restou foi a mágoa e a falta que você me fazia.

Charles sentiu suas esperanças aumentarem, pois ela ainda o amava.

— Lembro-me do dia em que nos encontramos no supermercado. Você estava linda. Você continua linda, Nancy. Me senti envergonhado porque sei que meu corpo e meu rosto foram afetados pelos anos. Ontem à noite, escrevi uma longa carta para Mônica e entreguei a ela esta manhã antes de sair de casa. Estou disposto a me separar, a dar um novo rumo para minha vida. Ainda estou vivo, e os filhos e netos seguirão pelos caminhos que escolherem. Mas, eu... eu perdi muito tempo longe de você.

Nancy viu que havia sinceridade nos olhos de Charles. Aliás, essa era uma característica da personalidade dele. Ele sempre fora sincero.

— Eu não sei o que lhe dizer — disse Nancy olhando diretamente nos olhos dele.

— Não diga nada. Não me sinto no direito de vir até aqui depois de tantos anos e de lhe cobrar qualquer coisa que seja. Vim apenas lhe dizer o que sinto. Depois que sair daqui, irei até minha casa para conversar com Mônica e em seguida conversarei com meus dois filhos. Ambos estão casados e são completamente independentes. Vou me mudar para um pequeno apartamento que temos na zona Leste. Não tem muito espaço, porém é agradável e fica mais próximo do meu escritório — Charles fez uma pausa e continuou: — Nancy, eu estaria mentindo se lhe dissesse que não tenho esperanças em relação a nós dois, mas não quero ser invasivo. Durante todos esses anos, não tomei uma atitude a respeito do meu casamento ou sobre o que sempre senti por você. Fui um covarde, um idiota, e fico muito grato por você ter me recebido em sua casa.

Charles levantou-se e continuou olhando Nancy diretamente nos olhos.

— Não precisa me agradecer. Não teria por que não o ter recebido, Charles.

— Olhe, vou lhe deixar meu cartão. Aqui você tem meus números de telefone: o celular e o número do escritório. Sinto-me mais aliviado! Preciso ir para resolver tudo.

— Eu o acompanho até a porta.

Nancy levantou-se e seguiu Charles. Ambos estavam em silêncio. Não havia mais nada que pudesse ser dito naquele momento.

— Charles — disse Nancy, quando ele já estava saindo —, foi bom vê-lo depois de tantos anos. Resolva as coisas com calma e tenha paciência com sua família. Confie. Tudo irá se resolver.

Nancy sorriu e acenou antes de fechar a porta. O gesto despertou em Charles um pouco mais de esperança e de autoconfiança para seguir adiante com seus intentos.

Após a visita inesperada, Nancy permaneceu durante algum tempo sentada no sofá olhando para a parede. Seus pensamentos estavam em completa desordem, assim como suas emoções. Charles viera procurá-la depois de tantos anos, e ela ainda o amava, isso era evidente, e finalmente teria a oportunidade de um recomeço em sua vida afetiva.

Nancy caminhou até a cozinha, pegou sobre a mesa o cartão de visitas que ele lhe deixara e guardou-o dentro da agenda. Procurando voltar-se para o trabalho, sentou-se diante do computador e começou a traduzir algumas palavras, mas estava com dificuldades para concentrar-se. Ela, então, levantou-se e foi para a edícula. Uma massa branca tomava conta de parte do firmamento, o frio estava cada vez mais intenso, e os dias tornavam-se cada vez mais curtos. Nancy pensou que era melhor fazer uma pausa, pois tinha consciência de que havia momentos na vida em que era preciso parar, e aquele era um momento importante para ela.

Nancy abriu uma das janelas e acendeu um incenso de rosas brancas. Sentou-se confortavelmente no tapete em posição de lótus, de frente para o altar. Depois, fechou os olhos e permitiu que seus pensamentos fluíssem, passassem por sua mente, e, então, as preocupações com o trabalho aos poucos foram silenciando. Compromissos a serem cumpridos e cenas do passado vinham à tona. Cenas da época da adolescência, quando ela e Charles se conheceram, cenas de quando eram universitários, ficaram noivos, de viagens que fizeram juntos e do dia em que ele terminou o relacionamento. Nancy viu-se muito mais jovem, sentindo todo o peso da decepção. Viu a morte dos pais, a reforma da casa, a viagem ao Oriente, que foi um marco importante em sua vida. Viu-se envelhecer, viu o encontro com Charles no supermercado e, finalmente, a visita dele naquela manhã. Pediu orientação a seus mentores e guias espirituais e visualizou uma luz dourada sobre a própria cabeça. Em determinado momento, focou sua atenção no chacra cardíaco, onde um ponto de luz rosa surgia e se expandia a partir do centro do seu peito. Nancy visualizou a figura de Charles diante de si e, mentalmente, disse-lhe tudo o que sentia e que naquela manhã não conseguira dizer pessoalmente. Emanou para ele e para toda a família vibrações de amor e paz, desejando que a situação fosse resolvida sem mágoas e conflitos.

Nancy permaneceu durante algum tempo naquela sintonia e depois, bem mais tranquila e com as emoções e os pensamentos mais harmonizados, voltou para frente do computador e retomou suas atividades.

As horas passaram-se rapidamente, e Nancy só se deu conta de que estava no meio da tarde quando a campainha tocou.

— Meu Deus! Elise e Pauline!

Saiu praticamente correndo em direção à porta, pois esquecera-se completamente do compromisso assumido com Elise.

— Meninas! Entrem, entrem! — disse com sua habitual simpatia. — Está muito frio aí fora, venham.

Pauline e Elise cumprimentaram Nancy e entraram na casa. Fazia muito frio naquela tarde.

— Acho que logo teremos neve — comentou Nancy sorrindo. — Acreditam que me esqueci completamente de que viriam?

Pauline e Elise entreolharam-se e sorriram, notando que Nancy estava se comportando de forma diferente da que costumava se comportar habitualmente. Ela parecia um pouco ansiosa, meio atrapalhada talvez. Pauline observava a tia com atenção.

— Tenho um texto enorme para traduzir... acabei me desligando de todo o resto do mundo — desculpou-se ela.

— Se você quiser, posso retornar amanhã à tarde, Nancy — disse Elise.

— Não, não, imagine... apenas acabei me concentrando demais no trabalho. Acontece... vou preparar um chá! Venham, é rapidinho.

— Tia, está tudo bem? — perguntou Pauline, olhando dentro dos olhos de Nancy.

— Sim, sim, querida. Está tudo bem. Vamos ver... onde deixei a geleia...

— Está aqui, tia. Na mesa.

Pauline não tirava os olhos de Nancy.

— É verdade. Como estou distraída! Me desculpem.

— Tudo bem, às vezes eu também faço esse tipo de coisa — comentou Elise sorrindo.

— Então, conseguiu o emprego no antiquário? — perguntou Nancy para Pauline, enquanto colocava as xícaras sobre a mesa.

— Começo na segunda.

— Que maravilha, Pauline! Parabéns, querida!

— Estou muito ansiosa! Adorei o lugar e estou muito feliz!

— Também fico feliz por você! Sinto que tudo dará certo! Bem, acho que podemos ir lá para o quarto dos fundos e iniciar a sessão, não acham?

Elise e Pauline concordaram e seguiram Nancy até a edícula. Apesar de o relógio marcar ainda quatro horas da tarde, estava bastante escuro.

Nancy acendeu as luzes e preparou o ambiente. Ajeitou as almofadas sobre o tapete onde Elise iria se deitar, encheu uma jarra com água filtrada, deixou-a sobre o altar e, por fim, acendeu o incenso de violetas e a vela.

Elise deitou-se confortavelmente, e Nancy deu início à sessão, primeiro conduzindo um exercício de relaxamento, depois iniciando a regressão. Dois dos mentores espirituais de Nancy acompanhavam o trabalho. Um deles vigiava o perímetro, mantendo uma espécie de cordão energético de isolamento com o objetivo de impedir a entrada de qualquer tipo de energia intrusa, e o outro trabalhava nos corpos sutis de Elise, facilitando o acesso da moça às lembranças em seu arquivo espiritual.

Elise era novamente Catherine e estava na mansão. O quarto, iluminado apenas pela luz das velas, tornava-se sombrio apesar dos tons pastéis das paredes e das cortinas cheias de babados e rendas. Catherine vestia uma longa camisola branca e, com os cabelos desfeitos, caminhava de uma parede a outra. Ela abriu a janela e viu o lago coberto pela mesma cortina de névoa de sempre. Sentia-se agoniada, com um mau pressentimento, como se algo de ruim estivesse para acontecer.

Saiu do quarto e deu alguns passos no corredor, parou diante de uma das muitas portas e bateu com força.

— Mamãe?

Ninguém respondeu. Ela bateu novamente, aumentou o número de batidas e a intensidade até passar a desferir vários golpes na porta.

— Mamãe? Está tudo bem?

— Catherine? É você, filha? Pode entrar, entre.

A voz de Hanna estava fraca e vinha de dentro do quarto, como se estivesse saindo do fundo de uma caixa. Catherine girou a maçaneta devagar e entrou.

Na cama, ao lado de Hanna, Mary, ainda com algumas semanas de vida, dormia profundamente. Catherine esboçou um sorriso amoroso ao olhar para a irmã.

— Ela está dormindo muito bem — disse Hanna baixinho.

Catherine concordou com a cabeça e, depois voltando o olhar para Hanna, disse:

— Mamãe, estou muito preocupada com sua saúde.

— Eu estou bem, Catherine. Não se preocupe, minha querida. Estou me sentindo melhor.

Hanna sabia que era mentira. Sentia-se muito fraca, com dores agudas na região torácica que lhe cortavam a respiração e a impediam de retomar sua rotina. Uma palidez excessiva tomava conta de seu rosto, emprestando-lhe uma aparência nada saudável, mas Hanna não queria dizer a Catherine como realmente estava se sentindo. William chegaria dentro de poucos dias, e ela resolvera aguardar, pois não queria preocupar a filha mais velha. Ela sentia que havia algo de muito errado com seus pulmões e tinha receio de que não conseguisse mais se recuperar.

— Querida, amanhã quero que mande chamar minha amiga Emma.

Catherine franziu as sobrancelhas. Não gostava daquela mulher.

— Peça a ela para vir me visitar.

Hanna conhecia a filha muito bem e percebeu a expressão de contrariedade que tomara conta do seu rosto.

— Catherine, é uma ordem!

Apesar do tom de voz baixo, a frase era imperativa, e Catherine sabia que teria de obedecer.

— Amanhã pela manhã, mandarei chamá-la. Não sei por que confia tanto naquela mulher.

— Eu e Emma nos conhecemos desde a infância. Ela é a minha melhor amiga, e eu gostaria que viesse passar alguns dias conosco.

— Dias? Mas ela vive aqui mesmo, em Londres! — a voz de Catherine estava levemente alterada.

Hanna fez sinal para que não acordasse o bebê.

— Fique tranquila, mamãe. Amanhã, enviarei uma mensagem para sua amiga. Se não precisa mais de mim, vou me recolher.

A voz de Catherine tornara-se seca. Ela beijou suavemente a testa de Mary e saiu do quarto.

No dia seguinte, no início da tarde, Emma atravessou os portões da mansão. Ao ver Catherine junto à porta da frente, cumprimentou-a.

— Boa tarde, Catherine. Você está cada vez mais bonita. Logo terá um bom pretendente.

A contragosto, a jovem retribuiu o cumprimento.

— Obrigada — respondeu secamente. — Minha mãe precisa conversar com a senhora. Vou acompanhá-la até o quarto onde ela está repousando.

— Não se dê ao trabalho, minha querida, conheço o caminho — disse Emma com um sorriso de canto de boca.

Emma percebia claramente a perturbação que sua presença causava em Catherine e, intimamente, isso a divertia.

— Então, se me dá licença, vou ver como estão os gêmeos.

Catherine retirou-se pela porta dos fundos, enquanto Emma subia os degraus rumo ao piso superior. Ela bateu de leve na porta do quarto de Hanna.

— Entre!

— Olá, querida! Vim assim que recebi sua mensagem — comentou Emma aproximando-se do leito e segurando de leve na mão de Hanna. — Aconteceu alguma coisa?

Hanna olhava nos olhos de Emma.

— Emma, eu não estou bem.

— Ora, então, temos que chamar um médico!

— O médico já esteve aqui. Não há muito o que ele possa fazer. Apenas um milagre poderia me salvar.

Emma arregalou os olhos.

— Do que você está falando, Hanna?

— Estou muito doente e acredito que não conseguirei viver por muito tempo mais.

— Não diga uma coisa dessas!

Apesar de sentir certa inveja de Hanna, que sempre fora a mais bonita, a mais cortejada, a mais carismática, Emma nutria por ela sincera afeição e consideração, Hanna fora a única amiga que não lhe virara as costas, quando sua situação financeira e sua condição social dentro da sociedade londrina despencaram. Ela, inclusive, ajudava Emma financeiramente, dentro de suas possibilidades, sem que o marido tomasse conhecimento.

— Ouça, Emma, William chegará dentro de uma semana. Gostaria que viesse passar alguns dias comigo e com as crianças. Confio em você e preciso de alguém que cuide dos meus filhos quando eu me for.

— Por favor, Hanna, você ainda é uma mulher jovem e vai se recuperar. Tem filhos lindos, e há pouco tempo chegou a pequena Mary. Farei sua vontade. Virei passar alguns dias em sua casa, mas apenas para auxiliá-la enquanto se recupera, para distraí-la e fazer-lhe companhia, está bem? Posso supervisionar os empregados, olhar as crianças e administrar a casa para você.

Hanna sentiu-se um pouco mais tranquila com a promessa de Emma. Atrás da porta, Catherine esforçava-se para ouvir o máximo que podia, pois a mãe e a amiga falavam baixo para não acordar Mary. A jovem, por fim, conseguiu ouvir com nitidez a parte da conversa em que Hanna pedia a Emma para cuidar dos filhos depois que ela partisse.

Catherine sentiu o coração acelerar e o chão fugir-lhe debaixo dos pés. Com esforço, ela caminhou em direção ao quarto e alcançou a cama, sentindo o teto girar sobre sua cabeça. A ideia da morte da mãe a fazia passar mal, e a presença de Emma dentro de casa a deixava ainda pior. Por que Hanna confiava tanto naquela mulher? Diziam que ela fazia coisas ruins, feitiçarias, mexia com os mortos, contudo, a mãe dizia que tudo aquilo era fruto de boatos inventados por pessoas que não tinham com o que se ocupar e que Emma era uma excelente pessoa, uma mulher muito religiosa e digna.

Catherine nunca acreditou que Emma fosse religiosa ou digna, muito menos uma boa pessoa, e pensava que a mãe era ingênua demais, boa demais para enxergar maldade em quem quer que fosse.

Nancy percebeu a respiração ofegante de Elise e iniciou a contagem para trazê-la de volta ao momento presente.

Elise abriu os olhos e deparou-se com os rostos de Nancy e de Pauline. Percebeu que teve maior facilidade em retornar do que quando fizera a primeira sessão.

— E então, Elise, como você está se sentindo? — perguntou Nancy com suavidade.

— Bem, no momento em que estou vivenciando as lembranças, sinto dificuldades em manter-me alheia às emoções, contudo, consegui retornar e me desvencilhar do passado, acho que posso falar assim, com maior facilidade hoje.

— É natural, é sua segunda sessão — disse Nancy. — Conte-nos o que você viu.

— Descobri que Emma e minha mãe, quero dizer Hanna, eram muito amigas. Estive com Hanna pouco tempo após o nascimento de Mary. Ela era apenas um bebê de algumas semanas, e Hanna, pelo que pude notar, já estava bastante doente e mandou Catherine chamar Emma. Quando ela chegou à mansão, foi direto ao quarto de Hanna, e fiquei ouvindo do lado de fora da porta enquanto as duas conversavam sobre o estado de saúde de minha mãe na outra vida. Hanna pediu a Emma que ela permanecesse na casa durante alguns dias até que William chegasse de viagem e pediu-lhe também que, no caso de acontecer-lhe algo, ou seja, o pior, que ela cuidasse de seus filhos. Foi nesse momento que eu, quero dizer, Catherine, comecei a me sentir mal e você me trouxe de volta — Elise fez uma pausa e sentou-se. — Catherine não gostava de Emma mesmo antes de ela se casar com William.

— Elise, todas as sessões de terapia, que têm como objetivo a cura do ser em sua totalidade, são acompanhadas por seres espirituais evoluídos, em geral nossos guias e mentores. As lembranças que forem alcançadas por você durante esse processo serão aquelas necessárias ao seu esclarecimento, para que possa obter uma visão mais ampla acerca do seu passado e do seu vínculo com Emma, pois, somente assim, poderá liberar o perdão e desvencilhar-se disso tudo... Aos poucos, você se desprenderá do ódio e da mágoa que ainda sente por Emma e passará a enxergá-la de outra forma.

— Confio muito em você, Nancy, e confesso-lhe que a parte mais difícil de todo esse processo tem sido lidar com as emoções que Emma desperta em mim. A simples lembrança do rosto dela me causa raiva e revolta. Acho que não estou conseguindo lidar com isso...

Pauline olhou para Nancy.

— Eu entendo, mas acredito em uma mudança. Confie em mim e nos planos divinos. Não foi por acaso que Emma e as crianças apareceram em suas fotografias nem que você foi chamada para ser a fotógrafa daquela matéria. Minha sugestão é: prossiga com as sessões. As lembranças que virão à tona serão necessárias para a montagem do seu quebra-cabeça. Existe também um passado por trás do nosso passado mais próximo, e, no momento certo, você compreenderá as origens da ligação que existe entre você e Emma. Não tenha medo, tudo está sob controle, e não estamos sozinhas.

Nancy transmitia confiança para Elise. A moça estava disposta a ir até o fim, mesmo sem fazer ideia de onde iria parar ou do que estava oculto em seu passado. Pensar em si mesma como alguém que vivera em lugares diferentes, com outros nomes e rostos, enxergar-se como um espírito eterno que sobrevivia à morte e seguia em uma evolução contínua e progressiva, era ainda um pouco estranho, mas agora ela sabia que tudo isso era real.

CAPÍTULO 27

Antony chegaria um pouco mais tarde naquela noite, então, Elise deu banho em Pilar, vestiu-a com um pijama de flanela e pôs duas meias em cada pé da garotinha, pois o frio estava intenso.

A menina brincava sentada no tapete da sala, enquanto Elise, recostada no sofá, folheava um livro.

— Elise, olhe aqui.

Elise desviou os olhos das páginas do livro, e um calafrio percorreu sua coluna fazendo os fios de cabelo em sua nuca se eriçarem.

— Quem é essa, Pilar?

— É a mulher que vejo em meu quarto. Ela é muito feia, tenho medo dela.

Era Emma. Do seu jeito infantil, Pilar desenhara a figura de Emma. Magra, os cabelos desgrenhados, o vestido preto e os olhos esbugalhados pintados de cinza.

— Por que você não falou nada antes?

— Porque tenho medo dela.

— Você sonha com ela?

— Às vezes. Mas às vezes eu a vejo perto da minha cama, então, puxo as cobertas e cubro minha cabeça. Fico pedindo para meu anjinho da guarda me ajudar e tirá-la de perto de mim. Quando descubro novamente a cabeça, vejo que ela sumiu. Eu também achava que você e o papai não acreditariam em mim. Simone me disse que ela não existe, que são apenas sonhos ruins que eu tenho, que não há nenhuma mulher aqui.

— Eu e seu pai acreditamos em você. Sempre que sentir medo, deve nos chamar, está bem?

Elise abraçou a menina com carinho, e Pilar retornou para seus brinquedos. "Emma está assediando Pilar durante o sono... Tenho de fazer algo para proteger Pilar", pensou e ligou em seguida para Nancy.

— Nancy?

Elise preferiu usar o telefone do quarto para fazer a ligação, evitando, assim, que Pilar ouvisse a conversa.

— Sim? Está tudo bem, Elise?

— Está sim. Estou lhe telefonando, porque preciso esclarecer algumas dúvidas com você.

— Pode falar.

— É sobre Pilar, a filha do Antony.

— O que ela tem?

— É uma criança que possui uma visível sensibilidade espiritual. Tenho observado essa característica nela desde que nos conhecemos.

— Compreendo. Muitas crianças são assim, mas a maioria esconde dos pais ou dos responsáveis por medo ou por vergonha.

— Pilar já viu Wanda, Walter e também brinca com uma garota que morava na vizinhança daqui e que faleceu no ano passado.

— Nossa! Ela realmente possui uma mediunidade bastante aflorada. Possivelmente, Pilar é um espírito já muito evoluído.

— Antony ainda não chegou, estamos sozinhas em casa. Eu estava lendo um livro no sofá, e Pilar estava brincando no tapete. Ela me mostrou um desenho... — Elise fez uma pausa e continuou: — Nancy, ela desenhou Emma.

Nancy ficou em silêncio durante alguns segundos.

— Como assim? Como você sabe que é Emma? Temos que ter cautela, Elise. É possível que a criança esteja tendo pesadelos. Não digo que não esteja sofrendo de algum tipo de perturbação espiritual noturna, pois isso é bastante comum. Devido à própria inocência, as crianças tornam-se alvos fáceis.

— Ela me disse que não só sonha com a mulher, como também a vê no quarto junto da cama dela — insistiu Elise.

— Farei o seguinte... conversarei com Susan e verei o que podemos fazer. Talvez, fosse interessante levar Pilar até o instituto ou trazê-la até minha casa para fazermos um tratamento espiritual. Como ela possui uma sensibilidade bastante desenvolvida, acaba absorvendo muita coisa. Pilar só não sabe ainda como lidar com isso. Será que Antony se incomodaria se eu e Susan quiséssemos vê-la?

— Acredito que não. Ele chegará daqui a pouco. Conversarei a respeito do assunto, e amanhã lhe telefonarei para dizer o que ele decidiu. Obrigada por tudo, Nancy, e boa noite.

— Boa noite, querida. Pode contar conosco para o que precisar.

Elise desligou o telefonou e voltou para a sala. Distraidamente, Pilar trocava as roupas das bonecas, e, de repente, a atenção das duas voltou-se para a porta. Antony entrou carregando uma pizza e algumas sacolas.

— O papai chegou! — exclamou Pilar, levantando-se de um salto de onde estava e correndo na direção de Antony. — Que bom, papai! Você trouxe pizza!

— Oi, querida. Estava com saudades de você! — disse ele largando as coisas sobre a pia e erguendo a menina do chão.

— Eu também, papai.

— E você?

Antony caminhou em direção a Elise, que estava sentada no sofá, e beijou-a.

— Eu estou bem. Pilar estava me fazendo companhia. Acho que podemos jantar! Não sei vocês, mas estou com muita fome.

Durante o jantar, Antony contou como fora a reunião que ele tivera com outros professores e com alguns membros da diretoria da universidade.

— Indiquei você. Precisaremos de um fotógrafo para realizar um trabalho de pesquisa na região de Devon.

— Sério?! E isso é para quando? — perguntou Elise, animada com a expectativa de retornar ao chalé.

— Se tudo der certo, partiremos no início da primavera. A previsão é de que permaneceremos durante dois meses na região. Tentarei alugar o chalé de Peter para nós.

Os olhos de Elise brilharam.

— Obtendo a aprovação, telefonarei para ele em seguida para fazer a reserva. Não quero correr o risco de perder a locação, pois aquela região recebe um grande número de visitantes, ainda mais durante a primavera.

Elise sorriu. Adoraria ficar no chalé durante um período de tempo mais longo.

Antony levou Pilar para escovar os dentes e em seguida colocou a menina na cama. Puxou as cobertas até cobrirem o pescoço da garotinha e apagou a luz.

— Papai, pode deixar a porta aberta?

— Por quê, querida? — perguntou ele acendendo novamente a luz e aproximando-se da cama.

— Porque sim.

— "Porque sim" não é uma resposta que eu possa levar em consideração.

Pilar virou os olhos para cima e suspirou.

— Porque tenho sonhos ruins e fico com medo.

Antony permaneceu durante algum tempo observando o rosto da filha. Pilar estava crescendo rapidamente, e era óbvio que ela possuía uma inteligência incomum para uma criança da sua idade. Os gigantescos olhos negros denunciavam um apurado senso de observação.

— São apenas sonhos, meu bem — disse Antony com ternura.

— Mas eu tenho muito medo!

Depois de ponderar por algum tempo, Antony concordou em deixar a porta aberta, mas entraram em um acordo de que a luz ficaria apagada. A menina pareceu tranquilizar-se.

— Durma bem, querida. Se precisar, pode chamar o papai, está bem? — disse ele beijando-a na testa e apagando a luz.

Elise penteava os cabelos diante do espelho do banheiro, quando Antony entrou no quarto.

— Deixei a porta do quarto de Pilar aberta — comentou, enquanto tirava os sapatos.

— Ela lhe falou sobre os pesadelos?

— Sim, você já estava sabendo?

Antony aproximou-se da porta do banheiro. Elise continuava diante do espelho e agora espalhava creme pelo rosto e pelo pescoço.

— Ela me contou sobre os sonhos ruins um pouco antes de você chegar e após Simone ir embora — Elise virou-se para Antony, que continuava parado perto da porta. — Sua filha é muito inteligente e é também uma criança de sensibilidade aguçada, incomum.

— O que quer dizer com isso? Está falando de mediunidade?

— Sim, estou. Tenho observado Pilar em diversas situações, sempre a vejo brincando no parque pela manhã na companhia da Simone. Certa vez, a presença de uma garotinha de uns oito ou nove anos de idade me chamou a atenção. Eu observava a cena aqui da janela do nosso quarto. Simone me pareceu alheia à presença da garota. Isso aconteceu novamente em outra manhã. Lá estava a mesma garota, com as mesmas roupas, brincando com Pilar no balanço, no escorregador e desenhando na areia. Simone parecia não vê-la. Quando cheguei ao parque, a garota tinha ido embora. Comecei a conversar com Pilar, e ela apontou para a casa onde a Sheila disse que morava e que fica do outro lado da rua. Fui até lá, e a casa está vazia. Uma vizinha, uma senhora idosa que reside ao lado, de repente apareceu e me disse que Sheila morava na casa que Pilar havia indicado. A menina morreu há cerca de um ano, Antony, vítima de um sério problema cardíaco. Sua filha interage com ela como faria com qualquer pessoa que pertence ao mundo dos vivos.

Antony olhava para Elise através das lentes dos óculos sem dizer nada. Na verdade, ele estava bastante surpreso e não sabia direito o que dizer. Tinha conhecimento dos numerosos casos de crianças que viam, ouviam e conversavam com os espíritos, mas, como se tratava de sua filha, esse tipo de revelação lhe causou uma reação diferente daquela que temos quando ouvimos um relato de alguém que passa por situação semelhante. Antony sentiu-se um pouco assustado, e Elise percebeu.

— Há quanto tempo sabe disso, Elise? Por que nunca me falou nada?

Apesar de se sentir contrariado por Elise ter lhe omitido o fato, Antony procurava não demonstrar.

— Simplesmente porque não sabia qual seria sua reação, Antony — respondeu ela, enquanto vestia o roupão por cima da camisola.

— Mas... mas esse é um assunto muito importante e que diz respeito a minha filha, Elise. Ou seja, diz respeito a mim como pai.

Elise sentou-se na cama e olhou para Antony durante alguns segundos em silêncio. Sabia que ele tinha razão.

— Eu sei, peço que me desculpe. Deveria ter conversado com você há mais tempo. Fiquei com receio de que me culpasse por tudo o que está acontecendo com Pilar.

— Culpá-la? Mas que absurdo! Você me conhece, Elise! Não sou um ignorante!

— Eu sei, mas fiquei com medo de que achasse que tudo isso começou comigo e com meus fantasmas! Pilar me disse que viu Wanda quando estávamos no chalé em Lynmouth — Elise fez uma pausa antes de continuar: — O que mais me assustou foi algo que aconteceu hoje. Quando cheguei em casa, ela me mostrou um desenho. Era Emma.

Agora, Antony olhava para ela com a boca semiaberta.

— Como pode ter certeza de que era Emma no desenho de Pilar?

— Espere um pouco.

Elise levantou-se, saiu do quarto e retornou em seguida com o caderno de desenhos da menina.

— Olhe você mesmo.

Antony observou o desenho feito pela filha. Pilar procurou dar ênfase aos detalhes que mais lhe chamaram a atenção. Os cabelos desgrenhados, os dentes escuros, a roupa preta e os olhos maus, cuja expressão fora definida pelas linhas das sobrancelhas, ambas apontando para a ponta do nariz, compunham uma figura feminina.

— Elise — disse Antony sentando-se na cama ao lado da namorada e pousando de leve a mão sobre seu joelho —, Pilar desenhou uma figura assustadora, mas isso não quer dizer que ela estivesse se referindo a Emma. Ela pode ter sido influenciada por algum personagem que viu na televisão, em algum desenho animado, afinal de contas, eu e você não estamos em casa durante o dia.

Elise olhou para Antony em silêncio. Era difícil para ele acreditar, assim como fora para Nancy. Não adiantaria insistir. Ela sabia que se tratava de Emma e ficaria atenta a todos os detalhes.

— Mas e os pesadelos? Pilar me disse que costuma ver essa mulher no quarto e que sente muito medo dela. Sua filha fez uma queixa, Antony. É nosso dever ajudá-la. Muitas crianças pedem socorro aos pais, aos professores, aos adultos com os quais convivem e não são levadas a sério. Devemos dar credibilidade às queixas de Pilar, caso contrário, ela crescerá achando que não pode confiar em nós.

— Sim, eu concordo com você. Deixei a porta do quarto aberta e disse a ela que pode me chamar caso tenha pesadelos ou sinta medo durante a noite.

— Se Pilar continuar tendo problemas durante o sono, acho que devamos procurar ajuda.

— Que tipo de ajuda?

— Espiritual. Conversei com Nancy... ela e Susan possuem bastante experiência e certamente terão boa vontade em nos ajudar. Não podemos permitir que Pilar continue sendo vítima desse tipo de perturbação, independente de estarmos falando de Emma ou não. Crianças são alvos fáceis.

— Tudo bem. Caso o problema persista, podemos conversar com Nancy e Susan para encontrarmos uma solução juntos, está bem?

Sentindo-se mais satisfeita e tranquila, Elise sorriu. No fundo, não esperava outra atitude da parte de Antony.

As luzes do apartamento finalmente se apagaram, com exceção de uma luminária que ficava no corredor entre o quarto do casal e o da menina.

Em sua cama, entre as cobertas macias, Pilar dormia profunda e tranquilamente. Lá fora, o frio era intenso, e a rua estava praticamente vazia. O silêncio era quebrado apenas por um carro ou outro que cruzava a avenida próxima dali. Uma massa negra e disforme avançou pela calçada até a entrada do prédio, atravessou a portaria e deslizou pelos degraus até o segundo andar, chegando finalmente até o apartamento de Antony e seguindo diretamente para o quarto de Pilar.

Emma aproximou-se da cabeceira da cama e colocou uma das mãos sobre o peito da criança. Os olhos acinzentados, de aparência vítrea, assemelhavam-se com os olhos de uma serpente. Um leve sorriso surgiu nos lábios pálidos de Emma, quando a menina começou a se debater. Por um instante, os enormes e inocentes olhos negros de Pilar abriram-se, e ela contemplou o rosto assustador que a encarava sorrindo. Pilar tentou gritar, chamar pelo pai ou por Elise, mas não conseguiu. Sentia-se entorpecida. Tinha consciência do que estava ocorrendo à sua volta, mas não podia reagir. Emma sorria, enquanto drenava parte da energia vital da criança.

Depois que Emma saiu, Pilar debateu-se durante algumas horas. Seu sono infantil fora povoado por pesadelos, nos quais ela via a mulher assustadora agarrar Elise pelos cabelos e, com suas unhas gigantes e repulsivas, segurá-la pelo pescoço.

Emma conseguia manipular o sono de Pilar e também drenar parte da energia da criança. Todo esse processo durava algumas horas, parte do período da noite e do início da madrugada, mas, era o suficiente para causar danos a quem quer que fosse.

Na manhã seguinte, antes de sair para trabalhar, Antony passou pelo quarto da filha, que aparentemente dormia o sono dos anjos.

Pilar demorou mais do que o costume para se levantar. Simone já havia chegado, quando finalmente a menina despertou.

— Nunca a vi dormir tanto — comentou a babá, enquanto bebia um café na companhia de Elise. — Talvez seja o frio. Se eu pudesse, também ficaria na cama por mais tempo.

Elise sorriu, porém, estava preocupada. Seus instintos alertavam-na para algo bastante sério, que possivelmente estivesse ocorrendo. Não comentaria nada com a babá, mas, como permaneceria em casa durante toda a manhã, observaria com atenção o comportamento da criança.

Pilar apareceu na sala ainda vestindo o pijama e as meias.

— Bom dia, querida! — disse Elise estendendo a mão na direção da criança.

Ainda esfregando os olhos com as mãos, Pilar aproximou-se devagar e sentou-se em seu colo.

— Você dormiu bem?

Pilar balançou negativamente a cabeça.

— Foram os sonhos ruins de novo?

A menina balançou a cabeça afirmativamente, mantendo os olhos voltados para o chão.

— Eu sonhei com aquela mulher — disse Pilar baixinho junto ao ouvido de Elise. — Ela quer pegar você...

— Por que não me chamou ou chamou seu pai?

— Não consegui. Ela não me deixa falar.

Elise percebeu que olheiras discretas começavam a se formar em volta dos olhos da menina.

— Simone vai levá-la para lavar o rosto, escovar os dentes e deixará esses cabelos bem bonitos, o que acha? Enquanto isso, vou preparar seu café da manhã, está bem?

Pilar concordou em silêncio, apertando com força a mão de Elise.

— Depois do café, podemos conversar e brincar.

A menina seguiu a babá até o quarto e retornou algum tempo depois vestindo um agasalho verde-água, que acentuou a sensível palidez que começava a tomar conta das bochechas antes rosadas da menina. Pilar não comeu como de costume pela manhã, estava menos sorridente e um pouco apática. Elise procurou chamar-lhe a atenção e distraí-la criando jogos e brincadeiras, no entanto, Pilar não respondia com ânimo aos estímulos.

— É o frio, Elise. Talvez ela esteja um pouquinho resfriada. As crianças são assim! Quando o tempo muda, elas sentem — disse a babá, procurando convencer Elise de que não havia nada de anormal ocorrendo com a criança.

    Após o almoço, Elise trocou de roupa e saiu, tomando a direção da casa de Nancy. Não tinha mais tanto tempo assim. Precisava resolver logo as coisas, pois elas estavam saindo do controle.

CAPÍTULO 28

— Na verdade, Elise, Emma está perdendo o controle — explicava Nancy, enquanto preparava o chá.
— Como assim, Nancy? Ela está atacando Pilar, que é apenas uma criança indefesa! A mim, me parece que ela está ganhando território!
— Eu sei como você se sente. Está se sentindo culpada, e é exatamente isso que Emma quer: afetá-la. — Nancy sentou-se à mesa junto com Elise. — Como sua terapeuta, posso dizer que você está evoluindo muito no que diz respeito a libertar-se de padrões de comportamento e de padrões emocionais ligados ao seu passado como Catherine Duncan. Com a ajuda dos nossos mentores, que a estão auxiliando em seu processo de cura, você finalmente está se desprendendo do vínculo criado pelo ódio que sentia por Emma. Quanto mais você se desprende do sentimento de ódio por Emma, mais distante se torna para ela a vingança que planejou por anos a fio.
— Sim — disse Elise com certa impaciência —, mas e Pilar?
— Já conversei com Susan. Nós vamos cuidar da menina. Você conversou com Antony?
— Conversei. No início, ele pareceu um pouco descrente do que está ocorrendo, mas concordou em procurar ajuda espiritual para a filha caso o problema persista.
— Amanhã será uma tarde tranquila para Susan no instituto. Por que não a leva até lá?
— Por mim, tudo bem. Vou conversar com Antony e depois lhe digo alguma coisa.

Elise pensou em sugerir a Nancy que fizessem mais uma sessão de terapia de vidas passadas naquela tarde, aproveitando que ela rodara alguns quilômetros para chegar até lá, contudo, sentiu-se constrangida e preferiu não dizer nada, afinal de contas, Nancy tinha sua vida particular e seus afazeres.

Após conversarem durante mais algum tempo sobre assuntos diversos, Elise levantou-se e agradeceu pelos esclarecimentos e pela paciência de Nancy.

— Você tem algum compromisso, querida? Quero dizer, tem algo para fazer agora?

— Não, acho que não.

— Por que não fazemos mais uma de suas sessões de regressão? Assim, aproveitaremos bem nosso tempo e adiantaremos todo esse processo.

— Acho que sim. Por mim, está tudo bem. É uma boa ideia — disse Elise. — Não quero lhe causar transtornos ou incomodá-la fora dos nossos horários agendados.

Nancy sorriu e tocou de leve no ombro de Elise.

— Você não está me atrapalhando, querida. Estou com tempo livre. Vamos...

As duas mulheres atravessaram rapidamente o caminho que ligava a casa à edícula, pois uma chuva fina e gelada começara a cair.

— Logo teremos neve — disse Nancy sorrindo e girando a maçaneta da porta. — Entre. Vou preparar o ambiente.

Elise deixou os calçados junto à porta, entrou no outro cômodo, sentou-se confortavelmente no tapete e aguardou em silêncio. Pouco depois, o suave perfume de violetas espalhou-se por todo o ambiente. Apesar de a maior parte das janelas estarem fechadas devido ao frio, o aroma não se tornava incômodo ou agressivo às narinas.

De pé diante do altar, Nancy permaneceu durante alguns minutos em silêncio com os olhos fechados, em oração e em sintonia com seus mentores espirituais. Pouco depois, dois deles se aproximaram. Eram os mesmos que acompanhavam o progresso de Elise no resgate de suas memórias passadas desde o início do processo. Milena e Arthur dirigiram-se à sala onde Elise aguardava deitada no tapete. Milena posicionou-se atrás da cabeça de Elise, envolvendo-a com as mãos e emanando para ela vibrações que estimulavam o estado de relaxamento mental propício ao acesso às memórias espirituais.

Nancy conduziu o relaxamento, e logo a respiração e os batimentos cardíacos de Elise entraram em sintonia. A mente consciente da moça aos poucos silenciava.

Trajando um vestido de cor lavanda, Catherine enfeitava os cabelos com flores delicadas. Apesar de a família Duncan estar em luto pelo falecimento de Hanna, William decidiu recepcionar seus familiares e alguns amigos mais próximos, oferecendo-lhes um jantar pelo aniversário da filha mais velha.

A jovem finalmente se despiu do preto que a vestia por longos e pesarosos dias desde a morte da mãe. A data podia ser considerada um momento de trégua durante o rigoroso período de luto. Catherine não abriu mão de usar as joias de âmbar negro e madrepérola, confeccionadas para ela e para os irmãos à época do falecimento de Hanna. Dentro do camafeu, que enfeitava o pescoço da jovem, estava guardada uma relíquia, uma mecha dos cabelos maternos. William mandou confeccionar uma joia para cada filha, e até mesmo a pequena Mary ganhou a peça que serviria de lembrança da morte da mãe que mal tivera tempo de conhecer.

Apesar da tristeza que seus olhos azuis espelhavam, Catherine estava particularmente bela naquela noite. A jovem desceu as escadas diante dos olhares admirados dos convidados e foi presenteada com muitas joias, pois todos aqueles que receberam o convite para estar na mansão naquela noite pertenciam à alta classe social.

Emma aproximou-se de Catherine sorrindo, cumprimentou-a e presenteou-a com um prendedor de cabelos de ouro, uma das peças que lhe sobrara de sua coleção particular de joias. Após a derrocada do casamento e a fuga do marido viciado em jogo, Emma viu-se obrigada a vender a maior parte de seus objetos de valor.

Ela notou que os olhos de Catherine brilharam ao contemplarem a delicada peça em formato de borboleta com rubis e safiras. Era realmente uma obra de arte da ourivesaria.

— É uma peça muito bonita, senhora Emma — disse a aniversariante com educação e gentileza.

— Foi sua mãe quem me deu de presente, Catherine. Gostaria que você ficasse com ele.

Catherine arregalou os olhos sem conseguir disfarçar a surpresa. Não gostava de Emma, mas o presente que ela lhe dera, além de belo, tinha um significado especial.

Emma sorriu satisfeita ao notar que, pela primeira vez, conseguira agradar a jovem, o que para ela era de fundamental importância ao bom andamento de seus planos.

William entregou formalmente à filha o piano, outro momento inesquecível para Catherine. Em seguida, os criados serviram o jantar. Todos os serviçais usavam uma braçadeira preta de cetim indicando que estavam de luto.

Em toda a mansão não se via um convidado que estivesse trajando cores mais fortes. A maioria estava vestida com tons de cinza, azul profundo, lilás, violeta e marfim para as mulheres mais jovens.

Tudo corria bem até o momento em que William fez um brinde em honra ao aniversário da filha, à memória de Hanna e para anunciar seu noivado com Emma.

Naquele instante, Catherine teve de controlar-se para não perder as estribeiras e a boa educação que recebera de jovem da alta classe vitoriana. Alguns familiares perceberam a fisionomia da jovem transformar-se e suas faces tingirem-se de vermelho. A expressão de vitória no rosto de Emma deixou a jovem ainda mais furiosa, que teve vontade de atirar longe a taça que segurava entre os dedos.

Como um relâmpago veio à mente de Catherine a noite em que ela ouviu atrás da porta do quarto da mãe a conversa entre Hanna e Emma. Aquilo fora ideia da mãe. Como podia?

Elise foi conduzida por Milena à outra cena de seu passado como Catherine. A jovem estava na mansão, William viajara, e Emma recebia alguns convidados para uma de suas reuniões. Catherine e os gêmeos espiavam do piso superior junto ao corrimão da escada. Todos os recém-chegados vestiam um manto de seda na cor preta. Apenas Emma utilizava um de cor púrpura.

No local havia um total de treze participantes, contando com Emma, que parecia ser a líder. Teve início um ritual diferente de tudo o que Catherine já vira, mas que, certamente, nada tinha a ver com qualquer tipo de celebração fundamentada na doutrina cristã.

O grupo formava um círculo em volta de Emma, que, segurando entre as mãos um livro pequeno, proferia palavras em uma língua diferente, um dialeto saxão muito antigo. Em determinado momento, o grupo saiu pela porta dos fundos em fila indiana, tomou a direção do jardim e finalmente entrou na estufa.

Catherine orientou os irmãos a manterem em segredo o que viram. Depois de quase um mês, houve uma nova reunião, e Catherine conseguiu segui-los até as margens do lago. Dois homens retiraram de dentro da estufa algo enrolado em um lençol. Emma desfez as dobras do tecido, e Catherine identificou com horror o corpo de uma criança. Um menino que aparentava ter no máximo cinco ou seis anos de idade, trajando roupas simples, o que denunciavam sua baixa classe social. Catherine levou as mãos até os lábios em um gesto instintivo de calar a própria boca. Com o coração acelerado, ela respirou fundo e manteve-se na posição na qual estava: atrás do tronco do grande salgueiro, apenas a alguns metros do grupo. Estava escuro, e a jovem vestia preto, então, não acreditava que pudessem notar sua presença.

Catherine viu quando Emma, segurando um punhal, abriu a boca do cadáver e, fazendo uma pequena incisão no próprio pulso, deixou que algumas gotas de sangue escorressem para dentro do orifício. A jovem não identificou nenhum dos doze visitantes como sendo parte do círculo de amigos de seu pai. Nunca os vira na mansão, a não ser na primeira reunião realizada pela madrasta. O repugnante ritual encerrou-se com a retirada dos olhos do cadáver, o que fez Catherine quase desmaiar e retornar atônita e às pressas para dentro de casa.

Uma mulher de estatura baixa, corpulenta e excessivamente maquiada ouviu o ruído causado pelos passos apressados de Catherine e chamou a atenção de Emma.

Na manhã seguinte, Emma vasculhou cuidadosamente a área próxima da margem do lago, encontrando o prendedor de cabelos com o qual presenteara a enteada. Ela fora descoberta em sua prática hedionda e precisava tomar providências, pois nada daquilo poderia chegar aos ouvidos de William.

— Gostaria de conversar com você.

Catherine estava sentada na sala lendo um livro e procurou demonstrar naturalidade diante da madrasta. Seu coração palpitava com medo.

— Querida, sei que você não gosta de mim e sei também que tem visto alguns de meus amigos aqui na mansão. Ontem à noite, quando estávamos reunidos perto do lago, você estava nos espiando.

— Não sei do que você está falando.

— Menina, você é apenas uma criança. Isto aqui lhe pertence, não é mesmo?

Emma abriu uma das mãos e mostrou o prendedor de cabelos.
— Sim, devo ter perdido ontem, quando fui passear perto do lago.
— Ontem, você e os gêmeos não estavam em casa durante a tarde — disse Emma.

Catherine não tinha mais argumentos.
— Sim! Eu a vi! Você e seus amigos loucos fazendo aquelas coisas horríveis! Como minha mãe pôde confiar em você para cuidar de mim e de meus irmãos?

O olhar altivo da jovem deixava Emma furiosa. Mesmo assim, ela tentou persuadir Catherine a acreditar nela.
— Minha querida, sua mãe sabia perfeitamente que sou capacitada a educar e a cuidar de vocês. A cena que presenciou ontem nada mais é do que um ritual muito antigo, que faz parte das minhas crenças pessoais. Poucos possuem esses conhecimentos, e você deveria sentir-se feliz e honrada, pois estou disposta a iniciá-la nessa prática.
— Você está louca!
— Catherine, peço que mantenha seu tom de voz. Os empregados podem ouvi-la.

Emma tinha razão. Poderia ser um escândalo para toda a família.
— Eu jamais faria o que vocês fizeram ontem...
— É mesmo? E o que nos viu fazer?
— Ora, Emma! Havia o corpo de uma criança! Você o profanou e o mutilou!

Emma sorriu maldosamente.
— Minha querida, o que seus olhos viram nada tem a ver com a realidade. Compramos aquele corpo de uma família muito carente, que mal tem o que comer. Os irmãos do menino que você viu precisam de alimento. Na verdade, nós os ajudamos. Não fui a responsável pela morte do menino. Ele já estava morto, e os pais concordaram em nos vender o corpo para poderem comprar alimentos para os outros filhos que estão vivos. — Emma fez uma pausa, olhou dentro dos olhos de Catherine e continuou: — A morte é algo natural, Catherine, faz parte da vida. Pessoas morrem o tempo todo.

— Mas profanar o corpo de uma criança daquela forma... é repugnante!
— Temos um objetivo em nosso grupo. Estudo as leis que regem o universo, a vida e a morte. Faço o mesmo que um estudante de medicina

faz quando estuda o corpo humano cortando-o em fatias, utilizando-o para experimentos e para adquirir conhecimentos com o objetivo de curar. Conhecimento é poder, Catherine. Apesar de, infelizmente, não termos uma relação de amizade, pois sei que não simpatiza comigo, teria prazer em instruí-la e iniciá-la no grupo. Gosto do seu temperamento e de sua inteligência e acredito que tem muito potencial — completou Emma com um leve sorriso.

Catherine estava com medo de Emma. Na verdade, estava apavorada, então, preferiu não ofendê-la.

— Talvez... prometo que pensarei no assunto.

— Ótimo. Tenho certeza de que não se arrependerá.

Emma retirou-se da sala, deixando Catherine a sós. Precisava ganhar tempo sem despertar a ira da madrasta contra ela e os irmãos até que o pai retornasse de viagem, o que demoraria ainda cerca de dois meses.

Emma, por sua vez, tinha certeza de que a enteada estava sendo dissimulada e pensou que teria de tirá-la do caminho antes do retorno de William. Ele jamais poderia saber o que estava ocorrendo na mansão, e ela não correria esse risco.

Milena avançou ainda mais no tempo e conduziu Elise até outro momento da vida de Catherine.

Em seu quarto, deitada na cama, estava Catherine. Apesar de estar com o corpo muito enfraquecido, a jovem estava lúcida e aguardava o momento de seu desencarne. Sobre a mesa da cabeceira havia um recipiente com água que a criada usava para molhar os lábios da jovem e lhe amenizar a sede. Catherine não conseguia ingerir mais nada nem podia falar; apenas via o que ocorria à sua volta. Emma vigiava-a dia e noite. William fora informado do estado de saúde da filha, mas ainda levaria mais alguns dias para chegar. Catherine fora envenenada. Com receio de ter suas práticas descobertas, Emma resolvera dar um fim à vida da enteada mais velha.

O desejo de proteger os três irmãos da insanidade da madrasta mantinha a jovem presa ao corpo físico, lutando contra a morte, na esperança de encontrar-se com o pai uma única vez mais.

Muitos médicos tentaram curá-la, mas nenhum deles obteve sucesso.

Em uma manhã próxima à data prevista para a chegada de William, Emma entrou no quarto da enteada. A empregada fizera a higiene matinal da jovem e lhe penteava os cabelos, agora sem brilho e sem vida.

— Deixe-me a sós com Catherine — ordenou Emma.

A mulher retirou-se, e Emma aproximou-se lentamente do leito.

— Catherine, querida, pode me ouvir?

Catherine abriu os olhos com esforço e vislumbrou o rosto da madrasta. Um rosto de linhas embaçadas, distorcidas, mas a reconheceu. O coração da jovem ficou acelerado, e sua respiração tornou-se ainda mais curta e difícil.

— Lamento muito vê-la nessa situação — disse Emma com voz suave, sentando-se em seguida na cama. — Eu gostava verdadeiramente de sua mãe, mas existem coisas que não podemos deixar de fazer. Não podemos nos deixar levar por nossas emoções o tempo todo. Tive de fazer o que fiz, pois sei que, quando William chegasse, você iria me trair. Entenda... eu não poderia correr esse risco. Se tivéssemos nos tornado amigas, nada disso estaria acontecendo. Não se preocupe! Cuidarei dos seus irmãos.

Catherine começou a se debater e a emitir sons na tentativa de gritar.

Emma segurou com força o queixo da jovem, fazendo seus lábios se abrirem.

— Confesso-lhe que, no início, meu objetivo não era causar-lhe todo esse sofrimento... todos esses dias sentindo fome e sede... — Emma fingia uma compaixão teatral. — Gostaria que sua morte tivesse sido rápida, mas acredito que a dose de veneno utilizada não tenha sido suficiente, por isso, meu anjo, eu trouxe um pouco mais...

Catherine arregalou os olhos e tentou desvencilhar-se das mãos de Emma, mas foi impossível devido às suas condições físicas.

Emma destapou um pequeno vidro cor de âmbar e deixou que uma quantidade generosa de gotas do líquido amargo e mortal escorresse para dentro da boca da enteada.

A porta abriu-se, e Wanda entrou no quarto.

— Catherine! — disse a menina, enquanto corria em direção ao leito da irmã. — Catherine! Catherine! — gritou Wanda em desespero.

Emma afastou-se da cabeceira da cama, e em seguida Walter e alguns criados apareceram. Haviam sido atraídos pelos gritos de Wanda.

O coração de Catherine ainda batia, muito fraco, enquanto o veneno se espalhava rapidamente pelo seu sistema circulatório. A criada mais velha da mansão chorava e rezava em um canto do quarto. Emma mantinha-se de pé observando a cena que se desenrolava. Walter lançou para a madrasta um olhar furioso, pois sabia que havia sido ela a responsável pela morte da irmã. Ela devolveu-lhe o olhar.

Emma retirou-se do quarto e fez sinal para que os criados a acompanhassem. Wanda e Walter choravam sobre o leito de Catherine, cujo corpo agora já esgotara seu último sopro de vida.

Catherine Duncan desencarnou naquela manhã, pouco mais que vinte e quatro horas antes da chegada de seu pai, William Duncan, a Londres.

A jovem sentia seu cérebro funcionar ainda. Via os irmãos chorando junto ao seu corpo na cama e conseguia pensar, sentir, raciocinar.

Gritava desesperadamente ao ouvido de Walter, mas é claro que ele não a ouvia. Catherine percebeu que, em determinado momento, o menino se levantou e começou a revistar o quarto, armários, prateleiras, gavetas, porta-joias. Ele pensava que, em algum lugar, deveria existir alguma coisa que pudesse usar contra Emma. Finalmente, dentro de uma bolsa de cetim, entre tantas que estavam penduradas dentro do armário, ele encontrou uma carta escrita com a letra de Catherine. Pela data, fora escrita por ela logo após adoecer.

— O que está fazendo, Walter? — perguntou Wanda.

Walter colocou o dedo indicador na frente dos lábios pedindo silêncio à irmã. Wanda viu quando ele guardou as folhas de papel dentro bolso.

Catherine descobriu que apenas seu corpo morrera, mas que seu espírito continuava vivo. Faria Emma pagar pelo que tinha feito. "Assassina!", pensou.

Elise repetia a palavra assassina em voz alta. Nancy achou melhor encerrar a sessão, pois as lembranças acessadas naquela tarde haviam sido fortes e dolorosas. Milena e Arthur trabalharam nos campos sutis e vibracionais de Elise para ajudá-la a desprender-se com maior facilidade de sua memória como Catherine Duncan. Ela reagiu rapidamente e, em pouco tempo, retornou à sua mente consciente e ao momento presente. Abriu os olhos e viu o rosto de Nancy.

— Emma praticava rituais macabros, acho que algum tipo de magia negra — disse Elise ainda tentando recuperar-se. — Eram horríveis! Ela até mesmo usava o corpo de crianças. Eu, quero dizer, Catherine e os gêmeos descobriram. Emma envenenou Catherine para que ela não contasse nada sobre os rituais a William. — Elise fez uma pausa, pois ainda estava tomada por uma certa sensação de leveza na cabeça.

— Ela não teve tempo de aguardar a chegada do pai, mas, de alguma forma, deixou algo escrito que foi encontrado por Walter minutos após ter desencarnado. Não consegui ir mais além.

CAPÍTULO 29

Antony acabara de colocar Pilar na cama para dormir. A menina continuava apática. Estava conversando menos, sorrindo pouco e quase não se interessava em brincar ou desenhar. Ela passara a maior parte do dia assistindo a programas infantis na TV.

— Acha que Pilar está doente? Sei lá, talvez com gripe? — perguntou Antony, enfiando-se debaixo das cobertas.

Elise desviou os olhos das páginas do livro que estava lendo.

— Não, eu acredito que ela esteja sofrendo algum ataque espiritual. Deveríamos aceitar a sugestão de Nancy e levá-la até o instituto para conhecer Susan.

Antony permaneceu em silêncio durante algum tempo.

— Está bem. Quando acha que podemos fazer isso?

— Ainda é cedo. Acho que Nancy ainda não está dormindo. Vou ligar agora mesmo — disse Elise sentando-se na cama e retirando o fone do gancho.

Após um rápido diálogo com Nancy, ficou combinado que o casal poderia levar Pilar até a casa de Susan durante o fim de semana que estava próximo, pois, assim, Antony poderia estar presente.

— Não sei o que faria sem você — disse ele encarando-a.

— Talvez estivesse namorando outra pessoa... — provocou Elise sorrindo.

Antony sorriu e abraçou-a.

Fazia frio, e os termômetros marcavam quase zero grau. No quarto de Pilar, Emma manipulava o período de repouso da menina, impedindo que seu cérebro e seu corpo descansassem. Pilar a via em seus sonhos e também ao lado de sua cama, em um estado psíquico que confundia sonho com realidade.

Emma ficava mais insana a cada dia. Ela perdera o controle sobre os gêmeos, que agora se refugiavam dentro do perímetro da casa. Ela e seus seguidores não conseguiam entrar no casarão, pois uma equipe de espíritos treinados guardava o local, especialmente durante o período noturno.

Walter e Wanda estavam no escritório de Mark, quando viram uma tênue luz dourada surgir em uma das paredes. Não sentiram medo, pois estavam acostumados com a presença dos amigos espirituais que agora circulavam pela casa.

A luz em formato circular, que inicialmente tinha um diâmetro pequeno, foi aumentando gradativamente até atingir toda a largura da parede e também o teto. A forma de uma figura humana foi surgindo lentamente até que uma mulher apareceu. — Meu nome é Milena — disse com voz suave, porém, sem mover os lábios. — Estou aqui a pedido de Hanna.

Wanda aproximou-se dela devagar.

— Veio para ajudar Mary?

Milena sorriu.

— Vim para ajudá-los. Vocês devem entender que de nada adiantará permanecerem aqui. Este é o momento de partirem. Assim como Emma, vocês precisam de ajuda, para se libertarem de alguns falsos padrões de pensamento. Não é Emma quem os mantém aqui. Vocês mesmos estão se mantendo no casarão e, além disso, não poderão fazer nada para ajudar Julia, Mark e Elise. No passado, pertenceram à mesma família, mas não podem continuar aqui — Milena falava com os gêmeos com delicadeza, porém, de forma clara e objetiva. — Vocês devem partir comigo. No lugar para onde irão, receberão tratamento adequado e esclarecimentos sobre tudo o que ocorreu aqui e não poderão interferir nas decisões daqueles que estão vivos ou daqueles que já desencarnaram, ou seja, morreram, que, assim como vocês, não vivem mais em um corpo físico. Está chegando o momento em que Emma também será levada daqui e receberá o tratamento do qual tanto necessita. Venham comigo, queridos. Hanna está aguardando ansiosa para recebê-los.

Wanda lançou um olhar de súplica para Walter. Sabiam que estavam mortos havia muito tempo e que permaneceram presos às próprias lembranças. Durante longos anos, Emma exerceu um imenso poder sobre eles e manipulou-os mental, psíquica e espiritualmente por meio do medo e da mentira.

Walter levantou-se de onde estava e segurou na mão de Wanda. As roupas de luto da época em que estavam vivos ainda faziam parte de sua roupagem fluídica.

— E os nossos corpos? — perguntou Walter. — Nunca serão encontrados?

— De que lhes serviriam agora? Vocês não precisam mais deles — respondeu Milena. — Seus corpos fazem parte do passado, Walter, praticamente não existem mais. Preocupe-se agora com seu espírito. Você continua vivo em espírito, que é imortal. A morte existe apenas para o mundo material e para o corpo físico, que é uma espécie de vestimenta para o espírito poder encarnar e viver na Terra. No momento certo, a verdade sobre você e Wanda virá à tona. Agora, não se preocupem com isso. Venham comigo.

Walter e Wanda deram mais alguns passos na direção de Milena e logo foram envolvidos pelo campo de energia luminosa.

Milena segurou nas mãos de ambos e sorriu. Em uma fração de tempo, desapareceram da mansão e viram-se cercados por um cenário completamente diferente.

Walter e Wanda seguiram Milena em um jardim imenso, com muitos canteiros de flores e árvores. No local, havia pessoas — muitas delas jovens —, pássaros e animais. Os gêmeos olhavam tudo com curiosidade, admirados com a beleza e com o colorido. Ao fundo, erguia-se uma construção no estilo clássico, com pé direito muito alto e belas colunas na entrada. Tudo era muito limpo e bem iluminado.

— Que lugar é este? — perguntou Wanda, deslizando os dedos em uma das colunas de tom rosáceo.

— É um dos muitos templos de cura que existem no astral. Quero que venham comigo — respondeu Milena sorrindo.

Os dois adolescentes seguiram-na por alguns corredores até chegarem a uma sala ampla, onde um pequeno grupo estava reunido. Muitas prateleiras com livros e até mesmo com obras de arte podiam ser vistas pelo local.

Uma mulher levantou-se de onde estava e aproximou-se deles.

— Sejam bem-vindos, Walter e Wanda.

— Como sabe nossos nomes? — perguntou Walter muito sério.

A mulher sorriu.

— Meu nome é Helen. Vocês não se lembram de mim, pelo menos por enquanto. Quero apenas que saibam que estamos muito felizes por estarem aqui conosco — depois, voltando-se para Milena, orientou: — Pode levá-los até Hanna.

Milena assentiu com a cabeça e retirou-se junto com os gêmeos. Atravessaram mais um longo corredor que dava acesso a inúmeros cômodos. Alguns estavam com a porta aberta e, para Wanda, pareceram salas de aulas. Por fim, alcançaram um jardim, que ficava no interior do templo.

Hanna aguardava sentada em um dos bancos que havia perto de uma fonte.

— Walter! Wanda! Meu Deus! Sou muito grata por tê-los aqui comigo!

Muito emocionada, Hanna abraçou os gêmeos que haviam sido seus filhos. Em seguida, ela voltou-se para Milena.

— Milena, não sei como lhe agradecer.

— Não precisa me agradecer. Agradeça apenas ao Criador. Agora, vou deixá-los a sós. Hanna os encaminhará para o tratamento de que necessitam. Vocês poderão ficar juntos durante o período em que estiverem recebendo as instruções nas salas de aprendizado.

Walter e Wanda sentiam-se ainda um pouco deslocados.

— Meus queridos, vocês não sabem o quanto sofri em vê-los naquela situação.

— Mamãe, o que acontecerá com Catherine e com Mary? — perguntou Wanda.

— Tudo correrá bem, não se preocupem. Temos muitos amigos com sabedoria suficiente para lidar com a situação e que estão cuidando delas. Logo Emma também será afastada da mansão e possivelmente será resgatada para ser submetida ao tratamento de que necessita.

Wanda observava o rosto da mãe. Era exatamente como ela se lembrava.

Hanna e os gêmeos conheciam-se de muitas existências anteriores. Walter e Wanda ainda não podiam se lembrar, mas Hanna já podia fazê-lo.

— Não estão felizes por estarem aqui?

Os irmãos balançaram a cabeça afirmativamente, porém, não havia neles manifestação alguma de alegria ou contentamento. Apenas apatia e cansaço.

Walter e Wanda haviam sofrido muito nos últimos anos de suas vidas terrenas e durante muito tempo após desencarnarem. Ainda estavam bastante presos a todos os acontecimentos trágicos e desagradáveis que presenciaram e dos quais também foram vítimas. Somente após um período de tratamento, no qual seus espíritos receberiam a energia de cura apropriada, conseguiriam libertar-se do efeito moral, emocional e psíquico criados pelo sofrimento pelo qual tinham passado em sua última existência. Hanna levou algum tempo para libertar-se do sentimento de culpa por ela adotado e cultivado após seu desencarne. Foram anos de tratamento até que despojasse seu perispírito das roupas que usara em seu próprio velório e da aparência que tinha em seu leito de morte. A roupagem fluídica de Hanna modificou-se apenas quando ela enxergou que a vida continua e que ela precisava se perdoar para poder estar em condições de auxiliar aqueles a quem amava e que, de uma forma ou de outra, encarnados ou desencarnados, haviam permanecido na Terra.

Walter e Wanda desencarnaram de forma trágica, assassinados, e seus corpos permaneceram escondidos durante algum tempo. Emma mutilou-os em um de seus rituais com o intuito de escravizar seus espíritos e de manipulá-los. Depois, amarrando pedras e objetos de peso considerável aos corpos, jogou-os dentro do lago para que não fossem encontrados. Emma tinha receio de que, se os enterrasse em algum lugar, a verdade viesse à tona de alguma forma. Ela sabia que William vasculharia cada centímetro de terra em Londres e dos arredores em busca dos filhos. Ele tinha inúmeros amigos que faziam parte da polícia e até mesmo do serviço secreto inglês. Como de fato ocorreu, durante muitos anos após seu desaparecimento, Walter e Wanda foram procurados não somente no território inglês, mas em quase todos os países europeus. O mistério do desaparecimento dos gêmeos Duncan mobilizou todo o país, mesmo porque, na época, uma pequena fortuna fora oferecida como recompensa a quem desse informações sobre o paradeiro dos dois adolescentes.

Emma planejou e executou o assassinato dos gêmeos de forma silenciosa e inteligente, sem deixar nenhuma pista. Um crime praticamente perfeito, elaborado por uma mente brilhante, mas corrompida pela sede de domínio e poder. Ela acreditava na vida após a morte, contudo, ignorava completamente a justiça e a sabedoria divinas, que regem todo o Universo. Emma acreditava que subjugava os mortos a seu favor por meio de seus rituais macabros, quando, na verdade, apenas manipulava as mentes de alguns que lhe atribuíam algum tipo de poder.

O assassinato dos gêmeos ocorreu apenas porque, assim como Catherine, eles sabiam demais.

Hanna encaminhou Walter e Wanda a uma enfermaria com muitos leitos. O ambiente era amplo, e um agradável aroma de flores podia ser sentido no ambiente. Todos os espíritos que estavam recebendo tratamento haviam passado por alguma situação traumática em seu desencarne. Wanda observou que havia idosos, adultos, jovens e crianças ali. Boa parte daqueles que estavam ocupando os leitos parecia estar dormindo, alguns poucos conversavam animadamente entre si, enquanto outros ocupavam o tempo lendo ou escrevendo.

Uma jovem simpática de pele morena e com um belo sorriso convidou Walter e Wanda para entrarem e entregou a cada um deles uma túnica branca que deveriam vestir. Os irmãos despediram-se de Hanna e foram submetidos à terapia do sono, na qual seus espíritos repousariam e receberiam a energia de cura necessária para desprenderem-se do passado traumático, preparando-se para um novo começo.

CAPÍTULO 30

Elise abriu os olhos e viu que Antony já não estava mais na cama. Ela olhou para o relógio sobre a mesinha de cabeceira, esforçando-se para enxergar os ponteiros que marcavam quase dez horas.

Havia dormido demais. Elise levantou-se rapidamente, lavou o rosto, escovou os dentes e vestiu-se. Fazia frio. Ela prendeu os cabelos em um rabo de cavalo e enfiou um gorro de lã na cabeça, cobrindo parte das orelhas.

Ao abrir a porta do quarto, Elise ouviu a voz de Simone, que conversava com Pilar na sala.

— Bom dia, Pilar! Bom dia, Simone, como vai? — perguntou Elise sorrindo.

Pilar sorriu e caminhou na direção de Elise.

— Você dormiu bem, querida? — perguntou, erguendo a menina do chão e abraçando-a.

— Acho que sim, mas tive um sonho ruim de novo.

A criança estava com olheiras e perdera um pouco de peso nos últimos dias.

— Tudo isso vai passar, está bem? Amanhã, eu, você e o papai iremos até a casa de uma amiga minha. Ela vai ajudá-la.

Pilar sorriu e deu um beijo no rosto de Elise.

— Vocês já comeram alguma coisa?

— Sim, Elise. Pilar comeu bem hoje pela manhã. Comeu torradas com geleia, frutas e também bebeu um copo de leite. Tem café pronto na cafeteira — informou a babá.

Elise serviu-se de uma xícara de café e ficou observando Pilar durante algum tempo, que, com a ajuda de Simone, montava um quebra-cabeça no tapete da sala. Era incrível a forma como a vida de ambas se entrelaçara. Pilar era filha de Antony, o homem que ela amava, com outra mulher, mas mesmo assim nutria pela menina um sentimento de pura afeição maternal. Há alguns anos, na época em que ela e Antony se conheceram, Elise diria que aceitar um filho de Antony com outra seria simplesmente impossível. Pensava que deveria haver um motivo para ela e Pilar terem se encontrado e que explicasse a afinidade existente entre elas, provavelmente ligações de uma vida anterior. Agora, acreditava no conceito de que nada era por acaso, de que a vida não se encerrava com a morte e de que a morte fazia parte da vida. Elise aprendera a separar a vida terrena do que denominava de verdadeira vida, aquela que não é delimitada por um período de tempo e que é eterna, contínua, indiferente aos ciclos de nascimento e morte do corpo físico e da matéria. Ela sonhara que conversava com Hanna sentada em um jardim. Não se lembrava das palavras que foram ditas, mas viu Walter e Wanda rapidamente. Não reconheceu o local como sendo o jardim da mansão, contudo, sentia em seu íntimo que os gêmeos já não estavam mais presentes e estavam a salvo.

O restante da manhã transcorreu tranquilo, e, próximo ao meio-dia, Elise saiu.

O frio estava intenso mesmo no início da tarde. Elise ligou o ar quente do carro e dirigiu até a cafeteria que costumava frequentar.

Pediu um café enquanto aguardava. Como sempre, o estabelecimento estava quase vazio naquele horário. Fora ela, mais cinco pessoas espalhavam-se pelo ambiente, cada uma absorta em seus pensamentos e afazeres. A porta de vidro abriu-se, e Elise viu quando Joan entrou. A psicóloga acenou e caminhou em direção à mesa onde ela estava.

— Elise! Que bom vê-la! — disse Joan cumprimentando-a.

Elise sorriu e abraçou-a com carinho.

As duas mulheres conversaram sobre os últimos acontecimentos e, em especial, sobre as sessões de terapia de vidas passadas às quais Elise vinha se submetendo e obtendo um sucesso razoável.

— Fico muito feliz em saber que tudo está se tornando mais claro e que a regressão a tem auxiliado. É para isso que serve e não para simples especulação. E como estão Julia e o marido? Ainda permanecem na mansão?

— Sim, posso dizer que as coisas estão mais amenas por lá. Depois do que aconteceu, Mark mudou completamente, parece outra pessoa, e Nancy e Susan agora podem trabalhar com maior liberdade. Raramente, eu e Julia sofremos com pesadelos. Aliás, não me lembro de tê-los tido, digamos... no último mês. Algumas sessões de regressão não são fáceis, mexem muito com meu emocional e trazem à tona lembranças nada agradáveis da época em que vivi na mansão, no entanto, estou aprendendo a lidar com meus sentimentos em relação a Emma e me libertando do ódio que sentia por ela. Estou me libertando do que vivi como Catherine Duncan — completou ela.

— São como personagens, Elise. Como papéis que desempenhamos no decorrer dos ciclos, enquanto gira a grande roda, que movimenta todo o universo à nossa volta, como se fizéssemos parte de uma peça teatral. Ainda não sabemos tudo e talvez nunca venhamos a saber, mas uma coisa é verdadeira para mim: é como se tudo fizesse parte de uma imensa engrenagem que se mantém em contínuo movimento. Nós fazemos parte desse imenso mecanismo. Existe uma ordem que mantém tudo em movimento. A roda nunca para — disse Joan sorrindo e bebendo o último gole de café. — Bem, minha amiga, vou indo. Tenho um compromisso em meia hora. Foi um prazer muito grande vê-la novamente. Quando quiser, sabe onde me encontrar.

Elise levantou-se e despediu-se de Joan. Ao observá-la saindo da cafeteria, ela teve a breve sensação de que talvez não voltassem mais a se ver. Talvez fosse só impressão, talvez não, talvez algumas pessoas só passassem pela nossa vida com um propósito, como se fizessem uma participação especial.

Pauline entrou esfregando as mãos freneticamente e com a ponta do nariz vermelho devido ao frio.

— Uau! Meus ossos estão congelando! — disse ela sentando-se ao lado de Elise.

— Joan acabou de sair daqui.

— É mesmo? — perguntou Pauline distraidamente, enquanto lia o cardápio. Depois, voltando-se para Elise, questionou: — O que foi? Aconteceu alguma coisa?

— Não sei... — disse, enquanto secava algumas lágrimas nos cantos dos olhos. — Eu e Joan nos encontramos poucas vezes, mas gosto dela. Hoje, quando ela saiu daqui, tive a impressão de que não voltaríamos mais a nos ver.

— Ah, talvez seja apenas impressão. Você tem feito as sessões de regressão com tia Nancy, e acho que isso mexe com o emocional. Está com o pressentimento de que algo ruim acontecerá com ela? — perguntou Pauline, entregando o cardápio para a garçonete. — Dois rosbifes com salada e dois sucos de laranja, por favor.

A atendente afastou-se da mesa como sempre, sem dizer uma palavra, deixando a folha com o pedido debaixo do vaso com flores artificiais.

— Não, não é isso. Só acho que Joan já cumpriu a missão dela comigo, entendeu?

Pauline permaneceu durante algum tempo observando o rosto de Elise.

— Entendi... existem alguns encontros na vida que são assim. Talvez seja porque ela tenha outras coisas para viver e você também, o que não quer dizer que nunca mais se encontrarão. Para mim, nunca é uma palavra que não faz muito sentido. Acredito que as pessoas que encontramos nesta vida chegam até nós por algum motivo. Alguns encontros duram uma existência toda, outros demoram algum tempo, mas um dia acabam. Alguns são muito rápidos... Mas sempre acabamos nos encontrando novamente.

— Tem razão...

A garçonete acabara de chegar com os pedidos. Deixou-os sobre a mesa e retirou-se.

— E então? Como está se sentindo? — perguntou Elise.

— Eu? Bem — respondeu Pauline olhando para Elise sem entender direito o porquê da pergunta.

— Pauline! É seu último dia de trabalho na loja. Na segunda, você começa no antiquário!

— É verdade! Estou muito bem. As meninas me deram um presente de despedida, um casaco maravilhoso. Ele está aqui na sacola, depois lhe mostro. Combinei que, de vez em quando, apareço por lá para ver como andam as coisas. Estou muito ansiosa para começar no meu novo emprego — comentou ela sorrindo.

— Acho que você vai adorar. Aquele antiquário é maravilhoso! É sua cara!

— Vou ter que me controlar para não gastar o salário todo por lá mesmo — disse Pauline rindo.

Após o almoço, seguiram para a casa de Nancy e foram direto para a edícula. Tudo já estava preparado, e os mentores aguardavam no local.

A cada sessão, Elise sentia maior facilidade em desprender-se do presente e retornar ao passado. A resistência causada pelo medo ia ficando para trás, o que facilitava o processo. Consequentemente, o acesso às suas lembranças como Catherine Duncan proporcionava-lhe maior discernimento e compreensão acerca do presente.

Catherine permaneceu na mansão após seu funeral e viu em desespero o pai partir novamente para a Índia e os irmãos ficarem sob a tutela de Emma. Sentia-se impotente, pois não podia tocá-la, agredi-la, tampouco defender seus irmãos caso eles precisassem.

Walter entregou a William o papel que encontrou no quarto de Catherine. Nele, nas poucas palavras que conseguira escrever, a jovem acusava Emma de tê-la envenenado. William considerara a hipótese, e Elise chegou a presenciar em sonho a acalorada discussão entre os dois após o funeral de Catherine. O clima na mansão era de tristeza, tensão e medo. Os empregados também desconfiavam de Emma, e alguns diziam terem visto o fantasma de Catherine vagando pela casa.

Os encontros de Emma com seu pequeno grupo de seguidores tornavam-se cada vez mais frequentes, e, quando William estava fora de casa, sua indiferença em relação às crianças era visível. Walter sentia o ódio crescer dentro de si, contudo, sentia-se também impotente e temia pela pequena Mary, a mais indefesa de todos. Por ser o único homem da família, sentia-se responsável pelas duas irmãs na ausência de William.

Catherine acompanhava cada passo de Emma na rua ou dentro de casa. À medida que o tempo passava, a jovem sentia seu desejo de vingança crescer. Não podia tocar na madrasta, mas percebeu que, quando tinha acessos de cólera, conseguia influenciá-la de certa forma, causando um desequilíbrio considerável em seu campo psíquico, tornando os pensamentos de Emma mais desequilibrados e confusos e a levando a um estado de paranoia. Histórias a respeito do fantasma da jovem Catherine Duncan começaram a circular primeiramente entre os empregados e depois pela vizinhança. Dentro de algum tempo, comentários acerca de um provável envenenamento e do desejo de vingança por parte de Catherine corriam de boca em boca na sociedade londrina da época. A cada vez que Emma saía para fazer compras ou frequentava algum ambiente social como casas de chá ou confeitarias, todos os olhares se voltavam para ela. Catherine divertia-se vendo a madrasta sentir-se pouco à vontade perante os cochichos nada discretos das damas da alta sociedade. Como eram pessoas supersticiosas, a grande maioria afastou-se de Emma com medo de que atraíssem para si algum tipo de maldição.

Auxiliada por algumas entidades que perambulavam no astral e também buscavam por vingança, Catherine perturbava Emma durante o sono, assediando-a. Os espíritos de crianças e jovens que haviam sido assassinados por ela, doentes, vítimas de alguma enfermidade grave, cujos corpos foram profanados por Emma, tiveram, muitas vezes, seus corpos vendidos pelos pais ainda com vida. Emma aparecia como uma bondosa dama da sociedade, que realizava filantropia. Ela utilizava um nome falso e o disfarce de viúva. Inteligente e articulada, visitava as zonas afastadas do centro da cidade em que a pobreza imperava e convencia os pais desesperados, em sua grande maioria desempregados, de que levaria a criança ou o adolescente em questão para uma clínica afastada em Londres, onde talvez encontrassem a cura para o problema. Como prova de sua bondade, entregava ao casal uma pequena soma em dinheiro, que, para eles, era bastante significativa, e levava consigo a criança viva. Quando a criança morria, Emma oferecia-se para dar um destino ao corpo, dizendo que este receberia as devidas considerações e seria enterrado dignamente, o que não era verdade. Um dos membros de seu grupo ficava encarregado de localizar os alvos, e, depois, ela entrava em ação com seu disfarce habitual.

Em sua loucura, Emma convencia-se de que estava agindo misericordiosamente quando dava às vítimas algumas gotas de veneno e entregava-lhes ao sono da morte. Estava sendo apenas, como ela própria costumava denominar-se, uma agente do destino.

A cada dia que passava, Catherine atormentava-a ainda mais. Emma ouvia os passos da enteada dentro de seu quarto à noite, sua risada e, algumas vezes, a voz de Catherine chamando por seu nome e ecoando pelos cômodos da mansão.

Enquanto isso, a revolta de Walter crescia a cada dia e seu temor pela vida de Wanda e da pequena Mary também. Em uma noite, durante uma das reuniões de Emma, Mary chorava com febre. A babá da criança decidiu interromper a reunião e pediu para falar em particular com Emma, que disse não ser necessário chamar o médico da família, que aquilo era apenas uma gripe comum e que ela mesma daria um jeito na situação. O descaso que havia em suas palavras e em seu tom de voz fez Walter sair de onde estava escondido e gritar com a madrasta a plenos pulmões diante do seu grupo de amigos e da babá de Mary.

O adolescente acusou a madrasta de assassinar Catherine envenenando-a, revelou que sabia dos rituais repugnantes que ela vinha realizando na mansão e ameaçou-a dizendo que, quando William retornasse de viagem, contaria toda a verdade ao pai e que ela sairia da casa da família Duncan apenas com a roupa do corpo. Naquela noite, Emma simplesmente se calou. Aliás, durante o tempo de discurso de Walter, o silêncio era total. Quando o adolescente parou de falar, todos permaneceram calados ainda durante um bom tempo.

Na manhã seguinte, a babá de Mary ganhou uma significativa soma em dinheiro que permitiu a ela e a família desaparecerem de Londres. Mesmo sentindo-se culpada por deixar os gêmeos e Mary sozinhos com Emma, a mulher aceitou, pois a palavra dela como simples empregada possivelmente não valeria nada para alguém como William. Além disso, com aquele dinheiro, poderia proporcionar à sua família uma vida um pouco melhor do que a que costumavam levar.

O clima na mansão continuava sendo de tensão, medo e ódio, e isso podia ser percebido pelos poucos serviçais que ainda haviam permanecido no local. Walter conseguiu que o cocheiro, o mais velho entre os empregados, levasse ao correio uma carta escrita por ele para William. O homem o fez. Vira todos os filhos de William e Hanna nascerem, era extremamente fiel à família e percebia em silêncio o que ocorria na casa durante a ausência do patrão. Tinha medo de falar, mas não se negou a ajudar Walter, e a carta seguiu para a Índia.

Emma não suspeitou de nada, mas, em segredo, arquitetava um plano para livrar-se dos gêmeos. Cerca de uma semana após a discussão com Walter, uma nova babá foi contratada para cuidar de Mary, e os gêmeos desapareceram misteriosamente. Os dois tinham sido vistos pela última vez no pequeno bosque que ficava próximo do lago. Walter e Wanda costumavam fazer piqueniques e pescarias por lá, mas, naquele fim de tarde, não retornaram. Emma aguardou até algumas horas da noite e depois ordenou que o cocheiro avisasse o chefe de polícia, que era amigo da família.

O cocheiro desconfiou de Emma, mas também levantou a suspeita de uma possível fuga por parte dos dois adolescentes, pois conhecia a situação na qual estavam vivendo debaixo do mesmo teto que a madrasta. Após quarenta e oito horas do desaparecimento dos dois, um telegrama foi enviado para William, que imediatamente providenciou sua viagem de retorno a Londres. Emma fingia preocupação e desespero, enquanto Catherine, desesperada, tentava ajudar os irmãos, que haviam sido levados para uma cabana distante da cidade e lá foram mantidos em cativeiro durante alguns dias, com os olhos vendados, sem higiene alguma e recebendo pouca alimentação, o suficiente apenas para mantê-los vivos. Com receio da chegada de William, Emma preferiu dar um basta na situação e envenenou Walter e Wanda, como fizera com Catherine. Desta vez, contudo, ministrou uma dose generosa de veneno, causando, assim, a morte quase imediata dos dois irmãos.

Emma decidiu desaparecer com os corpos, dando a William o bônus da incerteza da morte dos dois filhos. Achou muito arriscado enterrá-los em qualquer lugar, então, pediu a seu fiel ajudante, um jovem fanático que fazia parte de seu grupo e tão desequilibrado quanto ela, mas com a personalidade completamente servil como a de um sabujo, que levasse os corpos dos gêmeos naquela noite para a mansão. Apesar da fase da lua não ser apropriada, fariam o ritual assim mesmo, pois ela tinha pressa, William chegaria dentro de alguns dias, e Catherine gerava ainda mais energia com seu ódio e revolta, a ponto de conseguir quebrar objetos e fazer-se visível para a madrasta. Sua aparência era assustadora. Ela manteve a palidez e o aspecto cadavérico de quando desencarnou e o vestido que usou em seu funeral. Os enormes olhos azuis estavam opacos, e as bem cuidadas madeixas acobreadas haviam se transformado em uma moldura sem vida para seu rosto tétrico. Emma mandou lacrar a porta do quarto de Catherine, em uma tentativa vã de manter o espírito da jovem preso no local com suas fórmulas mágicas. A mulher, contudo, via Catherine no jardim, descendo as escadas, deslizar pelo corredor, atravessar a porta de seu quarto durante a madrugada e ouvia o piano tocar durante a noite. A enteada estava por toda a parte, e Emma procurava convencer-se desesperadamente de que aquilo era fruto de sua imaginação e de sua culpa.

Após mutilar os corpos de Walter e de Wanda, Emma encerrou apressadamente o ritual naquela noite. Estava desesperada, em pânico. Vira Catherine junto dos corpos dos irmãos apontando o dedo indicador em sua direção. Pediu aos homens que estavam presentes que se livrassem dos dois cadáveres o mais rápido possível, atirando-os no lago. Walter e Wanda foram colocados em sacos junto com pedras e alguns objetos de ferro pesados e afundaram rapidamente nas águas escuras. William jamais desconfiaria de que os corpos de seus dois filhos poderiam estar ali mesmo, em sua propriedade, bem debaixo do seu nariz, e assim aconteceu. William Duncan jamais teve certeza do que ocorreu com os gêmeos e morreu com a dúvida de que seus filhos estavam realmente mortos e conviveu com a esperança de um dia encontrá-los novamente, o que perdurou até o último de seus dias.

A carta enviada por Walter não havia chegado ao seu destino, quando William recebeu o telegrama com a notícia do desaparecimento dos dois filhos, então, até aquele momento os segredos de Emma não haviam sido revelados. Pairava no ar apenas a suspeita de que ela assassinara Catherine e que tinha relação com o desaparecimento dos gêmeos. De qualquer maneira, Emma percebia a forma como William a olhava, observava cada um de seus movimentos e escrutinava seus pensamentos e sua alma.

***

A pequena Mary, agora com dois anos de idade, ainda não oferecia riscos para Emma.

Milena tocou de leve no centro da testa de Elise, que se viu novamente como Catherine cerca de cinco anos após o desaparecimento de Walter e de Wanda. Emma ainda estava na mansão, e Mary crescia saudável sob os cuidados da babá e dos demais empregados. Catherine mantinha-se próxima da irmã, com a intenção de protegê-la, e Emma estava cada vez mais obcecada por sua busca incansável por um poder intangível para qualquer ser humano e estava a cada dia mais atormentada. Catherine podia ver Walter e Wanda rondando pelos arredores do lago, mas não conseguia fazer-se ver ou falar com eles.

Em uma manhã de outono, William voltou para casa sem avisar. Emma ainda estava em seu quarto, quando ouviu o latido dos cães e vozes no rol de entrada. Ela, então, apressou-se em terminar de arrumar os cabelos e descer as escadas.

— William? O que aconteceu? Não viria para Londres somente em dezembro?

William lançou para ela um olhar frio e penetrante.

— Resolvi vir agora. Esta é minha casa, e retorno para ela quando desejar e bem entender — respondeu ele retirando o casaco.

— Claro, não foi isso que quis dizer. Apenas fiquei surpresa com sua chegada.

— Onde está minha filha?

— Perto do lago, com a babá.

William fuzilou Emma com os olhos.

— Já disse que não quero Mary Anne perto do lago. Pode ocorrer um acidente.

— Ela não está sozinha, William — defendeu-se Emma, descendo a escada.

— Não importa. Você não tem responsabilidade. Não sei como minha estimada Hanna pôde escolhê-la como madrasta para nossos filhos. A prova disso é a morte de Catherine e o desaparecimento de Walter e Wanda.

Emma enfureceu-se, mas procurou disfarçar.

— Vou pedir à babá que traga a menina para que você possa vê-la. Ela está mais bela a cada dia — comentou com um sorriso fingido.

William olhou-a pelo canto dos olhos. Catherine observava a cena com atenção; sabia que o pai estava ali por algum motivo. Naquele instante, Emma entrou pela porta dos fundos de mãos dadas com Mary e seguida pela babá. Os empregados assistiam disfarçadamente ao teatro, pois Emma raramente se aproximava da criança, tampouco lhe dedicava carinho ou atenção.

— Não está linda a nossa Mary, William? — perguntou com voz melosa.

William sorriu ao ver a menina entrar. Mary realmente estava com a aparência saudável e crescendo a olhos vistos.

— Olá, papai! — cumprimentou Mary, caminhando na direção de William e estendendo-lhe a mão.

William percebia o resultado de sua ausência no comportamento da criança, que agia como se estivesse na presença de um estranho.

— Venha. Deixe papai lhe dar um abraço, minha querida.

William abraçou a filha erguendo-a do chão. Mary usava um vestido verde-claro com delicadas estampas florais na saia. Os cabelos castanho-escuros da menina estavam enfeitados com prendedores em formato de folha, onde se viam minúsculas pérolas.

Emma observava o jeito como William olhava para a filha. Após a perda dos três filhos mais velhos, ele parecia ter desenvolvido ainda mais cuidados paternais para com Mary. Talvez a menina fosse a única forma de salvar seu casamento. Emma agira como uma tola, pois Mary era a única entre os filhos de Hanna com quem convivera desde o nascimento e a única que não sabia nenhum de seus segredos. Sua salvação seria desenvolver um vínculo de afeto e confiança com a menina.

Catherine sentiu o ódio crescer e apareceu diante de Emma. A visão durou apenas alguns segundos, e, embora Emma tivesse tentado, não conseguiu impedir um pequeno grito. William olhou para ela com espanto.

— O que foi, Emma?

— Nada. Tenho sentido algumas dores horríveis na cabeça. Sabe, William, toda essa situação com Catherine e os gêmeos me abalou profundamente. Sinto-me esgotada.

— Compreendo. Deve procurar um médico — murmurou William, que, depois, se voltou para a babá: — Leve minha filha para brincar, mas procure um lugar seguro, distante do lago.

A mulher afastou-se conduzindo Mary em direção ao jardim.

— Emma, venha comigo. Precisamos conversar.

William subiu as escadas seguido por Emma e também por Catherine, que não queria perder um segundo sequer da conversa que ocorreria entre o pai e a madrasta. O casal entrou na biblioteca.

— Sente-se, por favor.

Emma obedeceu, e William permaneceu de pé. Da janela ele podia ver Mary Anne brincando no jardim. Naquele exato momento, Catherine estava ao lado do pai.

— Vim para Londres por um único motivo.

Emma ouvia com atenção, e, embora não demonstrasse, seu coração batia disparado.

— Esclarecer algumas coisas.

William jogou um envelope sobre a escrivaninha, e Emma deduziu que nele havia uma carta, pois os carimbos dos correios e os selos estavam visíveis. O coração da mulher acelerou ainda mais.

— Deve estar curiosa para saber qual é o conteúdo deste envelope.

Emma permaneceu em silêncio.

— É uma carta que foi escrita por meu filho Walter.

— Ele diz onde está? — perguntou ela, procurando encenar.

— Não, essa carta foi escrita antes do desaparecimento dele e de Wanda.

William percebeu quando Emma engoliu em seco e sentou-se novamente. Catherine sorriu ao notar a expressão de medo nos olhos da madrasta.

— Nessa carta ele me fala de coisas horríveis que vêm acontecendo nesta casa em minha ausência.

William fez uma pausa, serviu-se de uma dose de conhaque e acendeu um charuto, então, sentou-se de frente para Emma.

— Por favor, pegue e leia você mesma.

Emma obedeceu. Com as mãos um pouco trêmulas, a mulher desdobrou as três folhas de papel que estavam dentro do envelope, começou a ler e foi ficando cada vez mais pálida. Catherine sentia um imenso prazer em olhar para o rosto da madrasta e pensava que, finalmente, ela teria o que merecia. Emma certamente seria expulsa daquela casa, mas Catherine julgava que ainda era pouco. Ela merecia mais!

Walter relatou em detalhes tudo o que sabia sobre os encontros de Emma com seu grupo e também algumas de suas práticas com cadáveres de crianças e jovens. No final, encerrava com um apelo desesperado ao pai, pois temia pela vida dele e das irmãs.

— Isso... isso é um absurdo, William! Meu Deus! Eu jamais faria uma coisa dessas! Isso foi fruto da imaginação de Walter, que, com certeza, estava abalado com a perda da mãe e da irmã mais velha...

William acendeu novamente o charuto com calma.

— Recebi essa carta após retornar de Londres, quando vim para cá devido ao desaparecimento de Walter e Wanda. Emma, algo estava acontecendo aqui para que meu filho estivesse com tanto medo de você.

Emma perdeu o controle.

— Você não tem prova alguma! Isso é uma carta escrita por um adolescente!

William deu um murro no tampo da escrivaninha.

— Cale-se, mulher! — depois, ele continuou em um tom de voz suave: — Pois bem, ouça com muita atenção. Após receber esta carta, entrei em contato com um amigo que atua como investigador de polícia. Desde então, você e a casa estão sendo vigiadas. Sei que ocorrem reuniões aqui e não gosto delas. Meu informante não pôde confirmar essa prática hedionda relatada por Walter na carta, mas sei onde encontrar cada um de seus cúmplices.

"Está tudo perdido", pensou Emma.

— Não sei se Walter e Wanda fugiram ou se foram mortos por você, mas acredito que minha filha Catherine foi uma de suas vítimas. Infelizmente, nada posso provar. Eu, minha filha e todos aqueles que já não estão presentes nesta casa temos um nome a zelar, por isso não vou jogá-la na rua. Ouça com atenção, Emma. Você ficará nesta casa até que eu resolva o que fazer com você. Se algo acontecer com Mary Anne, você pagará muito caro, tendo culpa ou não — William fez uma pausa e continuou em seguida: — Agora, retire-se, pois quero ficar sozinho.

Emma ia protestar, mas achou melhor retirar-se.

Catherine seguiu-a até o quarto. Emma podia senti-la ali dentro, nas paredes, ao lado dela na cama, em sua própria imagem refletida no espelho. O que William faria? Tinha poder e contatos suficientes para acabar com a vida dela, quando quisesse simular um acidente ou qualquer outra situação. Catherine dizia junto ao ouvido da madrasta: "Mate-se".

Alguns dias se passaram, e William retornou para a África. Homens vigiavam a mansão e cada passo que Emma dava fora e dentro da propriedade. Ela sabia disso. A presença de Catherine na casa e os comentários entre os funcionários de que os fantasmas dos gêmeos também estavam sendo vistos junto ao lago faziam-na perguntar-se o que iria acontecer. William certamente a colocaria na rua como um cão leproso, e ela não seria mais ninguém perante a sociedade.

Catherine incentivava em Emma a ideia do suicídio até que, numa certa manhã, ela foi encontrada morta no quarto por uma das criadas. O médico foi chamado, mas declarou o óbito por envenenamento. O frasco do veneno, o mesmo utilizado tantas vezes por ela, encontrava-se ainda em sua mão, preso entre seus dedos.

William foi informado e viajou para Londres para resolver os trâmites necessários ao funeral. Para ele, o suicídio de Emma apenas a condenou, deixando ainda mais claro de que era culpada.

Emma não foi sepultada no jazigo da família e sim em um túmulo comum. Havia pouquíssimas pessoas presentes no enterro, e nenhuma delas fazia parte do grupo dos seguidores de Emma. Apenas alguns amigos mais próximos da família, por consideração a William, compareceram à cerimônia. Ninguém derramou uma lágrima sequer por ela. Catherine sentia-se vingada, mas não conseguia desapegar-se da casa e da irmã. Depois de um longo período de trabalho persistente de uma equipe de mentores, ela deixou-se ser conduzida a um templo de cura no plano astral. Emma permaneceu na mansão com o intuito de vingar-se de William, atormentando a jovem Mary, o bem mais precioso que restara ao major. Este era o grande receio de Catherine.

Naquela sessão de regressão, Elise pôde acompanhar todo o desenrolar da história ocorrida na mansão após a morte de Emma. Como em um filme que passava rapidamente em sua mente, ela viu Mary crescer, tornar-se uma bela mulher e reconheceu nela sua amiga Julia do presente. Viu William envelhecer rapidamente, cultivando o remorso e a culpa pela morte da filha mais velha e pelo desaparecimento de Walter e de Wanda, e reconheceu nele Mark, o marido de Julia. Milena estava conduzindo a viagem de Elise ao passado de forma a proporcionar-lhe a compreensão dos fatos que estavam ocorrendo no presente.

A jovem Mary Anne Duncan possuía uma sensibilidade aguçada, e isso se tornara um grande trunfo a favor de Emma. William não era um homem que desse a devida importância ao aspecto espiritual e, criado dentro dos rígidos padrões religiosos da época, frequentava a igreja apenas em ocasiões especiais ou em datas específicas do calendário cristão.

Mary cresceu sob a supervisão de uma governanta contratada pelo pai após a morte de Emma. A senhorita Bergman carregava consigo um currículo respeitável, além da lista de recomendações que ostentava como se fossem medalhas. Quando chegou ao lar da família Duncan, contava já com 43 anos de idade, nenhum matrimônio anterior e nenhum filho. Ela acompanhou Mary até o fim de seus dias, quando desencarnou aos 88 anos de idade.

Gertrudes Von Bergman foi os olhos, os ouvidos e os punhos de William Duncan durante muitos anos e foi ela que, quando Mary Anne completou 18 anos, convenceu William sobre a necessidade de retirar a filha daquela casa com máxima urgência.

Católica de berço, Gertrudes passou a infância, a adolescência e parte de sua juventude em um convento no interior da Alemanha e, somente aos 24 anos, mudou-se para a Inglaterra para cuidar de uma tia-avó. Apesar de sua educação religiosa ter sido rigorosa, Gertrudes era uma mulher inteligente e observadora, que acreditava na possibilidade de existir vida após a morte. Naqueles tempos, muitos rumores já se faziam ouvir na maior parte dos países europeus sobre a comunicação entre desencarnados e encarnados.

Assim como Mary e os outros empregados da mansão, a senhorita Bergman presenciou muitas das manifestações sobrenaturais, tanto da parte de Emma quanto da parte de outras entidades que permaneceram presas ao local.

Após alguns meses residindo na casa e convivendo com Mary, Gertrudes percebeu que a jovem não era uma moça desequilibrada com possíveis problemas psiquiátricos, como William e alguns médicos por ele contratados chegaram a acreditar que ela fosse. Mary apenas possuía grande sensibilidade, o que lhe permitia sentir presenças invisíveis aos olhos da maioria.

Quando William cogitou a possibilidade de internar a filha em uma casa de repouso para doentes mentais, a senhorita Bergman levantou-se a favor de Mary como um muro gigantesco e intransponível. Ela apresentou a William livros de autores modernos, que traziam relatos de fenômenos semelhantes aos que estavam acontecendo e esmiuçados por novas teorias que surgiam acerca da vida e da morte. Ela selecionara revistas, periódicos e textos de autores bastante antigos, que buscavam trazer à luz o conceito da vida após a morte, a possibilidade de contato com os mortos, a reencarnação e a mediunidade.

— Senhor William, sua filha é uma médium — disse Gertrudes calma e articuladamente, encarando William como poucos teriam tido coragem para fazê-lo.

— Senhorita Bergman, o que está me dizendo é um grande absurdo! Tudo isso é superstição e bobagem!

— Se me permite, senhor, gostaria de reunir os outros empregados para que testemunhem os fenômenos que temos presenciado neste lugar.

William fez um gesto de impaciência, e Gertrudes continuou:

— O senhor me perdoe, mas passa a maior parte do seu tempo fora de casa.

— Ora, mas que petulância!

— Estou fazendo isso por Mary, senhor William. Tenho grande afeição por sua filha e acredito que ela seja uma jovem perfeitamente normal. Será um grande erro de sua parte confinar uma bela mulher, que tem a possibilidade de um bom futuro, em um lugar horrível como um manicômio. Garanto-lhe que ela logo sucumbirá e morrerá como aconteceu com seus outros três filhos.

William empalideceu. A possibilidade da morte de Mary o apavorava.

— Reúna os empregados, senhorita. Vou ouvi-los.

Gertrudes desceu as escadas às pressas e reuniu todos os empregados da mansão: a cozinheira, o cocheiro, o jardineiro e as duas faxineiras. William ouviu atentamente os relatos de cada um deles. Todos já tinham visto o fantasma de Emma vagando pela mansão e acreditavam que ela quisesse levar a jovem Mary com ela.

Após cerca de duas horas ouvindo toda sorte de histórias sobre como sua casa era mal-assombrada, amaldiçoada e outras coisas mais, William decidiu que daria livre escolha à filha.

Mary Anne relutou bastante em deixar a mansão. Apesar de sofrer constantemente com o assédio de Emma, a jovem gostava do lugar, mas a senhorita Bergman convenceu-a de que naquele momento o mais importante seria preservar sua saúde física, mental e espiritual.

A governanta argumentou que, quando desejasse, Mary poderia voltar a Londres, pois a mansão seria sempre dela. Mary Anne concordou em viver na França durante algum tempo.

Durante a regressão, Elise viu o dia em que Mary deixou a mansão na companhia de William e da senhorita Bergman, prometendo que voltaria. A moça viveu o restante de seus dias na França, na companhia de sua fiel tutora e de alguns poucos empregados fiéis. Nunca se casou e se dedicou exclusivamente ao cultivo da terra, às plantações de uva. Emma não a seguiu; preferiu permanecer na mansão, na casa que julgava ser dela tanto quanto dos Duncan, e aguardar o retorno de Mary e de William.

William passou o restante de sua vida servindo ao exército, que era o que sabia fazer. Viveu na África e na Índia, e ele e a filha mantiveram contato até o dia em que faleceu. O corpo de William foi transportado para Londres, onde foi sepultado ao lado do de Hanna e do de Catherine. Mary estava presente no funeral, mas permaneceu na Inglaterra apenas o tempo necessário, retornando para a França após o enterro do pai.

A mansão ficou fechada até o dia em que Julia e Mark a arremataram em um leilão, e Mary finalmente voltou para casa como prometera um dia.

Nancy iniciou a contagem, e Elise retornou suavemente ao presente. Já havia anoitecido, a sessão demorara mais que o costume. Nancy recebeu orientações de seus mentores para que assim o fizesse, pois era necessário que Elise finalmente encerrasse aquele capítulo de suas memórias.

CAPÍTULO 31

Elise estava satisfeita com o resultado das sessões de terapia de vidas passadas às quais vinha se submetendo, pois descobrira muitas coisas. Toda a preocupação que Julia despertava nela era o reflexo de sua última existência, quando Catherine, após a morte da mãe e por ser a filha mais velha, sentiu-se responsável pelo bem-estar dos irmãos.

Quanto a Emma, Nancy lhe dissera que havia mais, muito mais além de suas vidas como Emma e Catherine. As duas estavam unidas havia muitas existências, e Elise começava finalmente a enxergar Emma como alguém que desencarnara e que precisava de ajuda. Pouco a pouco, a moça desprendia-se dos sentimentos e dos traumas vivenciados como Catherine.

Para que a cura fosse completa, Elise ainda retornaria para mais uma sessão de regressão conforme orientação dos mentores espirituais de Nancy. Por ora, precisava resolver o problema de Pilar.

***

No início da tarde, Antony, Elise e Pilar foram até a casa de Susan.

Antony estacionou o carro em frente a um sobrado com janelas amplas e varanda do tipo balcão. Do outro lado da rua, um dos canais do velho Tâmisa estava quase completamente encoberto pela neblina. Devido ao frio e à chuva, a rua encontrava-se vazia.

Antony desceu e tocou a campainha, e Elise e Pilar ficaram aguardando dentro do carro.

— Boa tarde, eu gostaria de falar com Susan.

— Eu sou Susan. Você deve ser Antony! — disse ela sorrindo e acenando para Elise. — Entrem, estava aguardando vocês.

— Que bom que vieram! — exclamou Susan, enquanto cumprimentava Elise. — E você deve ser a pequena Pilar.

— Oi! — disse a menina sorrindo.

— Você é muito bonita, Pilar! Venham. Preparei chá para os adultos e chocolate quente para você, Pilar.

A menina segurou na mão de Susan e seguiu-a até a cozinha, onde todos se acomodaram e começaram a conversar.

Elise relatou rapidamente o que sabia sobre as opressões noturnas que a menina vinha sofrendo, enquanto Susan ouvia a tudo com atenção.

— Geralmente, os adultos dão pouca importância a queixas e relatos desse tipo. Às vezes, acreditam que se trata de uma forma de as crianças chamarem a atenção ou que esse tipo de acontecimento seja apenas fruto do imaginário infantil — Susan fez uma pausa e, então, continuou: — É mais comum do que se pensa. Pilar possui uma sensibilidade já bastante desenvolvida, bagagem que trouxe de existências anteriores. Existe um processo de evolução do qual fazemos parte, e, cada vez mais, nascem gerações de espíritos especiais e altamente instruídos, que vêm para o planeta com uma missão. Muitas dessas crianças e muitos desses jovens sofrem na infância e na adolescência por ignorância de seus pais e tutores, pois, quando não lhes é dada a devida atenção, eles se tornam alvos fáceis de agressão espiritual e de assédio, porque não sabem se proteger. Perdi minha filha Betina no passado, e no início foi muito difícil para mim. Depois, no entanto, entendi que ela precisava retornar ao astral para preparar-se e novamente reencarnar. Quando criei o instituto, meu foco principal eram os pais, que, assim como eu, passaram pela dolorosa experiência de perder um filho para a morte. Com o passar do tempo, os jovens e as crianças foram chegando e hoje compõem uma parte significativa do grupo. São muito ativos, inteligentes e sempre me surpreendem. Venham e tragam Pilar.

Susan subiu a escada e abriu a porta de um quarto, onde havia apenas uma cama de solteiro com um travesseiro. O cômodo tinha as paredes pintadas de verde-claro, alguns quadros com retratos de rostos infantis pintados em cores vivas e alegres, que, segundo Susan, se tratavam de crianças que estavam no astral. Os retratos haviam sido concebidos por ela por meio do processo de canalização. Um pequeno altar ao fundo, montado sobre uma mesinha redonda de madeira, era composto de um vaso de porcelana com algumas flores, uma jarra com água, coberta por um pano imaculadamente branco, um frasco de cristal contendo óleo aromático de jasmim e um porta-retratos com a imagem de Maria.

— Pilar, gostaria que se sentasse aqui — Susan pediu com delicadeza para a menina. — Conte-me tudo o que está acontecendo com você. Fale tudo o que quiser falar sobre os sonhos, as visões e os pesadelos que tem tido. Confie em mim. Quero ser sua amiga e ajudá-la.

— Eu sonho sempre com aquela mulher que está no meu quarto. Nos sonhos, ela diz que vai matar Elise. Sinto muito medo dela.

— Você sabe o nome dela? — perguntou Susan.

Para espanto de Elise, Pilar balançou afirmativamente a cabeça.

— É Emma.

Elise e Antony arregalaram os olhos.

— Você sabia que ela não é como nós, de carne e osso, não sabia?

— Sei. Ela vive em outro lugar.

— Pilar, você tem uma capacidade que poucos têm de ver, ouvir e sentir pessoas que já não vivem como nós, você entendeu?

Pilar concordou com a cabeça. As respostas e a postura da menina eram maduras demais para uma criança de sua idade.

— Você poderia se deitar e fechar os olhos? — pediu Susan.

A menina obedeceu.

Susan fechou os olhos, posicionou as mãos abertas sobre a cabeça de Pilar, depois sobre os olhos, sobre a testa, sobre o peito e depois as pousou delicadamente sobre alguns pontos dos membros superiores e inferiores. As mãos de Susan descreviam movimentos rápidos e circulares desde a cabeça até os pés da menina. Todo o processo demorou cerca de trinta minutos até que Susan finalmente abriu os olhos. Diante do altar, ela fez uma oração silenciosa e depois serviu para cada um dos presentes um copo com água.

— Elise, se puderem, pode ser você ou Antony, não é necessário a presença dos dois, levem Pilar ao instituto nas sextas-feiras à tarde a partir das três horas. Serão necessárias mais algumas sessões de cura vibracional e de limpeza dos campos sutis. Observem o comportamento da criança durante esse período, em especial enquanto ela dorme.

Susan deu a Elise um pouco do óleo de jasmim que estava sobre o altar.

— Gostaria que passasse esse óleo na cabeceira da cama de Pilar e pingasse também algumas gotas no lençol e no travesseiro. Emma se afastará da menina, não se preocupem. Em pouco tempo, também daremos início ao trabalho de resgate na casa de Julia, e Emma finalmente será levada ao astral para tratamento. Tudo isso está chegando ao fim, Elise. Só precisamos ter um pouco mais de paciência.

CAPÍTULO 32

Julia acordou ansiosa na segunda-feira, pois, naquela semana, Nancy e Susan dariam início ao trabalho de resgate de Emma e de sua falange. A primeira sessão seria na quarta-feira, no início da noite, período em que Susan tinha maior facilidade em reunir seu grupo de médiuns e os trabalhadores que fariam parte da assistência.

Mark saíra cedo para o trabalho. Havia semanas, Julia e o marido não sofriam com os assédios de Emma, e ela voltava a sentir prazer em estar em casa. Apesar da chegada do inverno, época do ano que a deixava um pouco deprimida, Julia sentia-se cheia de energia. Ela vestiu-se e saiu para sua caminhada matinal, aproveitando que não estava chovendo. Encontrou algumas pessoas na rua, a maior parte, moradores. Cumprimentou uma mulher que caminhava com seus dois cães, ambos de pequeno porte.

— Bom dia, Julia! Fazia tempo que não nos víamos...

— Bom dia, Lia! Como vocês estão? — perguntou Julia dirigindo-se também aos animais.

— Estamos bem, apesar do frio e da chuva. Nesta época do ano, fica difícil levá-los para passear todos os dias. Ouvi dizer que você e Mark estão pensando em vender a casa, é verdade?

— Chegamos a pensar em vendê-la, sim, mas acabamos mudando de ideia.

— Que bom! Vocês são ótimos vizinhos. Seria uma pena se vocês se mudassem.

Julia e Lia continuaram caminhando juntas em direção às suas casas.

— Por que pensou em se desfazer da casa, após ter se dedicado tanto à reforma?

— Eu passo muito tempo sozinha, Lia. Mark viaja bastante a trabalho e nem sempre há alguém disponível para me fazer companhia.

— Ah, entendo... então, nada tem a ver com as histórias de fantasmas e assombrações que sempre ouvimos sobre a mansão da família Duncan? — perguntou Lia.

Julia sabia que Lia morava no local havia muitos anos.

— Não, não... mas como sabe dessas histórias?

Lia sorriu.

— Moro aqui desde que nasci e cresci ouvindo essas histórias. Todas as crianças da rua morriam de curiosidade de entrar na sua casa. Eu mesma cheguei a entrar lá, junto com outras crianças, quando a mansão ainda estava abandonada. Nós nos divertíamos muito e também passamos muitas noites acordados com medo da mulher de preto que assombrava o lugar.

— Mulher de preto? — perguntou Julia fingindo não saber de nada.

— É, os adultos contavam que a mulher do dono da casa havia se suicidado na mansão, mas que, antes de atentar contra a própria vida, tinha assassinado os enteados. Todos nós morríamos de medo dela, porém, no fundo, tínhamos uma enorme curiosidade para vê-la — respondeu Lia rindo. — Toda casa antiga tem sua aura de mistério. Minha mãe me contava que ela mesma, quando era adolescente, entrou na mansão junto com algumas amigas. Ela disse que não havia muita coisa, apenas alguns móveis antigos, um piano, muita poeira e teias de aranha por todos os lados. Encontraram algumas fotos e alguns objetos como frascos de perfume, de remédios, louças e uma pasta contendo partituras de música.

Julia arregalou os olhos.

— Partituras? E o que aconteceu com essas coisas? Quero dizer, sua mãe deixou os objetos e a pasta na casa?

— Parece que sim. Ela e as amigas ficaram com medo de retirarem essas coisas de lá. Minha mãe contava que ela viu a mulher de preto e depois disso nunca mais entrou na mansão. Você e Mark nunca presenciaram nada de anormal na casa, Julia?

— Para dizer a verdade, Lia, ouvimos ruídos como passos, teclas do piano tocando... No início, quando nos mudamos para cá, eu sentia uma presença estranha. Confesso que já senti bastante medo, especialmente nas ocasiões em que Mark estava viajando.

— E agora? — perguntou Lia, curiosa.

— Agora, não temos percebido mais nada de anormal. Já faz algum tempo que tudo está tranquilo.

— Fico feliz com isso. Seria uma pena desfazer-se de uma casa tão linda, em um bairro como este, ainda mais depois de todo o trabalho que vocês tiveram.

Julia e Lia chegaram, finalmente, aos portões de suas casas.

— Até mais, Julia. Quando quiser, venha nos visitar — disse Lia, enquanto atravessava a rua com os dois cães.

— Lia! — chamou Julia. — Por acaso, sua mãe lembra onde ela e as amigas encontraram as partituras?

Lia pensou durante alguns segundos.

— Talvez. Vou perguntar para ela. Apesar da idade, mamãe é bastante lúcida. Até logo, querida.

Julia acenou antes de abrir o portão e entrou. A pasta com as partituras deveria ter pertencido a Catherine Duncan. O telefone estava tocando, e Julia correu para atender.

— Julia? Sou eu, Elise.

— Elise! Estava pensando em você neste instante.

— É mesmo? Por quê?

— Tenho uma vizinha, Lia, que mora na casa da frente com a mãe idosa e os dois cães. Nós nos encontramos hoje pela manhã, quando saí para minha caminhada. Lia cresceu neste bairro, assim como a mãe dela. Ela me contou que, quando a mãe era adolescente, entrou aqui com algumas amigas e que viram Emma. A parte mais interessante da história é que a mãe de Lia, na época, encontrou uma pasta com algumas partituras. Acho que pertencia a Catherine.

Elise sentiu uma espécie de comoção ao ouvir a notícia e não conseguiu impedir que algumas lágrimas lhe brotassem dos olhos.

— E... e onde está a pasta?

— Lia disse que a mãe dela ficou com medo de retirá-la da casa e provavelmente a guardou novamente no lugar onde a encontrou. Ela vai conversar com a mãe e depois me dirá alguma coisa — respondeu Julia empolgada.

— Mas acredito que, se ainda estivesse na casa, vocês a teriam encontrado durante a reforma, não acha?

— Não, se estivesse escondida em um lugar secreto.
Elise ficou em silêncio durante alguns segundos.
— Você vai estar em casa hoje à tarde?
— Sim, não vou sair e também não tenho que dar aulas hoje. Mark só chegará no início da noite. Se quiser, pode vir passar a tarde comigo.
— Está bem. Irei depois do almoço.
— Traga a Pauline.
— Ela não pode, pois começou a trabalhar no antiquário hoje.
— Que bom! Fico mesmo muito feliz. Ela aprenderá um bocado de coisas com a Elza. Tenho certeza de que se sairá muito bem. Aguardo você aqui.
— Até depois.
— Até.
Elise desligou o telefone e permaneceu ainda algum tempo sentada no sofá. Durante o resto da manhã, não conseguiu pensar em outra coisa que não fossem as partituras e seguiu para a casa de Julia assim que pôde.
— Que bom vê-la! — disse Julia abraçando-a com carinho.
— Eu também fico feliz em estar aqui — comentou Elise sorrindo.
As duas mulheres sentaram-se na cozinha, enquanto Julia preparava um café.
— Tenho descoberto muitas coisas interessantes em minhas regressões — comentou Elise, quando Julia se sentou à mesa. — Pensei em omitir de você alguns fatos, mas cheguei à conclusão de que não farei nada de errado em lhe contar.
Julia olhou para Elise com expressão séria.
— No passado, eu fui Catherine Duncan, irmã mais velha de Walter e Wanda, os gêmeos que apareceram nas fotos, e de Mary Anne Duncan — Elise fez uma pausa antes de prosseguir. — Desde que nos encontramos pela primeira vez, senti que havia uma grande afinidade entre nós, e a amizade acabou fluindo facilmente de forma singular. Sempre tive uma preocupação excessiva com seu bem-estar, Julia, um cuidado quase maternal.
Julia continuava olhando para Elise em silêncio.
— No passado, estávamos todos juntos, eu, Emma, os gêmeos, você e até mesmo Mark.
— Eu sempre acreditei nisso — disse Julia, enquanto sorvia um gole de chá.

— Você era a filha mais nova do major Duncan, a pequena Mary. Quando Hanna faleceu, Catherine sentiu-se responsável pelo bem-estar dos três irmãos mais novos. Na ausência da mãe, pesou sobre ela a responsabilidade de zelar pelos três — Elise fez uma nova pausa e continuou: — em seu leito de morte, Hanna escolheu Emma para assumir o papel de madrasta dos filhos.

Julia arregalou os olhos com a revelação feita por Elise.

— Elas eram amigas desde a infância. Hanna confiava cegamente em Emma e pensou que daquela forma também a ajudaria, já que ela estava em uma situação financeira difícil. Emma veio morar na mansão como segunda esposa do coronel, um casamento de aparências, uma troca de favores e obrigações entre eles. William precisava de alguém para cuidar de seus filhos, já que passava muito tempo fora, e Emma precisava salvar sua reputação e seu nome perante a sociedade da época. Ela e Catherine se odiavam, mas acabaram tendo de se tolerar. Mary era apenas um bebê de poucos meses de vida quando Hanna desencarnou. Bem, para resumir tudo, Emma estava completamente desequilibrada e era praticante de magia negra. Catherine descobriu e foi envenenada pela madrasta. Os gêmeos, que foram dados por desaparecidos, também foram assassinados pela madrasta, restando apenas a pequena Mary. William teve acesso à parte da verdade. Após seu desencarne traumático, Catherine ficou perambulando pela mansão durante alguns anos e assombrando a madrasta, incentivando-a ao suicídio, o que realmente ocorreu. Depois disso, Catherine foi resgatada e levada para o astral por um grupo de espíritos amigos. William passou o restante de sua vida dedicando-se ao exército e a única filha que lhe restara e sofreu com a culpa e o remorso pela perda dos três filhos até o dia de sua morte. William é Mark no passado.

Julia abriu levemente a boca. Era incrível como tudo se encaixava.

— Essa é a história. Nós fomos irmãs, Julia — disse Elise com um leve sorriso nos lábios. — Por isso, sempre tive o instinto de protegê-la e a excessiva preocupação com seu bem-estar.

— Que história incrível! E os corpos dos gêmeos? Nunca foram encontrados, não é mesmo?

— Estão aqui, no fundo do lago — revelou Elise com certa tristeza.

Julia levou a mão até a boca instintivamente.

— Emma preferiu não arriscar-se, e este foi o lugar mais seguro que encontrou para "enterrá-los". Mas você não deve se preocupar com isso. Segundo Nancy, eles agora estão bem, concordaram em deixar a casa e estão no astral, recebendo tratamento. Todos sofremos muito no passado, Julia. Posso dizer que não foi uma experiência fácil para nenhum de nós, até mesmo para você, que foi a única que ainda escapou das mãos de Emma. Posso dizer, no entanto, que, após se matar, ela tentou de todas as maneiras tirar você de William com o intuito de vingar-se. Mary era uma médium bastante sensível e sofreu muito sendo assediada espiritualmente. William chegou a pensar em interná-la para tratamento em uma clínica, acreditando que a filha tivesse algum problema mental. Só não o fez porque a governanta, que ele havia contratado na época para cuidar de Mary, interveio. Catherine lutou muito para defender a irmã mais nova, mas também errou em incentivar Emma ao suicídio.

Elise fez uma nova pausa, e seus olhos acinzentados pareceram distantes, perdidos nas águas misteriosas e escuras do lago, que podia ser visto através da janela da cozinha.

— Já não sinto tanto ódio de Emma quanto eu sentia. Hoje, posso dizer que sinto certa pena dela. Durante as sessões de regressão, sentimos na pele as emoções que vivenciamos no passado. Senti o que Catherine sentiu quando estava desencarnada e vagando ainda por aqui. Era puro sofrimento, dor, escuridão, tristeza e medo. Tenho certeza de que minha história com Emma teve início em tempos mais remotos do que quando vivi como Catherine Duncan — afirmou Elise com um suspiro. — Quanto aos gêmeos, deixe-os ali. Tenho uma sugestão. Aguarde a chegada da primavera e faça um belo jardim, com flores muito coloridas, e nele coloque alguma coisa em homenagem a Walter e a Wanda. Talvez uma escultura bonita de duas crianças. As pessoas não precisam saber que seus restos mortais estão no lago, até mesmo porque é uma história muito triste.

— Vou fazer isso. Os gêmeos terão um belo jardim. Concordo em mantermos sigilo sobre os corpos, pois sei que isso despertaria a curiosidade de muita gente, e eles já sofreram o suficiente no passado — Julia fez uma pausa e depois continuou: — O que acha de ligarmos para Lia e perguntarmos se já tem alguma novidade a respeito das partituras?

— Acho uma excelente ideia!

Elise aguardava ansiosa Julia desligar o telefone e retornar para a cozinha.

— E então?

— A mãe dela disse que a pasta foi encontrada dentro de uma das paredes. Parece que existia uma espécie de fundo falso em um dos cômodos na parte de cima da casa. Isso era bastante comum antigamente. O que acha de subirmos e darmos uma olhada nos quartos e no escritório de Mark, que, pelo que soubemos, era o quarto de Catherine? Pode ser que esteja lá!

As duas mulheres subiram os degraus rapidamente e começaram a procurar nas paredes qualquer abertura ou indício de um fundo falso ou esconderijo.

No escritório de Mark não havia nada, assim como nos quartos reservados aos hóspedes. Faltava apenas o quarto que no presente era ocupado por Julia e pelo marido. Depois de algum tempo de busca detalhada, em que as duas mulheres examinavam até mesmo as tábuas do assoalho, Julia chamou Elise.

— Elise! Corra até aqui! Depressa!

Nos fundos do armário de Julia, atrás de casacos e paletós pendurados em cabides, havia um relevo na parede coberto por argamassa e pintado com uma grossa camada de tinta. Julia desceu rapidamente as escadas e retornou com algumas ferramentas.

— Isso deve servir — disse Julia escolhendo uma espátula de metal.

Diante do olhar atento de Elise, que nem sequer piscava os olhos, Julia removeu toda a camada de massa acrílica que revestia o local. Quando concluiu a tarefa, as duas mulheres viram surgir diante de seus olhos um recorte na parede em formato retangular. Com o auxílio de um formão, removeram a madeira que o mantinha fechado.

— Pegue a lanterna de Mark na gaveta do criado-mudo — pediu Julia.

Julia direcionou o feixe de luz para dentro do compartimento. Muitas teias de aranha e poeira revestiam o conteúdo que ali permanecera guardado durante tantos anos.

— Veja! São envelopes, fotografias e até mesmo algumas joias! — exclamou Julia. — Ilumine mais aqui.

Elise obedeceu, e as duas encontraram mais ao fundo uma pasta de papel amarrada com uma fita de veludo marrom, que um dia deveria ter sido vermelho. Julia enfiou o antebraço até a altura do cotovelo e puxou o calhamaço de papéis para fora. Eram as partituras de Catherine Duncan escritas à mão em papel pautado. Havia anotações a lápis na frente e no verso, e os títulos das músicas tinham sido escritos com tinta. Julia e Elise sentaram-se na cama e juntas folhearam as partituras. Novamente, Elise não conseguiu evitar que as lágrimas caíssem em abundância de seus olhos.

— O que será que aconteceu? Por que todas essas coisas foram escondidas aqui? — perguntou Julia.

— Acredito que este fosse o quarto de Mary Anne — respondeu Elise.

— Por que acha que era o quarto de Mary?

— Quando toda esta história começou, você lembra que lhe contei um sonho em que vi uma jovem penteando os cabelos diante de um espelho? Uma jovem que identifiquei como sendo você? Era Mary Anne. No sonho, ela estava dentro deste quarto.

— E por que estas coisas ficaram justamente aqui?

— Não sei. Provavelmente, Catherine as escondeu. Se as tivesse guardado no próprio quarto, Emma as teria encontrado — sugeriu Elise, enquanto voltava sua atenção para os envelopes e as fotografias. — Veja, são fotos da época em que Hanna era viva.

— Esta é Hanna?

— Sim. E esses são Catherine e os gêmeos. Mary certamente ainda não havia nascido. Olhe, Julia, este é o chalé em Devon, onde eu, Antony e Pilar ficamos hospedados.

— Aqui também há alguns objetos, Elise — disse Julia.

Havia um baú de madeira e dentro dele algumas joias antigas: camafeus com retratos, um com o rosto de Catherine e outro com o de Hanna com detalhes em madrepérola.

— Elise, eu gostaria que ficasse com essas partituras.

Elise ficou sem saber o que responder. É claro que gostaria de ficar com elas e que estava ansiosa para tê-las nas mãos. Era um desejo um tanto inexplicável, já que não costumava tocar piano. As partituras, no entanto, despertaram nela emoções muito fortes, uma espécie de nostalgia mesclada à alegria em poder revê-las. Elise sentiu uma satisfação imensa ao perceber que elas ainda existiam, que não haviam sido perdidas, queimadas ou extraviadas. Ao todo, encontraram 22 composições musicais, além de três, que permaneceram inacabadas, totalizando um acervo de 25 músicas.

— Não sei se tenho esse direito, Julia. Não sou mais Catherine, e, durante todos esses anos, elas ficaram protegidas pelas paredes desta casa que hoje é sua.

— Não importa... Um dia, essas partituras pertenceram a você. Foi você quem as escreveu.

— Está bem. Não vou dizer que não estou sentindo uma felicidade inexplicável!

— Olhe! Aqui há uma carta com a assinatura de Catherine! — exclamou Julia.

Vasculhando os envelopes, Julia e Elise encontraram mais três cartas escritas por Catherine. Todas elas estavam endereçadas a um amigo que vivia em Lynmouth. A jovem nunca tivera coragem de enviá-las e parecia nutrir certa afeição pelo destinatário. Cada uma dessas cartas, contudo, constituía um desabafo, fosse pela distância que a separava de Devon, o lugar que mais amara em vida, fosse pela doença da mãe e depois pelo convívio com a madrasta.

Elise saiu da casa de Julia pouco antes de Mark chegar. Já escurecera fazia algumas horas, e o frio era intenso. Ela levava consigo o camafeu com o retrato de Catherine, as cartas e a pasta com as partituras. Poucas e tão preciosas lembranças doces de uma vida curta e amarga.

CAPÍTULO 33

Nancy estava se arrumando para sair, quando a campainha tocou. Susan passaria para pegá-la em meia hora. Tinham combinado de ir para a casa de Julia antes das três da tarde.

— Charles?! — perguntou ela com os olhos arregalados. — Entre, estou me arrumando para sair.

— Não vou demorar — disse ele passando por Nancy e entrando na sala. — Esperei você me ligar ou me procurar.

Nancy olhava para Charles sem saber o que dizer.

— Eu vim até aqui para lhe dizer que dei entrada nos papéis do meu divórcio. Não acredito que haja problemas, já que eu e Mônica chegamos a um acordo, diria, amigável. Não haverá litígio — Charles fez uma pausa e continuou: — Vim até aqui para pedir sua mão em namoro, em noivado e em casamento. Quero saber se posso ter alguma esperança.

Charles olhava diretamente nos olhos de Nancy, que, boquiaberta, o encarava sem saber o que dizer.

— Bem, eu... eu não sei o que lhe dizer — balbuciou ela.

— Já é um bom sinal. Se tivesse certeza de que não me queria mais, acredito que me diria agora — disse Charles sorrindo.

Nancy sorriu. Amava Charles, e talvez a vida estivesse lhe dando uma oportunidade de ser feliz ao lado dele, no entanto, sentia medo.

— Eu... não sei o que responder. Você me pegou de surpresa...

— Bem, não quero atrasá-la para seu compromisso, mas lembre-se de que estamos envelhecendo a cada dia. Éramos jovens e, hoje, estamos velhos. Ainda temos uma chance.

Charles não esperou que Nancy dissesse mais alguma coisa. Ele levantou-se e foi direto para a porta. Ela ainda permanecia sentada no sofá sem reagir.

— Se você não me quiser, Nancy, já decidi. Irei embora de Londres após o Natal — completou ainda antes de passar pela porta.

— Espere!

Charles já estava quase no portão.

— Eu aceito namorar você, Charles.

Ele virou para trás e encarou-a. Nancy olhava-o da porta vestindo roupão e grossas meias de lã..

— Sim! Eu gostaria de fazer uma tentativa! Aceito ser sua namorada!

Charles caminhou lentamente até onde ela estava e beijou-a suavemente nos lábios.

— Então, passarei para pegá-la hoje à noite. Sairemos para jantar. Há um restaurante de comida indiana que tenho certeza de que vai gostar.

— Às oito? — perguntou ela. — Sim! Sim, vou estar esperando-o.

— Estarei aqui.

Como uma adolescente que acabou de receber um convite para sair com seu primeiro namorado, Nancy fechou a porta sentindo as pernas trêmulas. Ela ouviu um carro estacionar na frente de casa, era Susan, com certeza. Abriu a porta e fez sinal para que entrasse.

— Você ainda está assim?

— Me atrasei, desculpe. Mas foi por um bom motivo. Em cinco minutos estarei pronta. Vou lhe contar tudo no caminho.

Dentro do carro, a caminho da casa de Julia, Nancy contou sobre a surpreendente visita de Charles e o pedido de namoro. Susan sorriu.

— E você aceitou, não é? Diga para mim que aceitou, Nancy...

— Sim — respondeu ela, ainda sentindo um frio na boca do estômago.

Susan soltou uma gargalhada.

— O que foi?

— Você está parecendo uma colegial com 60 anos de idade! Meu Deus! Seja feliz, minha amiga! Seja feliz!

Susan estacionou o carro na frente da mansão, e o veículo de Elise já estava lá, assim como outro automóvel, que pertencia a uma amiga de Susan e que frequentava o instituto. Mais três médiuns estariam presentes, todos trabalhavam no instituto e possuíam uma significativa experiência em trabalhos com espíritos obsessores.

Julia abriu a porta e conduziu Nancy e Susan direto para a cozinha, onde os outros aguardavam enquanto bebiam chá. Todos trajavam vestes claras, inclusive Elise e Julia.

— Precisamos ir até a estufa, Julia. O trabalho será realizado lá.

Julia conduziu o pequeno grupo pelo jardim até a estufa, que estava trancada havia pouco mais de um mês. O odor de mofo, mesclado ao cheiro desagradável presente no ambiente, fez Elise dar dois passos para trás.

— Sugiro que aguardem alguns minutos aqui fora, pois o cheiro está muito forte — disse Julia, apressando-se para abrir as janelas.

Não estava chovendo, o que facilitava um pouco as coisas. Poderiam deixar o ambiente aberto.

Formavam um grupo de sete pessoas no total. Com a ajuda de Elise, Julia foi buscar mais duas cadeiras dentro de casa.

— Será que vai dar certo, Elise?

— Prefiro acreditar que sim. Só de colocar o pé dentro da estufa, senti meu estômago ficar revirado. Com certeza, Emma está por ali.

Susan e Nancy já haviam dado início à limpeza energética do local, enquanto os outros três médiuns se mantinham em oração. No plano espiritual, um grupo de nove espíritos juntava-se aos encarnados. Logo depois, mais sete se aproximaram, formando um círculo de luz em volta do perímetro. O círculo azul-cobalto tornava-se ainda mais intenso com as orações e mentalizações realizadas pelo grupo de encarnados e desencarnados.

Todos estavam de mãos dadas, enquanto Susan conduzia as orações.

Uma das médiuns presentes, uma mulher idosa, de estatura baixa e corpulenta, começou a gemer. Julia e Elise abriram os olhos instintivamente, mas logo em seguida procuraram novamente entrar em sintonia com o grupo.

— O que vocês querem de mim? — perguntou aos berros e com agressividade.

— Queremos ajudá-la.

A mulher soltou uma gargalhada sarcástica.

— Eu não quero sua ajuda. Vocês estão querendo me enganar. Acham que sou idiota?

Era Nancy quem interagia com a entidade.

— Não achamos nada nem sabemos quem é você. Poderia nos dizer como se chama?

— Meu nome é Otávio.

— Otávio, viemos para ajudá-los. Sabemos que existem mais. Onde está Emma?

Nancy falava tranquila e pausadamente, sem se deixar perturbar pela forma agressiva com a qual a entidade se expressava.

Otávio soltou uma gargalhada irônica.

— Emma? Vocês realmente pensam que conseguirão prendê-la?

— Não queremos prendê-la. Viemos para resgatá-la, ajudá-la. Ela não conseguirá mais nada permanecendo aqui.

Mais uma gargalhada foi ouvida pelo grupo. Elise e Julia entreolharam-se. Talvez fosse mais difícil do que Nancy e Susan supunham.

— Ela jamais se entregará, jamais! O que vocês querem? Por que estão chegando tão perto? — a entidade gritava.

Alguns mentores se aproximavam e emitiam vibrações de amor e de intensa luz para Otávio, que, acostumado a viver na escuridão e na ignorância por tantos anos, se encolhia apavorado, tentando agarrar-se ao campo áurico da médium. Milena aproximou-se e tocou suavemente na testa de Otávio, que se entregou a um estado de torpor e foi levado para um local onde receberia assistência e tratamento. A médium teve um estremecimento que lhe sacudiu todo o corpo, e Nancy lhe deu um copo com água. Todos aguardaram até que ela se reestabelecesse para dar continuidade ao trabalho.

O odor desagradável intensificou-se, e mais uma entidade manifestou-se dentro do círculo.

— Meu nome é James.

— Ficamos felizes em poder falar com você, James.

— Vocês são todos uns tolos! Pensam que com essa conversa mole nos convencerão a deixar a mansão!

— Vocês terão de deixar a mansão. Já desencarnaram há muito tempo e estão atrapalhando as pessoas que vivem aqui.

James deu uma risada.

— Mas essa é a nossa intenção. Esta casa pertence à nossa amiga Emma, esposa do coronel Duncan, e não sairemos daqui! — respondeu a entidade em tom agressivo.

— Estão em quantos?

— Somos um grupo de doze, mas temos conhecimento. Não somos os ignorantes com os quais vocês estão acostumados a lidar.

A forma como James expressava-se denotava sarcasmo e arrogância.

— James, você já percebeu que, com exceção de Emma, todos os seus outros companheiros estão dentro do círculo?

James emitiu um som semelhante a um grunhido, e Nancy prosseguiu falando calmamente.

— Emma já está presente.

— Vocês se arrependerão! Todos vocês!

James foi levado junto com seus outros companheiros. A eles, assim como a Otávio, seria dada a escolha de permanecerem em um local apropriado no astral para tratamento ou não.

Elise sentiu um calafrio lhe percorrer o corpo e, com esforço, manteve os olhos fechados, pois teve a impressão de que, se os abrisse, veria o rosto de Emma.

Um rapaz jovem, outro médium que estava presente, começou a emitir dolorosos gemidos, que foram se intensificando até se tornarem bastante altos.

— Emma, sabemos que é você — afirmou Nancy. — Seja bem-vinda.

— Sua idiota! Pensa que me engana com esse jeito doce de falar?

— Não estamos aqui para enganar ninguém. Viemos para ajudá-la.

— Não preciso de ajuda! Estou muito bem! — bradou Emma em alto e bom som.

— Você não está bem. Vive na escuridão, na sujeira, e parou no tempo. Olhe à sua volta. Não percebe que o tempo passou? Londres não é mais a mesma, e Catherine já desencarnou há muitos anos, assim como William e Mary.

Emma soltou uma gargalhada.

— A casa é minha! Vou me vingar de William, de Mary e de Catherine. Ela acabou com minha vida!

— Você mesma acabou com sua vida, Emma. Todos nós fazemos escolhas. Você optou pelo caminho sombrio da mentira, manipulou os outros por meio dos seus conhecimentos, atentou contra a vida de muitas pessoas, profanou corpos e entregou-se aos conselhos de entidades trevosas, que se aproveitavam de você e da sua sede de poder. No fim, por orgulho e arrogância, optou pelo suicídio.

— Palavras nobres, minha cara, mas vocês de nada sabem ou sabem muito pouco! E, quanto ao suicídio, devo lhe dizer que aquela insolente da Catherine teve uma grande participação nisso.

— Catherine errou, mas a decisão final foi sua. Todos nós temos de arcar com as consequências de nossas escolhas, Emma, mas Deus é infinita misericórdia e sabedoria e por isso sempre temos a oportunidade de mudar. Sabemos que você está morta, que desencarnou há muitos anos e optou por perder seu precioso tempo em busca de uma vingança que jamais será concluída.

— Como pode falar assim comigo? Está em minha casa, este é o meu lugar! Ponha-se daqui para fora! Sei que você é amiga de Catherine e de Mary. Eu as tenho visto na mansão.

Emma referia-se também a Susan.

— Quero que saibam que jamais desistirei. Catherine, sei que você está aí. Ouça: eu acabarei com sua vida, assim como você acabou com a minha! — vociferou Emma.

— Você não pode mais interferir na vida de Elise, de Julia e de Mark nem poderá mais permanecer aqui. Será levada para um lugar melhor, onde receberá o tratamento apropriado para sua condição. Emma, você terá a oportunidade de renascer e de viver novamente, mas para isso precisa partir. Conhece muito bem as leis que regem a evolução deste planeta e de todos aqueles que nele habitam. Você não poderá mais ficar presa a uma realidade que não existe mais e que faz parte do seu passado.

— Eu voltarei! Catherine, você nunca se livrará de mim! — Emma gritava em um tom de voz ameaçador e relutava em acompanhar os mentores que se acercavam do médium.

Elise tomou a decisão de se pronunciar.

— Emma, eu a perdoo.

Emma soltou uma gargalhada.

— Não preciso do seu perdão, garota petulante! — gritou Emma.

— Não sinto mais ódio de você. Estou livre, e, se quiser, você também poderá ser livre. Siga com esses amigos, eles a ajudarão, como me ajudaram um dia e como ajudaram Hanna e os gêmeos. Siga em frente, Emma. Peço que me perdoe, porque sei que também errei.

— Nunca!!! Ainda nos encontraremos, Catherine! Você verá!

Os berros de Emma ecoaram nos ouvidos de Elise durante alguns dias após a sessão realizada na antiga estufa.

Com o passar do tempo, Elise percebeu que Emma realmente havia sido levada junto com seus companheiros pelo grupo de mentores que estivera presente na casa de Julia naquele dia. Pilar melhorou, passou a dormir bem e voltou a se comportar como antes, sempre cheia de vivacidade e de alegria.

***

Duas semanas após a reunião realizada na casa de Julia, Elise telefonou para Nancy. Estava preparada para realizar sua última sessão de regressão.

CAPÍTULO 34

Elise chegou um pouco mais cedo que de costume na casa de Nancy, pois queria tirar algumas dúvidas antes de darem início à sua última sessão de terapia de vidas passadas.

Logo chegariam as festas de fim de ano, e, na segunda quinzena de março, ela e Antony viajariam para a região de Devon e por lá permaneceriam durante os meses seguintes.

Elise dirigia devagar, pois nevara na noite anterior, e uma fina camada de gelo ainda cobria parcialmente a paisagem, inclusive alguns trechos de asfalto.

Ela desceu do carro e caminhou a passos largos até a porta da casa de Nancy. O frio, do lado de fora, era intenso.

— Elise, entre querida! Venha! — disse Nancy enrolada em um espesso casaco de lã, enquanto abria a porta.

— Uau! Está realmente de congelar! — comentou Elise esfregando as mãos e retirando o gorro. — Obrigada por me receber um pouco mais cedo...

— Imagine! É sempre um prazer para mim. Venha, acabei de fazer um café. É para nos aquecer enquanto conversamos.

Elise sentou-se e serviu-se de uma xícara de café com leite.

— Você me disse ao telefone que gostaria de esclarecer algumas dúvidas — comentou Nancy.

— Sim. Algumas coisas ainda não estão claras para mim.

— Pode falar, querida.

— Onde está Emma agora? Ela realmente não voltará para a mansão?

— No momento, ela está em tratamento em um dos templos de cura no astral. Está sendo mantida, vamos dizer, sedada. Quando acordar, tomará consciência de onde está, de que não está mais na Terra, e a ela será dada a opção de permanecer no local se preparando para um novo ciclo. Temos livre-arbítrio, Elise, estando encarnados ou não. Eu e Susan acreditamos na cura de Emma.

— O que garante que ela não voltará a assediar Julia, Mark e eu?

— Nada. É importante que, durante este período, vocês enviem vibrações de amor, paz, compaixão e de otimismo para Emma para que ela possa reagir, afinal, ela nem sempre foi do jeito como a conhecemos.

Elise franziu as sobrancelhas.

— Por que ainda preciso fazer essa última sessão? Tem algo a ver com Emma?

— Sim. Na verdade, com você e com Emma — enfatizou Nancy olhando nos olhos de Elise. — Vocês estão juntas na roda do carma há muito tempo. Em algum momento, vocês duas se ligaram espiritualmente pelo ódio e pelo desejo de vingança. Enquanto o amor e a compaixão não prevalecerem, seus encontros serão destrutivos e repletos de desventuras. Esses encontros ocorrem por meio de laços consanguíneos ou simplesmente acontecem. Não há como fugir deles, justamente porque são oportunidades para evoluirmos e nos libertarmos. Venha! Termine seu café, e vamos lá para os fundos. Já deixei tudo preparado.

Elise deitou-se e acomodou a cabeça em uma das almofadas. O ambiente estava aconchegante, pois Nancy ligara o aquecedor. Milena e Arthur já a aguardavam no local.

Após Elise alcançar o estado de relaxamento propício, Milena facilitou o acesso da moça às memórias passadas.

Elise retrocedeu muito ao passado, voltando ao local onde tudo começou: Inglaterra, ano de 1457. Ela reconheceu a si mesma na figura de um nobre, na casa dos 30 anos, bem-vestido e rodeado de pessoas. Ao seu lado, estava uma jovem igualmente bem-vestida, com duas crianças. Parecia uma reunião comemorativa. Havia fartura de comida e de bebida. Para seu espanto, Elise reconheceu na jovem a figura de Emma, que era uma das conquistas do conde Carlos, o ambicioso filho de um próspero comerciante de lã. O título lhe fora comprado pelo pai. Carlos casou-se com Alice, e o casal tivera dois filhos. Filha de um abastado dono de terras, Alice dispunha de um excelente dote.

No papel de espectadora, Elise observava tudo como se assistisse a um filme.

Após a festa, Carlos, completamente embriagado, estava em seus aposentos com a esposa. Entre o casal teve início uma discussão bastante febril e agressiva, em que Alice, indignada, acusava o marido de traição. Carlos esbofeteou-a e jogou-a com força no chão. Alice, então, levantou-se com certa dificuldade, apanhou o punhal do marido que estava sobre uma cadeira e avançou sobre ele, desferindo-lhe um golpe no rosto, que lhe feriu seriamente o olho direito. Carlos agarrou-a pelos cabelos, colocou-a para fora do quarto e jurou que ela pagaria caro pelo que fizera. Sozinha em seus aposentos e sentindo-se humilhada e traída, a jovem jurou vingar-se do marido e da amante dele.

Em outro cenário, Elise viu novamente Carlos. Desta vez, ele divertia-se ao lado de uma jovem loira de rara beleza na qual reconheceu Julia. Entre risos e beijos, os dois planejavam o assassinato de Alice. Com certa repulsa, Elise assistiu ao episódio da condenação e do enforcamento de Alice e também a maneira fria como ela mesma, na pele do conde Carlos, conduziu a situação, acusando a esposa injustamente de participar de rituais pagãos e orgias. Ele manipulou os dois filhos, de forma que voltassem as costas para a mãe, e assistiu ao enforcamento da esposa em praça pública. Carlos fez questão de estar presente e olhou nos olhos de Alice até o último instante.

Depois, Carlos casou-se com Angélica e com ela teve mais quatro filhos. Após seu desencarne, Alice atormentou-os incansavelmente. Ele tornou-se escravo da bebida e perdeu quase tudo o que tinha no jogo, e Angélica, devido à sua sensibilidade, entregou-se à loucura e foi abandonada pelo marido e pelos filhos.

Elise viu em Carlos o homem frio e sem caráter que ela fora um dia, assim como reconheceu em Julia uma mulher fútil, ambiciosa e sem escrúpulos.

Era o suficiente, a sessão estava finalizada. Nancy iniciou a contagem para que Elise retornasse. Ainda deitada sobre o macio tapete de lã, abriu os olhos, enquanto lágrimas caíam de seus olhos sem que ela se esforçasse para contê-las.

Elise não fez menção alguma de sentar-se; permaneceu como estava. Nancy a observava com carinho e em silêncio, aguardando o momento em que Elise desejasse começar a falar.

— Vi algo que me deixou chocada... eu fui um homem horrível! — disse ela, sentando-se finalmente no tapete e dobrando as pernas.

— Beba um pouco de água, querida.

Ainda com a cena do enforcamento de Alice estampada em sua tela mental, Elise segurou o copo entre as mãos e começou a beber a água em pequenos goles.

— Elise, no passado, fomos diferentes do que somos hoje. Se estamos aqui, é para evoluirmos e melhorarmos cada vez mais. Não guarde para si a lembrança do que foi como Carlos, pois esse foi apenas um dos muitos papéis desempenhados pelo seu espírito eterno. Você é quem é hoje, no presente. Também não fui no passado o que sou hoje. Essa sessão só foi realizada para que você compreendesse que ninguém é melhor do que ninguém. Emma errou, mas você também errou, e todos nós precisamos aprender a perdoar, pois somente assim seremos livres. Estamos aqui para aprender a lidar com nosso lado mais escuro, com nosso orgulho, nossa arrogância, nossos medos e nossa falta de capacidade de liberar o perdão. O livre-arbítrio é um direito de todos. O tempo todo, sempre temos escolhas a fazer. Sei que você já perdoou Emma, mas eu e os mentores também sabíamos que você precisava ver algumas cenas. Existem outras, contudo, não estamos aqui para vasculhar nossas memórias somente para saciar nossa curiosidade. O que você viu é o suficiente para que compreenda seu vínculo com Emma. É claro que ela também teve escolha e optou pelo ódio, pela ambição e pelo orgulho ferido, atentando contra a vida de Catherine, de Walter e Wanda e de todos os outros, e fazendo um péssimo uso do conhecimento e da própria energia psíquica e espiritual, erros os quais ela mesma terá oportunidade de reparar — Nancy fez uma pausa. — Queremos que entenda o seguinte: o que você fez como Carlos junto com Julia, na pele de Angélica, foi horrível, mas não dá a Emma o direito de fazer o mesmo com vocês em outra existência. Assim como o fato de ela haver sido responsável pela morte de Catherine não dava a Catherine o direito de, após desencarnada, incentivá-la ao suicídio. É dessa maneira, sempre pagando na mesma moeda que, às vezes, permanecemos ligados uns aos outros de forma negativa e destrutiva por muitas existências.

— Entendo. Não consigo acreditar ainda que, um dia, agi daquela forma... — comentou Elise.

— Essa é uma das razões pelas quais só devemos acessar nossas vidas passadas por um motivo realmente justificável. Nem sempre desempenhamos o papel do mocinho, Elise... — disse Nancy com um sorriso. — Por isso, viva o presente, pois somente nele temos a oportunidade de evoluir e melhorar.

CAPÍTULO 35

Na Terra, cerca de um mês se passara desde que Emma foi levada da mansão para um templo de cura no astral.

— Onde estou? — perguntou abrindo os olhos e tentando involuntariamente cobri-los com as mãos.

A atendente sorriu.

— Está em um de nossos hospitais.

— Hospital? — perguntou sentando-se na cama com certa dificuldade e procurando olhar pela janela. — Estou em que hospital? Estou em Londres?

— Não. Você não está mais em Londres. Aguarde um momento, por favor.

A atendente afastou-se, deixando Emma sozinha com os próprios pensamentos. O ambiente era limpo e agradável. Ela estava vestida com uma túnica simples azul-clara. Observou as próprias mãos e notou que estavam limpas. As unhas estavam aparadas e bem cuidadas. Não conseguia lembrar-se com clareza do que ocorrera. Estava na estufa e viu Mary e Catherine, que lhe pediu perdão. Será que sonhara com tudo aquilo?

Emma olhava distraidamente pela janela, tentando encontrar na paisagem algo que lhe fosse familiar. Tudo era verde e ensolarado. Flores coloridas destacavam-se em jardins cuidadosamente projetados, e pessoas caminhavam tranquilamente pelo local. Nada do que via a fazia lembrar-se da grande e velha Londres. Afinal, onde estava?

Milena aproximou-se sorrindo e sentou-se em uma cadeira ao lado de sua cama.

— Olá, Emma. Como se sente?

— Bem, acho que estou bem. O que aconteceu comigo? Como vim parar neste lugar?

— Sei que deve ter muitos questionamentos — comentou Milena sorrindo. — Vou responder a todos eles, se você tiver um pouco de paciência.

Emma observava o rosto de sua interlocutora procurando reconhecê-la.

— Você não está mais em Londres e também não vive mais no planeta Terra.

— Quer dizer que estou morta?

— Parece que está morta? — perguntou Milena.

— Não... me sinto bastante viva...

— Acredito que conseguirá se lembrar aos poucos de sua última existência. Gostaria de lhe dizer algumas coisas. Você desencarnou há muitos anos e, em sua última existência, viveu em Londres como Emma Duncan. Após optar pelo suicídio, desencarnou, contudo, escolheu permanecer no mundo da matéria com o intuito de vingar-se de algumas pessoas. O tempo passou, e você permaneceu na casa onde passou seus últimos anos de vida, aguardando o momento em que as pessoas pelas quais nutria um ódio doentio retornassem ao cenário onde todo o seu drama se desenrolou. Eu e uma equipe de mentores fomos chamados para auxiliá-los e, depois de muito trabalho, conseguimos trazê-la para cá.

Emma ficou em silêncio durante algum tempo, e a atendente aproximou-se e deixou sobre a mesinha de cabeceira um copo cheio de um líquido amarelado.

— Beba — disse Milena. — Irá lhe fazer bem.

Emma obedeceu e bebeu todo o líquido. Era suavemente adocicado e exalava um aroma semelhante ao do mel.

— Acho que estou me lembrando... — comentou Emma com certa insegurança. — Meu Deus! Eu fiz coisas terríveis! Como pude fazer aquilo com as crianças de Hanna... o que aconteceu comigo? Por que agi daquela forma? Eu e Catherine nunca nos demos bem, mas chegar ao ponto de envenená-la? Eu me tornei uma assassina!

— É verdade — concordou Milena tranquilamente. — Mas sempre existe uma chance de recomeço.

— Mas e as pessoas como eu? Elas merecem essa chance?

— Todos nós somos imperfeitos e cometemos erros no decorrer de nossa evolução. Não é uma questão de merecimento e sim de amor e de compaixão do Criador por todos nós. Você se deixou levar pelo desejo de vingança presente em seu inconsciente, eco de vidas anteriores, e acabou tornando-se um alvo fácil para entidades que vivem junto da crosta terrestre, procurando exatamente esse tipo de oportunidade. Energia condensada na matéria vibrando em sintonia com o ódio e com a revolta, aliada aos conhecimentos que você tinha, tornou-a um alvo interessante para eles.

— E agora? O que acontecerá comigo?

— É muito importante que consiga perdoar-se, caso contrário, carregando o fardo da culpa dentro de si, poderá colocar tudo a perder. Tente deixar o passado para trás. Você não poderá modificá-lo e de nada adiantará perder seu precioso tempo com as lembranças amargas. Sei que não terá como impedi-las de virem à mente, mas deixe-as chegar e partir. Você não estará sozinha.

— E Catherine?

— Ela está bem. Vive como encarnada neste momento, assim como Mary e William.

— E os gêmeos? Onde estão?

— Estão também conosco, contudo, ainda não estão preparados para vê-la.

— Entendo...

— Tem alguém que quer vê-la.

— Quem? — perguntou Emma assustada.

— Sua amiga Hanna.

Ao ouvir o nome de Hanna, Emma arregalou os olhos e levou a mão até a boca.

— Não, não posso vê-la... Meu Deus! Hanna deve me odiar pelo que fiz a seus filhos... Não poderei olhar em seus olhos, não tenho coragem... — disse Emma em um tom de voz que lembrava uma súplica.

Hanna surgiu diante de Emma, sem que ela pudesse protestar ou fugir.

— Como você está, Emma? — perguntou Hanna sorrindo e tocando de leve no ombro da amiga.

— Estou bem... me sinto muito bem — Emma fez uma pausa e segurou com força a mão de Hanna. — Me perdoe! Sei que não tenho o direito de lhe pedir isso, mas me perdoe! Estou sendo sincera, Hanna. Eu me arrependo do que fiz, pelo menos do pouco que consigo me lembrar.

— Eu a perdoei há muito tempo, Emma... — afirmou Hanna olhando para a amiga com carinho. — Agora, é você quem deve se perdoar. Fiquei muito feliz quando soube que conseguiram resgatá-la. Orei muito para que isso acontecesse. Fui encarregada por Milena de cuidar de você, após receber alta. Estou muito grata pela oportunidade.

Emma emocionou-se, e algumas lágrimas deslizaram por seu rosto.

— Mas e agora? O que acontecerá? Ficarei aqui?

— Durante o tempo que for necessário — respondeu Milena. — Depois, você renascerá.

Emma olhou para Hanna. Estava com medo.

— Não se preocupe com o futuro. Pense apenas no agora. Eu também preciso voltar, assim como Walter e Wanda, que, quando estiverem prontos, voltarão — disse Hanna.

— Mas, depois do que fiz, provavelmente terei uma vida terrível — disse Emma.

— Tranquilize-se, Emma. Você terá o direito de fazer suas escolhas — concluiu Milena.

CAPÍTULO 36

Dois meses se passaram desde que Elise, Antony e Pilar deixaram Londres e partiram para a região de Lynmouth.

— Está feliz? — perguntou Antony.

Elise sorriu.

— Muito, como nunca estive em toda a minha vida. Ainda não acredito que viveremos aqui por um ano ou mais.

Sentada na areia branca, Pilar construía volumosas edificações do tipo iglu e esforçava-se para fazer as aberturas utilizando conchas e gravetos como ferramentas.

— Estou atrasada — disse Elise com os olhos fixos no horizonte.

— Como assim? Atrasada? Para quê? — perguntou Antony, sem entender direito o que ela estava falando.

— Atrasada... como as mulheres costumam ficar quando engravidam — respondeu ela tranquilamente.

Antony, que estava deitado na areia, sentou-se de sobressalto e fixou Elise com os olhos arregalados.

— Você está grávida?!

— Talvez. Pode ser apenas um atraso.

— Mas isso é ótimo! Quero dizer, eu acho maravilhoso você estar grávida!

— Estou atrasada há três meses.

— E não me falou nada?

— Queria ter certeza de que não se tratava de apenas um atraso comum. Tenho de fazer o teste para confirmar.

— Quando? Se você quiser, pode fazer hoje.

— Marquei para amanhã às dez horas.

— E nem me disse nada? Como está se sentindo?

— Estou muito feliz. Pilar também ficou feliz. Ela quer uma irmãzinha para ajudar a vestir e pentear os cabelos, que ela diz que serão loiros como os meus — comentou Elise.

— Até Pilar já estava sabendo?

Elise sorriu.

— Os homens costumam entrar em pânico e ficam muito agitados quando se trata de gravidez.

Na manhã seguinte, Elise submeteu-se a uma ultrassonografia, que confirmou suas suspeitas. Estava realmente esperando um filho de Antony. O sexo da criança, contudo, só seria visto no próximo exame.

Nos meses que se seguiram, o casal recebeu visitas de amigos. Os primeiros foram Mark e Julia, que se candidataram a padrinhos da criança.

Depois, foi a vez de Pauline e de Hector, o filho da dona do antiquário onde Pauline trabalhava. Eles apareceram para passar um fim de semana em Devon e comunicarem o noivado do casal para o mês seguinte. Pauline estava radiante com o namoro.

Nascido e criado na Alemanha, Hector era praticamente um intelectual e era bastante introvertido. Pauline, por sua vez, era dinâmica, extrovertida e pouco dada aos estudos, mas, ainda assim, nasceu entre eles uma relação em que a admiração e o respeito mútuos cresciam equilibrados justamente pelas diferenças.

Durante o sexto mês de gestação, Elise teve um sonho. Já sabia que o bebê seria uma menina. Ela estava em um jardim onde havia muitas árvores e repousava sob a sombra de uma delas, quando viu uma mulher se aproximar. À medida que chegava perto, o rosto da mulher tornava-se mais visível. Apesar da elegância e da beleza suave que sua figura emanava, Elise reconheceu o rosto de Emma.

Quando acordou pela manhã, Elise não se lembrava mais do diálogo que tivera com a mulher no sonho, contudo, tinha a impressão de que fora um encontro pacífico.

No astral, Emma preparava-se para uma nova jornada. Ansiosa, ela aguardava o momento de nascer novamente.

— Será que é a coisa certa a ser feita? Será que ela me aceitará?

— Tenho certeza de que sim, Emma. Estaremos sempre por perto. Você não se lembrará de nós, mas seu inconsciente e seu ser espiritual saberá que eu e Hanna estaremos próximas — disse Milena.

— Emma, sugerimos que fosse dessa maneira, porque o amor materno é uma das formas mais próximas de expressão do Amor Divino que o ser humano pode alcançar, pois ele é incondicional — comentou Hanna sorrindo. — Tenho certeza de que tudo dará certo!

Em uma madrugada do fim de novembro, Elise dava à luz uma menina saudável e perfeita após um parto normal. No quarto, pouco tempo depois do nascimento, a criança foi amamentada envolvida pelos braços da mãe. Uma fina camada de fios dourados muito curtos e delicados cobria a cabeça do bebê, atendendo ao desejo de Pilar, que aguardava ansiosa a chegada de sua irmãzinha de cabelos loiros.

— Ela é linda, não é? — indagou Antony, sentado na cama ao lado de Elise.

— É linda e perfeita!

— Que nome daremos a ela? — perguntou Antony.

Elise pensou durante algum tempo antes de responder.

— Que tal Emma?

— É um bonito nome. Será Emma, então.

Hanna e Milena entreolharam-se e sorriram. Era o início de um novo ciclo tanto para Emma quanto para Elise. Agora, ambas teriam a oportunidade de desenvolver uma relação fundamentada no amor verdadeiro por meio do laço da maternidade.

O passado finalmente ficara para trás, e a vida mais uma vez se renovava no presente, o verdadeiro momento no qual toda e qualquer mudança se torna possível por meio de nossas escolhas.

FIM

GRANDES SUCESSOS DE
ZIBIA GASPARETTO

Com 18 milhões de títulos vendidos, a autora tem contribuído para o fortalecimento da literatura espiritualista no mercado editorial e para a popularização da espiritualidade. Conheça os sucessos da escritora.

Romances
pelo espírito Lucius

A verdade de cada um
A vida sabe o que faz
Ela confiou na vida
Entre o amor e a guerra
Esmeralda
Espinhos do tempo
Laços eternos
Nada é por acaso
Ninguém é de ninguém
O advogado de Deus
O amanhã a Deus pertence
O amor venceu
O encontro inesperado
O fio do destino
O poder da escolha
O matuto
O morro das ilusões
Onde está Teresa?
Pelas portas do coração
Quando a vida escolhe
Quando chega a hora
Quando é preciso voltar
Se abrindo pra vida
Sem medo de viver
Só o amor consegue
Somos todos inocentes
Tudo tem seu preço
Tudo valeu a pena
Um amor de verdade
Vencendo o passado

Crônicas

A hora é agora!
Bate-papo com o Além
Conversando Contigo!
Pare de sofrer
Pedaços do cotidiano
O mundo em que eu vivo
Voltas que a vida dá
Você sempre ganha!

Coletânea

Eu comigo!
Recados de Zibia Gasparetto
Reflexões diárias

Desenvolvimento pessoal

Em busca de respostas
Grandes frases
O poder da vida
Vá em frente!

Fatos e estudos

Eles continuam entre nós vol. 1
Eles continuam entre nós vol. 2

Sucessos
Editora Vida & Consciência

Amadeu Ribeiro

A herança
A visita da verdade
Juntos na eternidade
O amor não tem limites
O amor nunca diz adeus
O preço da conquista
Reencontros
Segredos que a vida oculta vol.1
A beleza e seus mistérios vol.2
Amores escondidos vol. 3

Ana Cristina Vargas
pelos espíritos Layla e José Antônio

A morte é uma farsa
Almas de aço
Código vermelho
Em busca de uma nova vida
Em tempos de liberdade
Encontrando a paz
Escravo da ilusão
Ídolos de barro
Intensa como o mar
Loucuras da alma
O bispo
O quarto crescente
Sinfonia da alma

Carlos Torres

A mão amiga
Passageiros da eternidade
Querido Joseph (pelos espírito Jon)
Uma razão para viver

Cristina Cimminiello

A voz do coração (pelo espírito Lauro)
As joias de Rovena (pelo espírito Amira)
O segredo do anjo de pedra (pelo espírito Amadeu)

Eduardo França
A escolha
A força do perdão
Do fundo do coração
Enfim, a felicidade
Um canto de liberdade
Vestindo a verdade
Vidas entrelaçadas

Evaldo Ribeiro
Aprendendo a receber
O amor abre todas as portas (pelo espírito Maruna Martins)

Floriano Serra
A grande mudança
A outra face
Almas gêmeas
Amar é para sempre
Ninguém tira o que é seu
Nunca é tarde
O mistério do reencontro
Quando menos se espera...

Gilvanize Balbino
De volta pra vida (pelo espírito Saul)
Horizonte das cotovias (pelo espírito Ferdinando)
O homem que viveu demais (pelo espírito Pedro)
O símbolo da vida (pelos espíritos Ferdinando e Bernard)
Salmos de redenção (pelo espírito Ferdinando)

Jeaney Calabria
Uma nova chance (pelo espírito Benedito)

Juliano Fagundes
Nos bastidores da alma (pelo espírito Célia)
O símbolo da felicidade (pelo espírito Aires)

Lucimara Gallicia
pelo espírito Moacyr

Ao encontro do destino
Sem medo do amanhã

Marcelo Cezar
pelo espírito Marco Aurélio

A última chance
A vida sempre vence
Coragem para viver
Ela só queria casar...
Medo de amar
Nada é como parece
Nunca estamos sós
O amor é para os fortes
O preço da paz
O próximo passo
O que importa é o amor
Para sempre comigo
Só Deus sabe
Treze almas
Tudo tem um porquê
Um sopro de ternura
Você faz o amanhã

Márcio Fiorillo
pelo espírito Madalena

Lições do coração
Nas esquinas da vida

Maura de Albanesi
pelo espírito Joseph

O guardião do Sétimo Portal
Coleção Tô a fim

Maurício de Castro

Caminhos cruzados (pelo espírito Hermes)

Meire Campezzi Marques
pelo espírito Thomas

A felicidade é uma escolha
Cada um é o que é
Na vida ninguém perde
Uma promessa além da vida

Mônica de Castro
pelo espírito Leonel

A força do destino
A atriz
Apesar de tudo...
Até que a vida os separe
Com o amor não se brinca
De bem com a vida
De frente com a verdade
De todo o meu ser
Desejo – Até onde ele pode te levar? *(pelos espíritos Daniela e Leonel)*
Gêmeas
Giselle – A amante do inquisidor
Greta
Impulsos do coração
Jurema das matas
Lembranças que o vento traz
O preço de ser diferente
Segredos da alma
Sentindo na própria pele
Só por amor
Uma história de ontem
Virando o jogo

Rose Elizabeth Mello

Como esquecer
Desafiando o destino
Livres para recomeçar
Os amores de uma vida
Verdadeiros Laços

Sérgio Chimatti
pelo espírito Anele

Lado a lado
Os protegidos
Um amor de quatro patas

Thiago Trindade
pelo espírito Joaquim

As portas do tempo
Com os olhos da alma

Conheça mais sobre espiritualidade com outros sucessos.

vidaeconsciencia.com.br /vidaeconsciencia @vidaeconsciencia

ZIBIA GASPARETTO
Eu comigo!

"Toda forma de arte é expressão da alma."

Zibia Gasparetto convida você a mergulhar no seu mundo interior. Deixe os problemas de lado, esqueça o negativismo e libere o estresse do dia a dia. Passeie por entre as figuras, inspire-se com cada mensagem e coloque cor em seu mundo. Use suas tonalidades preferidas, libere o potencial criativo que existe dentro de você.

Eu comigo! é um livro para quem quer fugir da rotina e buscar aquela sensação de paz que a arte pode proporcionar. Inspire sua alma com as frases de Zibia Gasparetto criadas especialmente para você e ricamente ilustradas com desenhos encantadores.

Bem-vindo ao seu mundo interior.

www.vidaeconsciencia.com.br

Rua Agostinho Gomes, 2.312 – SP
55 11 2613-4777

contato@vidaeconsciencia.com.br
www.vidaeconsciencia.com.br